དཔའ་བོ་དཔའ་མོའི་གཏམ་རྒྱུད།

儿女英雄传

ERNV YINGXIONG ZHUAN

(ཆིང་རྒྱལ་རབས།)ཝུན་ཁང་གིས་བརྩམས།

(清)文　康　著

ལིའུ་ཀྲུང་ཆའོ་སོགས་ཀྱིས་བཅོས་སྒྲིག་བྱས།

刘中桥等　改编

ལྷ་ལུང་དོན་གྲུབ་ཀྱིས་བསྒྱུར།

拉龙东主　译

སི་ཁྲོན་དཔེ་སྐྲུན་ཚོགས་པ།　སི་ཁྲོན་རིག་རྩལ་དཔེ་སྐྲུན་ཁང་།

四川出版集团　四川文艺出版社

图书在版编目（CIP）数据

儿女英雄传：藏汉对照/(清）文康著；刘中桥等改编；拉龙东主译. —成都：四川文艺出版社，2011.6

ISBN 978-7-5411-3188-2

Ⅰ.①儿… Ⅱ. ①文… ②刘… ③拉… Ⅲ.①章回小说-中国-清代-藏语、汉语 Ⅳ.①I242.4

中国版本图书馆 CIP 数据核字 (2011) 第 091739 号

དཔའ་བོ་དཔའ་མོའི་གཏམ་རྒྱུད།

儿女英雄传

(ཆིང་རྒྱལ་རབས།) ཝུན་ཁང་གིས་བརྩམས།

(清)文 康 著

ལིའུ་ཀྲུང་ཆའོ་སོགས་ཀྱིས་བཅོས་སྒྲིག་བྱས། ལྷ་ལུང་དོན་གྲུབ་ཀྱིས་བསྒྱུར།

刘中桥等 改编 拉龙东主 译

དཔེ་སྒྲིག་འགན་འཁུར་པ།	ཆའོ་ཅིའི་ཧྲིན།	**责任编辑**	邱季生
བོད་ཡིག་ཞིབ་བཤེར་པ།	འགུ་ཚང་.པདྨ་རྡོ་རྗེ།	**藏文审稿**	格仓·万玛多杰
མདུན་ཤོག་འཆར་འགོད་པ།	ཀྲའུ་ཞའོ་ཀོང་།	**封面设计**	邹小工

དཔེ་སྐྲུན་དང་འགྲེམ་སྤེལ།	སི་ཁྲོན་དཔེ་སྐྲུན་ཚོགས་པ། སི་ཁྲོན་རིག་རྩལ་དཔེ་སྐྲུན་ཁང་།
出版发行	四川出版集团 四川文艺出版社
དཔེ་སྐྲུན་ཁང་གི་ས་གནས།	ཁྲིན་ཏུའུ་གྲོང་ཁྱེར་ཧྭེ་ཧྲུའུ་སྲང་ལམ་ཨང་༢པ།
社 址	成都市槐树街 2 号
དཔེ་སྒྲིག་ལག་བསྒྲར།	ཁྲིན་ཏུའུ་སམ་བྷོ་ཊ་པར་སྒྲིག་ལྟེ་གནས།
排版制作	成都桑布扎照排印务部
པར་འདེབས་བཟོ་གྲྭ།	ཁྲིང་ཏུའུ་ཕན་ལྷན་པར་ལས་ཚད་ཡོད་ཀུང་སི།
印 刷	成都福利印务有限公司
ཤོག་ཚད།	༧༨༧ mm × ༡༠༩༢ mm ༡/༣༢
开 本	787mm × 1092mm 1/32
པར་ཤོག་གྲངས།	༡༠
印 张	10
ཡིག་གྲངས།	སྟོང་། ༢༠༠
字 数	200 千字
སྒྲིག་ཐེངས།	ཕྱི་ལོ་༢༠༡༡ཟླ་༦པར་པར་ཐེངས་དང་པོ་བསྒྲིགས།
版 次	2011 年 6 月第一版
པར་ཐེངས།	ཕྱི་ལོ་༢༠༡༡ཟླ་༦པར་པར་ཐེངས་དང་པོ་བཏབ།
印 次	2011 年 6 月第一次印刷
དཔེ་རྟགས།	ISBN ༩༧༨-༧-༥༤༡༡-༣༡༨༨-༢
书 号	ISBN 978-7-5411-3188-2
རིན་སྒོར།	༢༧
定 价	27.00 元

དཀར་ཆག

目 录

ལེའུ་དང་པོ། རྒྱུགས་སྤྲོད་བྱས་ནས་བཀྲེས་སྐོང་གསུམ་པར་འགྲོད།། ས་གནས་གཞན་དུ་དཔོན་པོར་མངགས་གཏོང་བྱས།།

《དཔའ་བོ་དཔའ་མོའི་གཏམ་རྒྱུད》ཅེས་པའི་དཔེ་ཆ་འདིར་ཉེ་བ་ཐང་གི་རྒྱལ་རབས་ལྔ་བོ་མི་བཤད་ལ། རིང་བ་ཧན་དང་ཐེ་རྒྱལ་རབས། རྒྱལ་རབས་དྲུག་གི་ལོ་རྒྱུས་ཀྱང་མི་བཤད། འདིར་མན་ཆིན་རྒྱལ་རབས་ཀྱི་ཁང་ཤིས་དུས་མཇུག་དང་། ཡོན་གྲེན་དུས་མགོར་བྱུང་བའི་སྒྲུང་དོན་ཞིག་བརྗོད་པར་བྱའོ།།

སྒྲུང་དོན་འདི་ནི། གྲོང་ཁྱེར་པེ་ཅིན་གྱི་ནུས་ཨན་ཟེར་བའི་མན་ཧུའི་ཁྱིམ་རྒྱུད་ཅིག་ཏུ་བྱུང་། སྐུ་ངོ་ཨན་གྱི་ཕུ་བོ་གཅིག་པོ་ཆུང་དུས་ནས་འདས་པས། བོ་གཅིག་པུ་ལས་སྤུན་ཟླ་གཞན་མེད། མིང་ལ་ཞོའོ་ཧྲེ་དང་། ཟུར་མིང་ལ་རྫོས་ཞིན་ཟེར་ལ། མི་རྣམས་ཀྱིས་ཨན་སྐུ་ངོ་གཉིས་པ་ཞེས་འབོད། ཁོང་གི་ཡབ་མེས་ཀྱིས་བྱས་རྗེས་གཟིགས་སུ་ཕྲོན་པ་བཞག་སྐྱོང་བས།

དཔོན་གནས་ཤིག་ཐོབ་ཡོད་ལ། འཚོ་བ་ཅུང་ཕྱུག ཡིན་ནའང་ཨན་སྐྱུ་ཚོ་གཉིས་པའི་དུས་སུ་དཔོན་རྒྱུན་མཇུག་རྫོགས་པས། དཔེ་ཆ་བརྟོན་ནས་ཡར་བསྐྱེད་བྱ་དགོས་པ་བྱུང་། ལོ་ན་བཅུ་གཉིས་སྟེང་ཅུའུ་རིན་གྱི་རྒྱུགས་འཕྲོད། ཡོང་ལྡན་སྐྱེས་ཀྱི་ཤེས་རབ་ལྡན་མོད། ཐེངས་འགར་རྒྱུགས་སྤྲོད་ཀྱང་། ཅིན་ཧྲི་མ་འཕྲོད། ལོ་བཞི་བཅུ་བརྒྱལ་དུས་ད་དུང་ཅུའུ་རིན་རྐན་པ་ཞིག་ཡིན། ཨན་གྱི་ལྕམ་མོའི་ཏུས་ལ་ཕྲུང་ཟེར། མོ་ནི་དཔོན་རྒྱུད་ཚང་གི་སྲས་མོ་ཞིག་སྟེ། རང་གཤིས་འཇམ་ལ་སྐྱེ་སྒོ་ཡག་གཟའ་ཟླ་གཉིས་ལ་ལོ་སུམ་ཅུའི་རྗེས་ནས་ད་གཟོད་སྐུ་སྲས་ཤིག་འཁྲུངས། སྐུ་སྲས་ཆུང་དུས་ནས་རིག་པ་གསལ་ཞིང་ཤ་མདངས་དཀར། གཅེས་མིང་ལ་ཡུའུ་ཀེ་ཞེས་འབོད་ལ། མིང་ལ་ཅུས་དང་། ཟུར་མིང་ལ་ཚན་ལི། མིང་གཞན་ལ་ལུང་མའི་ཡང་ཟེར། ལོ་ལྔ་ནས་ཡི་གེ་འབྲི་སློག་བསླབ། ལོ་བཅུ་གསུམ་སྟེང《གཞུང་བཞི》དང《བསྟན་བཅོས་ལྔ》བྱང་ཆུབ་སྟེ། རྩོམ་དང་སྙན་ངག་འབྲི་ཐུབ། ལོ་གཉིས་འགོར་རྗེས། རྒྱུགས་སྤྲོད་དེ་རང་སྔེ་ནས་ཨང་དང་པོ་བླངས། དེ་བས་བརྩོན་པ་བསྐྱེད་དེ་སློབ་གཉེར་ལ་འབད། དེ་དུས་སྐུ་སྲས་ནི་ནར་སོན་ཏེ། ཁ་མིག་གི་སྐྱེ་སྒོ་ཡག་ཅིང་ཞི་སྡོད་གཉིས་ལྡན་ཅན་ཞིག་རེད། ཉིན་རྒྱུན་ཁྲིམ་དུ་བསྡད་དེ་ཕྱི་རུ་མི་འགྲོ་བས་བུ་མོ་ཆུང་ཆུང་ཞིག་དང་འདྲ་བར་ངོ་ཚ་རྒྱུ་སླ།

སྐུ་ངོ་ཨན་གྱིས་ཤུལ་བཞག་གི་ཁང་པ་དེ་ཤ་ཉེ་ཞིག་ལ་སྤྲད་དེ། རང་ཁྱིམ་དུར་སའི་ར་བར་སྤྲོས། ཕོ་ཚང་གི་དུར་ས་དེ་གཞན་དང་མི་འདྲ་སྟེ། གྲོང་ཁྱེར་ཕྱིའི་ནུབ་རིའི་བརྒྱུད་ཀྱི་ཐུང་སྦྱིན་སྡེ་བ་དང་ཁད་ཉེ། སྔོན་ས་འདི་ཨན་ཚང་གི་མཆོར་རྙིང་ཡིན། ཨན་གྱི་ཡང་མེས་སྐབས་སུ་ས་ཆུ་ཡག་པོ་ཞིག་བདམས་ཏེ་དུར་ས་བྱས། ཉིན་སྲིབ་གཉིས་ནས་ཁང་པ་རེ་ལས། ཤར་ལྷོའི་མཚམས་སུ་གཞིས་ཁྱིམ་ཞིག་ཀྱང་བསྐོར། ཉེ་འགྲམ་དུ་རི་བོ་མེད་གྲགས་དང་སྡོང་ཀན་ཡག་པོའང་ཡོད། གཞིས་ཀའི་མཐའ་སྐོར་ནི་ཕོ་རང་ཚང་གི་ས་ཞིང་ཡིན་ལ། གཞན་ལ་གླས་ཏེ་བོགས་ལེན་བཞིན་ཡོད།

སྐུ་ངོ་ཨན་ནི་ལྷན་སྐྱེས་སུ་ཁེ་གྲགས་མི་འདོད་པ་དང་། སྣང་ཆ་མི་དར་བས་གཞི་ཁྱིམ་འདི་སྲུང་ནས་འདུག་པར་སེམས་ཐག་བཅད་ཡོད། ནམ་རྒྱུན་རྩོམ་ཡིག་ལ་དག་བཅོས་བྱེད་པ་དང་སློབ་ངག་གི་དཔེ་ཆར་གཟིགས་རྒྱུ་དེ་རེད། ལན་རེར་ཕོམ་དུས། ཨ་རག་ཞུང་ཙམ་བཏུང་བ་དང་མེ་ཏོག་གཉེར་ནས་ལོ་ཟླ་ཕར་བསྐྱལ་བཞིན་ཡོད། ཕོམ་པ་ཡོད་ཚེའང་གྲོང་ཁྱེར་ལ་གཏན་མི་འགྲོ། སྐུ་སྲས་ཨན་གྱིས་ནངས་དགོང་གཉིས་ལ་ཧུར་བརྩོན་བྱེད་པ་ལས་བྱ་བ་གཞན་མི་བསླུབ། གཡོག་པོ་ཀན་པ་འགས་ཁྱིམ་ཕྱི་ནང་གི་ལས་ཀ་རྩག་རྩིག་སྒྲུབ་བཞིན་ཡོད། དེའི་ནང་གི་གཅིག་ནི་སྐུ་སྲས་མ་མའི་ཁྱོ་ག་རེད། སྐུ་སྲས་ཀྱིས་ཕོ་ལ་མ་མ་ཕ་

ཞེས་འབོད། རུས་ཧྭ་དང་མིང་ཀྱང་། རང་ལོ་ལྔ་བཅུ་ལ་སླེབས་ཡོད། བློ་གཅིག་སེམས་གཅིག་གིས་ཨན་ཚང་ལ་ལྟ་སྐྱོང་བྱེད། སྐུ་ངོ་ཨན་ཚང་གི་ཕྱི་ནང་ཀུན་ཏུ་མི་ཉི་ཤུ་སུམ་ཅུ་ཙམ་ཡོད། འཚོ་བ་སྐྱིད་ལ་བདེ། ནང་མཐུན་ལ་ཕྱི་ན་རྩོད་རྒྱུ་མེད། མི་ཚོའི་སྐྱིད་ཅིག་ཏུ་བརྩིས་ཆོག་གི་རེད།

ལོ་འདིར་རྒྱུགས་སྤྲོད་ཀྱི་སྐབས་སུ་འཁེལ། ཟླ་གསུམ་པའི་ཚེས་དྲུག་ཉིན། སྐུ་སྲས་ཀྱིས་གཡོག་པོ་ཁྲིད་ནས་སྐུ་ངོ་ལགས་གྲོང་ཁྱེར་ལ་རྒྱུགས་སྤྲོད་པར་འགྲོ་བའི་རོགས་སུ་སོང་། ཐེངས་གསུམ་ལ་རྒྱུགས་སྤྲད་རྗེས་སྐུ་ངོ་ཨན་ཧོག་ཙམ་ཡང་མ་བསྡད་པར། ཤིང་རྟ་ལ་བསྡད་དེ་ཕྱིར་ཁྱིམ་དུ་ལོག རྒྱུགས་སྤྲོད་ཐེངས་གསུམ་པོའི་རྩོམ་གྱི་མ་ཡིག་ཀྱང་ཉར་ཚགས་མ་བྱས་པ་རེད།

དུས་འགོར་བ་མགྱོགས་པས་མིག་རྫེབ་པ་ཙམ་གྱིས་ཟླ་བཞི་པར་སླེབས། རྒྱུགས་འབྲས་བརྡ་སྒྲོར་བྱེད་པའི་དགོང་མོ་དེར། ལྷམ་མོས་གསོལ་ཟས་གྱི་ཉོམ་པ་ཞིག་གྲ་སྒྲིག་བྱས་ཏེ་སྐུ་ངོའི་རྒྱུགས་འབྲས་ཀྱི་འཕྲིན་བཟང་ལ་སྒུག ཡིན་ནའང་ཁྱིམ་གང་བོས་བསྒུགས་བསྒུགས་ཀྱང་བརྡ་མ་འབྱོར། ཚང་མས་སེམས་ལ་རེ་བ་མེད་པར་བསམས་ནས་མཚན་མོར་ངལ་གསོ་བའི་སྐབས་དེར། སྒོའི་ཕྱི་རོལ་ནས“སྐུ་ངོ་ཨན་ཅེན་ཧྲི་ཨང་གསུམ་པར་རྒྱུགས་འཕྲོད་སོང་།”ཞེས་འཕྲིན་བཟང་

བསྒྲགས་བྱུང་།

ཁྱིམ་མི་རྣམས་དགའ་ཞིང་། དེའི་རྗེས་ནས་ཨན་ཚང་ལ་མི་མང་པོ་འགྲོ་འོང་བྱས་ཏེ་དགའ་སྟོན་དེ་ལས་ལྷག་པ་བྱུང་། མིག་རྗེབ་པ་ཙམ་གྱིས་བསྐྱུར་རྒྱུགས་ཀྱང་བླངས་ཚར། དེ་མཐུད་ནས་ཕོ་བྲང་གི་རྒྱུགས་ལེན་ཆེན་མོར་ཞུགས་དགོས། སྐུ་ངོ་ཨན་གྱི་རྩོམ་ཡིག་ཏུ་དཔལ་འབྱོར་སྐོར་གྱི་གནད་དོན་ཙུང་གླེང་ཡོད་མེད། བཤུ་འབྲི་བྱས་པའི་དཔེ་ཆ་དང་མི་འདྲ། སྐུ་ངོ་ཨན་གྱི་བྱ་བ་སྒྲུབ་སྟངས་དྲང་མོ་དྲང་བཞག་ཡིན་པས། ཁ་ཡག་ངོ་དགའ་དང་། ལྷག་སྒོ་འཛུལ་བའི་སྐོར་མི་ཤེས། རང་ཉིད་ལོ་ཡང་ལྔ་བཅུར་སླེབས། ཕོ་བྲང་རྒྱུགས་ལེན་ཆེ་མོ་ནས་གླེང་བརྗོད་ཆེན་པོ་བྱས་ཡོད་ཀྱང་། བྲིས་གཟུགས་དེ་འདྲ་ལེགས་པོ་མེད་པས་ཀ་པ་ཨང་གསུམ་པ་ཐོབ། གོང་མར་མཇལ་དུས། སྐུ་ངོ་ཨན་གྱི་ལོ་རྒྱུས་ལ་གཟིགས་ཚར་ཏེ། གོང་མས་མར་བལྟས་པ་ན། ཁོ་ནི་དཔོན་གནས་སྲིད་འཛིན་བྱེད་པའི་ལོ་ཚོད་ཡིན་པ་དང་། བདེན་ལུགས་སྐྱོང་བའི་མི་ཞིག་ཡིན་པར་བསམས། གནས་གཞན་དུ་ས་གནས་དཔོན་པོ་ཞིག་དགོས་པར་དམིགས་ཏེ། མིང་ཐོའི་སྟེང་གི"ཨན་ཞོའོ་ཧེ"ཡི་མིང་ཐོག་ཏུ་རྟགས་བརྒྱབ་སྟེ། རྫོང་དཔོན་གཞོན་པའི་གོ་གནས་ཤིག་སྤྲད།

ཁྱིམ་མིས་སྐུ་ངོ་ས་གནས་གཞན་གྱི་དཔོན་གནས་ཐོབ་པ་ཐོས་ཏེ། ཚང་མར་དགའ་བ་རབ་ཏུ་རྒྱས། ཐུམ་མོ་དང་སྐུ་སྲས་

གཉིས་ཀྱིས་སྐུ་ངོ་ཁྲིམ་དུ་ཕེབས་དུས་གདོང་ན་མ་དགའ་བ་དང་སྡུག་མདོག་ཡོད་པ་མཐོང་ཚེ། ས་གནས་གཞན་ལ་མངགས་པའི་རྐྱེན་ཡིན་པ་ཤེས། སྐབས་དེར་སེམས་གསོ་བྱེད་ས་མི་འགྲོ་བས། འབྲེལ་མེད་ཀྱི་གཏམ་སྙིང་སྣ་ཚོགས་བཤད། ལོ་ན་རྒས་པའི་མི་ལ་མཚོན་ན། ཕྱི་ནས་སྡུག་ལ་གཏད། སེམས་ནས་སྡུག་འདང་རྒྱབ་པ་དེས། ཕྱི་ཉིན་སྟབས་ལུག་སྐད་འགག སྙིང་རླུང་སྟོད་དུ་འཚང་བ་དང་མགོ་ཡུ་འཁོར་ནས་ཚམ་ནད་ལྷི་མོ་ཞིག་ཐོག་པས་སྨན་པ་གདན་དྲངས་ཏེ་བཅོས། ཚ་བའི་རྟུལ་ཕྱིར་བཏོན་ཀྱང་། ཚ་གྲང་འཁོར་རྒྱུག་གིས་འདར་ནད་བྱུང་། དེ་ནས་འདར་ནད་དྲག་སོང་། ཡང་སྟོན་མཇུག་གི་འབྲུ་ནད་བྱུང་། ཐབས་བཀོད་གཞན་མེད་པས། སྲིད་དཔོན་ལ་ཡི་གེ་བྲིས་ཏེ་ནད་གསོ་བའི་དགོངས་དག་ཞུས། སྟོན་ཟླ་མཐའ་མ་དང་དགུན་ཟླ་ར་བའི་མཚམས་སུ་སྐུ་ངོ་ཨན་གྱི་ནད་སོས་ཏེ་ལུས་ཁུང་བདེ་པོ་བྱུང་།

སྐུ་ངོ་ཨན་ཕྱི་རུ་འགྲོ་འདོད་མེད་སོང་། ལོའི་སློབ་གྲོགས་དང་ཤ་ཉེ་རིང་གིས་རྒྱལ་གཅེས་དམངས་བྱམས་དང་། གོང་མ་དང་མེས་པོའི་བཀའ་དྲིན་སྙིང་ལ་བཅངས་དགོས་ཚུལ་གྱི་གནས་ལུགས་ཟབ་མོའི་སྐུལ་མ་བཏང་། སྐུ་ངོ་ཨན་ནི་བག་ཡོད་ཚུལ་ལྡན། སྐྱིད་སྡུག་ལས་དབང་ལ་བཅོལ་བ་ཞིག་ཡིན་མོད། འོན་ཀྱང་ཉི་མ་འཇོལ་ཐབས་བྱེད་པ་ཞིག་མིན། ནད་གསོ་དགོངས་

ཞུའི་གནང་བའི་ཉིན་ཚར་བར་སྒྲུག་རྒྱུ་ལས་གཞན་མེད། དེ་དུས་ལྷོ་ཆུའི་ཀཱའོ་ཀྲཱ་ཡན་བརྒྱུད་ནས་རྨ་ཆུའི་རགས་ཁ་ཤོར་བ་དང་འཕྲད། ཐེངས་འདིའི་ཆུ་ལོག་གིས་འབངས་མིའི་ཞིང་ས་དང་འབངས་མི་སེར་ཅི་ཙམ་གྱིས་སྲོག་ཤོར་བའང་མི་ཤེས། ས་གནས་དཔོན་པོས་གོང་རིམ་ནས་འཛུགས་སྐྲུན་མ་དངུལ་གནང་སྦྱིན་གཏོང་དགོས་པའི་རེ་ཞུ་དང་། དེར་མ་ཟད་རྫོང་དཔོན་དང་བཅས་པའི་མི་བཅུ་གཉིས་ཆུ་བོའི་རགས་ལས་ལ་མངགས་གཏོང་བྱེད་དགོས་ལུགས་ཞུས། ཐེངས་འདིར་སྐྱུ་ཇོ་ཨན་ཡང་རྗེས་སྙོན་འདེམས་སྒྲུག་མི་སྣའི་ནང་བདམས་པ་རེད།

ཡོན་ཏན་པ་སྐྱུ་ཇོ་ཨན་གྱིས་རྫོང་དཔོན་ཞིག་གི་འགན་མི་ཐེག་པ་མིན་མོད། སྐྱུ་ཇོ་ཨན་གྱིས་མི་ཚེའི་བགྲོད་ལམ་དཀའ་ངལ་ཆེ་བ་དང་དཔོན་པོ་སྐྱོད་གཙང་ཞིག་བྱས་ཏེ་འབངས་མི་སྡུག་ལ་སྦྱར་ཏེ་རང་གཅིག་པུའི་སྐྱིད་རྒྱག་པར་མི་འདོད། དམངས་སེམས་ཐོབ་དགོས་ན། གོང་དཔོན་པོའི་འདོད་པ་དང་འགལ་འགྲོ་བ་གཞི་ནས་རྟོགས་ཡོད། དུས་ད་ལྷ་ཆུ་བཅོས་ལས་གྲྭའི་འགན་ཞིག་འཁྱུར། ཆུ་བཅོས་ལས་གྲྭའི་འགན་འདི་ནི་མིང་དུ་གྲགས་པའི་རྫུན་མའི་བཟོ་སྐྲུན་ཞིག་སྟེ། རྒྱུ་ནོར་སྙིག་ཟ། སྐབས་བསྟུན་ཕྱིར་འཐེན། ཟ་འཕྲུང་ལ་ཧམ་པའི་ལས་གནས་ཤིག་རེད། ས་གནས་དཔོན་པོ་གཞན་ལས་ཀྱང་སྤྱོད་དཀའ། རྗེས་ནས་སྐྱུ་ཇོ་ཨན་གྱིས་ལས་དབང་ལ་བཅོས་པ་མེད་པར་

བསམས་ཏེ། སྙིང་སྟོབས་ཆེར་བསྐྱེད་ཀྱིས་ཚོམས་ཁང་དུ་མི་རེ་རེར་མཇལ། བྱ་བ་རྩག་རྩིག་བསྒྲུབས་ཚར་ནས། ད་གཟོད་རང་ཞག་ཏུ་ཡོག་སྡེ་ཁྲིམ་མི་དང་མཉམ་དུ་ཅི་ལྟར་ལམ་ཆས་བརྒྱབ་སྟེ་འགྲོ་དགོས་པར་གྲོས་བྱས་ནས་སྐྱ་གོན་བྱས་སོ།།

ལེའུ་གཉིས་པ། ཆུ་བེད་སྤྱི་དཔོན་ཆེན་མོར་ཕོག་ཐུག་བཏང་།། ཉེས་མེད་སྐྱོན་བཙུགས་ཏོས་ཨན་གནས་སྲུ་ལུས།།

ཁྲིམ་མི་ཚང་མས་སྐྱ་ངོ་ཨན་ལམ་ལ་ཅི་ལྟར་ཆས་པ་གློང་དུས། ཕོ་རང་གིས་བསམ་བློ་སྟོན་ནས་བཏང་ཡོད་དེ། ཕོ་ནི་མི་ཨུ་ཚུགས་ཤིག་ཡིན་པས། གཟབ་རྒྱས་བྱེད་པར་མི་དགའ་ལ། འབྲེལ་འདྲིས་བྱེད་པར་དེ་བས་ཀྱང་མི་མཁས། ཆེས་སྐྲག་པ་ནི་གཞན་ནས་དཔོན་པོ་བྱེད་རྒྱུ་དེ་རེད། དཔོན་པོར་འདུག་ཐབ་མེད་ཅི་ལྟར་ཡང་། གནས་སྐབས་སུ་ཁྲིམ་མི་མི་འཁྲིད་པར་འགྲོ་རྒྱུའི་ཐག་བཅད། ལྷམ་མོས་སྐྱ་ངོ་ལོ་ལྔ་བཅུར་སོན་ཡོད་པའི་རྒན་པ་ཞིག་ཡིན་ཞིང་། ལྟ་སྐྱོང་བྱེད་མཁན་མེད་པ་དང་། ཡ་མོན་དུ་ཕྱི་ནང་མ་དབྱེ་བར་བསྡད་ན་འགྲིག་པོ་ཞིག་མེད་ཅེས་སེམས་ཁྲལ་ལངས།

སྐྱ་སྲས་ཨན་གྱིས་ཀྱང་ཕ་མ་གཉིས་མཉམ་དུ་ལམ་དུ་

ཆས་དགོས་ཚུལ་དང་། ཁྲིམ་ནས་གཡོག་མི་གོ་ཆོད་གཉིས་ཡོད་ན་ཕྱི་ནང་རྩག་རྩིག་གི་བྱ་བ་སྒྲུབ་ཐུབ་ཚུལ་བཤད། བུ་སོ་རང་ཡུལ་རྒྱུགས་སྤྲོད་ཚར་རྗེས་འོངས་ཆོག་པ་དང་། དེ་ལའང་སོ་ཕྱིད་ཙམ་ལས་མེད་ཟེར། སྐུ་ངོ་ཨན་གྱིས་སྐུ་སྲས་ཀྱི་གཏམ་འདིར་བདེན་སྙམ་སྟེ། ཧྭ་ཀྲུང་དང་ཡུས་ཀེ་གཉིས་བསྟད་ནས་བུ་ལ་ལྷ་སྐྱོང་བྱེད་དགོས་པའི་ངག་བཅོལ་བྱས། ནམ་རྒྱུན་དུ་རང་གི་ཐུགས་སྲས་བུའུ་མེན་ཨ་ཡིས་རོགས་བྱེད་པ་དང་། ཟླུར་ནས་དགེ་སྲུན་ཁྲིན་གདན་དྲངས་ནས། སྐུ་སྲས་ཀྱི་སློབ་གཉེར་ལ་ལྷ་སྐྱོང་བྱ་རྒྱུ་དང་། མགྲོན་པོ་སྣེ་ལེན་བྱེད་པ་སོགས་ཀྱི་ལས་བཅོལ་བྱས།

བཀོད་སྒྲིག་བྱས་ཚར་རྗེས། ཆུང་མ་དང་གཡོག་མོ་སོགས་མི་ཉི་ཤུ་བརྒྱལ་བ་བཀྲ་ཤིས་དུས་བཟང་ཞིག་ཏུ་ལྷོ་རུ་ཆས།

སྐུ་སྲས་ཨན་ནི་སྐྱེལ་མ་བྱས་རྗེས་ནས་ཕྱི་ལ་མི་འགྲོ་བར་ཉིན་རྒྱུན་སློབ་ལ་བརྩོན་པ་བསྐྱེད།

སྐུ་ངོ་ཨན་དང་ཁྲིམ་མི་འཁོར་དང་བཅས་པ་ཧོས་ཨན་ལ་འཁྱེར་ནས་བཞུགས་ཤག་ཏུ་བསྟད། དེ་ནས་སྐུ་ངོ་ཨན་གྱིས་ཏྲན་ཡཱང་རྫོང་གི་ཐེན་སོ་སོའི་ལས་གྲོགས་ལ་མཇལ་རྗེས་ད་གཟོད་གྲོས་ཁང་གོང་མར་ངོ་སྤྲོད་མིང་བྱང་ཐུལ་དུ་ཕྱིན། ཆུ་འགོག་བཟོ་སྐྲུན་གྱི་མགོ་པ་དེ་ཟླུར་དཔོན་ཞིག་ཡིན་པས། ངོ་དགའ་ངོ་བསྟོད་དང་སྙིག་ཚིང་གཉེར་མཁན་ཞིག་སྟེ་རྒྱུ་ནོར་

སྙིག་ཟ་མང་པོ་བྱས་མྱོང་ཡོད། དེ་བས་སྐབས་གཉིས་ཀྱི་ཆུ་འགོག་ལས་དོན་གྱི་འགན་ཁུར་རྗེས། སྟོ་ཆུ་ཆུ་ཀའི་སྤྱི་ཁྱབ་དཔོན་པོར་བསྟོད། མི་འདི་ནི་ང་རྒྱལ་ཆེ་ལ་རྒྱས་སྤྲོས་བྱེད་པར་དགའ་ཞིང་། སེམས་ངན་གཡོ་སྒྱུ་ཆེ། སྐུ་ངོ་ཨན་དང་བཅས་པའི་མངགས་གཏོང་བྱས་པའི་མི་བཅུ་གཉིས་པོ་ལས་ཕྱེད་ཀ་ལྷག་གིས་རྫོན་ནས་རང་རང་གི་འདུག་ས་འགྲོ་ས་བཙལ་ཏེ། རང་ལ་མཚམས་པའི་དཔོན་གནས་ཤིག་བདག་བཟུང་བྱས་ཡོད། སྐུ་ངོ་ཨན་ལ་མཚོན་ན། ངོ་སྤྲོད་མིང་བྱང་ཐུལ་ཟིན་ཀྱང་། ལན་ཅི་ཡང་མ་བྱུང་། ཆུ་འགོག་དཔོན་པོའི་སེམས་ལ། ཁོ་རང་རྗེས་ལུས་འགོར་འགྱངས་བྱུང་བས་ང་རྒྱལ་ཆེ་བར་བསམས། གཞན་ཡང་སྐུ་ངོ་ཨན་གྱིས་ལེགས་སྐྱེས་སུ་ཅིན་ལྷམ་དང་། ཁམ་ཚིག་ནང་སྙིང་། ཚལ་སྐམ་པོ་སོགས་ཡིན་པས་མགོ་པའི་སེམས་སུ་དེ་ལས་ཀྱང་དཔོན་གནས་ཡག་པོ་ཞིག་སྤྲོད་འདོད་མ་སྐྱེས་པ་རེད།

ཕྱི་ཉིན་དཔོན་པོ་མཇལ་བའི་དུས་དེར། སྐུ་ངོ་ཨན་གྱིས་མི་གཞན་དང་མཉམ་དུ་ངོ་སྤྲོད་མིང་བྱང་ཕུལ། ཆུ་འགོག་དཔོན་པོས་གཞི་ནས་ཅིན་ཧྲི་ཐོབ་ཐང་ཡོད་པ་རྟོགས། སྤྱོད་པ་ལེགས་ལ་མཇལ་སྤྲོ་བ། སྨྲ་བརྗོད་དག་ལ་ཕོག་རྒྱུ་ཡངས་པ་ཞིག་ཡིན་ཀྱིན། བསམ་བཞིན་དུ་སྣང་ཚུང་ཁུར་མེད་བྱ་དགོས་བསམས། དེ་བས་ཡོན་ཏན་པ་འདི་ལ་མཐོང་ཚུང་བྱ་སྙམ་སྟེ།

དྲི་བ་འགའ་བཏོན་ཚར་ནས་སྐྱིལ་མ་བྱས། སྐུ་ངོ་ཨན་གྱིས་དེ་ལ་སྣང་ངོགས་ཙམ་ཡང་མ་བྱས། དེའི་རྗེས་ནས་ཧོས་ཨན་ས་གནས་ཀྱི་རྗེས་སྐོན་འཁོར་གཡོག་ཏུ་སྒྱུར། ཟླ་རེར་གྲོས་ཁང་གོང་མར་མིང་ཐོ་འགོད་པ་ལས་བྱ་བ་བསྒྲུབ་རྒྱུ་ཅི་ཡང་མེད།

ཆུ་བེད་དཔོན་པོར་ཉིན་ཞིག་ལ་ཕའི་ཀྲིག་ནས་ཡར་ཞུ་འཁྱེར་ཏེ། ཕའི་ཀྲིག་གི་ཆུ་བཟོས་དཔོན་ཆུང་དེ་ནད་ཐེབས་ནས་འདས། ལས་གནས་སྟོང་བར་ལུས་ཡོད། གནས་འདི་ནི་བཟོ་སྐྲུན་ཆེས་ཉུང་ལ་ཆུང་བའི་གནས་དབེན་པ་ཞིག་རེད། ཆུ་བེད་དཔོན་པོས་སྐུ་ངོ་ཨན་གནས་དེར་ལས་ཚབ་ཏུ་མངགས། ཧོས་ཨན་དཔོན་ཚང་དང་ཧྲུན་ཡང་རྗོང་དཔོན་ནས་སྐུ་ངོ་ཨན་ལ་ཚན་ཟུའུ་ཕུའུ་དང་ཏའོ་ཧི་ཏུན་གཉིས་ལག་རོགས་སུ་ངོ་སྤྲད། སྐུ་ངོ་ཨན་གྱིས་གཡོལ་ཐབས་མེད་པར་འཐད་པ་བྱུང་།

ཕྱི་ཉིན། མིང་འགོད་ཁང་ནས་ཤོག་བུ་བསྐྱལ་འོངས། སྐུ་ངོ་ཨན་གྱིས་ཟིན་བྲིས་སྟེང་གི་བཟོ་སྐྲུན་གྱི་རིང་ཚད་དང་། རྒྱུ་ཆ་གསོག་ཚད། མ་དངུལ་མང་ཉུང་སོགས་ཀྱི་རེའུ་མིག་སྟོང་བར་བཞག་ཡོད་པ་ཤེས། འགྲམ་ན་མིང་འགོད་ཤོག་ལྟེ་དམར་ཆུང་སྒྲུར་བའི་སྟེང" ནང་ནས་ཚོག་མཆན་འགོད་རོགས་ཞུ" ཞེས་བྲིས་ཡོད། དོན་དེ་སྐྱུབ་མཁན་ཚན་ཟུའུ་ཕུའུ་ཡིས་ཀྱང་བྲིས་མེད། སྐུ་ངོ་ཨན་གྱིས་དཔོན་རོགས་ཚན་ལགས་ཀྱིས་བརྗེད་སོང་སྙམ་ནས་པོས་ཏེ་མིང་འགོད་ཁང་ལ་རྩད་གཅོད་པར་

བཏང་ཡང་འབྲས་བུ་མ་བྱུང་། སྐུ་ངོ་ཨན་དངོས་སུ་རྒྱུ་མཚན་འདྲི་བར་སོང་། དཔོན་གྲོགས་ཚན་གྱིས་དོན་ངོ་མ་དེ་ཁོང་ལ་བཤད"ང་ཚོ་ཆུ་བཟོས་ཡ་མོན་ནས'བདེན་དཔང'གི་ཡི་གེ་བཀོལ་ས་མེད། སྒྲུབ་མཁན་ཡང་མེད། དཔེར་ན་སྐུ་ངོ་པེ་ཅིན་ནས་འདིར་སླེབས་པར། ཉིན་རྒྱུན་གྱི་འགྲོ་གྲོན་དང་། དཔོན་ཚང་ཡ་མོན། ཕྱི་ནང་ཐམས་ཅད་གང་དུ་ཡང་དངུལ་བཀོལ་མི་དགོས་སམ། དེའི་མི་ཚད་རྒྱལ་སའི་དཔོན་ངན་དག་ལ་འབྲེལ་བ་བྱེད་པ། ཡ་མོན་ཕྱི་ནང་གི་ལས་གཡོག་པ་རྣམས་ཀྱིས་ཀྱང་ཁ་གདངས་ནས་བཟོ་སྐྲུན་གྱི་རྒྱུ་ཟ་འདོད་ཡོད། བཟོ་སྐྲུན་གྲུབ་པ་ན། རིམ་པ་རིམ་པར་སྙོར་རྫོག་འགའ་མི་དགོས་སམ། དེ་བས'བདེན་དཔང'ཡི་གེ་འདི་སྲོད་ས་མི་འགྲོ།" ཞེས་བཤད། སྐུ་ངོ་ཨན་གྱིས་གཏམ་འདི་ཐོས་ཏེ། དཔོན་གྲོགས་ལ"སྐུ་ཞབས་ཁྱོད་ཀྱིས་གསུང་ལ་བརྟགས་ན། ཕྱིའི་འགྲོ་སྙོ་འདི་གྲོན་ཆུང་བྱ་ཐབས་མེད། ང་དང་ངའི་བཟའ་ཚང་གིས་གཏན་ནས་འདི་ལྟར་སྒྲུབ་མི་སྲིད།" ཟེར། དཔོན་གྲོགས་ཚན་གྱིས་སྐད་ཆ་མཐུན་པོ་མ་བྱུང་བར་རྟོགས་ཏེ། ཞིབ་ཏུ་མ་བརྗོད། དངུལ་ཉིས་བརྒྱ་སུམ་བརྒྱ་ལྟག་ཙམ་ཞིབ་རྩིས་བྱས་ནས་སྔོན་སྤྲོད་རྩིས་སྤྲོད་བྱས།

ཉིན་ཞིག་གྲོས་ཁང་གོང་མས་བློ་བུར་དུ་སྐྱེ་བརྫ་ཞིག་བསྒྲགས་ཏེ། སྐུ་ངོ་ཨན་ཀའོ་ཡན་ཕྱི་བརྒྱུད་ཐོང་ཕྱུན་ལ་མངག་

གཏོང་ཐུབ། ཏའོ་ཧྲི་ཏུན་མགྱོགས་པོར་རྟེན་འབྲེལ་ཞུ་བར་འོངས་ཤིང་། ཟླ་རྗེས་མ་ནི་ཚུ་བེད་སྲྀ་དཔོན་གྱི་སྐྱེས་སྐར་ཡིན་པས། སྐུ་ངོ་ཨན་གྱིས་ལེགས་སྐྱེས་དངོས་པོ་རྒྱ་ཆེན་འབུལ་དགོས་ཚུལ་བཤད། སྐུ་ངོ་ཨན་གྱིས་གཏམ་དེར་མ་ཉན། ཏའོ་ཧྲི་ཏུན་གྱིས་བཤད་ས་མི་འགྲོ་ཤེས་རྗེས་ཁྲེལ་དགོད་བྱེད་ཁོར་ཕྱིར་སོང་། རང་གིས་བྱ་བ་གཞན་སྒྲུབ་པར་སོང་ངོ་།།

སྐུ་ངོ་ཨན་གོང་གི་ལས་སྦྱོར་ཡིག་ཚ་ལག་ཏུ་འཁྱོར་རྗེས། ཏོས་ཨན་ལ་སླེབས། ཚུ་བེད་སྲྀ་དཔོན་གྱི་སྐྱེས་སྐར་ལ་སླེབས་ལ་ཉེ་བ་དང་འཁེལ། ཐམས་ཅད་ཀྱིས་ལེགས་སྐྱེས་འགྲན་བསྡུར་བྱེད་བཞིན་ཡོད་མོད། སྐུ་ངོ་ཨན་པོ་ནས་དངུལ་སྲང་ལྔ་བཅུ་མ་གཏོགས་ཕྱག་གསུམ་འཚོལ་ནས་ཐུག་པ་དཀར་ཡོལ་གང་བཞེས་རྗེས། བཀའ་དྲིན་ཞུས་ཏེ་མགྱོགས་པོར་ལས་གནས་སུ་བསྐྱོད་དོ།། ཀའོ་ཡྰན་ལ་འཁྱོར་བ་ན། དེར་མི་མང་འདུ་འཛོམ་ཆེ་བ། གནས་སྐྱིད་ཅིང་ཕྱུག་པོ་ཡིན་པ་ཤེས། དེ་ལས་ཀྱང་བཟོ་སྐྲུན་གྱི་གཞི་རྒྱ་ཆེ་ཞིང་། དངུལ་སྣོར་མོད་པ། གཞུང་ལས་མང་བ། ཁྲིམ་མི་བཀོད་སྒྲིག་བྱེད་པ་སོགས་བྱ་བ་མང་པོས་སྐུ་ངོ་ཨན་ལ་ཟས་ཟ་འདོད་མེད་པར་ཡི་ག་འཆུར་བཅུག་ཅིང་། གཉིད་ཀྱང་བཅག་གོ།

སྐུ་ངོ་ཨན་ལ་འདི་ལྟ་བུའི“དཔོན་གནས”མཐོན་པོ་ཞིག་ཇི་ལྟར་ཐོབ་བམ་ཞེ་ན། མ་གཞི་ཀའོ་ཡྰན་ཕྱི་བརྒྱུད་ནི་ཀའོ་

ཧྭ་ཡན་གྱི་སྨད་བརྒྱུད་ཀྱི་ཆུ་ལོག་རྒྱུག་ས་རེད། སྔོན་གྱི་ཕོང་ཕྲན་དཔོན་པོ་དེས་རྒྱུ་འཕྲི་སླ་བཅོས་ཀྱིས་ཧམ་ཟ་ཤོག་ཟ་བྱས་ཚར་ཏེ། ཟླ་གསུམ་པར་ཆར་ཆུ་མོད་པ་བྱུང་བ་འཛུར་མ་ཐག རྗེས་མའི་མི་དེ་ཉེས་ཚབ་བྱེད་མཁན་དུ་གཏོང་འདོད་པ་རེད།

སྐུ་ངོ་ཨན་དཔོན་གནས་འདིར་བསྡད་རྗེས། དཔྱིད་མཇུག་དབྱར་མགོའི་ཆར་ཆུ་རྒྱས་པའི་དུས་དང་འཕྲད། ཧོང་ཙེ་མཚོ་ཧ་ཅང་ཁྲུག་པས། ཀའོ་ཧྭ་ཡན་གྱི་རགས་ཁ་སྨི་སུམ་བརྒྱ་ལྷག་ཤོར། གནས་དེའི་སྟོད་ཁང་དང་གཞི་ཁྱིམ། ས་ཞིང་སོགས་བརླུབས། སྐུ་ངོ་ཨན་གྱིས་ཕྱོགས་གཅིག་ནས་ངལ་རྩོལ་པ་དང་རྒྱུ་ཆ་བསྡུས། ཕྱོགས་གཅིག་ནས་དངུལ་བཏང་ནས་བསྐྱར་གསོ་བྱ་དགོས་པའི་སྙན་ཞུ་ཞུས། ཆུ་བེད་སྤྱི་དཔོན་གྱིས་ཟླ་ངོ་གཅིག་གི་ནང་བསྐྱར་གསོ་བྱེད་ཚར་དགོས་པའི་བཀའ་ཕབས། སྐུ་ངོ་ཨན་གྱིས་ཚོག་མཚན་མཐོང་མ་ཐག་ལས་མགོ་བཙམས། ཁོ་རང་རྩིས་གཉེར་པ་དང་མཉམ་དུ། གཞུང་གཡོག་པ་དང་དམག་མི། འབངས་མི་འཁྲིད་དེ་ནན་ཏན་གྱིས་ཆུ་རགས་བསྐྱར་བཟོ་བྱས། ཟླ་གཅིག་གི་ནང་དངོས་སུ་ལེགས་འགྲུབ་བྱུང་། གང་ཡིན་ཚང་མ་ཧ་ཅང་སྤུས་ལེགས་ཤིག་རེད་ཟེར་མི་ཐུབ་མོད། དཔོན་པོ་སྔོན་མ་དང་ཐེན་གཞན་དང་བསྡུར་ན་རྒྱུ་ཆ་བཟང་ལ་བཟོ་སྐྲུན་ལེགས་པས་སྔོན་དང་མི་འདྲ། བཟོ་སྐྲུན་འགྲུབ་ལ་ཉེ་དུས་གོང་ལ་བཟོ་སྐྲུན་ལ་ཞིབ་གཤེར་བྱེད་

པར་ཕེབས་པའི་སྙན་ཞུ་ཞུས།

སྟབས་མི་ལེགས་པ་ཞིག་ལ་བཟོ་སྐྲུན་གྲུབ་ཉིན་ནས་བཟུང་། ཟླ་ཕྱེད་རིང་ལ་གནམ་ཟླ་གོད་ལ་ཆར་ཆུ་མོད། ཟེ་ཁྲིན་དང་ཏུའུ་ཡེ་བར་གྱི་གཙང་པོ་རྒྱས་པ་དང་འཕྲད། ཆུ་རྒྱས་པའི་རྫམ་ལ་བལྟས་ན་ཧ་ལས་པ་ཞིག་རེད། མངག་གཏོང་ཞིབ་བཤེར་པ་དེའི་སེམས་ལ་ཕལ་ཆེར་སྐྲུ་ངོ་ཨན་གྱིས་ཞིབ་བཤེར་དངུལ་ཞེས་པ་ཁོར་མི་སྟེར་བསམས་ནས། ཉིན་འགའ་འགོར་འགྱངས་བྱས། སྐབས་འདིར་ཡུན་རིང་ན། ཆར་ཆུ་དེ་ལས་མོད་པར་གྱུར་བས། གཞན་པའི་བཟོ་སྐྲུན་རགས་ཁ་ཤོར་ནས་ཞིབ་བཤེར་མ་བྱས་པའི་རང་གི་རགས་ཀྱང་ཆུས་བསྐྱུབས་སོང་།། སྐྲུ་ངོ་ཨན་འཚབ་སྟེ། མཚན་རྒྱབ་ནས་ཡར་ལ་སྙན་ཞུ་བྱས། ཆུ་བེད་སྤྱི་དཔོན་གྱིས་ཐོས་ཏེ། མྱུར་དུ་མི་མངགས་ནས་སྐྲུ་ངོ་ཨན་གྱི་ཐོབ་ཐོ་ས་བླངས་ནས། ཧོས་ཨན་དུ་ཉེས་དོན་འདྲི་གཅོད་སྐྱོང་དུ་འོངས་དགོས་པར་བྱས། སྐྲུ་ངོ་ཨན་གྱིས་དཔོན་གནས་གཞན་ལ་ཤོར་བ་དང་ཆུ་བེད་སྤྱི་དཔོན་གྱིས་གོང་མར་འབུལ་རྒྱུའི་ཡི་གེར“ཐོབ་བླང་འདྲི་གཅོད་ལ་སྐྱུགས། ཉེས་དོན་ཁུར་ཏེ་ཞིག་གསོ་བྱེད་དགོས”ཞེས་བྲིས་ཡོད་པ་མཐོང་།

སྐྲུ་ངོ་ཨན་ཧོས་ཨན་དུ་ཉེས་དོན་རྩད་གཅོད་དུ་ཁྲིད། ཧན་ཡུང་ལ་མོན་དུ་བཀག ལྷབ་འགྱུར་གྱི་ཞིག་གསོ་བྱེད་པའི་དངུལ་ལེན་པར་བྱས། ཁོ་རང་ཧན་ཡུང་རྫོང་གི་དཔོན་པོ་ཉེས

པ་ཅན་ཞིག་ཡིན་པས། བཙོན་དུ་འདུག་མ་དགོས་པར་བཙོན་ཁང་ཕྱིའི་ཁང་པ་ཞིག་ཏུ་བཀོད་སྒྲིག་བྱས། ཨན་ལྷུམ་མོ་གནས་སྐབས་སུ་ཏུང་ཀོན་མགྲོན་ཁང་དུ་བསྡད། སྐབས་ཤིག་ལ། ཚན་ཙུའུ་ཧྥུའུ་དང་ཧྲའོ་ཧྲི་ཏུན་སོགས་རང་རང་ཕྱོར་ཡང་། ཕ་ཡུལ་ནས་འཁྲིད་འོངས་པའི་གཡོག་མོ་འགའ་ཡོད་པ་འགྲོ་ས་མེད་པར་གྱུར། སྐུ་ངོ་ཨན་ལགས་ལོ་སྟོན་མའི་དགུན་ཁར་ཕྱི་དཔོན་དུ་བསྐྱད་པ་ནས་ད་བར་དུ། ལོ་ཕྱེད་ལས་འགོར་མེད་མོད། རྨི་ལམ་ལྟ་བུ་ཞིག་རྨིས་སོ།།

ལེའུ་གསུམ་པ། རྒྱང་བཞུད་ལམ་དུ་དཀའ་བ་བརྒྱ་ཕྲག་སྤྱངས།། དཔོན་གཡོག་ཕན་ཚུན་གནས་སྐབས་སོ་སོར་ཕྱེས།།

སྐུ་ངོ་ཨན་ལ་སྡོད་ཁང་གྲུབ་ཆུང་གཉིས་ཡོད་པས་འཚོ་བར་དཀའ་ཁག་མེད་མོད། ལྟབ་འགྱུར་གྱི་ཞིག་གསོ་བཟོ་སྐྲུན་ལ་དངུལ་ལྷ་སྟོང་ལྷག་དགོས། སྐུ་ངོ་ཨན་ནི་དཔོན་པོ་རྫམ་མེད་སྐྱིད་གཙང་ཞིག་ཡིན་པས་ཇི་ལྟར་སྒྲིད་དམ། ཕ་ཡུལ་ལ་འཕྲིན་ཡིག་ཅིག་བྲིས་ཏེ། གཞིས་ཀ་དང་ཞིང་ས་བཙོང་དགོས་ཚུལ་ལབ། རང་གིས་བསྐྱང་སྐྱོང་བའི་སློབ་མ་ཡའང་རེ་རེ་བཞིན་འཕྲིན་བསྐུར་ཏེ། དངུལ་གྱི་རོགས་རམ་དང་དངུལ་བསགས་ནས་ཚབ་དགོས་པ་ཞིབ་ཏུ་བྲིས།

དེ་ཡང་ཆུ་བེད་སྤྱི་དཔོན་གྱིས་སྐུ་ངོ་ཨན་ལ་མ་རུང་ཁོག་བཅུག་གིས་གཏུག་གཞེར་ཡི་གེ་མགྱོགས་པོར་རྒྱལ་སར་བསྐུར། གོང་མས་ཆུ་རགས་སྲོར་བ་དང་། ཞིང་ས་ཆུས་བསྣུབས་པ་སྙེས་

རྗེས། ཕོང་ཁྲི་དྲག་ཏུ་ཡངས། ཞུ་ཡིག་ལྷར་གོང་མའི་བཀའ་ཡིག་ཕྲིས་ཏེ། ཨན་ཞའོ་ཧེ་ཡིས“ ཐོབ་བླང་འདྲི་གཅོད་ལ་སྐྲུགས། ཉེས་དོན་ཁུར་ཏེ་ཞིབ་གསོ་བྱེད་དགོས” ཞེས་བསྐྲུགས། བཀའ་འདིའི་ནང་དོན་དེ་ནང་བློན་ཞིག་གིས་བཤུ་འབྲི་བྱས་ནས་ཐུང་མ་འགོར་བར་རྒྱལ་སའི་ཚགས་པར་ངོས་སུ་བཀོད། སྐུ་སྲས་ཨན་ནི་སློབ་གཉེར་བྱེད་པ་ལས་ཕྱིའི་གནས་ཚུལ་འདྲི་གཅོད་བྱ་རྒྱུར་མི་དགའ། ཕྱར་དོན་འདི་ཉེ་མི་ལས་གོ་ཐོས་བྱུང་སྟེ། མི་མངགས་ནས་རྩད་གཅོད་བྱས། ཉིན་དེར་སྐུ་ངོ་ཨན་གྱི་སློབ་མ་སྐུ་སྲས་མའི་ཞེས་པ་མཚམས་འདྲི་སླེབས་པས། སྐུ་སྲས་ཀྱིས་ད་གཟོད་ཨ་ཕ་ལ་སྐྱོན་མེད་ཉེས་འཛུགས་བྱས་ནས་བཙོན་དུ་བཙུག་པ་ཤེས། སྐུ་སྲས་ཨན་གྱིས་མྱུར་དུ་གཡོག་པོ་ཞིག་ཐུའུ་མེན་ཨ་ཚང་ལ་ཞིབ་འདྲི་བྱེད་པར་བཏང་ཡང་ཁོ་ཉེ་ལམ་གྱི་ཙང་ལ་གཞུང་དོན་སྒྲུབ་ཏུ་བསྐྱོད་པས་མེད། སྐབས་ལེགས་པ་ཞིག་ལ་དཔོན་གྲོགས་ཁྲིན་ཚང་ན་ཡུལ་མི་ཞིག་ཡོད་པ་དེས། ད་ལྟ་བཟོ་དཔོན་གྱི་རྒྱུགས་སྤྲོད་ཀྱིན་ཡོད་པ་དེར་རྩད་གཅོད་བྱས་ཚོག་སྙམ། ཕྱི་ཉིན་སྔ་དྲོར། དཔོན་གྲོགས་ཁྲིན་ཕྱིར་སླེབས། ཐུམ་ནས་བཤུ་འབྲི་བྱས་པའི་གོང་མའི་བཀའ་ཤོག་ཕྱིར་བླངས་ཏེ། སྐུ་སྲས་ལ་སྤྲད། དེའི་སྟེང་དུ“ ཐོབ་བླང་འདྲི་གཅོད་ལ་སྐྲུགས། ཉེས་དོན་ཁུར་ཏེ་བསྐྱུར་ལས་ཕྱུགས། གལ་ཏེ་མི་འདིས་དུས་ལྟར་ཆབ་དངུལ་སྤྲོད་ཐུབ་ཅིང་། ཕྱར་ལྟར་བསྐྱར་གསོ་བྱས་བཏང་ན། ཡང་བསྐྱར་གོང་མར་སྙན་ཞུ

འབུལ” ཞེས་བྲིས་ཡོད།

སྐུ་སྲས་ཨན་གྱིས་བལྟས་ཚར་བ་ན། དཔོན་གྲོགས་ཁྲིན་གྱིས“ གཞུང་ཕྱོགས་ནས་དངུལ་གྱི་སྐྱིན་ཚབ་སྤྲོད་ནས་བཟོ་སྐྲུན་གྲུབ་ཐུབ་ན་སྙན་ཞུ་བྱས་ཏེ་གོང་ལ་མཇལ་བར་རོགས་བྱས་ཆོག་ཟེར། ཉེས་དོན་འདི་ལྟ་བུ་ནི། ཕལ་ཆེར་དཔོན་གནས་བསྐྱར་གསོ་མི་བྱེད་མཁན་མེད། ” ཅེས་སེམས་གསོ་བྱས། སྐབས་འདིར་ཨན་ཚང་ལ་དངུལ་མེད། སྐུ་སྲས་ཨན་ལ་བྱ་ཐབས་ཟད་པས། མི་མང་གིས་གྲོས་ཁ་བསྡུར་བར་རོ།

སྐུ་ངོ་ཨན་གྱིས་ཁྱིམ་ལ་གཡོག་པོ་ཞིག་བཞག་པའི་རུས་ཀྲང་དང་མིང་ལ་ཅིན་པོ་ཟེར། སོ་བདུན་ཅུ་ལྷག་ལ་སླེབས་ཡོད། ཁོས་དཔོན་གྲོགས་ཁྲིན་ལ“ ང་ཚོའི་ནུབ་རི་ན་དགོན་རྙིང་ཞིག་ཡོད་པ་དེའི་དགོན་བདག་ཧྭ་ཤང་ལ་དངུལ་ཡོད། རྒྱུན་དུ་བོགས་ལ་གཏོང་བཞིན་ཡོད། ཁོ་དང་སྐུ་ངོ་གཉིས་འདྲིས་ཆེ། དེ་བཙལ་ན་བཟང་། ཧྭ་ཤང་རྒྱུ་ནོར་ལ་ཧམ་ཆེ། ཕལ་ཆེར་ཁ་སྟོང་ཚིག་སྟོང་བཤད་ནས་གོ་མི་ཆོད། གཞིས་ཁྱིམ་གྱི་མཐའ་སྐོར་གྱི་ཞིང་ས་འདི་ན། སོ་མཇུག་ཏུ་དངུལ་སྲང་ཉིས་བརྒྱ་ལྷག་གི་བོགས་ཡོད་པ་མ་ཡིན་ནམ། ཅི་ཙམ་བསྐྱི་ཐུབ་ན་དེ་ཙམ་བསྐྱིས། ལྷག་མ་གཞན་ནས་ཐབས་བཙལ་དགོས། ” ཞེས་རྗེས་བཏོན།

དཔོན་གྲོགས་ཁྲིན་གྱིས་ཉན་རྗེས། སྒྲུབ་ཆོག་ལ་འོས་པ་ཞིག་ཀྱང་རེད་འདོད། འགྲོ་རྒྱུའི་ཐག་བཅད། ཀྲང་ཅིན་པོ་

ཡིས་དཔོན་གྲོགས་ཁྲིན་གྱིས་སྐྱུ་སྲུས་ལ་ལྷ་སྐྱོང་བྱེད་པ་རྒྱུ་མཚན་དུ་བྱས་ཏེ། ང་འགྲོའོ་ཞེས་བཤད། ཨུ་ཚུགས་ཆེ་བའི་རྐད་པོ་གཉིས་ཀྱིས་གཅིག་གིས་ང་འགྲོ། གཅིག་གིས་ང་འགྲོ་ཞེས་བཤད་ནས་རྩོད་པ་བྱས།

སྐྱུ་སྲུས་ཨན་གྱིས་ཙོ་གཉིས་ཀ་རྩོད་པ་བྱེད་པ་མཐོང་བ་དང་། ཡང་ད་ལྷ་ཨ་མའི་སེམས་འཚབ་བཞིན་པ་བསམ་སྟེ། རང་ཉིད་འགྲོ་རྒྱུའི་ཐག་བཅད། དེ་ལྟར་སེམས་ཀྱང་བདེ། གལ་ཏེ་དངུལ་ཡོད་ན། མ་མཐའང་འཁྲིད་དེ་ཕྱི་ཉིན་ལམ་དུ་ཆས་རྒྱུའི་ཐག་བཅད། མི་རྣམས་ཀྱིས་བཀག་ཀྱང་སྐྱུ་སྲུས་སེམས་ཐག་བཅད་ཟིན་པས་མ་ཐོགས།

སྐད་ཆ་བཤད་མཚམས་དེར། ཡང་མི་གཉིས་སླེབས། མིང་ལ་ཀོན་ཡི་དང་། ཧེ་ཀྲི་རོན་ཟེར། ཙོ་གཉིས་ཀ་སྐྱུ་ངོ་ཨན་གྱི་སློབ་མ་ཡིན། ཙོ་གཉིས་ཀྱིས་སྐྱུ་ངོ་ཨན་གྱི་གནས་ཚུལ་ཐོས་ཏེ་མཉམ་དུ་སྐྱུ་སྲུས་ལ་མཚམས་འདྲིར་འོངས་པ་རེད། སློབ་གྲོགས་ཚོས་བསྡུས་པའི་དངུལ་དག་སྐྱུ་སྲུས་ལ་སྤྲད། གཞན་ཡང་དངུལ་སྒོར་བརྒྱ་ཁྱེར་ཡོང་། དེ་ནི་སྤུན་ཟླའི་ཨ་ཕ་དང་ཨ་མྱེས་ཧེ་གཉིས་ཀྱིས་བྱིན་ནས་བསྐུར་བ་ཡིན་ཟེར། ཁ་སང་ཙོང་གིས་བྲའུ་མེན་ཨ་ལ་དགོངས་དག་འཕྲིན་ཡིག་ཅིག་ཀྱང་བྲིས་ཡོད།

དེར་མཐུད་ནས། ཧོས་ཨན་ནས་པེ་ཅིན་དུ་འཕྲིན་བསྐྱལ་བའི་ཁྱིམ་མིའང་སླེབས་ཏེ་སྐྱུ་ངོའི་གནས་ཚུལ་དང་ཞིང་

ས་གཏའ་མ་འཛོག་དགོས་པའི་བསམ་འཆར་བཤད། ད་དུང་ཉེ་མི་འགའ་ཡང་མཚམས་འདྲིར་སླེབས་ཡོད། མི་རྣམས་ཀྱིས་ཕན་ཚུན་ཁ་བརྡ་བྱས་རྗེས། རང་གནས་སུ་སོང་། སྐྱ་སྲས་ཀྱིས་མགྲོན་པོ་བསྐྱལ་དུས། ཞང་པོའི་བཟའ་ཟླ་ཡང་སླེབས། ཞང་བཟའ་ནི་ཨན་ལྷམ་མོའི་ཡུལ་གྱི་སྲུ་མོ་སྟེ། ལོ་ཆུང་དུས་སྐྱེས་པ་འདས། བུ་བུ་མོ་གཅིག་ཀྱང་མེད། སྐྱ་སྲས་མཐོང་མ་ཐག་ལག་ཕྱིས་ཆུང་བ་ཕྱིར་བླངས་ནས་མིག་ཆུ་ཕྱིས།

ཞང་པོའི་བཟའ་ཟླས་སྐྱ་སྲས་ལ་སེམས་གསོ་བྱེད་དུས། དངུལ་བསྒྱི་རུ་སོང་བའི་གྲང་ཅིན་པོའང་དགོན་པ་ནས་ཕྱིར་སླེབས། མ་གཞི་ཧྥུ་ཤང་དེས་སྐུ་ངོ་ལ་ཞིང་ས་གཏའ་མ་འཛོག་རྒྱུ་ཡོད་པ་ཤེས་པས། དངུལ་སྒོར་ཉིས་སྟོང་བསྒྱི་རྒྱུ་བྱས། དངུལ་སྒོར་དེ་སྐྱ་སྲས་ཨན་གྱིས་ཕྱི་ཉིན་བསྒྱི་ཡིག་བྲིས་ན་ད་གཟོད་དངུལ་ཕྱིར་འོང་ས་ཆོག་པར་བྱས།

ཉིན་གཉིས་པར། གྲང་ཅིན་པོ་ཡིས་སྐྱ་སྲས་ཨན་ལ་བསྒྱི་ཡིག་སྟེང་མཛུབ་མཐེལ་གནོན་དུ་བཅུག་སྟེ་དངུལ་ཕྱིར་ཡོང་། ཤ་ཉེ་རིང་གི་རོགས་རམ་བྱས་པའི་དངུལ་དང་བཅས་པ་བསྡོམས་པས་དངུལ་སྲང་ཉིས་སྟོང་བཞི་བརྒྱ་ལྔ་བརྒྱ་ཙམ་འདུས། ཧྥུ་གྲུང་དང་ལིག་ཀྲའུ་ཨར་གཉིས་སྐྱ་སྲས་ཨན་དང་འགྲོགས་ཏེ་ལམ་ལ་ཆས། དྲིལ་ཧ་བཞི་སླས། དཔོན་གཡོག་གསུམ་པོ་དྲིལ་གསུམ་ལ་ཞོན། དྲིལ་གཅིག་ལ་ལམ་རྒྱགས་དང་དངུལ་བཀལ། མི་གསུམ་པོ་འཆབ་འཚུབ་ངང་ལམ་ལ་ཆས།

སྐྱ་ཞུབ་སྒྱོགས་ཀྱི་ལམ་ཆེན་དེད་ནས་ཁྲང་ཞིན་མགྲོན་ཁང་ལ་བསྙེགས།

ཁྲང་ཞིན་མགྲོན་ཁང་དུ་སླེབས་དུས། ཉི་མ་ཞུབ་ལ་ཉེ། ཧྭ་ཀྲུང་དང་ལིག་ཀྲུའུ་ཨར་གཉིས་ཀྱིས་སྐུ་སྲས་ཨན་ལ་ཞུབ་ཚ་དྲངས་ཏེ་དུས་ལྟར་ངལ་གསོས། ཕྱི་ཉིན་ཡར་ལྷིང་སྟེ་ལམ་ལ་ཆས་དུས། ཁྱིམ་གྱི་རྟག་རྟེག་སྐྱུབ་པའི་གཡོག་པོ་པའོ་ལོ་ཞེས་པ་དེ་ནང་དུ་རྒྱུགས་འོངས། དོན་ཅི་ཞིག་ཡོད། འདི་འདྲ་འཚབ་པ་ཅི་ཡིན་ཞེས་དྲིས་པ་ན། མ་གཞི་ལིག་ཀྲུའུ་ཨར་གྱི་ཨ་མ་འདས་པས་རེད། པའོ་ལོ་རྒྱུགས་ཡོང་ནས་འདས་མཆོད་སྐྱུབ་དགོས་པར་བཤད། སྐུ་སྲས་ཨན་གྱིས་སེམས་ལ་བསྙེན་བཀུར་བྱེད་པ་དེ་དཀའ་ངལ་ཆེ་བར་འདོད། ཧྭ་ཀྲུང་ལ་དངུལ་སྲང་ལྔ་སྟེར་དུ་བཅུག་སྟེ་ཕྱིར་བཏང་། ཀན་ལྷའུ་ཨར་ཞེས་པ་རོགས་སུ་ཡོང་བར་བྱས། ཀན་ལྷའུ་ཨར་ནི་ཁྱིམ་གྱི་གཡོག་མོ་ཞིག་གི་བུ་ཡིན། ཁོའི་རུས་དངོས་ནི་པའེ་ཡིན། དུས་ཚོགས་ཉེར་བཞིའི་བད་དཀར་ལ་སྐྱེས་པས་པའི་ལྷའུ་ཨར་ཞེས་བཏགས། རྗེས་ནས་སྐུ་ངོ་ཨན་གྱིས་མིང་འདི་འཐོད་མི་བདེ་བས། ཀན་ལྷའུ་ཨར་ཞེས་མིང་བསྒྱུར། ལིག་ཀྲུའུ་ཨར་བྲེལ་བྲེལ་འཚབ་འཚུབ་ངང་པའོ་ལོ་དང་མཉམ་དུ་ཕྱིར་རང་ཡུལ་དུ་ཆས།

ཧྭ་ཀྲུང་སྐུ་སྲས་ཨན་དང་འགྲོགས་ནས་ཅན་ཀྲན་ས་ཚོགས་སུ་སླེབས། དགོང་མོ་འདི་ནས་ཀན་ལྷའུ་ཨར་ཡོང་བར་རེ་སྒུག་བྱས། ཕྱི་ཉིན་ནངས་མོ་ཉི་རྩེ་ཤར་ཀྱང་ཀན་ལྷའུ་ཨར་མ་

སླེབས་སོ།། ཧྲ་ཀྲུང་དང་སྐྱ་སྲུས་ཨན་གཉིས་དུས་ལྷར་ལམ་དུ་བཞུད། ས་ཚོགས་གཉིས་བརྒྱལ་ཀྱང་ཀན་ལུའུ་ཨར་ད་དུང་མ་འབྱོར།

དོན་ཅི་ཞིག་བྱུང་ངམ་ཞེ་ན། མ་གཞི་ལིག་གྲུའུ་ཨར་གྱི་ཨམ་ཕྱི་ན་བསྡད་ཡོད། ལུག་གྲུའུ་ཨར་ཐད་ཀར་ཁྱིམ་དུ་རྒྱུག་སྟུག་དང་བྲེལ་འཚུབ་ཁྲིད་ཀན་ལུའུ་ཨར་འབོད་རྒྱུ་བརྗེད་སོང་བ་རེད། ཉིན་གསུམ་གྱི་རྗེས་ནས་དོན་དེ་གློ་བུར་དུ་དྲན། དེ་བས་རྗེས་མ་ཚོད་པ་རེད།

ཧྲ་ཀྲུང་གཅིག་པོས་སྐྱ་སྲུས་ཨན་ལ་གཡོག་བྱས་ཏེ་ལྷོ་རུ་བགྲོད། དོགས་ཟོན་དེ་ལས་ལྷག་པ་བྱས། གཅིག་ནས་སྐྱ་སྲུས་ཨན་གྱི་འཚོ་བར་སེམས་ཁུར་དང་། གཉིས་ནས་དྲེལ་འདེད་མཁན་གཡོག་པོ་གཉིས་ལའང་བགོད་སྒྲིག་བྱེད་དགོས། ཉིན་ཞིག་ལ། ཁྲུ་ཡེན་ས་ཚོགས་སྟོད་དུ་སླེབས། ས་ཚོགས་འདི་ཙུང་ཆེ། སྐྱ་སྲུས་ཨན་ཐང་ཆད་དེ་མལ་གདན་བཏིང་ནས་ངལ་གསོ་འདོད། ཕལ་ཆེར་ཧྲ་ཀྲུང་གིས་བཏུང་བ་མང་བས། ཁོག་པ་བཤལ། སློ་ལ་ཐེངས་བཅུ་ལྷག་བརྒྱུགས། སྔོན་ལ་ར་བསྐོར་ཕྱི་རུ་འགྲོ་བཞིན་ཡོད་ཀྱང་རྗེས་ནས་སྟོད་ཁང་ཕྱི་དེ་རུ་ན་སྐད་རྒྱག་བཞིན་འདུག་དགོས་པར་གྱུར། ཁོའི་གདོང་མདོག་སྐྱ་བོར་གྱུར་ཅིང་། རྐང་ལག་འཁྱག་སྟེ་སྐད་ཆ་བཤད་པའི་ཟུངས་ཀྱང་མེད། ཙུང་མ་འགོར་བར་རྐང་ལག་འདར་ཏེ་སྙེ་བསྲིངས་ནས་སྐད་བརྒྱབ། མི་གཞན་པས་ཐོས་ཏེ་སྨྱིན་བདག་ལ་མགྱོགས་པོར་

བཤད། སྦྱིན་བདག་ལ་སྨན་གྱི་ཤེས་བྱ་ཉུང་ཙམ་ཡོད་པས། སྦྱར་དུ་ཟངས་དམར་དུང་ཅེ་དང་སོ་མ་ར་ཙའི་སོག་མ་ཕོན་པོ་ཞིག་གིས་འདྲུད་པ་དང་རྫེག་པས། ཕྲུང་བོ་དམར་སྐྱ་ཞིག་ཏུ་བཏང་། དེ་ནས་ཅུང་མ་འགོར་བར་ཧྭ་ཀྲུང་གི་རྐང་ལག་ལ་དྲོད་ཅུང་ཙམ་བྱུང་། ཡང་རྩ་བརྒྱུད་གསང་མིག་བཞི་ལ་སྐམ་གཙག་འཛེར། ཧྭ་ཀྲུང་ལ་རྔུལ་ཆུ་ཅུང་ཙམ་ཐོན། ད་གཟོད་སྐད་ཆ་བཤད་ཐུབ་པར་གྱུར།

ཐུབ་གཅིག་ལ་ཞལ་བ་ན། ཧྭ་ཀྲུང་གི་ནད་རྗེ་ཡང་དུ་སོང་ཡོད་མོད། ད་དུང་འགུལ་མི་ཐུབ། ངོ་མདོག་ལ་བལྟས་ན་ཏ་ཙང་ཡིད་སྐྱོ། ཉིན་ཉི་ཤུའི་རྗེས་ནས་མལ་ལས་ལངས་ཐུབ་ན་རབ་རེད། ཧྭ་ཀྲུང་གིས་སྐུ་སྲས་ཨན་ལ་བཤད་རྒྱུར“ནད་འདིས་ཁྱོད་དང་མཉམ་དུ་འགྲོ་ཐུབ་རྒྱུ་མ་རེད། འདི་ནས་ཁྲུ་ཕེན་བསྐྱུར་ན། རྒྱ་ལམ་ཆེན་པོའི་མདོའི་ལྷ་ཕྱོགས་ཀྱི་ལི་དབར་ཉི་ཤུ་ན། འོམ་བུ་སྟོང་པོ་ཉེར་བརྒྱད་ཅེས་པའི་ས་ཆ་ཞིག་ཡོད། དེ་ན་ཁིན་ཙུ་སྦེ་བ་ཟེར་བར་ངའི་སྲིང་མོའི་ཁྱོ་ག་ཡོད། མི་རྣམས་ཀྱིས་ཁྲའུ་ཡིས་ཀོན་ཞེས་འབོད། ཁོ་ནི་སྲུང་དམག་ཅིག་ཡིན། དགེ་རྒན་དང་འགྲོགས་ནས་ཡོད། ད་ལྟ་འཕྲིན་ཞིག་བྲིས། རྒྱུ་མཚན་ཤོད། ཁྱོད་རང་ཧོས་ཨན་དུ་བསྐྱལ་བར་ངས་ཞུ་བ་བྱེད་པ་ཡིན་ཞེས་བྲིས། སྐུ་ངོས་ཁོ་ལ་བཀའ་དྲིན་ཞུ་ངེས། ངས་མགྲོན་ཁང་འདིའི་སྦྱིན་བདག་ལ་གློ་གཏད་ཆོག་པའི་མི་ཞིག་བཙལ་ཏུ་བཅུག་རྗེས་ཕྱི་ཉིན་དེ་དང་མཉམ་དུ་ལམ་ཆས

རྒྱབ། ཐག་མི་རིང་བའི་ཁྲུ་ཕེན་གྱི་ཡིའུ་ལི་མགྲོན་ཁང་དུ་སྡོད། དེ་ནས་དྲེལ་འདེད་གཡོག་པོ་ལ་དངུལ་བརྒྱ་ཁྱེར་ནས་འཕྲིན་འདི་འོམ་བུ་སྡོང་པོ་ཉེར་བརྒྱད་ཀྱི་གནས་སུ་སྐྱོལ། ཁྲུའུ་ཡིས་ཀོན་ཡིའུ་ལི་མགྲོན་ཁང་དུ་བོས་ཤིག ཁོ་རང་གཟུགས་ཆེ་ལ་ཁ་སྤུ་བཞག་ཡོད། གཡོན་ལག་མཛུབ་གུ་དྲུག་ཅན་ཞིག་ཡིན་པས་གཏན་ནས་འཆུག་མི་རུང་། གལ་ཏེ་ཁོ་ཁྱིམ་ན་མེད་ཚེ། འཕྲིན་ཡིག་ཁུ་ངའི་སྲིང་མོ་མགྲོན་ཁང་དུ་ཐོག་ཞེས་ཕྲིས། ཁྱེད་ལ་བསྐྱལ་རྒྱུ་ཁོ་མོས་བཀོད་སྒྲིག་བྱེད་ངེས། ངའི་སྲིང་མོའི་གཡས་པའི་རྣ་འཁྱོག་ཁ་ཐོ་ནས་ཡོད། ང་ནད་ཇེ་ཡང་དུ་སོང་སྟེ་མལ་ལས་ལངས་ཐུབ་ཚེ། ཁྱེད་ཀྱི་རྗེས་བསྙེགས་ནས་འོངས་ངེས།
” ཞེས་ཟེར།

སྐུ་སྲུས་ཨན་ཕ་མ་ལ་མཇལ་འདོད་པའི་སེམས་པ་ཁྲེལ་བཞིན་པས། འདི་ལས་ཐབས་གཞན་མེད། ཧྭ་ཀྲུང་གི་ངག་བཞིན་ཁྲུའུ་ཡིས་ཀོན་ལ་འཕྲིན་ཡིག་བྲིས། ཡང་ཧྭ་ཀྲུང་ལ་དངུལ་སྲང་ཉི་ཤུ་ནད་གསོ་སྨྱུད་དུ་བཞག ནམ་མ་ལངས་གོང་། སྐུ་སྲུས་ཨན་དང་དྲེལ་འདེད་གཡོག་པོ་གཉིས། ད་དུང་མགྲོན་ཁང་གི་ཞབས་ཞུ་པ་ཞིག་དང་བཅས་མི་བཞི་པོ་མཚན་རྒྱབ་ཏེ་ལམ་ལ་ཆས།

ལེའུ་བཞི་བ། དགའ་སྐྱིད་མགྲོན་ཁང་འདུ་འཛི་རབ་ཏུ་ཆེ།། བུ་མོ་མཛེས་མས་རྒྱུ་མཚན་འདྲི་བར་བྱེད།།

སྐབས་དེར་སྟོན་ཟླ་འབྲིང་བའི་དུས་ལ་སླེབས། སྐུ་སྲས་དང་མགྲོན་ཁང་གི་ཞབས་ཞུ་པ། དྲིལ་རྟ་འདེད་མཁན་གཉིས་པོ་བཅས་མཉམ་དུ་དུས་ཚོད་གཉིས་ལ་བཞུད་པ་ན། ཁྲུ་ཕེན་ལ་འགྲོར། དངོས་གནས་གྲོང་བརྡལ་ཆེན་པོ་ཞིག་རེད། གྲོང་བརྡལ་དེའི་དཀྱིལ་གྱི་བྱང་ཕྱོགས་ནི་ཡེའུ་ལེ་མགྲོན་ཁང་ཡིན། འདི་ནས་ཁོང་ཚོས་ངལ་གསོ་བར་ཐག་བཅད། མགྲོན་ཁང་ནང་གི་གཡས་གཡོན་གཉིས་སུ་རྟ་ར་དང་ནོར་འཛོགས་ས་རེད། བྱང་དུ་ཁང་མིག་མང་ལ། དཀྱིལ་དུ་ཚོམས་ཁང་གི་སྒོ་ཡོད། ནང་རྒྱུད་དུ་རྩིག་སྐྱོར་ཞིག་ཡོད། རྩིག་སྐྱོར་དང་ཁ་གཏད་ནས་དཀྱིལ་ཁང་ཡོད། དེའི་ཤར་ནུབ་རེ་རེར་ཁང་མིག་གྲལ་ཤར་རེ་ཡོད། སྐུ་སྲས་ཨན་གྱིས་བལྟས་པ་ན། ལྷོ་ཕྱོགས་ཀྱི་ཕུག་ན་

ཤར་ནུབ་ཁ་སྦྲད་དུ་ཁང་མིག་ཁེར་བཅད་གཉིས་ཡོད། སྐུ་སྲས་ཀྱིས་ཤར་ཕྱོགས་ཀྱི་ཁང་བ་ནས་ངལ་གསོས། ཁོ་དང་འགྲོགས་ནས་འོངས་པའི་མགྲོན་ཁང་ཞབས་ཞུ་པ་དེས་བག་ལེབ་གཉིས་ཟློས་རྗེས་ཕྱིར་སོང་། སྐུ་སྲས་ཨན་གྱིས་ཁོ་ལ་དངུལ་སྐོར་འགའ་ཕྱིན། ཁྲུ་ཕེན་ལ་འཁྱེར་ཟིན་ཅེས་ཧ་ཀྲུང་ལ་འཕྲིན་ཞིག་ཀྱང་བྲིས། སྐུ་སྲས་ཨན་གྱིས་གདོང་ཁ་ལག་མ་བཀྲུས་པར་ཐུག་པ་དཀར་ཡོལ་ཕྱེད་ཙམ་བཏུང་། དྲིལ་འདེད་གཡོག་པོ་གཉིས་པོས་མགྲོན་ཁང་ཕྱི་ནས་ཟ་མ་ཟློས་རྗེས་ནང་དུ་འཛུལ་འོངས།

དྲིལ་འདེད་གཡོག་པོ་གཉིས་ལས། གཅིག་གི་ཉུས་ལ་ཀུག་ཟེར། མི་རྣམས་ཀྱིས"ཁྱི་རྐན"ཞེས་འབོད། ཁོ་ལ་སྐོར་རྫོག་འགའ་ཕྱིན་ན། བྱ་བ་ཅི་ཞིག་ཀྱང་སྒྲུབ་ཐུབ། གཞན་པ་དེའི་ཉུས་ལ་ལེང་ཟེར། རྐུན་མ་ཞིག་ཡིན། གདོང་ན་ཤ་ཁྲའི་བཀང་ཡོད། མི་རྣམས་ཀྱིས" སྤྱང་གི་ངོ་ཁྲ"ཞེས་འབོད་དོ།། སྐུ་སྲས་ཨན་གྱིས་འཕྲིན་ཡིག་དེ་ཕྱིར་བླངས་ནས། དངུལ་སྒོར་དང་ཚེ་ཕྲེང་བརྒྱད་གསུམ་ཙམ་ཁོ་གཉིས་ལ་སྤྲད་དེ། ཁྲིའུ་ཡིས་ཀོན་བཟའ་ཟླ་གཉིས་འབོད་པར་མངགས།

གཡོག་པོ་གཉིས་པོ་ལམ་ལ་བུད་ནས་ཐུང་མ་འགོར་བར། ལམ་འཁྲམ་དུ་ས་འབུར་མཐོན་པོ་ཞིག་ཡོད་པ་མཐོང་། དེར་མཐོ་དམའ་མི་འདྲ་བའི་རྩི་ཤིང་མང་པོ་སྐྱེས་ཡོད། ས་ཆ་འདི་ལ་བཞི་མདོ་ལམ་ཁ་ཞེས་ཟེར། ལམ་གཉིས་ཡོད་དེ། རི་བོའི་

མདུན་ནས་ལམ་ཕྲན་དེད་ནས་འོམ་བུ་སྟོང་པོ་ཞེར་བརྒྱུད་རྒྱབ་ཏུ་བསྐྱུར་ན། ཐན་ཏུང་གི་ལམ་དུ་ཞུགས་ཐུབ་པ་དང་། རི་རྒྱབ་ཀྱི་ཀང་ལམ་བརྒྱུད་ནས་སོང་ན། ཧོ་ནན་ལ་སླེབས་ཐུབ། སྤྱང་གི་ཚོ་ཁྲས་གཡོ་བྱས་ནས་སོང་ན་མི་འདོད། འདི་ནས་མ་གཞི་སྤྱང་གི་ཚོ་ཁྲས་ཧྭ་ཀྲུང་མེད་པ་དང་། སྐྱ་སྲས་ཨན་ཡོ་གཞོན་པས་མགོ་བསྐོར་གཏོང་འདོད་པས་རེད། ཕྱིར་མགྲོན་ཁང་ལ་སོང་ནས། ཉུས་ཁྲུའུ་ལ་མཇལ་མོད། ཞོས་ཞོམ་པ་མེད་ཟེར། སྐྱ་སྲས་ཨན་གདན་འདྲེན་དུ་འོངས་ན་ཆོག དེ་ནས་སྔའི་འོམ་བུ་སྟོང་པོ་ཞེར་བརྒྱུད་ཀྱི་ས་ཆར་མ་སོང་བར། བྱང་གི་ཀླུང་ནག་སྒང་ལ་འགྲོ། ཀླུང་ནག་སྒང་ནི་ལམ་སོག་ཅིག་ཡིན་པས། དེ་ལ་སླེབས་པ་ན་ཐལ་ཆེར་ས་ཡང་ཉུབ་ཡོད། སྒང་འབུར་ལ་སླེབས་པ་ན། སྐྱ་སྲས་ཨན་ཞོན་པ་ལས་མར་གཡུགས་ནས་རོང་དུ་འཕེན། དངུལ་དང་རྒྱུ་ནོར་རང་གི་བྱས་ཆོག་ཅེས་སྤྱང་གི་ཚོ་ཁྲས་དེ་ལྟར་བཤད་པའི་མཚམས་དེར། མི་ཞིག་དྲིལ་ནག་ཅིག་ལ་ཞོན་ནས་ལྷོ་ཕྱོགས་ནས་ཚུར་འོངས་པ་མཐོང་། སུ་ཡིན་ཞེས་དྲིས། ལན་འདི་གཞུག་ནས་བཏབ་ཆོག ཁྲི་ཀན་ནི་རྒྱུ་ནོར་ལ་ཧམ་པ་ཞིག་ཡིན། སྐད་འདི་ཐོས་ནས་ཡ་ལན་བྱིན་པ་ན། ཕོ་གཉིས་ཀྱི་གྲོས་བྱས་ནས་དཔལ་བ་དཔལ་བུས་ལམ་ལ་ཆས།

སྐྱ་སྲས་ཨན་གྱིས་སེམས་འཚབ་བཞིན་ཡོད་པས།

མགྲོན་ཁང་དུ་མི་མང་གི་འདུ་འཛི་ཆེ། མི་ཚོགས་ཡར་འགྲོ་མར་འགྲོ་རྒྱུན་མི་ཆད། སྐུ་སྲས་ཨན་ལ་སྲུན་པོ་བཟོས། འཚོབ་པ་དང་སོང་ཁྲོ་ལངས། གཡོག་པོ་གཉིས་ཀྱིས་མགྱོགས་པོར་ཁྲིའུ་ཡིས་ཀོན་པོས་ནས་ཕྱིར་སློབས་པར་སྨྲུག ཁོ་རང་སློབས་ན་རང་ལ་བསྟེན་ས་ཞིག་ཀྱང་ཡོད། གྲོས་བྱེད་ས་ཞིག་ཀྱང་ཡོད་བསམས། སྐབས་དེར་ཕྱི་རོལ་ནས་ཞོན་པའི་རྨིག་སྒྲ་ཞིག་ཐོས་བྱུང་། ཁོས་གཡོག་པོ་གཉིས་སློབས་འོངས་བསམས་ནས་སྒོར་བུད་དེ་བལྟས་པ་ན་དྲེལ་ནག་ཅིག་ལ་ཞོན་པའི་བུད་མེད་ཅིག་ཡིན་པ་མཐོང་། བུ་མོ་འདི་སྐྱེས་གཟུགས་ཡག་ལ། མེ་ཏོག་བཞད་པ་ལྟ་བུའི་མཛེས་མ་ཞིག་སྟེ། དེར་ཡོད་མི་རྣམས་ཀྱིས་ཡིད་ཀྱི་བརྟན་པ་འཁྲོག་གོ།

བུ་མོ་འདི་སྐུ་སྲས་ཀྱི་ཁ་གཏད་ཁང་པ་དེར་བཀོད་སྒྲིག་བྱས། བུ་མོ་དེས་སྒོ་ཡོལ་མཐོན་པོ་ཡར་བཀལ་ཏེ། ལྷང་སྨྱུག་འདུག་སྟེགས་དེ་སྒོ་ཁར་བཞག་ཅིང་བསྡད་དེ་ཇ་མི་འཐུང་ལ་དུ་བའང་མི་འཐེན། ཁ་ཡང་མི་གྲགས། ཁ་གཏད་ཀྱི་སྐུ་སྲས་འདུག་ཁང་ལ་ཅེར་ནས་བསྡད། སྐུ་སྲས་ཨན་གྱིས་ཡོལ་བ་བརྒྱབ་སྟེ། ཁང་པར་ཡར་འགྲོ་མར་འགྲོ་བྱེད། ཐུང་འཁོར་རྫེས། ཡང་བསྐྱར་ཡོལ་བའི་ཕག་ནས་བལྟས་པ་ན། བུ་མོ་དེས་མིག་མ་རྫེབ་པར་ཁོའི་ཁང་བར་བལྟས་ནས་བསྡད་ཡོད་པ་མཐོང་། སུ་མཐུད་དུ་སྐོག་ལྟ་ཐེངས་འགའ་བྱས་ཀྱང་། མོས་

ཁང་པའི་ཕྱོགས་སུ་ཅེར་ཡོད།

སྐུ་སྲུས་ཨན་གྱིས་སེམས་ལ་ཧྭ་ཀྲུང་གིས་བཤད་པའི་ཇག་པ་དེའི་ལྟ་རྟོག་པའམ་གཡེམ་མ་ཞིག་རེད་འདོད། སྒུར་དུ་སྒོ་གཏན་བསམས་ཀྱང་གཏུན་ཤིང་པོར་ནས་མེད་ལ་སྒོ་ཡང་འཁྱོག་ཡོད། སྒོ་གཏན་ནས་ཙུང་མ་འགོར་བར། ཙུར་སྐྲ་ཞིག་དང་བཅས་ཕྱིས་བྱུང་། ཡང་སྒོ་གཏན་དུས། སྒོ་ཡོལ་གྱི་སྦུབ་ཀ་ནས་བུད་མེད་དེས་ཁོང་དགོད་བྱེད་པ་མཐོང་། སྐུ་སྲུས་ཨན་གྱིས་བསམ་བློ་ཞིབ་ཏུ་བཏང་ནས། ཕྱིའི་སྟོ་ཕྱོགས་ཀྱི་གྲུང་ཙ་ན་གཡུལ་གཙོག་རྡོ་རིལ་ཆེན་པོ་ཞིག་ཡོད་པ་མཐོང་། ཕྱིར་ལོངས་ནས་སྒོ་གཏད་བསམས། བསམ་བློ་གཏོང་ཞོར་དུ། ནམ་བརྗེ་གཏོང་མཁན་གྱི་ཞབས་ཕྱི་པ་གཉིས་པོས། གཅིག་ནི་གཟུགས་པྲ་ལ་རིང་། མིང་ལ་སྐལ་རིང་གྲང་སན་འབོད། གཞན་ཞིག་ནི་ནག་ལ་ཤེད་ཆེ། མིང་ལ་ནག་རྡོ་ལིས་སི་ཞེས་ཟེར། གྲང་སན་དང་ལིས་སི་གཉིས་ཀྱིས་རྡོ་རིལ་དེ་ཇི་ལྟར་བྱས་ཀྱང་སྒུལ་མ་ཐུབ། འདེགས་ཤིང་དང་ཐག་པས་ཀྱང་ཐབས་མ་རྙེད།

ཁོ་གཉིས་ཀྱིས་སྟོད་གོས་ཕུད། རལ་བ་མགོར་དཀྲིས། ལག་པ་ཕུར་མཉེད་བྱེད་པའི་སྐབས་དེར། ཁ་གཏད་ཀྱི་བུད་མེད་དེ་ཡར་ལངས། མོས་སྐུ་སྲུས་ཨན་གྱིས་རྡོ་རིལ་སྒྲོ་འདོད་པ་ཤེས། མོས་ཞིབ་ལྟ་ཞིག་བྱས་རྗེས། ཁ་མ་གྲགས་པར་ཕུ་ཐུང་ཡར་བརྗེས། ཐལ་མདོག་གི་ཕྱི་གོས་ཀྱི་ཐུ་བ་ཡར་སྙེད་པར

བཙིངས། ཁང་པ་གཉིས་བཀྱེད་དེ་བརྟན་པོ་བྱས་ཤིང་སྙེད་པ་ཇེ་བརྟན་དུ་བཏང་། རྒྱབ་བྱང་དང་གདོང་ལྷོ་རུ་གཏད། ལག་པ་གཉིས་ཀྱིས་རྡོ་རིལ་ཡར་བཀྱག་པ་ན། རྡོ་རིལ་མཐའ་སྐོར་གྱི་ས་ཡར་གོག་སོང་། བུད་མེད་དེས་ཡང་བསྐྱར་ཁ་ཕྱིར་འཁོར་ནས་རྡོ་རིལ་ཁ་ལོ་གཅིག་བསྐོར། མི་རྣམས་ཀྱིས་མཉམ་དུ་བསྟོད་པའི་མཐེ་བོང་བསྒྲེངས་སོང་།།

སྐུ་སྲས་ཨན་པོ་ནའི་སེམས་ལ་སྨྲ་མི་གཟོད་པའི་ངོ་ཚ་སྐྱེས། དོན་ངོ་མ་ནི་བུད་མེད་འདི་རང་གནས་སུ་འོངས་པར་སྐྲག་ནས་སྒོ་གཏན་པའི་ཆེད། རྡོ་རིལ་སྒྲོབ་ཡིན་མོད། རྡོ་རིལ་དེ་སྒྲོབ་པར་བུད་མེད་འདི་བུད་ཡོང་ངོ་།། རྡོ་རིལ་འདི་གླིན་ཀན་གཉིས་ཀྱིས་ཡར་འགྱོག་མ་ཐུབ། ཕོ་མོས་སླ་མོར་ཁྱེར་འོངས། འདིའི་རྩལ་ནི་དེ་ལས་ཀྱང་རྫོགས་ཐུབ་བོ།། བུད་མེད་དེའི་ལག་པ་གཅིག་གིས་རྡོ་རིལ་ཡར་བཀྱག ས་སྟེགས་ལ་བུད། ལག་པ་གཅིག་གིས་སྒོ་ཡོལ་བཀྱག་ནས་ནང་དུ་འཛུལ། ཡང་མོར་སྒོ་ཕྱུགས་ཀྱི་གྱང་རྩར་བཞག ཁ་ཕྱིར་འཁོར་བ་ན། དབུགས་མི་འཚང་ལ། གདོང་ཡང་དམར་པོ་གྱུར་མེད། སེམས་ཀྱང་གཏན་ནས་འཚབ་ཀྱིན་མེད། མི་མང་གིས་སྐྲ་བསྒྲེངས་ནས་ནང་ལ་ལྟ་བཞིན་ཡ་མི་མཚར་མཁན་གཅིག་ཀྱང་མེད།

ལྷུད་མོ་ལྷ་མཁན་ཚོས་ལབ་གླེང་སྣ་ཚོགས་བྱས་ཏེ་ཕོ་མོ་སུ་ཡིན་པ་ཚོད་དཔག་བྱེད་བཞིན་ཡོད། སྐུ་སྲས་ཨན་གྱིས་བུད

མེད་དེ་ནང་དུ་འཛུལ་འོངས་པས། སྔོན་ལ་སོང་ནས་སྒོ་ཡོལ་ཡར་བཀལ། རང་ཉིད་འགྲམ་དུ་བཀྱེད། མོ་སྒོར་བུད་ན་བསམས་མོད། བུད་མེད་དེས་རྡོ་རིལ་ཐང་ལ་བཞག་རྗེས། ཁ་ཕྱིར་འཁོར་ནས་ཅོག་ཙེ་འགྲམ་གྱི་འདུག་སྟེགས་སུ་བསྡད། སྐུ་གྲུས་ཨན་སྐབས་དེར་ཅི་བྱ་གཏོལ་མེད་དུ་གྱུར།

ལེའུ་ལྔ་པ། རྒྱན་ངག་སྙིག་གཡོ་ངན་རྫུས་ཛ་དྲག་ཆེ།། སྐྱ་སྲས་ཐབས་ཟད་དགོན་སྙིང་གོག་ཕོར་བསྒྲད།།

སྐྱ་སྲས་ཨན་གྱིས་དུང་ཅེ་ཕྲེང་ཐེག་གཉིས་བུད་མེད་དེར་ཁྱེན། མོས་དགོད་ཞོར་དུ་དུང་ཅེ་རྣམས་ཞབས་ཞུ་པ་གསུམ་ལ་བགོས། དོན་དངོས་སུ་བུད་མེད་དེས་སྐྱ་སྲས་ཚང་གི་གནས་ཚུལ་གསལ་པོར་རྟོགས་ཡོད། སྐྱ་སྲས་ཀྱིས་ཚིག་ཡ་ཡོ་བྱེད་པར་མོས་མ་དགའ་བས་སྡིག་དམོད་བྱས། སྐྱ་སྲས་ཨན་གྱིས་ད་གཟོད་ཨ་ཕའི་གནས་ཚུལ་བུད་མེད་ལ་བཤད། བུད་མེད་དེ་ལ་བདེན་སྐྱུར་གཞན་རོགས་བྱེད་པའི་བསམ་པ་ཡོད་པའི་ཁར། འཇིག་རྟེན་གྱི་དྲང་བདེན་མེད་པའི་བྱ་བ་འདི་ཐོས་ནས། མགྱོགས་པོར་སྐྱ་སྲས་ལ་སྲུང་སྐྱོབ་བྱས་ཏེ་ལམ་དུ་ཆས་རྒྱུའི་ཐག་བཅད། ཡིན་ནའང་ཁོ་མོར་དོན་གཞན་ཞིག་ཡོད་པས་ངག་བཅོལ་བྱས་ཤིང་བདེ་མོ་བཞག་སྟེ་མགྱོགས་པོར་བུད་སོང་།

མགྲོན་ཁང་གི་སྦྱིན་བདག་ནི་ཀན་པ་མཐོང་རྒྱ་ཤེས་རྒྱ་ཡོད་པ་ཞིག་ཡིན། བུད་མེད་དེའི་བྱ་སྤྱོད་ལ་ངོ་མཚར་བ་དང་། སྐུ་གྲུས་ལོ་ན་གཞོན་ལ་སྦ་གསང་བྱེད་མི་ཤེས་པས། དོན་དག་འདྲ་བྱུང་ན་རང་ཉིད་སྡུག་ལ་སྦྱར་སྲིད་འདོད་དེ། སྐུ་གྲུས་ལ་བུད་མེད་དེ་ལ་མི་སྨྲུག་པའི་བློ་བརྟོན།

སྐབས་དེར་གཡོག་པོ་གཉིས་ཀའང་ཕྱིར་སླེབས། ཁོ་གཉིས་པོས་ཁྲེའུ་ཡིས་ཀོན་གྱིས་ཁྱིམ་ན་ལས་ཀ་མང་བས། ཁྱོད་དངོས་སུ་གདན་འདྲེན་དུ་ཕེབས་དགོས་ཟེར་ཞེས་སྔོན་ལ་གྲ་སྒྲིག་བྱས་ཡོད་པའི་རྫུན་གཏམ་དེ་ཡང་བསྐྱར་བཤད། སྐུ་གྲུས་ཨན་ལ་རང་ཚུགས་མེད་པས་མགྲོན་ཁང་སྦྱིན་བདག་དང་དྲིལ་འདེད་མཁན་གྱིས་གཏམ་ལ་ཉན་རྗེས། མྱུར་དུ་དངོས་པོ་བསྡུ་གསོག་བྱས་ཏེ་དྲིལ་འདེད་གཉིས་ཀྱི་རྗེས་དེད་ནས་སོང་།

བུད་མེད་འདི་དོན་ངོ་མའི་སུ་ཡིན་ནམ་ཞེ་ན། མ་གཞི་མོ་ནི་ལྷན་སྐྱེས་ཀྱི་དཔའ་ལྷན་ལ། དཀའ་ངལ་དང་འཕྲད་པའི་མི་ལ་རོགས་རམ་བྱེད་རྒྱུར་དགའ་བ་ཞིག་རེད། དྲིལ་འདེད་མཁན་གཉིས་པོས་བཞི་མདོ་ནས་མཐོང་བའི་དྲིལ་ཞོན་བུད་མེད་དེ་རང་རེད། མོ་རི་འདབས་ནས་འགྲོ་དུས། སྤྱང་གི་ངོ་ཁྲ་དང་ཁྱི་ཀན་གཉིས་ཀྱིས་རྒྱུ་འབྲས་མེད་པའི་སྐྲིག་གཡོ་རྫུས་ངན་གྱི་གྲོས་བྱེད་པ་དེ་གསལ་པོར་ཐོས། དེ་བས་ཡེའུ་ལེ་མགྲོན་ཁང་དུ་འོངས་ནས་འདྲི་རྟོག་བྱས། སྐུ་གྲུས་ཨན་མཐོང་མ་ཐག་ཁོ་ནི་

འཇིག་རྟེན་གྱི་བདེ་སྡུག་དང་མི་སེམས་རྙོག་འཛིང་ལྡན་པ་མི་ཤེས་པའི་སྐུ་གྲུས་ཤིག་ཡིན་པ་དང་། དགོད་བྲོ་ལ་སྙིང་རྗེ་བ་ཞིག་ཀྱང་ཡིན་པ་ཤེས། དེ་བས་རྫོ་རིལ་ལ་རྒྱུན་བྱུས་ནས་ངོ་ཤེས་པར་བྱེད། སྐུ་གྲུས་ཨན་ནི་སེམས་ཆུང་སྔར་མ་ཞིག་སྟེ། སྐད་ཆའང་ངག་ནས་ཐོན་མ་ཐོན་བྱེད། མོས་ཡུན་གྱིས་དོན་དངོས་དྲིས་རྗེས། སྐུ་གྲུས་ཨན་གྱི་དྲིན་བཟོའི་སྤྱོད་པ་དང་། མོ་རང་ལ་ཡང་སེམས་སྡུག་གི་དོན་དང་འཕྲད་པས་སྡུག་གི་ཁུར་པོ་མཉམ་འཁུར་དང་། འཇིགས་པ་འདི་ལས་སྐྱོབ་འདོད་པའི་ཀུན་སློང་སྐྱེས་ཏེ་རང་ལ་འབྲེལ་བ་མེད་པའི་དོན་འདི་ཁུར་དུ་བླངས། དེ་མིན་སྐུ་གྲུས་ཀྱི་ཕས་ཞེས་དོན་ཁུར་ནས་ཚབ་དངུལ་སྤྲོད་པ་དང་བསྐྱར་བཟོ་བྱེད་དགོས་པ་དེ་ཐོས་པ་ན། ལྷག་ཏུ་རོགས་བྱེད་དགོས་བསམས་ནས། སྐུ་གྲུས་ཨན་ལ་དྲིལ་འདེད་མཁན་གཉིས་ལ་བཤད་ཚུལ་ཅི་ཡོད་ཀྱང་། ངེས་པར་དུ་མོ་ཕྱིར་སླེབས་རྗེས་ལམ་དུ་ཆས་དགོས་ཞེས་ནན་གྱིས་བཤད།

དྲིལ་འདེད་མཁན་གཉིས་ཀྱིས་སྐུ་གྲུས་འཁྲིད་དེ་ལམ་དུ་ཆས། སྔོན་གྱི་འཆར་གཞི་ལྟར། བྱང་གི་ལམ་མདོའི་ཀླུང་ནག་སྒང་དུ་བསྐྱོད་པ་དང་། ཡུད་ཙམ་ལ་སོང་ནས། སྐུ་གྲུས་ཨན་གྱིས་ཀྱག་ཀྱོག་འབབ་འབུར་དང་རྩྭ་ལྷུམ་མང་བ། སྐྱེ་བ་དང་དུད་ཁྱིམ་མེད་པས། སེམས་ནས་དངངས་སྐྲག་སྐྱེས། ཧ་དྲིལ་འདེད་བཞིན་སྔོན་དུ་བསྐྱོད། ཅུང་མ་འགོར་བར། ཀླུང་ནག་

སྣང་འཕུར་འདབས་སུ་སླེབས། སྐྱུང་ཀི་ཛོ་ཁྲས་ཁྱི་རྒན་ལ་མིག་བརྫ་ཞིག་བཏང་བ་དང་། དྲེལ་ལ་ལྕུག་གིས་བྲབ་པས་ལ་ཞིག་ལ་རྒྱུགས་སོང་། དེ་ནས་ཡུག་པ་ཞིག་དང་འཕྲད། ཡུག་པ་ལ་གཙང་པོའི་སྟོད་ནས"སླག་མགོ་བྱི་ལ"ཟེར་ལ། གཙང་པོའི་བྱང་ཕྱོགས་ནས" མཚན་རྒྱུ་བྱི་ལ" ཞེས་དམངས་ཁྲོད་དུ་དེ་ལྟར་འབོད། ཡུག་པ་ནི་ཉིན་དཀར་ཚང་ནས་མི་འབུད། སྒོ་ཕུར་དུ་སྐད་རྒྱབ་པས་ཡུག་ཚང་ནས་འདུག་མ་གཟོད་པར་ཕྱིར་འཕུར་ཐོངས། དེའི་གཞོག་པས་དྲེལ་མགོ་ལ་བརྒྱབ། དྲེལ་འཁྲིགས། མགོ་གཡུགས་ཤིང་ཧ་མ་བསྣངས་སྟེ་ལ་ཐུར་དུ་རྒྱུགས། དྲེལ་འདེད་མཁན་གཉིས་ཀྱང་དྲེལ་ཚུང་གི་སྨྲ་གྲགས་བཞིན་པའི་རླུང་ནག་སྣང་གི་འདབས་སུ་རྒྱུགས། དྲེལ་སྟོན་མ་འཛོགས་པས་རྗེས་ཀྱི་དྲེལ་གསུམ་པོའང་རྗེས་དེད་ནས་རྒྱུགས། སྐྱུང་ཀི་ཛོ་ཁྲ་ཐང་ལ་བརྒྱབ་པ་ནས་ཡར་ལངས་ཏེ་རྗེས་འདེད། ད་ལྟ་མི་གཅིག་གིས་དྲེལ་རྟ་བཞི་དེད་ནས་རྒྱུག་ན་ལྟ་སྐྱོང་དེ་འདྲ་ལེགས་པོ་ཞིག་ག་ལ་ཐུབ་བམ། ལམ་བར་ནས་བྲེལ་འདེད་དང་དལ་འདེད་བྱེད་བཞིན་ཐད་ཀར་དགོན་ཆེན་ཞིག་ཏུ་སླེབས། དགོན་པའི་སྒོ་ཆེན་མདུན་ན་ཕྱུགས་ཟོག་གི་ཚུ་རྐང་ཞིག་འདུག་པས། དྲེལ་བཞི་པོ་གཞི་ནས་དེར་བསྡད།

དེ་ནི་དགོན་སྙིང་གོག་པོ་ཞིག་སྟེ། རེའི་མདུན་སྒོར"བྱང་སེམས་དགོན་སྙིང"ཞེས་གསལ་ལ་མི་གསལ་བའི་ཡིག་

ཆེན་བཞི་བྲིས་ཡོད་པ་ད་དུང་མཐོང་ཐུབ། མདུན་སྒོའི་ཕྱི་རུ་རྫིག་པ་སྒྲིག་ཡོད། ཤར་གྱི་ཟུར་སྒོའི་འགྲམ་དུ་ཤིང་གི་བྱང་བུ་ཞིག་བཀལ་ཡོད་པའི་སྟེང་དུ"དགོན་པ་ནས་ལམ་འགྲོ་པ་ཞབས་འདུག་བྱས་ཆོག" ཅེས་བྲིས་ཡོད།

ཁོ་གསུམ་གྱི་སེམས་སུ་ཉི་མ་ནུབ་ལ་ཉེ། ཐབས་གཞན་མེད། ངོ་དགུང་དགོན་པ་ནས་བསྡད་དེ། ཕྱི་ཉིན་ནངས་མོར་སྐང་འབུར་བརྒལ་རྒྱུ་བྱེད་སྙམ། དེ་ནས་གཡོན་ཕྱོགས་ཀྱི་ཟུར་སྒོ་ཙུར་སྒྲ་དང་བཅས་ཕྱེས་བྱུང་། ཧྭ་ཤང་གཉིས་ཕྱིར་བུད། གཅིག་ནི་གཟུགས་རིང་ལ་ཤ་རིད། གཅིག་ནི་ལྐད་བྱེ་ཞིག་གོ། ཁོ་གཉིས་ཀྱིས་སྐུ་སྲུས་ཨན་དང་དྲེལ་འདེད་མཁན་གཉིས་ནང་དུ་འཁྲིད། ར་སྐོར་ནང་དཀྱིལ་ན་ཁང་པ་གྱུན་གསུམ་ཡོད་ལ། ཤར་ནུབ་གཉིས་ན་ཁང་པ་གྱུན་དྲུག་ཡོད། ཤར་ཕྱོའི་མཚམས་སུ་སྒོ་ཆུང་ཞིག་དང་། ལྷོ་ནུབ་མཚམས་སུ་ལན་ཀན་ཞིག་ཀྱང་འདུག སྒོའི་ནང་དུ་རྐ་ར་དང་ཐོག་འདོགས་ས་ཆ་ཚང་བར་ཡོད། ལྷ་ཁང་གི་སྒོ་དང་སྒེའུ་ཁུང་ཞིག་རལ་དུ་སྒྱུར་ཏེ་ས་རྡུལ་དང་བྱ་སྦྲུན་གྱིས་ག་ས་གར་ཁྱབ། ནུབ་ཕྱོགས་ཀྱི་ཁང་པ་གྱུན་གསུམ་ལ་སྒོ་དང་སྒེའུ་ཁུང་ཡོད་པས་བསྡད་ཆོག ཧྭ་ཤང་གཉིས་པས་སྐུ་སྲུས་ཨན་ནུབ་ཀྱི་ཁང་པར་འདུག་ཏུ་བཅུག་རྗེས་དངོས་པོ་ལེན་དུ་སོང་། ཙུང་མ་འགོར་བར། ཤར་ཕྱོའི་ཟུར་སྒོ་ནས་ཧྭ་ཤང་ཤ་རྒྱགས་པ་ཞིག་སླེབས། ཧྭ་ཤང་དེ་ནི་སྨིན་མ་སྟུག་ལ་མིག་

ཆེ། གདོང་དམར་ལ་སྣ་ཆེ། རྒྱ་བོ་ཞིག་ཡིན། མགྲིན་པ་ན་རྩ་ཤུལ་འགའ་ཡོད། དེས"སྦྱིན་བདག་གིས་དཀའ་ལས་སྐྱངས་སོང་། འདིར་དག་གཙང་མིན་པས། ལྷ་ཁང་ནས་ངལ་གསོས་དང་། དེ་ནས་སྐབས་བདེ་ལ་བདེ་འཇགས་ཀྱང་ཡིན། "ཞེས་བཤད་བྱུང་། སྐུ་སྲས་ཨན་ཤ་རྒྱུགས་པའི་ཧྭ་ཤང་དང་འགྲོགས་ནས་ཤར་གྱི་ཁང་བར་སླེབས། སྐབས་དེར་སྒྲོན་མེ་སྦར་དགོས་པའི་དུས་ལ་སླེབས་ཡོད།

སྐབས་དེ་ནི་ཟླ་བརྒྱད་པའི་ཡར་ངོ་ཡིན་པས། ཤར་རིའི་རྩེ་ནས་དུང་ཟླ་སྐོར་མོ་འཆར་འོངས། ར་སྐོར་དུ་འཁྲིས་པས་ཉིན་དཀར་ལྟ་བུ་ཞིག་ཏུ་གྱུར། ཤ་རྒྱུགས་པའི་ཧྭ་ཤང་དེས་དངོས་པོ་ནང་དུ་འཁྱེར་འོངས་མཁན་གྱི་ཧྭ་ཤང་དེ་གཉིས་ལ"ཏྲེལ་འདིད་ཀྱི་ལག་གཡོག་གཉིས་ཀ་ཁྱེད་གཉིས་ཀྱིས་ལྟ་སྐྱོང་ཕྱོས" ཟེར། དེ་གཉིས་དགོད་ཞོར་དུ་ཡ་ལན་སློག་ནས་ཕྱིར་སོང་། ལོ་བཅོ་ལྔ་བཅུ་དྲུག་ལ་ཕུད་པའི་ཧྭ་ཤང་སན་ཨར་ཟེར་བ་དེས་ཕྲ་ཚོལ་སྒྲོན་མེ་ཞིག་བསྒྲོན་ནས་ཁྱེར་འོངས། དེ་ནས་ཇ་དང་བཏུང་བ་ཁྱེར་འོངས། ཕྱི་ན་རྒྱུན་དུ་བསོད་སྙོམས་བྱེད་པའི་ཧྭ་ཤང་ཐན་པས་ཀྱང་སྐུ་སྲས་ཨན་ལ་ཞབས་ཞུ་བྱས། ཇ་དྲངས། ཚོད་མ་བསྐོས་མ་མང་པོ་དྲངས། དེ་དག་ནི་སྲན་ཉོག་དང་ཕྱེ་བཀྲུས་མ། སྒོ་ཚལ་སོགས་དཀར་ཟས་རྐྱང་རྐྱང་ཡིན། སྟེར་གཞོང་ནང་དུ་ད་དུང་ཆང་བུམ་དང་ཕུ་ཅོ་གཉིས་ཀྱང་ཡོད།

དེའི་རྗེས་ནས་ཡང་ཚང་བུམ་པ་གང་བསྐྱལ་འོངས། ཚང་བུམ་གྱི་ཁ་ན་སྒྲ་འཆིང་རས་དམར་ཞིག་བཏགས་ཡོད། ཤ་རྒྱུགས་ཧྭ་ཤང་དེ་དགོད་ཞོར་དུ་སྐུ་སྲས་ཨན་ལ་ཚང་དྲངས། ཐེངས་མང་པོར་དྲངས་ཀྱང་སྐུ་སྲས་ཨན་གྱིས་ཁར་མ་རེག སྐུ་སྲས་ཨན་གྱིས་ལྷན་སྐྱེས་ནས་ཚང་མི་འཐུང་། ཐེངས་གང་མང་ལ་ཚང་དྲངས་པས། ཁོ་འཚབ་སྟེ་ལག་གི་ཕུ་ཏོ་ཐང་ལ་ལྷུང་ནས་ཆག ཆང་ས་ལ་པོ་བ་ན་སྐད་ཅིག་ཉིད་དུ་མེ་འབར། ཧྭ་ཤང་ཤ་རྒྱུགས་པས་སྐུ་སྲས་ལ་ཁྱོད་ཀྱིས་གྲོགས་པོའི་འགྲོ་ལུགས་མི་ཤེས་ཞེས་སྨིག་དམོད་བྱས། མཁྲིག་མ་ནས་བཟུང་སྟེ་ལག་པ་རྒྱབ་ཏུ་གཅུས། ཞལ་འདབས་ཀྱི་ཀ་བའི་མདུན་དུ་དྲུད། གཙོ་མའི་ཐག་པ་ཏུམ་ནས་བླངས། རྒྱབ་ལག་བྱས་ནས་ཀ་བ་ལ་དམ་པོར་བཀྱིགས། ཡང་སན་ཨར་ཟེར་བ་དེས་ཟངས་དམར་གྱི་སྒྲོམ་བུ་ཞིག་ཏུ་ཚུ་འཁྱུག་གང་དང་། དེའི་ནང་དུ་གྲི་རྩེ་མོ་རྣོ་བ་ཞིག་བཞག་པ་དེ་ཁྱེར་འོངས། སྐུ་སྲས་ཀྱིས་མཐོང་བས་མཆུ་མ་འདོན་པ་དང་དུ་སྐད་འདོན་པ་ལས་ཐབས་ཟད། མ་གཞིར་ཧྭ་ཤང་ཤ་རྒྱུགས་པ་དེ་ནི་ཧླུང་ནག་སྒང་གི་ངོ་དམར་རྒྱ་སྟག་ཅེས་པ་དེ་རེད་ལ། འཇིག་རྟེན་ལ་ངེས་འབྱུང་སྐྱེས་ཏེ་སྒྲ་བཞར་ཟེར་སྐད། བྱང་སེམས་དགོན་རྙིང་གི་ཁ་གཏད་ཀྱི་ཧླུང་ནག་སྒང་གི་དཀྱིལ་རི་ནི། ས་གཙང་ཆུ་སྦྱུག དེ་ཕྱིར་དགོན་དེར་རབ་ཏུ་བྱུང་། འདི་ལྟ་བུའི་བྱམས་སྙིང་རྗེའི་ལས་ལ་ཞུགས། མ་གཞི་

སྐྲུ་སྲུས་ལ་དུག་ཚང་བླུད་དེ་ངན་གསོད་བྱེད་བསམས་སོད། སློ་ཡུལ་ལས་འདས་པ་ཞིག་ལ་སྐྲུ་སྲུས་ཨན་གྱི་གཏན་ནས་མ་འཐུང། དེ་བས་ཧོ་རང་ཧོང་ཁྲོ་ལངས། མྱུར་དུ་སྐྲུ་སྲུས་ཨན་གྱི་གོས་ཕུད་ནས། སླང་རྟ་སློ་གྲིས་བསྣུན་པར་བརྩམས།

ལེའུ་དྲུག་པ། མི་ངན་ཏྭ་ཤང་ལྷོ་བའི་ལམ་དུ་བསྐྱལ།། བདེན་འཛིན་དཔའ་མོས་མདུན་རིའི་སྒོ་ཆེན་ཕྱེས།།

ཏྭ་ཤང་ཚོན་པོས་སྐུ་སྲུས་ཨན་གྱི་སྙིང་ལ་བསྣུན་པའི་ཚེ། ནམ་མཁར་འོད་དཀར་པོ་ཞིག་འཁྲུག་འོངས། ཏྭ་ཤང་ཚོན་པོ་ལ་བསམ་དཔང་དྲན་དཔང་མ་བྱུང་བར། དཀྱུལ་མདོག་གི་ལྕགས་རིལ་མདེའུ་ཞིག་མིག་གཡོན་པ་ནས་བརྒྱབ་སྐེ་ཀླད་པའི་ཕྱི་ལྟག་ནས་ཐུད། ཏྭ་ཤང་དེ་མ་ཉིད་དུ་ས་ལ་འགྱེལ་དེ་ཤི། སན་ཨར་གྱིས་འགྲམ་དུ་ཅེར་ནས་འདུག་པའི་སྐབས་དེར། ཡང་བསྐྱར་ལྕགས་རིལ་ཞིག་རྣ་བ་གཡོན་པར་ཐོག་ནས་གཡས་པ་ནས་ཕྱིར་ཐོན་ཏེ། ཤར་གྱི་ཀ་བར་ཚུན་གང་ནང་དུ་འཛུལ། སན་ཨར་གྱིས"ཨ་མ་ཡ།"ཞེས་ངག་ནས་ཤོར་མ་ཐག་ལྷོ་ལམ་དུ་ཐུད།

སྐུ་སྲུས་ཨན་སྐབས་དེར་ཐླ་འཁྲུམས། གསལ་པོར་ལྟ་

དུས་རང་ཉིད་ཀ་བར་བཀྱིག་ནས་ཡོད། ཧྭ་ཤང་གཉིས་ཀ་མདུན་ནས་ཁྲག་གིས་བརྗིས་ཏེ་ཐང་ལ་འགྱེལ། སྐབས་དེར། ལྭ་དམར་པོ་གྱོན་པའི་བུད་མེད་ཅིག་འཕུར་འོངས། པད་མོའི་གདོང་དུ་སྡུག་རྩུབ་མངོན་ལ། ལྕང་མོའི་རྐེད་ཕྲ་བར་ན་སྦྲག་གཅོད་ངར་རྗིག་ཆེ། ཁ་མི་གྲགས་པར་ཁང་པའི་ནང་དུ་རྒྱུགས། ཞིབ་ལྟ་ཞིག་བྱས་ནས་ཕྱིར་ཐོན། ཧྭ་ཤང་གཉིས་ཀྱི་རོ་གྲུང་འགྲམ་དུ་འཕངས། ས་ལ་གཙང་སྦྲ་བྱས་ནས་ད་གཟོད་སླང་རྣའི་སྒྲོ་ཁྲི་དེ་ཐང་ནས་བླངས། སྐྱུ་སྲུས་ཨན་གྱིས་ལྭ་དམར་བུད་མེད་དེས་ལས་འདི་དག་བསྒྲུབས་ཚར་ནས་རང་གི་འཆིང་ཐག་བཅད་རྗེས། ད་གཟོད་སེམས་བདེ་ལ་ཙུང་བབས། བུད་མེད་འདི་སུ་ཡིན་དང་ཁོར་སྐྱོབ་དོན་ཅི་ཡིན་མ་ཤེས།

སྐྱུ་སྲུས་ཨན་འཆིང་བ་ལས་གྲོལ། ལུས་ཡོངས་ཀྱི་སྦྲིད་ཉངས་རྗེས་ད་གཟོད་ན་བའི་ཚོར་བ་སྐྱེས། ལྭ་དམར་བུད་མེད་དེས་ཁོ་རང་ལ་ཁང་བར་འཛུལ་དུ་བཅུག་ནས་ཞིབ་གྲོས་བྱེད་རྩིས་ཡོད་མོད། འཇིགས་སྣང་གིས་སྐྱུ་སྲུས་ཁོམ་གང་ཡང་སྤྱོ་མ་ཐུབ་པོ།། ལྭ་དམར་བུད་མེད་ཀྱིས་ལག་པ་བསྒྲིངས་ནས་སྐྱོར་བསམས་ཀྱང་དེ་མ་ཐག་ལག་པ་ཕྱིར་བསྐུམ། མོས་ལག་པ་རྒྱབ་ཏུ་ཕྱོགས་ནས་ཕྲག་གཡོན་པའི་གཞུ་བླངས། གཞུ་རྒྱབ་ས་ལ་གཏད། གཞུ་རྒྱུད་གནམ་ལ་བསྟན་ནས། ལག་གཅིག་གིས་གཞུ་དང་ལག་གཅིག་གིས་རྒྱུད་མནན། སྐྱུ་སྲུས་ཨན་གྱིས་

གཞུའི་ངོས་ལ་འཇུས། ལྷ་དམར་བུད་མེད་ཀྱིས་ལག་པ་གཡོན་པས་གཞུ་ནས་ཡར་བཀྱག གཡས་པས་རྒྱུད་མནན། ཞ་བཟུང་བ་ལྟར་སྐུ་སྲས་ཨན་ཡར་བརྟེགས། སྐུ་སྲས་ཨན་ཡར་ལངས་ཐུབ་རྗེས། ལྷ་དམར་བུད་མེད་དང་མཉམ་དུ་ནང་དུ་འཛུལ། ནང་ནས་བོམ་པ་གཉིས་སྤྲས་པ་ན་ཕུས་མོ་གཉིས་ཀ་ས་ལ་བཙུགས་ནས་ལྷ་དམར་བུད་མེད་ལ་བཀའ་དྲིན་ཞུས། སྐབས་འདིར་ལྷ་དམར་བུད་མེད་ལ་ཞིབ་ཏུ་བལྟས་པ་ན། དེ་ནི་མགྲོན་ཁང་ནས་འཕྲད་པའི་བུད་མེད་དེ་ཡིན་པ་ད་གཟོད་ཤེས། ལྷ་དམར་བུད་མེད་ཀྱིས་སྐུ་སྲས་ཨན་ལ་ཁུག་མ་དང་ཇོག་ཁྲིས་ལ་བདག་སྐྱོང་བྱེད་དགོས་པའི་ངག་བཅོལ་བྱས། སྒྲོན་མེ་གཟིམ། སྒོ་ཡང་གཏན། ཡུད་ཙམ་ན། ཕྱི་ན་མི་གཉིས་བཤད་ཤོར་དགོད་ཤོར་དུ་ཚུར་སླེབས་པ་ཤེས། དེ་ནི་ཧྭ་ཤང་རིད་པ་དང་གླད་ཕྱི་གཉིས་རེད། སྐུ་སྲས་ཨན་སྐྱིག་གསོད་བྱས་ཏེ་རྒྱུ་ནོར་ཇི་ལྟར་འཕྲོག་དགོས་པ་གླེང་བཞིན་ཡོད། རིད་པ་དེས་གྱང་ཟུར་ནས་དགེ་རྒན་དང་སན་ཨར་གཉིས་ཀྱི་ཐེམ་པོ་མཐོང་། པོ་གཉིས་འཚབ་སྟེ། ཇོག་པས་སྒོ་ལ་བཞུས་ནས་ནང་དུ་རྒྱུགས་འོངས།

ཧྭ་ཤང་གཉིས་མདུན་དུ་འགྲོ་དུས། སྒོ་ཕྱེ་བའི་སྒྲ་དང་བཅས་མི་ཞིག་སླས་སུ་འོངས། པོ་གཉིས་དངངས་སྐྲག་སྐྱེས། བལྟས་པ་ན་བུད་མེད་ཅིག་ཡིན་པས། སེམས་པ་སྔོད་ལ་བབས།

མི་གསུམ་པོ་འཐབ། རིད་པས་དེ་རིང་དགྲ་ཡ་ཞིག་ལ་འཕྲད་སོང་སྙམ་ནས་ཁུ་ཚུར་བཙིངས་ནས་རྒྱུག ལྭ་དམར་བུད་མེད་མ་བྲེལ་མ་འཚབ་པར་ལག་གཡས་པ་དལ་བུར་ཡར་བཀྱག་ནས"སོ་མའི་ཕག་ཏུ་མེ་ཏོག་སྐྱུང་བའི"དྲག་རྩལ་བཏོན། ཁུ་ཚུར་གཅིག་གིས་རིད་པའི་མཁྲིག་མར་རྒྱབ། ཕོ་གཉིས་ཕྱིར་བཀྱེད་དེ་སྐབས་ཡང་འཐབ། རིད་པས་རྐོལ་ལན་སྤྲོད་ཕོམ་མ་བྱུང་བར་ལྭ་དམར་བུད་མེད་ཀྱིས་གཡོན་རྐང་ཕྱིར་བསྐྱུམས་ནས་གཡས་རྐང་བཏེགས་ནས་རིད་པའི་མྱུར་གསང་ལ་ཤེད་ཀྱིས་བཞུས་པ་ན། རིད་པ་ཐང་ལ་འགྲེལ་ཏེ་ལྦ་ལམ་དུ་སོང་།

སླད་ཕྱིས་རིད་པ་གསད་པ་མཐོང་བས། ཁ་ཕྱིར་འཁོར་ཏེ་ཛ་ཁང་དུ་རྒྱུག ཁྲུ་གསུམ་ཙམ་ཡོད་པའི་མེ་རྐམ་བཟུང་ནས་རླུང་འཚུབ་ལྟར་ལྭ་དམར་བུད་མེད་ཀྱི་མགོ་ལ་རྒྱག་པར་བརྩམས། ལྭ་དམར་བུད་མེད་ཀྱིས་ལུས་ནས་གྲི་ཕྱུང་སྟེ་མར་ལ་བརྒྱབ་པ་ན་སྐད་ཀྱང་མེད་པར་མེ་རྐམ་དེ་དུམ་བུ་གཉིས་སུ་གཤགས། སླད་ཕྱི་ཕྱིར་འབྲོ་དུས། ལྭ་དམར་བུད་མེད་རྗེས་དེད། རྒྱབ་ནས་ཕྲག་གཡས་པར་གཏད་ནས་བརྒྱབ་པས། རལ་གྲི་ཕྲག་གཡས་ནས་འཛུལ་ཏེ་རྩིབ་རུས་གཡོན་པ་ནས་ཐོན། ཏྲ་ཤང"སྲན་ཉོག་གཏུབ་པ"ལྟར་ལུས་ཕྱེད་དུ་གྱུར། ལྭ་དམར་བུད་མེད་དེས་ཏྲ་ཤང་རིད་པའི་སྐེ་ཡང་བྲེག་ནས་ད་གཟོད་མཚམས་བཞག

སྐབས་དེར། ཧྭ་ཤང་ཆེན་པ་ཞིག་གིས་ཕུ་ཐུང་གིས་གདོང་བཀབ་ནས། ཛ་ཁང་ནས་ཕྱིར་ཐོན་ཏེ་གཞན་ལ་བརྡ་རྒྱག་པར་བསམ། ལྷ་དམར་བུད་མེད་ཀྱིས་མ་བཀག རྒུང་མ་འགོར་བར། ཕྱི་རོལ་ན་ཟུར་ཟུར་ཟིང་ཟིང་བྱས། ཧྭ་ཤང་བཞི་ལྷ་ཙམ་གྱིས་ལག་ཏུ་དབྱུག་པ་དང་ལྷུགས་འཛོར་ཐོགས་ནས་རྒྱུགས་འོངས། ཡུད་ཙམ་ལས་མ་འཐབ་མོད། ཧྭ་ཤང་འདི་དག་གཡས་ལོག་གཡོན་ལོག་བྱས་ནས་དབུགས་ཆད་དོ།།

ལྷ་དམར་བུད་མེད་ཁང་པར་སོང་ནས་སྐུ་སྲས་ཨན་གྱི་མཐའ་སྐོར་ན་མི་ཡོད་མེད་ལྟ་དུས། བཞི་མདོ་ནས་མཐོང་བའི་དྲིལ་འདེད་ལག་གཡོག་གཉིས་ཀྱི་སྟོད་གོས་བཤུས་ནས་གཅེར་བུར་ཕུད་ཅིང་། དོན་ལྷ་སྟོད་དྲུག་ཕྱུང་བ་མཐོང་། དཀྱིལ་ཁང་གི་སྒོ་ཕྱེས་ནས་ནང་དུ་འཛུལ་བ་ན། སྔར་བྲོས་པའི་ཧྭ་ཤང་ཆེན་པ་དེས་མི་ཕྲུང་ཞིག་གི་མདུན་དུ། དྲིལ་འདེད་ལག་གཡོག་གཉིས་ལ་བསྙུས་པའི་ཆང་འཐུང་བཞིན་ཡོད། ལྷ་དམར་བུད་མེད་དེ་ལག་ཤེད་ཆེ་བས། སྐྲ་མེད་ཧྭ་ཤང་གི་མགོ་ལ་བརྫབས་ཏེ་སྐེ་བ་དང་བཅས་པ་བྲང་ཁོག་ཏུ་ཕུར་བ་བཟབ་བཟབ་བྱས། དེར་མཐུད་ནས་ཅོག་ཙེ་སྟེང་གི་སྒྲོན་མེ་འཁྱེར་ནས་ཕྱི་ནང་ཀུན་ཏུ་ཞིབ་ལྟ་ཞིག་བྱས། ཚ་ཐབ་སྟེང་ན་ལག་གཡོག་གཉིས་ཀྱི་གོན་པ་དང་ཇོག་ཁྲིས་བཞག་ཡོད། དེའི་སྟེང་དུ་ཡིག་ཤུབས་ཤིག་ཡོད། དེའི་ངོས་སུ"ཁྲུའུ་ཚང་ལ་བྲིས་པའི་འཕྲིན" ཞེས་བྲིས་

ཡོད། གླངས་ནས་སྐུ་སྲུས་ཨན་གྱི་ཁང་པར་སོང་།

སྐུ་སྲུས་ཨན་གྱིས་ལྷ་དམར་བུད་མེད་སླེབས་པས་སེམས་བདེ་བར་གྱུར། ལྷ་དམར་བུད་མེད་ཀྱིས་སྐད་ཆ་བཤད་བསམ་དུས། སྔོ་ནས"གནམ་རྐན་མ་སྒྲིག་སྐྱེབས།"ཞེས་ངུ་སྐད་ཅིག་གྲགས། ངུ་སྐད་དེ་ཧ་ཅང་ཡང་བ་ཞིག་རེད།

ལེའུ་བདུན་པ། གསང་བའི་ས་ཁྲུང་ལྷ་རྫོག་ཞིབ་ཏུ་བྱས།། བུ་མོ་གྲང་ཅིན་ཕྲིན་དེ་སྤུག་ལས་ཐར།།

ལྷ་དམར་བུད་མེད་དེས་སྲོག་སྐྱབས་ཞེས་པའི་འཕོད་སྐད་དེ་ཐོས་འཕྲལ། ཧ་ཅང་ཡ་མཚན་ནས་ཡར་ལངས་ཏེ་འཕོད་སྐད་ཕྱོགས་སུ་སོང་། མ་གཞི་ངུ་ངག་གི་སྐད་དེ། བུད་མེད་འཇོག་སའི་ཁང་བ་དེ་ལས་གྲགས་པ་རེད། སྒོའུ་ཁུང་ནས་ནང་དུ་བལྟས་པ་ན། མི་གཅིག་ཀྱང་མེད་ལ། སྒོར་ཟྭ་བརྒྱབ་ཡོད། ལྷ་དམར་བུད་མེད་ཀྱིས་ཟྭ་བཅག་ནས་ནང་དུ་སོང་། བྱང་ཕྱོགས་ཀྱི་གྱང་རྩའི་ནུབ་ཏུ་སྒོ་ཆུང་ཞིག་ཡོད་པ་དམ་པོར་བརྒྱབ་ཡོད། ཤར་གྱི་བུད་ཤིང་ཚོན་པོ་དེའི་རྒྱབ་ན་རྡོ་སོལ་བསྐྱེལ་བྱེད་ཀྱི་སླེ་བོ་ཞིག་གི་སྟེང་དུ་ཆུ་རྫའི་པོངས་ཆེ་ཆུང་ཙམ་གྱི་ཅོང་སྙིང་ཞིག་ཁ་བུབ་ཏུ་བཞག་ཡོད་པ་མཐོང་། མྱུར་དུ་ཅོང་སྙིང་བླང་བ་དང་དེ་ནས་སླེ་བོ་ཡར་བཀྱག་པ་ན། ཕལ་ཆེར་ལོ་ལྔ་

བཅུ་ལ་སོན་པའི་མི་ཞིག་སྐུམ་ཙོག་བྱས་ནས་བསྡད་ཡོད། ཁོའི་ཁྱིམ་ཚང་གང་བོ་ཤ་རྒྱུགས་པའི་རྟ་ཤང་གིས་བཟུང་བ་དང་། ཆུང་མ་དང་བུ་མོ་གཉིས་གར་ཡོད་མི་ཤེས་ཞེས་བཤད་བྱུང་།

སྐུ་སྲས་ཨན་གྱིས་ཁྱིམ་མཚེས་ན་སྒྲ་གྲགས་པ་ཐོས་པས། ལྭ་དམར་བུད་མེད་ལ་བཤད། ལྭ་དམར་བུད་མེད་ཀྱིས་རྣ་བ་གཏད་ནས་ཉན་པ་ན། སྐད་དེ་ནང་གི་ཁང་བ་ལས་གྲགས་འོངས་པ་ཚོར། ཁང་བའི་ནང་དུ་སྒམ་གཉིས་གཤིབ་ནས་བཞག་ཡོད། བྱང་གི་སྒམ་ལ་ཟྭ་བརྒྱབ་ཡོད་ལ། ལྷོའི་སྒམ་དེ་ཅུང་ཙམ་ཕྱེ་ཡོད། དེ་ཕྱེས་པ་ན། ནང་གི་གྱོན་པའི་སྟེང་དུ་ས་རྡུལ་གྱིས་གཡོགས་ཡོད། ཡང་བསྐྱར་བྱང་གི་སྒམ་དེའི་ཟྭ་བཅག་ནས་བལྟས་པ་ན། སྐེད་དུ་འཐེན་སྒམ་མེད་པ་དང་། འོག་ན་པང་ལེབ་ཀྱང་མེད། རྒྱབ་ཀྱི་པང་ལེབ་དེ་བརྡར་ནས་ཧ་ཅང་འཇམ་པོར་གྱུར་ཡོད། བལྟས་ཆོད་ཀྱིས་རྒྱུན་དུ་མི་ཞིག་ཕར་འཛུལ་ཚུར་འོངས་བྱེད་པ་དང་འདྲ། སྒམ་སྒོ་དེ་ཕྱེས་མ་ཐག བུད་མེད་ཞིག་གི་སྐད་ཐོས། ལྭ་དམར་བུད་མེད་ཀྱིས་གྲི་རིང་རྒྱབ་ཏུ་སྦྲས་ནས། རྒྱབ་ཀྱི་པང་ལེབ་ལ་ལག་གཡོན་པས་གཞུས། གཞུས་ཐེངས་གཅིག་གིས་ནང་གི་མི་དེས“ཡ། ཁྱོད་རང་མ་འཚབ་ལགས། ལམ་འདི་རྡོག་ལ་སྨུན་ནག་ཆེ་བས། གོམ་པ་གང་རེ་གང་རེ་བྱས་ནས་ཤོག ” ཞེས་བཤད་བྱུང་། ལྕགས་ཐག་གིས་སྒྲ་སིང་སིང་དུ་གྲགས་རྗེས། རྒྱབ་ཀྱི་པང་ལེབ་སྒོ་དེ་ནང་ནས་ཕྱེས།

ལྷ་དམར་བུད་མེད་ཀྱིས་གདོང་གཏད་དུ་བལྟས་པ་ན། ནང་དུ་བུད་མེད་དར་མ་ཞིག་འགྲེང་ནས་འདུག་པ་མཐོང་། སྐྱེས་མ་དེའི་མིག་གཉིས་ཀ་འབུར་ལ། ཕྱུགས་མའི་དབྱིབས་དང་འདྲ་བའི་སྨིན་མ། སྣ་ཁུང་གནམ་དུ་བསྟན་པ། མདུན་སོ་ཕྱི་རུ་མངོན་པ། རྣར་གཟོན་པའི་སྐད་གདངས་ཅན་ཞིག་རེད། མ་གཞི་ཤ་རྒྱུགས་པའི་ཧྥ་ཤང་དེ་བུ་མོ་ཞིག་ལ་བློ་བབས་པས། འདྲེ་མོ་མ་འདིར་སྨྱུན་བྱེད་དུ་བཅུག་པ་རེད།

ལྷ་དམར་བུད་མེད་ཀྱིས་ཤ་རྒྱུགས་ཧྥ་ཤང་གིས་གདན་དྲངས་པའི་བར་བ་ལྷ་བུ་བཙོས་ནས་ནང་དུ་འཛུལ། ནང་དུ་གྱང་བར་ན་གསང་ལམ་དོག་མོ་ཞིག་ཡོད་ལ། ཕལ་ཆེར་ཁྲུ་གཉིས་ལས་མེད། བྱང་ནས་སྐས་རྐང་བརྒྱུད་ནས་མར་འབབ་དགོས། མར་བབས་ནས་སྒོ་ཆུང་དུ་འཛུལ་བ་ན། ཞིང་སྡེ་བའི་ཚུགས་ཀ་ཅན་གྱི་བུ་མོ་ཆུང་ཆུང་ཞིག་འདུག་སྟེགས་རིང་པོ་ཞིག་ཏུ་མགོ་སྒུར་ནས་མིག་ཆུ་འདོན་བཞིན་ཡོད་པ་མཐོང་། འགྲམ་ན་རྒན་མོ་ཞིག་འདུག་པ་ཡང་ཞིང་གྲོང་གི་གྱོན་ཆས་གོན་ཡོད། བུ་མོ་དེས་མགོ་བོ་ཡར་འགྱོག་དུས། ལྷ་དམར་བུད་མེད་དེ་ཡ་མཚར་ཏེ། དེ་ནི་མོ་ལོ་བཅུ་བདུན་བཅོ་བརྒྱད་ལ་སོན་པ་དང་། སྐྱེས་གཟུགས་མོ་རང་ཉིད་དང་ཧ་ཅང་འདྲའོ།།

བུ་མོ་དེའི་གདོང་གི་མིག་ཆུ་ལ་བལྟས་པས། སྙིང་རྗེ་བའི་སེམས་ངང་གིས་སྐྱེས། ཁ་ཏ་སློབ་གསོ་རྟེན་མ་ཞིག་བྱས་ནས། ཐབས་བཀོད་གཞན་ཞིག་འཐེན་བསམ་བཞིན་ཡོད་མོད། བུ་མོ་

དེ་གོ་བ་ཡོག་སྟེ། མོ་ཤ་རྒྱུགས་ཏྲ་ཤང་དང་རིགས་གཅིག་ཏུ་འདོད་དེ། ལྷ་དམར་བུད་མེད་ལ་སྡིག་དམོད་བྱས། ལྷ་དམར་བུད་མེད་ཀྱིས་བུ་མོ་རང་གཤིས་དྲག་པོ་ཞིག་ཡིན་པ་ཤེས་ཏེ། བཀུར་སེམས་ལྷག་ཏུ་སྐྱེས། སྐད་གདངས་ཇེ་དམའ་བཏང་སྟེ་བུ་མོ་ལ་སྐྱོར་བུད་ནས་སེམས་གཡེང་གྲོས་ཞེས་བཤད། བུ་མོ་དེ་ཡར་ལངས་ནས་སྐྱོར་འབུད་པར་བྱེད། ལྷ་དམར་བུད་མེད་ཀྱིས་སྒྲོན་མེ་བཟུང་ནས་སྔོན་དུ་སོང་། ཁོ་ཚོ་ཕྱིའི་ཁང་བར་འདུག་ཏུ་བཅུག གནས་སྐབས་སུ་ཀུབ་ཀྱི་ཁང་བའི་ནང་གི་སྐྱུ་སྒྲས་ཨན་དང་ཇོ་མི་འཕྲད་པར་བྱས། ལྷ་དམར་བུད་མེད་དེས་འདྲེ་མོ་མ་དེ་ཁྲིད་དེ་བྱང་སྐོར་འཛུལ།

མོ་གཉིས་ཀྱིས་མདུན་དུ་ཐོས་འོངས་པ་ནི་ཀད་པོ་དེ་རེད། གཉེན་ཉེ་དང་འཕྲད་པས། གཏམ་སྙིང་སྙ་ཚོགས་བྱས། དེར་མཐུད་ནས། ཀད་པོ་དེས་ལྷ་དམར་གྱོན་པའི་བུད་མེད་ལ་བལྟས་ནས་རང་གི་ལོ་རྒྱུས་བཤད། ཁོས་མིང་ལ་ཀྲང་ལའོ་རྡི་ཟེར་ལ། རུ་ནན་ཀྲང་ཏེ་དཔོན་ཚང་གི་རེད། ཧོང་ཀོན་ཕྱི་བརྒྱུད་ཀྱི་ལའོ་སྡེ་བར་བསྡད་ཡོད། ནུ་བོ་ཀྲང་ལེ་ཐེན་ནི་སློབ་གྲྭའི་ཡོན་ཏན་པ་ཞུག་ཚེ་ཡིན། ན་ནིང་འདས། བཟའ་ཟླ་དང་བུ་མོ་གཉིས་དང་མཉམ་དུ་འཚོ་བཞིན་ཡོད། བུ་མོའི་མིང་ལ་ཀྲང་ཅིན་ཧྥིན་ཟེར། ད་ལོ་ལོ་བཅོ་བརྒྱད་རེད། ཆུང་དུས་ནས་རང་གི་ཁུ་བོ་དང་འགྲོགས་ནས་ཡི་གེ་བསླབས། ནང་ཡོན་ཏན་དང་ཕྱིའི་སྐྱེས་སྒོ་གཉིས་ག་ལྡན། ཧོ་ནན་ལ་ལོ་གསུམ་རིང་ཐན་

པ་བྱུང་བས། ཁྲིམ་མིས་གཞི་ནས་དངོས་པོ་སྣ་འཚོང་བྱས་ནས་ཐོབ་པའི་དངུལ་སྲང་བརྒྱ་ལྷག་ཡོད་པ་ཁྱེར་ནས་པེ་ཅིན་ཤར་གྱི་ཚུང་མའི་གཉེན་ཉེ་ལ་སྐྱབས་བཅོལ་ནས། ཉོ་འཚོང་ཚུང་ཚུང་ཞིག་བྱེད་བསམ་བཞིན་ཡོད་པ་རེད། ལམ་འཆུག་སྟེ་ཏྭ་ཤང་ཤ་རྒྱུགས་པས་རང་གི་བུ་མོ་འཕྲོག་པ་དང་། བུད་མེད་འདི་ནི་དེའི་ངན་གྲོགས་རེད། དགའ་འོས་པ་ཞིག་ལ་བུ་མོ་དེའི་རང་གཤིས་བརྟན་པས་ཤི་ཡང་མགོ་མ་སྒྱུར། དེ་བས་ཏྭ་ཤང་གིས་བྱ་ཐབས་མ་རྙེད་པ་རེད།

བུད་མེད་དེའི་ཙུས་བླང་ཡིན་ལ། སྐྱེས་པ་ཡོད་མེད། ཏྭ་ཤང་གི་"ཟླ་རེའི་དུང་ཅེ་ཞུང་དུ་དེ་ལ་སྲིད་པ་སྐྱེས། ཁྱོ་ག་ཤི་རྗེས་མོ་དགོན་པ་འདིའི་ཏྭ་ཤང་གི་"རྗེས་འབྲངས།

ལྭ་དམར་བུད་མེད་དེ་འདྲི་མོ་འདི་ལྷ་བུ་ལ་སྙིང་རྗེ་གཏན་ནས་མེད། ཁ་མི་གྲགས་པར། ལག་པ་ཕྱིར་ཕྱོགས་ནས་གྲི་ཕྱུང་། བུད་མེད་དེའི་མ་ནེ་ནས་ཡར་ལ་གཏད་པས། གན་རྒྱལ་དུ་འགྱེལ། གདོང་གཞོག་ཀྲང་ཚང་གི་ཀན་ཀོན་གཉིས་དངངས་ནས་འདར་བཞིན་ཡོད་མེད། བུ་མོ་ཀྲང་ཅིན་སྔིན་གྱིས་བསྐྱོད་པ་བྱས། ལྭ་དམར་བུད་མེད་ཀྱིས་ཁོ་ཚོ་ར་བར་འཁྲིད་དེ། ཏྭ་ཤང་རྒྱུགས་པའི་རོ་ལ་ལྷ་ཙུ་བཙུག ཁྲིམ་མི་གང་པོས་ལྭ་དམར་བུད་མེད་ཀྱི་སྐྱུབ་པ་ཤེས་པས། སྲོག་སྐྱོབ་ཀྱི་སྐུ་དྲིན་ཆེ་ཞུས་པ་དང་ཕྱག་འཚལ་ཏེ་མཚམས་མ་བཞག ལྭ་དམར་བུད་མེད་ཀྱིས་སྐབས་དེར་ཁ་ནུབ་ཏུ་འཁོར་ནས། ནུབ་

ཁང་སྟོའི་གསོ་ཐབ་ཕྱོགས་ལ་འཁོར་ནས“ སྐུ་གྲུས་ཨཊ། ”
ཞེས་པོས།།

ལེའུ་བརྒྱད་པ། རང་གི་ལོ་རྒྱུས་ཞིབ་བརྗོད་བྱས་ན་ཡང་།། མོ་ཡིས་དངོས་མིང་གསང་རྒྱུ་དམ་པོ་མཛད།།

སྐུ་སྲུས་ཨན་ལ་ཕྱི་རོལ་གྱི་དོན་དེའི་མགོ་ཧྲོག་ཏུ་བཙུག་སློ་བུར་དུ"སྐུ་སྲུས་ཨན"ཞེས་འབོད་པ་ཐོས་པས། དེ་མ་ཐག་ཡ་ལན་བྱིན། རང་གི་ལྭ་བ་དང་སྨྲིག་གྱུ་ཚང་མ་ཧྭ་ཤང་གིས་བཅད་ནས་གཤགས། བྲང་མི་ཁེབས་པ་དང་ལུས་གཅེར་བུར་མངོན་པས། བལྟར་མི་བཟོད་པ་ཞིག་རེད། ཁོས་ལྭ་ཚད་པོའི་སྨྲིག་གྱུ་རེ་རེ་བཞིན་གྲོལ་ནས། གྱོན་པ་གསར་བ་རེ་རེ་བཞིན་གོན་ནས་སྐྲེད་རགས་བཅིངས། སྟོད་ལྭམ་ཀྱྭ་ཙེ་གྱོན་ནས་ཕྱིར་སླེབས། ཁོས་སྔོན་དུ་པུས་མོ་ས་བཙུགས་ནས་ལྭ་དམར་བུད་མེད་ལ་བཀའ་དྲིན་ཆེ་ཞུས། དེ་ནས་རྣད་པོ་ཀྲང་གི་ཁྱིམ་མི་གང་པོར་མཚམས་བདེ་ཞུས། དེའི་རྗེས་སུ་ད་གཟོད་ཐམས་ཅད་འདུག་སྟེགས་ལ་བསྡད་དེ་ཁ་བརྗ་བྱས། ཀྲང་ཅིན་ཕྲིན་དང་སྐུ

སྲུས་ཨན་གཉིས་ཀས་ལྷ་དམར་བུད་མེད་ཀྱི་ལོ་རྒྱུས་ཤེས་འདོད་ཆེ། རྗེས་སུ་དྲིན་ལན་འཇལ་བསམ་བཞིན་ཡོད། ལྷ་དམར་བུད་མེད་དེས་མོའི་མིང་ལ་ཧྲི་སན་མའི་ཞེས་པ་ལས་གཞན་ཅི་ཡང་མ་བཤད། མོ་ནི་དཔོན་ཚང་གི་བུ་མོ་ཞིག་ཡིན་ལ། ཨ་ཕ་རྒྱལ་པོའི་སྲིད་གཞུང་དུ་ཨང་རིམ་གཉིས་པའི་དཔོན་པོར་བསྐོད་སྐྱོངས། ལས་ལམ་ལམ་སོང་བས། ཨ་ཕས་དམག་དཔོན་ཆེན་མོ་གཞོན་པའི་འགན་ཁུར་དུས་མགོ་པར་ཕོག་ཐུག་བཏང་། མགོ་པས་བསྙད་བཏགས་ནས་གོང་མར་གཏུག་བཤེར་སྙན་སྒྲོན་བྱས། མ་ཉེས་ཁག་གཡོགས་ཀྱིས་ཨ་ཕའི་ཐོབ་བླངས་ཏེ་འདྲི་གཅོད་བྱས། བཙོན་དུ་ཁོང་ཁྲོ་ལངས་ནས་འདས་པ་རེད། ཧྲི་སན་མའི་ཡིས་རང་ཁྲིམ་གྱི་སྐོར་དོན་བརྩད་ཆེད་རྒྱལ་ཁབ་ཀྱི་དོན་ཆེན་བརྣག་མི་ཐུང་བ་དང་། ཉེ་མི་ལ་ཐག་ཞོར་འབྲེང་བྱུད་བྱ་མི་ཐུང་སྐམ་པ་མ་ཟད། ཨ་མ་གཅིག་པུ་གཉེར་མཁན་དེ་བས་མེད་པ་ཞིག་བྱ་མི་འདོད་པ་རེད། དེ་བས་སྤུག་ཕོག་ལ་བཙུག དཔོན་ངན་དེས་མ་བུ་གཉིས་སྡོད་དུ་མ་བཙུག་པས་ཨ་མའི་ཁེར་ཉན་ཏེ། ལེ་དབར་ལྷོ་བཙུ་ལྷག་གི་མཚམས་སུ་ཡོད་པའི་གནས་འདིར་འོངས། དཔའ་བོ་རྒན་པ་ཞིག་ལ་སྐྱབས་བཅོལ་བ་རེད། དཔའ་བོ་དེས་ཧྲི་སན་མའི་ཡིས་རོགས་རམ་བྱེད་པར་སྙིང་ནས་དྲིན་ལན་འཇལ་བསམ་པས། མ་བུ་གཉི་ག་ཁྲིམ་དུ་བསུས་ནས་བཀུར་བཟོ་བྱེད་འདོད་དོ།། ཡིན་ནའང་ཧྲི་སན་མའི་ཡིས་བོང་བུ་གཅིག་ལས་ཅི་ཡང་མ་བླངས། དེ་ལས་

གཞན་མཐོ་བ་གནམ་ལ་མི་ཐུག་པ་དང་དམའ་བ་ས་དང་མི་འབྲེལ་བའི་གནས་ཤིག་ཏུ་སྤྲེལ་བུ་ཞིག་འགེབ་ཏུ་བཅུག་ནས། མ་བུ་གཉིས་བསྐྱད་པ་རེད། རང་ཉིད་ཀྱིས་རལ་གྲི་དང་མདའ་གཞི་དེར་བརྟེན་ནས་ཧུལ་སྲུངས་དཔོན་ངན་དང་། སྒྲིག་རྩུས་གཡོ་སྒྱུ་ཆེ་བའི་མི་སོགས་ཀྱི་མི་འོས་པའི་ཐོབ་ནོར་བཙལ། དེ་ལ“བདག་མེད་རྒྱུ་ནོར”ཞེས་ཀྱང་ཟེར་རོ།།

རྡོ་སན་མའི་ཡི་ཁྲིམ་ནི་ཤེས་ཡོན་པ་འཁྲུངས་པའི་ཁྲིམ་རྒྱུད་ཅིག་ཡིན། ཆུང་དུས་སུ་སློབ་གཉེར་དང་ཡི་གེ་བརྙན་སྦྱོང་། མོའི་ཕ་མེས་ཀྱིས་དམག་དཔོན་གྱི་གོ་གནས་ཐོབ་པ་ནས། ཨ་ཕ་ལ་ཡང་གོ་ས་དེ་བརྒྱུད་ནས་འོངས། ཕ་ལ་བུ་མེད་པས། རྡོ་སན་མའི་བུ་དང་འདྲ་བར་གསོ་སྐྱོང་བྱས་པ་རེད། ཁོམ་དུས་གྲིའི་དྲག་རྩལ་དང་མཐེབ་རྩལ་འཁྲིད། ཡུན་ནས་ཡུན་དུ། གོམས་ལོབས་སུ་གྱུར་རོ།། ཨ་ཕས་སེམས་ཞིབ་མོས་མཇུབ་སྟོན་བྱས་པས། བུ་མོའི་ཞི་འཇམ་གྱི་ངང་རྒྱུད་དེ་སྟག་ཤར་ཕོ་རྟོད་ཅིག་དང་འདྲ་བར་བསྒྱུར།

རྡོ་སན་མའི་ཡིས་སྐྱ་སྲུས་ཨན་ལ་ཅི་ཕྱིར་ཡིའུ་ལི་མགྲོན་ཁང་ནས་མོ་ལ་མ་སྐྱུག་པར་དྲིས། སྐྱ་སྲུས་ཨན་གྱིས་རང་གི་སྐབས་དེར་ཡིད་གཉིས་ཐེ་ཚོམ་སྐྱེས་ཚུལ་དང་། ལམ་གྱི་དཀའ་སྡུག་དང་དྲིལ་འདེད་གཡོག་པོ་གཉིས་ཀྱིས་ལྷ་སྐྱོང་ཡག་པོ་བྱས་ཚུལ་བཤད། རྡོ་སན་མའི་ཡིས་ཁོང་དགོད་ཅིག་བྱེད་ཞོར་དུ་སྐྱ་སྲུས་ཨན་ལ་འཇིག་རྟེན་གྱི་འཚོ་བའི་སྦྱོང་བ་ཟབ་མོ་མེད་པར་

འདོད་དེ། མུ་མཐུད་དུ་དྲིལ་འདེད་གཡོག་པོ་གཉིས་ཀས་སྐྱག་གྲོས་བྱས་ཏེ་འཕྲིན་ཡིག་བསྐྱུང་བ། མི་གསོད་རྒྱུ་འཕྲོག་བྱེད་པའི་ཐབས་ཇུས་འཐེན་ཚུལ་བཤད། སླར་ཡང་རང་ཉིད་དང་སྐུ་སྲས་ཨན་གཉིས་ཡེའུ་ལེ་མགྲོན་ཁང་ནས་ངོ་འཕྲད་པའི་བརྒྱུད་རིམ་བཤད་བྱུང་།

ཀྲང་ཅིན་ཧྥིན་ཁྲིམ་གང་པོས་ད་གཟོད་དོན་དག་འདིའི་རྩ་བ་རྟོགས་བྱུང་། སྐུ་སྲས་ཨན་གྱིས་ཀྲུང་གཉིད་ལས་སད་པ་ལྟར་དོན་གྱི་འབྱུང་ཁུངས་ཤེས། ཧྲི་སན་མའེ་ཡིས་ཤིང་ཧ་འཁོར་ལོ་འཇོག་སའི་ཁང་པར་མི་གཉིས་ཀྱི་བེམ་པོ་མཐོང་ཚུལ་བརྗོད་ཞོར་དུ། ཏུམ་ནས་འཕྲིན་ཡིག་དེ་ཕྱིར་བླངས་སྟེ་ཕྱིན། ཧྲི་སན་མའེ་ཡིས་མུ་མཐུད་དུ་ན་རེ" གཡོག་པོ་གཉིས་ཀྱིས་ཀླུང་ནག་སྐང་དུ་ཁྱོད་འཁྲིད་རྒྱུ་སྔོན་ནས་ཤེས་ཡོད། ལམ་འདི་དེད་ནས་ངས་རྗེས་སྙེག་ལ་འགོས། ཟླ་འོད་འོག་ཏུ་ལམ་འགྲམ་ན་ཕྱུགས་ཟོག་གི་སྐྱེ་ལ་བཏགས་པའི་དྲིལ་ཆུང་བོར་ཡོད་པ་མཐོང་བ་དང་། ཕྱིག་རྗེས་དེད་ནས་དགོན་སྙིང་དུ་འོངས་ཏེ་ཁྱོད་བསྐྱབས་པ་ཡིན། སྐུ་སྲས་ཨན་ལགས། ད་ལྟ་ཁྱོད་ཀྱིས་ཐལ་ཆེར་ཡིད་ཆེས་བྱས་ཚོག ང་རང་གིས་ཁྱོད་ཀྱི་དངུལ་སྲང་སྟོང་ཕྲག་འགའ་ལ་ཧམ་པ་མིན" ཟེར།

ཧྲི་སན་མའེ་ཡིས་སླར་ཡང" གལ་ཏེ་ཁྱོད་ནི་བློ་སྤོབས་པ་དང་ཁོག་ཤེས་རྒྱ་ཆེ་བ་ཞིག་ཡིན་ན། ངས་བཤད་པའི་སྐད་ཆ་དེར། ཁྱོད་ཀྱིས་དོགས་ཟོན་ངང་གིས་བྱེད་སྲིད། ཡིད་ཐངས་

པ་ཞིག་ལ་ཁྱོད་ནི་སྣ་སྤྲོབས་པ་མེད་ལ་ཁོག་ཤེས་རྒྱ་ཆུང་། ངས་དེ་ལྟར་བརྩོལ་གདམས་བྱས་ཀྱང་། ཁྱོད་ཀྱིས་རང་སྡུག་རང་གིས་བཙལ་ཏེ་ཚད་འདིར་བསྐྱལ། སྔར་ཡང་གཏམ་འདི་དག་བཤད་ན། དངངས་སྐྲག་སྐྱེས་ནས་བླ་འཁྱམ་ནས་ཅི་ལྟ་བུ་ཞིག་ཏུ་འགྱུར་བ་མི་ཤེས། དེ་ལས་ཕྱོག་སྟེང་ལ་རྫོགས་པ་བྲིས། མི་ངན་གཡོ་སྒྱུ་ཅན་དེ་མི་ཡ་རབས་སུ་བལྟ་བ་དང་། ངས་བཤད་པའི་གཏམ་དེ་མི་གཉིས་ལ་གོ་རུ་བཅུག་ན་དོན་གལ་ཆེན་འགོར་འགྱངས་བྱས་པ་མ་ཡིན་ནམ།" ཞེས་བཤད། སྐུ་སྲས་ཨན་གྱིས་ཉན་རྗེས། མགོ་བོ་སྒྲུར་སྒྲུར་བྱས་ནས་གུས་ཕྱག་འཚལ། ཧྲི་སན་མའི་ཡིས་ལུས་པོ་གཟིར་ནས། ཡར་མི་སྐྱོར་ལ་ཕྱིར་གུས་ཕྱག་ཀྱང་མ་ཕུལ། དེ་མཐུད་ནས" གུས་ཕྱག་ཆེན་པོ་འབུལ་མི་དགོས།" ཞེས་བཤད། རྒད་པོ་ཀྲང་ལགས་ཀྱིས་ཀྱང་མཚམས་མི་ཆད་པར་གུས་ཕྱག་ཕུལ་ཏོ།།

ཧྲི་སན་མའི་ཡིས་ལག་པ་གཡུག་ཞོར་དུ" མི་ཚང་མས་བདག་ལ་བཀའ་དྲིན་ཞུ་མི་དགོས། ལས་ཀྱིས་འཕྲད་པ་རེད།" "སྟོན་མོའི་ཚོ་ག་ཇི་ལྟར་རྒྱས་གྱུར་ཀྱང་།། མ་གྲོལ་ཡུན་དུ་འཚོག་པ་ཡོད་མི་སྲིད།།" ཁྱོད་དང་ང་ནི" རང་རང་གི་མདུན་ལམ་ཡག་པོ་དེད་ནས་སོང་ཚོག" ཐབས་རོགས་བྱེད་མི་ཐུབ་པར་གུ་ཡངས་གཏོང་རོགས" ཞེས་བཤད་རྗེས། ཕྱི་ལ་སོང་ངོ་།།

ལེའུ་དགུ་པ། སྤར་གྱི་ལྷག་བསམ་ལྡན་པའི་བུ་མོ་དེས།། གཉེན་སྒྲིག་རྫོན་ཏུ་གྲི་ངར་ཡར་ལ་འཕྱུར།།

མི་བཞི་པོས་ཧྲི་སན་མའི་ཕྱི་ལ་འགྲོ་བ་མཐོང་མ་ཐག་མཉམ་དུ་མོའི་སྔོན་ནས་བཀག མོས་དགོད་ཞོར་དུ“ ཁྱོད་ཚོས་ང་འགྲོ་རྒྱུ་རེད་བསམས་པ་ཨེ་རེད། ས་རུབ་མཚན་གནག་དགོན་གོག་ས་སྟོང་། གནས་འདི་ལྟ་བུ་ཞིག་ཏུ་བསྐྱུར་ན། ཁྱོད་ཁྱིམ་ཚང་གཉིས་ཀྱི་མི་བཞི་ལ་བརྟེན་ས་འཁེན་ས་མེད་པས་བདག་འགྲོ་ཡོད་དམ། ཚ་ཐབ་སྟེང་གི་ཁྲུག་མའང་ཁྱེར་བར་འགྲོ་དགོས་སམ། ”ཞེས་བཤད། སྐུ་སྲས་ཨན་གྱིས་ཡུན་ཞིག་ཏུ་ཙུར་བརྒྱབ་པ་དང་། ཉིན་ཕྱེད་ཀྱི་ཁ་བཛ་ལ་ཉན་པས། ཁྲུག་མ་སེར་པོ་དེ་སྤུར་ནས་བརྗེད་སོང་ངོ།། དུས་ད་ལྟ་ཧྲི་སན་མའི་ཡིས་སློང་དུས། མགྱོགས་པོར་ཚ་ཐབ་ལ་བུད། ལག་པ་གཉིས་པོས་ལྟེད་ཏིག་ཏིག་གི་ཁྲུག་མ་བླངས་ནས་མདུན་ཅིག་

སྙིང་བཞག་ནས“བུ་མོ། འདི་ནི་ཁྱོད་ཀྱིས་ང་ལ་བཙོལ་བའི་དངོས་པོ་དེ་ཡིན”ཞེས་བཤད། ཧི་སན་མའི་ཡིས“དངོས་པོ་འདི་བདག་ལ་འབྲེལ་བ་མེད། ཁྱོད་ཀྱི་ཡིན།”ཞེས་ལན་བཏབ་པ་ན་སྐུ་སྲུས་ཨན་ཏ་ལས་སོང་།། ལྕུག་མའི་ནང་གསེར་སྲང་ཉིས་བརྒྱ་ཡོད་པ་ལས་མཚོན་ཆ་སོགས་དངོས་པོ་གཞན་མེད། ཧི་སན་མའི་ཡིས་སྐུ་ཛོ་ཨན་གྱིས་དངུལ་སྲང་ལྔ་སྟོང་ཙམ་བསྟུ་ཐུབ་ན་སྐྱོན་མི་འབྱུང་བ་སྣང་ནས་ཤེས་ཡོད། ད་ལྟ་དངུལ་སྲང་ཉིས་སྟོང་ལས་བསྟུམ་ཐུབ་པར་ལུས་ཡོད། དོན་དེའི་རྐྱེན་གྱིས། ཧི་སན་མའི་འོམ་བུ་སྟོང་པོ་ཉེར་བརྒྱད་ལ་སོང་ནས་དཔའ་བོ་རྒན་པ་དེ་བཙལ། གནས་སྐབས་སུ་དངུལ་སྲང་སུམ་སྟོང་བསྐྱིས་པ་རེད། སྐུ་སྲུས་ཨན་དགའ་སྟེ་སྐུ་དྲིན་ཞུས། མགྲིན་པ་བཙངས་ནས་སྐད་ཀྱང་མི་ཤོད།

ཧི་སན་མའི་ཡིས་སེར་སྣ་མེད་པར་དངུལ་ཕྱིན། སེམས་ཀྱི་དོན་ཆེན་ཞིག་ཀྱང་གྲུབ། སླར་ཡང་རང་རང་ལམ་ལ་ཆས་དགོས་པའི་གྲོས་བྱས། ཡིན་ནའང་ཁྱིམ་ཚང་གཉེ་གའི་མི་བཞི་པོ་ལས། ཕྱོགས་གཅིག་ནི་གྲོང་རིད་ཀྱི་མི་འདྲ་མེད་ཅིག་གིས་གསེར་མོད་པོ་འཁྱེར་དགོས་ལ། གཞན་ཞིག་ནི་ཞིང་གྲོང་རྒད་པོ་ཞིག་གིས་ཁྱིམ་ཚུང་མ་དང་བུ་མོ་གཉིས་དང་མཉམ་དུ་ཡོད་པས། མི་ཞིག་གིས་ངེས་པར་སྲུང་སྐྱོབ་བྱས་ཏེ་སྐྱེལ་མ་བྱེད་དགོས། སྐྱེལ་མ་བྱེད་མཁན་རང་ལས་གཞན་མེད་དོ།། གལ་ཏེ་རང་གིས་བསྐྱལ་ན། ཁྱིམ་གྱི་མ་རྒན་བསྐྱུར་དགོས། དེར་མ་

ཟད་ལམ་ཕྱོགས་མི་གཅིག་སྟེ་གཅིག་ནི་ལྷོ་དང་གཅིག་ནི་བྱང་རེད། ཇི་ལྟར་གཉིས་ཕན་བྱ་དགོས་སམ་སྙམ། གལ་ཏེ་ཁྱིམ་ཚང་གཉིས་ལམ་ཕྱོགས་གཅིག་ཏུ་ཆས་ན། གཅིག་ནི་ཕོ་རྒྱང་ཞིག་དང་གཞན་ཞིག་ལ་བུ་མོ་ཞིག་ཡོད། སྐབས་མི་བདེ་བ་མང་པོ་འཕྲད་སྲིད་པས་ལམ་གཅིག་ཏུ་འགྲོ་ཐབས་མེད། སྐབས་འདི་དང་བསྟུན་ནས་སྐུ་སྲས་ཨན་དང་ཀྲང་ཅིན་ཕྱིན་གཉིས་གཉེན་སྒྲིག་ཏུ་འཛུགས་པར་བསམས། བསམ་བློ་དེ་བཏང་ནས། ཀྲང་ཀན་ཧྲོན་གཉིས་དང་སྐུ་སྲས་ཨན་ཇ་ཁང་དུ་གཡོས་སྦྱོར་གྲ་སྒྲིག་བྱེད་པར་མངགས། རང་གིས་བུ་མོ་ཀྲང་ཅིན་ཕྱིན་གྱིས་ལག་ནས་བཟུང་སྟེ་ནུབ་ཀྱི་ཚ་ཐབ་ལ་བསྡད། མོ་གཉིས་ཀྱིས་ཁྱིམ་དོན་སློང་། བུ་མོ་ཀྲང་ཅིན་ཕྱིན་གནས་ལ་ཕྱིན་མེད་པ་ཤེས། ཧྲི་སན་མའི་ཡིས་གསལ་པོར་མོ་དང་སྐུ་སྲས་ཨན་གཉིས་གཉེན་སྒྲིག་དགོས་པར་བཤད་པ་ན། ཀྲང་ཅིན་ཕྱིན་གྱིས་སྐུ་སྲས་ཨན་གྱི་ཁྱིམ་ཚང་དང་། སྐྱེས་གཟུགས། མི་གཤིས། སེམས་པ་སོགས་བཟང་ལ། ད་ལྟ་ཧྲི་སན་མའི་ཡིས་སློང་བ་ན། རང་གི་འདོད་པ་ལའང་མཐུན། ངོ་ཚ་ཞོར་དུ་ཡིད་འཐད་བྱུང་སྟེ་ཁས་བླངས། ཕ་མས་ཐག་གཅོད་པར་སྒྲུག

བུ་མོ་ཀྲང་ཅིན་ཕྱིན་གྱིས་ཧྲི་སན་མའི་ནི་སྐུ་སྲས་ཨན་དང་མི་འགྲོགས་པའི་རྒྱུ་མཚན་ཅི་ཡིན་མ་ཤེས་པར། ཧྲི་སན་མའི་ཡིས“ཨ་ཅིའི་སེམས་ནི་མི་གཞན་པ་དང་མི་འདྲ། སྤྱིར་བཤད་ན། མིག་སྔར་གྱི་འདི་མ་གཏོགས། འཇིག་རྟེན་གྱི

‘ གཉེན་སྒྲིག ’ ཅེས་པའང་སྐྱེ་བ་འདི་ལ་ང་དང་འབྲེལ་བ་མེད ” ཅེས་བཤད།

གྲང་ཅེན་ཕྲིན་གྱིས་སྐད་ཆ་དེ་ཐོས་པས་དེ་བས་རྒྱུ་མཚན་མ་ཤེས། ཟུ་མཐུད་ནས་འདྲི་དུས། གྲང་རྒན་རྒོན་གཉིས་དང་སྐྱུ་སྲས་ཨན་གསུམ་པོས་ཟ་མ་གཡོས་ཏེ་ནང་དུ་ཁྱེར་འོངས། སྐབས་དེར་གུས་འདུད་དང་བཅས་པ་བྱ་ཡོམ་མེད། རང་རང་གི་ཟས་ཚར་རྗེས། ལམ་ལ་ཆས་པའི་གྲོས་བྱས། ཧྲི་སན་མའི་ཡིས་བཤད་རྒྱུར། ལམ་དུ་ཇི་ལྟར་བསྐྱོད་པ་ང་ལ་ཐབས་ཡོད། ཐོག་མར་ཁྱེད་ཁྱིམ་ཚང་གཉིས་པོའི་གྲོས་བྱས་དང་། གཅིག་གོང་ལམ་དེད་ནས་འགྲོ་དགོས་པ་དང་། ཅིག་ཤོས་ཞོལ་ལམ་བརྒྱུད་ནས་འགྲོ་དགོས། གཉིས་ཀ་ང་རང་གིས་སྐྱེལ་མ་བྱེད། ཐོག་མར་སུ་ཚང་བསྐྱལ་ན་བཟང་ཞེས་དྲིས། སྐྱུ་སྲས་ཨན་གྱིས་བཤད་རྒྱུར། བུ་མོ་ཚང་སྔོན་ལ་སྐྱེལ་མ་བྱོས་ཟེར། ཧྲི་སན་མའི་ཡིས་ལན་དུ། འདི་ནི་ཁྱེད་ཀྱིས་ཐབས་བཀོད་ཨེ་ཡིན། ཕོ་ཚང་ལ་མི་གསུམ་ཡོད། དགོན་པོག་འདིའི་ནང་དུ་བསྡད་ནས་མི་སྲོག་སྐྱོད་དོན་ལ་སྨུག་འདོད་པ་ཨེ་རེད། ཅེས་མང་པོ་ཞིག་ལབ་རྗེས། ཁ་ཕྱིར་འཁོར་ནས་གྲང་རྒན་རྒོན་གཉིས་ལ “ ཁྱེད་གཉིས་ཀྱིས་ཇི་ལྟར་འདོད་བཞིན་ཡོད་དམ། ” ཞེས་དྲིས།

གྲང་རྒན་རྒོན་གཉིས་ཀྱིས་ལན་མ་བཏབ་གོང་། བུ་མོ་གྲང་ཅེན་ཕྲིན་གྱིས་བསམ་བཞིན་དུ་ཨ་ཅེས་སྔོན་ལ་སྐྱུ་སྲས་བསྐྱལ་དགོས་ཞེས་བཤད། སྐྱུ་སྲས་ཨན་གྱིས་ངག་འདར་འདར་

བྱས་ཞོར་ལན་འདེབས་མ་ཐུབ།

ཧྲི་སན་མའི་ཡར་ལངས་ཞོར་དུ། ཀྲང་རྒན་རྒོན་གཉིས་ལ“དོན་འདི་རྒན་པ་གཉིས་པོས་ཐག་ཆོད། དོན་མེད་སྐྱུན་མེད་ཅིག་བྱ་དགོས་ན། ཁྱིམ་གཉིས་པོ་ཁྱིམ་གཅིག་ཏུ་བྱས། བདག་གིས་ལྟ་སྐྱོང་ཡང་ལེགས་པོ་ཞིག་བྱེད་ཐུབ།” ཅེས་བཤད། དེའི་འཕྲོར་སྐུ་སྲས་ཨན་དང་བུ་མོ་ཀྲང་ཅིན་ཧྥིན་གཉིས་ཀྱི་གཉེན་སྒྲིག་འཆར་གཞི་བརྗོད་བྱུང་། ཀྲང་རྒན་རྒོན་གཉིས་ཀྱིས་འོས་བསམས་ཏེ། སྐུ་སྲས་ཨན་གྱི་འདོད་ཚུལ་ལ་སྒུག

སྐུ་སྲས་ཨན་གྱིས་མི་འཐད་པའི་བརྡ་ལ་མགོ་བོ་འཕྲེད་དུ་གཡུག་བཞིན“བུ་མོ། བྱ་བ་འདི་དངོས་གནས་འོས་པ་ཞིག་མ་རེད། བདག་ཨན་ཙུས་ཟེར་བ་ད་སྐབས་ཁེ་གྲགས་སྤངས། གཞིས་ཁྱིམ་བཙོང་། ཕ་ཡུལ་རྒྱབ་ཏུ་བསྐྱུར། དཀའ་སྡུག་གང་མང་མྱངས། ཨ་ཕ་བཙོན་ནས་སྐྱོབ་ཆེད་འདིར་སླེབས་པ་ཡིན། གཉེན་སྒྲིག་གི་དོན་འདི་ལྟ་བུ་ཞིག་ལ་བསམ་བློའང་གཏོང་སེམས་གང་ན་ཡོད། ཨ་ཕ་བདག་ལ་བྱམས་བརྩེ་ཆེ་མོད། སློབ་གསོ་བཏང་ན་ཧ་ཅང་བཙན། དེ་རིང་གི་དོན་འདི། ཕོང་ལ་ཞུས་རྗེས་ཐག་བཅད་ན་རེད། དེ་མིན་ན་གུས་པ་མེད། དྲིན་ཅན་ཁྱོད་དང་བུ་མོ་ཀྲང་ལ་དགོངས་གནང་ཞུས་ན་འོས། དོན་འདི་གཏན་ནས་མི་འོས།” ཞེས་བཤད།

ཧྲི་སན་མའི་ཡིས་སྐུ་སྲས་ཨན་གྱི་སྐད་ཆ་ལ་བདེན་ལུགས་ཡོད་བསམས། ད་ལྟ་རང་ཉིད“སྣག་ལ་བྱོན་ནས་ཆུ་ལ་བརྒྱལ་བ་

ལྷ་བུ”སྟེ་འབབ་མི་ཐུབ། བསམ་བཞིན་དུ་ཁྲེལ་དགོད་ཅིག་བྱས་ནས“སྐུ་ངོ་ཨན། ཁྱོད་རང་མྱུར་ཏུ་ཨ་ཕའི་དོན་བསྒྲུབ་ཏུ་འགྲོ་དགོས། ངའི་ཁྱོད་ལ་མི་དང་རྒྱུ་ནོར་སྲུང་སྐྱོབ་བྱེད་པ་སྟོན་དུ་བཤད་ཡོད། གཉེན་ཉེ་སྐོར་འཛོམས། དེ་བས་ཁ་བཤད་དོན་ལ་གནས་དགོས། གཉེན་བསྒྲིག་རྒྱུ་དེ། ཐོག་མར་ལས་དབང་ཡོད་མེད་ལ་བལྟ་དགོས། ངའི་སྲིང་མོ་འདྲ་བ་ཞིག་སྐོར་ཡང་བཙལ་ན་སྙོན་མེ་བཀར་ནས་བཙལ་ཀྱང་རྙེད་དཀའ། ཚོད་འདི་ལ་སླེབས་པས། གཉེན་སྒྲིག་པ་གནས་ལུགས་དང་མཐུན། གཉེན་མི་སྒྲིག་པ་གནས་ལུགས་དང་མི་མཐུན་ནོ།། ཁྱོད་ཀྱིས་ཚོག་སྙམ་ན། དེ་ལྟར་བྱས་ཚོག་གོ། ཁྱོད་ཀྱིས་མི་འོས་སྙམ་ན་ཡང་དེ་ལྟར་བྱའོ།། ཁྱོད་ཀྱིས་བཟང་ངན་ཤེས་དགོས་ལ། བདེན་རྫུན་ཡང་རྟོགས་དགོས། ”ཞེས་བཤད།

ཀྲང་ཀན་ཀོན་གཉིས་ཀྱིས་སྐད་ཆ་བཤད་ས་མི་འགྲོ་ལ། ཀྲང་ཅིན་ཧྲིན་ངོ་ཚ་སྐྱེས། སྐུ་སྲས་ཨན་མི་འཐད་པའི་སེམས་ཐག་སྤྲར་ནས་བཅད་ཟིན་པས་ཚིག་ལ་འགྱུར་བ་མེད། ཧྲི་སན་མའི་ཁ་སྒོ་ཁོག་ནས་ལངས་ཞེ་སྒོ་གཏིང་ནས་ལངས་ཏེ། ལག་གཅིག་གིས་མདུན་ཅོག་སྟེང་གི་ཁྲུང་ཁྲུང་གི་གཤོག་དབྱིབས་ལྟ་བུའི་གྲི་གླངས་ནས་སྙོན་མེའི་མདུན་དུ་འཇོག་ཞོར་དུ་བཤད་རྒྱུར། ངའི་གྲི་འདི་ལ་ཐེངས་གཅིག་འདྲི་བར་བྱ། དོན་ངོ་མར་གཉེན་འདི་སྒྲིག་གམ་མི་སྒྲིག ཅེས་ཟེར་ཞོར་དུ་གྲི་རིང་ཡར་ལ་བཀྱག་སྟེ། སྐུ་སྲས་ཨན་གྱི་མགོ་ལ་གཏད་ནས་བརྒྱབ་ཕྱུང་ངོ་།།

ལེའུ་བཅུ་པ། གྱང་རོར་སྨན་དག་གསར་པ་བྲིས་ནས་ནི།། སྟག་ཚའི་ཀོང་བུ་མདའ་གཞི་ཉིད་ལ་བརྗེས།།

སྐུ་སྲས་ཨན་གྱིས་ཧྲི་སན་མའི་ཡིས་གྱི་ཕྱུར་ནས་རྒྱུག་པ་མཐོང་བས། སྐྲག་ནས་ལག་པ་གཉིས་ཀྱིས་མཇིང་པ་སྐྱོར་ཏེ་སྔོ་ཕྱི་རུ་བྲོས། བུ་མོ་གྲང་ཅན་ཕྱིན་འཚབ་ནས་ངོ་ཚ་རྒྱབ་ཏུ་བཞག་སྟེ། ཧྲི་སན་མའི་ཡིས་གྱི་འཕྱུར་བའི་ལག་པ་ནས་བཟུང་ནས་མར་འཐེན་པ་དང་མཉམ་དུ་ཕུས་མོ་སར་བཙུགས་ནས་སྐད་གསེང་མཐོན་པོས“ཨ་ཅེ་ལགས། ཁོང་ཁྲོ་མི་ལངས་པར་ཞུ། ནུ་མོ་ལ་སྐད་ཆ་འགའ་བཤད་རྒྱུ་ཡོད། དོན་དག་ཚད་འདི་ལ་ཐོན་པས། གཉེན་བསྒྲིག་རྒྱུའི་བྱ་བ་དེ་བསྐྱུར་ཆོག སྐུ་སྲས་ཨན་ལ་གློ་འཐད་མིན་ཡང་འདྲི་མི་དགོས། ཨ་ཅེའི་ངག་ལ་ཉན་ཏེ། ཕ་མ་དང་འགྲོགས་ནས་སྐུ་སྲས་ཨན་ཏོས་ཨན་དུ་བསྐྱལ་ཆོག ལམ་དུ་བགྲོད་དུས་འཁོར་ལོ་གཅིག་ཏུ་མི་འདུག ཞག་

འདུག་བྱེད་དུས་ཁང་བ་གཅིག་ཏུ་མི་བྱ། དེ་ལྟ་ན་སྐབས་མི་བདེ་བའང་མེད་དོ།། ཧོས་ཨན་ལ་འཁོར་བ་ན། ཕོ་ཚང་གི་སྤྱི་ཛོ་ཨན་དང་ཨན་ལྷམ་མོ་གཉིས་འཐད་པ་བྱུང་བ་ན། བུ་མོས་ཨ་ཅེའི་འདོད་པ་ལྟར་ཨན་ཚང་གི་མནའ་མ་བྱས་ཆོག མ་འཐད་ན་བདག་སྟོར་ལྟར་ཀྱང་ཚང་གི་བུ་མོ་སྟེ། ཕོང་ཚང་གི་འདོད་བློ་ལ་གུས་པ་བྱས་ཏེ"ཨན"ཚང་གི་མནར་མའི་མིང་ཙམ་ཁུར་ནས་ཕ་མར་ཚེ་གང་ལ་བསྙེན་བཀུར་བསྒྲུབ་པར་བྱའོ།། ཨ་ཅེ་ལགས། དུས་ད་ལྟ་བོའི་སྐྱེང་ལ་ཞེ་སྣང་ལངས་དགོས་དོན་མེད་དོ།།"ཞེས་ཞིབ་ཏུ་བཤད།

ཀྲང་ཅིན་ཧྲིན་གྱི་སྐད་ཆ་འཇམ་པོའི་ནང་དུ་དོན་དྲག་པོ་ཡོད་ལ། གནས་ལུགས་བདེན་ཤུགས་ཆེ་བས། ལྷུགས་ལྟར་དཔའ་བའི་ཧྲི་ཧྥན་མའི་ཡང་ཅི་བྱ་གཏོལ་མེད་དུ་གྱུར། སྐུ་སྲས་ཨན་གྱིས་སྐེའུ་ཁུང་ཕྱི་ནས་ཀྲང་ཅིན་ཧྲིན་གྱི་གཏམ་ཐོས་ནས། ཁུར་རྗེ་གཅིག་གིས་བྱ་གསུམ་གྱི་དཔེ་བཞིན། བདེན་ལུགས་ཡོད་སྐམ་བཞིན་ཧྲི་ཧྥན་མའི་ལ་བཤད་རྒྱུར། "ང་ལྟ་བུ་མོ་ཕྱིད་ཀྱིས་གཉེན་གྱི་བར་བ་བྱས་ཏེ། ངེད་གཉིས་བསྡེབས་ནས། མཉམ་དུ་ལམ་ལ་ཆས། ཧོས་ཨན་དུ་འཁོར་བ་ན། ཐོག་མར་དོན་འདི་ངས་ཕ་མ་ལ་རྒྱུ་མཚན་ཞུ། གལ་ཏེ་ཕ་མ་གཉིས་འཐད་པ་བྱུང་ན། ལས་ལམ་ལ་བུད་སོང་བ་རེད། གལ་ཏེ་མ་འཐད་ན། བདག་གིས་ཚ་ལྷུག་ཉོས་ཉུང་བརྩོན་ལེན་བྱེད་ངེས། གལ་ཏེ་ཕ་མ་གཏན་ནས་ཡིད་འཐད་མ་བྱུང་ན། བུ་མོ་ཀྲང་

གིས་བཤད་པ་ལྟར་བདག་གིས་ཀྱང་དཀར་ཟས་རྐྱང་བ་སྤྱོད་ནས་ཆོས་བསྒྲུབས་ཤིང་། ཚེ་གང་བོར་གཉེན་མི་སྒྲིག་གོ། བུ་མོ་ལགས། ཁྱོད་ཀྱིས་བལྟས་ན་ཅི་འདྲ་རེད” ཅེས་བཤད།

ཧྲི་སན་མའི་ཡིས་སྐུ་སྲུས་ཨན་གྱི་སྐད་ཆ་དེ་སེམས་གཏམ་ཡིན་པར་ཤེས་ཏེ་བཤད་རྒྱུར“ དོ་དགོང་མཁའ་ལ་ཉ་གང་ཟླ་བ་འཆར། དུས་བཟང་སུམ་འཛོམས་རེད། དུས་ད་ལྟའི་སྐབས་འདིར་ཕན་ཚུན་ཕྱག་འཚལ་ནས་གཉེན་སྒྲིག་ན་བཟང་།” ཟེར། ཕྱག་འཚལ་རྗེས། མི་ཚང་མས་སྒམ་ནང་གི་དངུལ་སྲང་དང་རྒད་པོ་གྲང་ཚང་གི་ལྭ་བ་གྱོན་ཆས་རྣམས་ཕྱོགས་གཅིག་ཏུ་ཁྱེར་འོངས། བསྡོམས་པས་དངུལ་སྲང་སྟོང་ཙམ་ཡོད། ཧྲི་སན་མའི་ཡིས་ཁུག་མ་ཞིག་ཏུ་དངུལ་སྲང་བརྒྱ་ལ་ཉེ་བ་ཡོད་པ་ཕྱོགས་ཤིག་ཏུ་བཞག དངུལ་གཞན་དག་ལ་བལྟས་ནས་སྐུ་སྲུས་ཨན་ལ་བཤད་རྒྱུར“ ངའི་སྟབས་བདེ་བར་དམིགས་པ་ཡིན། ཁྱོད་ཀྱིས་དངུལ་སྲང་སྟོང་ཙམ་ཡོད་པ་འདི་གསེར་སྲང་བརྒྱ་ལ་བརྗེ་རོགས།” ཞེས་པ་ན། སྐུ་སྲུས་ཨན་གྱིས་མགྱོགས་པོར་གསེར་བཅུག་པའི་ཁུག་མ་ཁྱེར་འོངས། ཧྲི་སན་མའི་ཡིས་ཁུག་མ་ཚུར་བླངས་ནས་གྲང་ཅིན་ཕྱིན་ལ“ ནུ་མོ། རང་ཅག་ལག་སྟོང་དུ་ཕོང་ཚང་ལ་སྐྱབས་བཅོལ་བ་མིན། གསེར་འདི་ཨ་ཅེས་ཁྱོད་ཀྱི་སྒམ་སྒྲུང་བྱེད་དུ་བྱིན་པ་ཡིན།” ཞེས་བཤད་རྗེས། སྐུ་སྲུས་ཨན་ལ་དངུལ་བསྡུས་སུ་བཅུག་རྗེས། མོ་རང་གིས་ཕྱོགས་ཤིག་ཏུ་བཞག་པའི་དངུལ་ཁུག་དེ་ལས་མ་ཁྱེར།

ཧི་སན་མའི་ཡིས་སླར་ཡང་ཀད་པོ་ཀྲང་ལ“ རྟ་རའི་ནང་དུ་ཤིང་རྟ་འཁོར་ལོ་ཞིག་ཡོད་པ། དེ་ཁྱོད་ཀྱི་ཨེ་ཡིན།” ཞེས་བཤད་པ་ན། ཀད་པོ་ཀྲང་གིས་མྱུར་ཏུ“ ངའི་ཡིན།” ཟེར། ཧི་སན་མའི་ཡིས“ དེས་ན་ང་ཚོ་ཚང་མ་ནམ་མ་ལངས་གོང་ལམ་དུ་ཆས། ཤིང་རྟ་འཁོར་ལོའང་ཡོད། ངས་ཁྱོད་ཚོ་རྫོང་མཁར་ཏུང་ཀོན་བར་དུ་བསྐྱལ། དེ་ན་ཁྱེད་ཅག་སྲུང་སྐྱོབ་བྱས་ནས་སྐྱེལ་མ་བྱེད་མཁན་ཡོད། ཁྱོད་ཚོ་ལམ་བར་དུ་བདེ་འཇགས་ཡིན་ནོ།།” ཟེར།

གྲོས་བྱས་ཚར་རྗེས། ཧི་སན་མའི་ཡིས་སྐྲ་སྲུས་ཨན་པོས་ཏེ་སྣག་ཚ་དང་སྨྱུ་གུ་དགོས་ཟེར། སྐྲ་སྲུས་ཨན་གྱིས“ ངའི་འདིར་ཡོད།” ཟེར་ཞོར་ཏུམ་ནས་རས་ཁུག་ཆུང་ཆུང་ཞིག་ཕྱིར་བླངས། ནང་དུ་ཙན་དན་གྱི་སྒམ་ཆུང་དུ་སྣག་ཚ་བཙིར་སྐྱིད་ཅིག་ཡོད། སྣག་ཚ་བཙིར་བྱེད་དང་པུར་སྨྱུག་མཉམ་དུ་མོར་བྱིན། ཧི་སན་མའི་ཡིས་ལག་གཡོན་པའི་སྣག་ཚ་དང་གཡས་པར་སྨྱུ་གུ་བཟུང་། ཅོག་ཙེ་ལ་བུད་དེ། མདུན་ཁང་གི་བྱང་གི་གྱང་ངོས་སུ་སྣག་ཚ་སྨུག་པོས“ སྲིད་ཆགས་འཁྲུག་གསོད་བཞི་པོ་ལ་འཛེམ་དོགས་མེད། ཧྭ་ཤང་འདི་ཕྱིག་སྒྲིབ་ཆེ། དམེ་པོ་འདིས་དགོན་པ་གྲིབ་ཀྱིས་སྦགས། སྨུག་གི་མུན་པ་སེལ་ཆེད་དུ་ལག་དམར་ཧྭ་ཤང་ངས་བསད་དོ།། ང་བཙལ་དུས། ཁྱོད་དང་སྲིན་གསེབ་ནས་མཇལ་བར་བྱའོ” ཞེས་ཡིག་ཕྲེང་གཉིས་ཤར་མར་བྲིས།

སྐུ་ཤུགས་ཨན་གྱིས་ཧྲི་སན་མའི་ཡི་ཡིག་རྒྱལ་འདི་འདྲ་ལེགས་པ་མ་ཤེས། ཐལ་མོ་རྡེབ་ཏེ་གཟེངས་བསྟོད་བྱས། ད་དུང་ལག་པ་ཕུར་ཕུར་བྱེད་ཞོར་དུ"སྤྲིན་གསེབ་ནས་འཇལ"ཅེས་པའི་དོན་ཅི་ཡིན་ཞེས་དྲིས། ཧྲི་སན་མའི་ཅོག་ཙེ་ལས་བབས་ཏེ། སྣག་སྨྱུག་ཐང་ལ་བཞག གྲི་རྐེད་པར་གསེབ། གྱང་རྩིས་སུ་བཀལ་བའི་མདའ་གཞི་བླངས། དངུལ་ལུག་འཁྱེར། ཕུ་འདེབས་ཐེངས་གཅིག་གིས་སྒྲོན་མེ་གཟིམས། ཕོ་ཚོར"དལ་འགོར་མ་བྱེད། ལམ་དུ་ཆས་ཤིག"ཟེར། གོམ་པ་མགྱོགས་པོར་སྤོས་ནས་སྒོ་ཕྱི་ལ་བུད། ཀད་པོ་ཀྲང་ཚང་དང་སྐུ་ཤུགས་ཨན་བཅས་ཀྱང་མོའི་ཕྱི་རུ་འབྲངས།

ཧྲི་སན་མའི་ར་སྒོར་ལས་བུད་དེ། ཟླ་འོད་མག་མོག་འོག་ཏུ་དངངས་འཚབ་ཅི་ཡང་མེད་པར་ཤར་ཕྱོགས་ལ་སྒྲུང་སྐྱོལ་བྱས། བཞི་མདོར་ནས་ལམ་ཆེན་དུ་བུད། མུ་མཐུད་དུ་ཁྲུ་ཕེན་རྫོང་གི་བྱང་སྒོ་ཆེན་མོའི་ཕྱི་ནས་བསྐོར་ཏེ་ཤར་སྒོ་ལ་སླེབ། ཏུང་ཀོན་ཞང་ནས་བུད་པ་ན། དུད་ཁྱིམ་ཐ་ར་ཐོ་ར་རེ་ཙམ་ལས་མེད། མོས་སྐུ་ཤུགས་ཨན་ལ་བཤད་རྒྱུར"ང་རང་སྔོན་ལ་སོང་ནས་ཁྱོད་ཚོ་སྐྱེལ་བྱེད་མཁན་དེ་བཙལ། ཁྱོད་ཚོ་རྗེས་སླེབ་ནས་ཤོག"ཅེས་བཤད། མོ་གཅིག་པུ་དྲིལ་ལ་ཞོན་ནས་བྱ་འཕུར་བ་ལྟར་རྒྱུགས་སོང་།

སྐུ་ཤུགས་ཨན་དང་བཅས་པ་རྒྱ་ཚོད་བྱེད་ལ་བསྒྲིད་དེ། ལྷུང་སྟོང་ནགས་ཚལ་ཞིག་ཏུ་སླེབས། དེར་ཧྲི་སན་མའི་དང་

འཕྲད། ཁོ་མོའི་མདའ་གཞི་སྐུ་སྲས་ཨན་ལ་གཡར་ནས། ལུས་སྟོབས་སྲུང་སྐྱོད་བྱས། རྗེས་སུ་ང་ལ་འཕྲོད་པར་གྱིས་ཟེར། ཡིན་ནའང་རུས་དང་མིང་ངོ་མ་ཅི་ཟེར་བ། སྡོད་གནས་གང་དུ་ཡོད་པ་སོགས་ད་དུང་མི་བཤད། མདའ་གཞི་ཁྲིའུ་ཡིས་ཀོན་ལ་སྦྲོད་རྒྱུ་དང་། ཁོ་བརྒྱུད་ནས་ཧིན་ཟུག་ཀོང་ལ་འཕྲོད་ཐུབ་ཟེར། ཧིན་ཟུག་ཀོང་ཟེར་བ་ནི་དཔའ་བོ་རྒན་པ་དེ་རེད། ཁྲིའུ་ནི་ཧིན་གྱི་ཞ་ཉེའང་ཡིན། ལས་བཙོལ་བྱས་རྗེས། ཧྲི་སན་མའེ་ཡིས་ཐུར་མདའ་ལྷུང་སྟོང་ལས་གྲོལ། བཞོན་པ་ཞོན་ནས་འགྲོ་རྩིས་བྱེད་དུས། སྐུ་སྲས་ཨན་གྱིས་གློ་བུར་དུ་ལག་པ་གཉིས་པོས་རང་གི་བརླ་ལ་ཐལ་ལྕག་གིས་བརྒྱབ་སྟེ། ཡར་ལྡིང་ནས" མ་བཟང་ཐལ། མ་བཟང་ཐལ" ཞེས་སྐད་རྒྱབ།

ཚང་མ་སྐྲག་ལངས་པ་ན། སྐུ་སྲས་ཨན་གྱིས་རྐང་བརྡ་ལག་བརྡ་དང་བཅས་ཅིག་བཤད་རྗེས། ཚང་མས་ད་གཟོད་ཧ་གོ་སོང་། མ་གཞི་ཁོ་རང་གིས་མཉམ་མ་བཞག་པར་སྟག་ཚ་བརྡར་བྱེད་ཀྱི་སྐམ་ཆུང་དེ་དགོན་པར་བརྗེད་པ་དེ་རེད། ཨ་མྱེས་ནས་བརྒྱུད་པའི་ཤུལ་བཞག་དངོས་པོ་རྩ་ཆེན་དེ། སྐུ་ངོ་ཨན་གྱིས་རིན་པོ་ཆེ་ཞིག་ཏུ་རྩི་བཞིན་ཡོད་པས། ད་ཐེངས་ཧོས་ཨན་ལ་འགྱུར་དུས། ཁོང་ལ་སྦྲོད་དགོས། སྟག་ཚ་བརྡར་བྱེད་སྙིང་དུ་ཨ་ཕའི་རུས་མིང་ཡང་བརྐོས་ཡོད། གལ་ཏེ་མི་ཞིག་གིས་རྙེད་ནས་ཤེས་བཞག་ན། ཉེས་སྐྱོན་ཆེན་པོ་འབབ་ངེས་པ་མ་ཡིན་ནམ།

ཚང་མས་ཉན་རྗེས། དངོས་པོ་འདི་ལྟ་བུ་པོར་སྟོར་བྱུང་མི་རུང་ངོ་ཟེར། ཧྲི་སན་མའི་ཁ་མ་གྲགས་པར་ཡུན་ཞིག་ལ་བསྡད། དེའི་རྗེས་ནས“དངོས་པོ་འདི་ལྟ་བུ་དངོས་གནས་འཕོར་མི་རུང་། ཡིན་ནའང་ང་ཚོ་ཚང་མ་ཕྱིར་བཙལ་དུ་འགྲོ་མི་རུང་། ལས་འདི་ཁྱོད་ཀྱིས་ང་ལ་བཅོལ་ཏེ་སྐྱབ་ན་ལེགས། མདའ་གཞི་ནི་དངོས་པོའི་བདེན་དཔང་དུ་བཞག་ཆོག སྐུག་ཚ་བཏར་བྱེད་དེ་མདའ་གཞི་ལ་བརྗེ་བར་བྱ། དུས་དེར་དངོས་པོ་བདག་པོ་ལ་འཕྲོད་པར་བྱའོ།། དེ་ལྟ་ན་དོན་དག་འཁྱོངས་པ་མ་ཡིན་ནམ།”ཟེར། སྐུ་སྲུས་ཨན་ད་དུང་ཐེ་ཚོམ་སྐྱེས་མོད། ཀྱང་ཅིན་ཞྀན་གྱི་སེམས་ལ་དགའ་བའི་དོན་ཡོད་རྐྱེན། མྱུར་དུ“ཨ་ཅེས་བཤད་པ་བདེན། སྐད་ཆ་ཚིག་ཐོག་ནས་སྡོད་འགྱུར་མི་རུང་ངོ་།།”ཞེས་ཧྲི་སན་མའི་མགྱོགས་པོར་ལམ་ལ་ཆས་པར་སྐུལ། མོས་ཞོན་པ་འཁྲིད་དེ། འཕུར་བ་ལྟར་སྐད་ཅིག་ཉིད་ལ་མི་མཐོང་བར་གྱུར།

ལེའུ་བརྒྱ་གཅིག་པ། རྫོང་དཔོན་ཧུའུ་ཡིས་རྒྱུད་དོན་ཆེན་པོ་དེ།། ཛ་སེ་ཛི་སེ་ཅི་མེད་ཅིང་མེད་བཏང་།།

ཧྲི་སན་མའི་སྐུ་སྲུས་ཨན་དང་། གྲང་ཅིན་རྡྱིན། གྲང་ཀན་རྐོན་བཅས་དང་ལྷུང་མའི་ནགས་ཚལ་ནས་ཁ་གྱེས་རྗེས། སྐུ་སྲུས་ཨན་སོགས་ཤིང་རྟར་བསྐྱོད་པ་དང་། ཞོན་པ་ཞོན་ནས་ཧེ་ནན་གྱི་ལམ་ཆེན་དེད་ནས་བསྐྱོད། ད་ནི་ཁ་ཕྱིར་འཁོར་ནས་ལྷུང་ནག་སྨང་གི་བཙོད་སྒོམ་དགོན་པའི་གནས་ཚུལ་བརྗོད་པར་བྱའོ།།

བཙོད་སྒོམ་དགོན་པ་ནི་འཛིག་ལ་ཉེ་བའི་དགོན་སྡིང་ཞིག་ཡིན། ཛ་དམར་རྒྱ་སྟག་གིས་གནས་འདི་བདག་བཟུང་བྱས་རྗེས། སུ་མཐུད་དུ་ཀུན་ཇག་དང་འཁྲམ་པ། མི་གསོད་ལག་དམར་མང་པོ་བསྡུས་པས་མི་འགྲོ་འོང་ཉུང་བར་གྱུར། དགོན་གོག་དེར་མི་བསད་པའི་རོ་ག་སར་གར་བཀང་། ཕྱི་ནས་དོན་དེ་ཤེས་རྟོགས་བྱུང་གི་མེད། སློ་ཡུལ་ལས་འདས་པ་ཞིག་ལ་

ཁྲུ་ཕེན་རྫོང་གི་ནུབ་བྱང་མཚམས་ཀྱི་ཞིང་གྲོང་ཞིག་ཏུ་སྐྱོད་དོན་ཆེན་པོ་ཞིག་བྱུང་། ས་གནས་དཔོན་པོས་རྫོང་དཔོན་ལ་ཡར་ཞུ་བྱས། རྫོང་དཔོན་དེའི་རུས་ལ་ཧུའུ་ཟེར། དེ་ནི་གྲྭ་ཕྱི་དང་ཛ་ཚོང་བྱེད་པའི་ཁྱིམ་ཞིག་ཏུ་སྐྱེས། རྗེས་ནས་རྫོང་དཔོན་གྱི་གོ་ས་ཐོབ། ཁྲུ་ཕེན་རྫོང་དུ་སླེབས། མི་རྣམས་ཀྱིས“སྐྱུ་ངོ་གླེན་པ(ཧུའུ)”ཞེས་འབོད་ཀྱིན་འདུག

ཉིན་གཉིས་པར། རྫོང་དཔོན་ཧུའུ་གཞི་རིམ་དུ་སོང་། དེ་ནི་མི་གཉིས་ཁ་རྩོད་བྱུང་ནས་རྨས་ནས་ཤི་བའི་སྐྱོད་དོན་ཕལ་པ་ཞིག་སྟེ། ནམ་རྒྱུན་ལྟར་ཕེམ་པོ་དུར་དུ་བཙུག་ནས་ཕྱིར་རྫོང་ཐོག་ཏུ་ལོག་པས་ཆོག ས་གནས་སྲུང་མཁན་གྱིས་རྫོང་དཔོན་སྐྱེལ་མ་བྱས། བཟོད་སྒོམ་དགོན་པ་ནི་དེའི་ས་ཁོངས་སུ་གཏོགས། ཕར་འགྲོ་ཚུར་འོང་བྱས་ན་དེ་བརྒྱུད་དགོས། དགོན་རྙིང་དུ་སླེབས་ལ་ཉེ་དུས། རྫོང་དཔོན་ཧུའུ་ཡིས་ངལ་གསོའི་གནས་ཤིག་བཙལ་ནས་ལྷ་སྐྱུའི་ཁུ་བ་འཐུང་བསམས་པས་གནས་སྲུང་བ་མྱུར་དུ་དགོན་པར་རྒྱུགས། སྐད་གསེང་མཐོན་པོས་ཧྭ་ཤང་ལ་སྐྱུ་ངོ་ཆེན་མོ་བསུ་བར་བོས་ཀྱང་སྟོང་ཤིག་ཤིག་གི་ར་སྒོར་ན་མི་གཅིག་ཀྱང་མི་འདུག ར་སྒོར་དུ་ཁྱི་རྒན་གཉིས་ཁྲག་འཛར་བཞིན་པའི་ཤ་ཞིག་འཁྲོག་རེས་བྱེད་བཞིན་པ་མཐོང་། ཚང་མས་ཁྱི་གཉིས་དེད་ནས་གསལ་པོར་བལྟས་པ་ན། ཧྭ་ཤང་གི་མགོ་བོ་ཡིན་པ་ཤེས། ཐམས་ཅད་ཀྱིས་མཉམ་དུ་དགོན་པར་ཡུན་རིང་ལ་བཙལ་ཀྱང་། ཡར་སོག་མར་འཁྱིལ་གྱི

ཐེམ་རོ་ལས་ལག་དམར་མ་རྟེད།

དཀྱིལ་ཁང་གི་ཀྱུང་ངོས་སུ། ཆེ་ཆུང་ལ་ཕོར་ཁ་འདྲ་བའི་ཡི་གེ་ཐིག་ཕྲེང་གཉིས་བྲིས་ཡོད་པ་མཐོང་། རྫོང་དཔོན་ཧུའུ་ཡིས་ནང་དོན་མ་གོ་བས་ཐེམ་པོར་བརྟག་དཔྱད་བྱ་རྒྱུ་བྱས། སྐབས་དེར་ཧྲུང་ཡིག་གིས་མིག་བརྟ་ཞིག་བསྟན་ནས། སྐོག་ཏུ་ཁོ་ལ་ལག་གཡུག་བྱས།

རྫོང་དཔོན་ཧུའུ་མི་མང་ལ་བཞའ་ནས་རྒྱུ་མཚན་ཅི་ཡིན་དྲིས། ཧྲུང་ཡིག་གིས"ངའི་གོ་ཐོས་ལྟར་ན་ཧྭ་ཤང་འདི་དག་ནི་ནམ་རྒྱུན་དགེ་བའི་ལས་སྒྲུབ་མཁན་མིན། གསོད་མཁན་ལག་དམར་ནི་བལྟས་ཚོད་ཀྱི་དྲག་རྩལ་ཡོན་ཏན་འཛོམས་པའི་བདེན་པའི་རྒྱབ་རྩ་སྐྱོར་མཁན་ཞིག་ཡིན་པ་འདྲ། དེ་ཡིག་ཕྲེང་གཉིས་པོས་གསལ་བཤད་བྱེད་ཐུབ།" ཟེར། ཐིག་ཕྲེང་གོང་མ"སྲིད་ཆགས་འཁྲིད་གསོད་བཞི་པོ་ལ་འཛེམ་དགོས་མེད། ཧྭ་ཤང་འདི་སྡིག་སྒྲིབ་ཆེ།" ཅེས་པ་ལས་ནག་ཉེས་ཡོད་ཚད་སྒྲུབ་པར་གོ་བ་དང་། ཐིག་ཕྲེང་འོག་མ"དམེ་བོ་འདིས་དགོན་པ་གྲིབ་ཀྱིས་སྣགས། སྡུག་གི་མུན་པ་སེལ་ཆེད་དུ་ལག་དམར་ཧྭ་ཤང་ངས་བསད་དོ།།" ཅེས་པ་ལས་བདེན་པའི་བདེན་རྩ་སྐྱོར་བ་དང་། དམངས་ཀྱི་སྡུག་བསྔལ་སེལ་རོགས་བྱས་པའི་དོན་ཡིན། མཇུག་གི "ང་བཙལ་དུས། ཁྱོད་དང་སྤྲིན་གསེབ་ནས་མཇལ་བར་བྱའོ།།" ཞེས་སྤྲིན་གསེབ་ནས་མཇལ་བར་སྒྲུག་ཞེས་པའི་དོན་ཡིན། བཤད་ཚུལ་ལ་བལྟས་ན། མི་

འདི་བློ་སྟོབས་པ་ཆེ་ལ་བློ་རྩོད་ཅིག་ཀྱང་རེད། གལ་ཏེ་མཇལ་ཡང་ངོ་ཡ་ཅི་ལྟར་བྱ། དེ་དུས་གྱོད་དོན་འདི་ཇི་ལྟར་མཇུག་བསྡུའམ་ཞེས་བཤད། དྲུང་ཡིག་གིས་ཐབས་འཐེན་ནས་བཤད་རྒྱུར“ང་དྲུང་ཡིག་གི་འདོད་ཚུལ་ནི། བེམ་རོ་འདི་དག་ལས་གསུམ་ཕྱིར་ལེན་དགོས། གཅིག་ནི་ཧྭ་ཤང་རྒྱུགས་པ་དང་། གཅིག་ནི་ཀླད་བྱེ་ཧྭ་ཤང་། གཞན་ཞིག་ནི་གདོང་གཞོག་པའི་སྐྱེས་མ་དེ་འོ།། སྐུ་ཚོའི་གནས་སྐྱུང་ལ་བཙོལ་ནས་སྙན་ཞུ་ཞིག་ཡར་སྦྲོན་ཏེ། ཧྭ་ཤང་གིས་དགོན་པར་བུད་མེད་ཞག་འདུག་བྱེད་དུ་བཅུག ཕན་ཚུན་ལ་ཕྲག་དོག་གིས་ཀླད་བྱེ་ཧྭ་ཤང་ཞེ་སྡང་གིས་སྐྱེས་མ་བསད་པ་དང་། ཧྭ་ཤང་རྒྱུགས་པའི་དེ་མཐོང་བས་ཕན་ཚུན་འཐབ་སྟེ། ཀླད་བྱེ་དབྱིག་པས་རྒྱས་ཏེ་ཤི ཧྭ་ཤང་རྒྱུགས་པ་ནག་ཉེས་ལ་སྐྲག་སྟེ་རང་སྲོག་བཅད་པའོ།། དེ་ལྟར་བསྒྲུབས་ན། ནོར་བ་གཅིག་ཀྱང་མེད། བེམ་རོ་གཞན་པ་རྣམས་སོ་དོང་བརྐོས་ནས་བཅུག་ན་དོན་དག་གཞན་མེད་དོ།།”ཞེས་བཤད་པ་ན། རྫོང་དཔོན་ཧུའུ་ཡིས་རྒྱུན་མི་ཆད་པར་རེད་རེད་ཟེར།

གྱོད་དོན་ཆེན་པོ་ཞིག་འདི་ལྟར་རྫོང་དཔོན་ཧུའུ་ཡིས་ཐྲིན་པ་དྭངས་པ་ལྟར་སླ་མོར་བྱས།

སྐུ་སྲུས་ཨན་དང་བཅས་པ་ཧྥེ་སན་མའི་ལ་བྲལ་ནས་ཀྱག་ཀྱོག་ལམ་ཕྲན་མང་པོ་བརྒྱུད་ནས་བསྐྱོད། སྐབས་དེར་ནམ་སྨད་ཡིན་པས་ཟླ་འོད་གསལ། ཁོ་ཚོ་མགྲོན་ཁང་ནས་སྐོར་བུད་

དེ། ཟླ་འོད་ལ་བརྟེན་ནས་ཡུན་ཞིག་ལ་བསྒྲོད། རྒྱང་རིང་ནས་ཉིག་ཧྲན་རི་པོ་མཐོང་། ནག་སྦུག་སྦུག་གི་ནགས་སུ་དུ་ཞག་འཁྱིབ་ཡོད། གནམ་ཟླ་ཧ་ཅང་སྦུག་པོ་རེད། ཀད་པོ་ཀྱང་གིས "མག་པ་མཉམ་ཞོག སླེབས་ལ་ཉེ།" ཞེས་གསལ་འདེབས་བྱས་མ་ཚར་གོང་། རི་སྐྱེད་ནས་སྒྲ་ལྡན་མདའ་མོ་ཞིག་འཕངས་བྱུང་། མདའ་མོ་འཕེན་སར་མི་མང་པོ་འདུས། དེའི་ཁྲོད་ཧ་ལ་ཞེན་པའི་པོ་རྒོད་གསུམ་ཡོད། ཐག་དེར་རེ་མར་རྒྱུགས་འོངས། ཕོ་ཚོའི་སྔོན་ནས་གྲལ་བསྒྲིགས་སྟེ་བགྲོད་ལམ་བཀག སྔོན་ན་ཡོད་པའི་གསར་བུ་དེའི་སྐད་ཆེན་པོའི་"སྔོད" ཅེས་ཟེར། སྐུ་གྲུས་ཨན་ལ་སྔོན་ནས་གྲ་སྒྲིག་ཡོད་པས། མདང་དགོང་སེམས་ལ་བཟུང་བའི་སྐད་ཆ་རེ་རེ་བཞིན་ཁ་ལྷེ་དག་མོའི་བཤད་པ་མ་ཟད། མདའ་གཞི་ལག་གཉིས་ཀྱིས་ཡར་ལ་བཏེགས། མགོ་པས་སྨྱུག་ཚོགས་སྟག་ཇ་ངར་ཅན་གྱི་ལྕགས་དབྱུག་བསྒྲེངས་ནས་ལག་ཏུ་བླངས། ཞིབ་ཏུ་བལྟས་རྗེས་ལྕགས་དབྱུག་སྐེད་པར་བསྣུས། མདའ་གཞི་བཟུང་། རྟ་ལས་མགྱོགས་པོར་བབས་ནས"སྐུ་མགྲོན་ལགས། ཆེན་ཡོན་རྫིན་རི་པོའི་བུ་མོ་རྫི་སན་མའི་གནས་ནས་འདིར་ཕེབས་པ་ཨེ་ཡིན།" ཞེས་དྲིས། སྐུ་གྲུས་ཨན་གྱི་སེམས་ལ་ངོགས་པ་སྐྱེས། ལྷུང་ནག་སྐང་ནས་འོངས་པ་དེ། ཅི་ལྟར་ཆེན་ཡོན་རྫིན་རི་པོར་གྱུར་པ་ཡིན་ནམ་སྙམ། ཡིན་ནའང་དགོས་དབང་རྟོག་བཟོ་བྱ་མི་རུང་བསམ་ནས་དྲི་བ་འདོན་མ་ཐུབ། དེ་བཞིན་དུ"རྫི་སན་མའི་གནས་

ནས་འོངས་པ་ཡིན།” ཞེས་ལན་བཏབ། གསར་བུ་དེས“ ཧྲི་སན་མའི་ལ་བཙོལ་གདམས་ཅི་ཡོད།” ཅེས་དྲིས། སྐུ་སྲུས་ཨན་གྱིས“ ཁྱོད་ཕོ་རྐོད་ཚོའི་མདའ་གཞི་འདིའི་ངོ་ལ་བལྟས་ཏེ། ཞོན་རྟ་གཉིས་གཡོར་རྒྱུ་དང་། གཞན་ཡང་གསར་བུ་གཉིས་ཀྱིས་སྲུང་སྐྱེལ་བྱས་ནས་རྗེས་ཨན་ལ་འགྱོར་རྒྱུ་དེ་ཡིན། ”ཞེས་སྨྲས་པ་ན། མགོ་པས་མདའ་གཞི་ཕྱིར་ཕྱིན་ཏེ་དེ་ལྟར་རེ་རེ་བཞིན་བསྒྲུབ་པར་སོང་།།

མི་རྣམས་ཀྱིས་དེ་ནས་རང་རང་གི་ཊུས་ལ་ཅི་ཟེར་དང་མིང་ལ་ཅི་འབོད་ཀྱི་གཏམ་ཕན་ཚུན་ལ་ལབ། མགོ་པ་ཕོ་རྐོད་ལ་ཀྲིག་ཏེ་ཧྲིན་ཟེར། སྔོན་ལ་ཆུ་ཐོག་ཧག་པ་ཞིག་ཡིན། གཟིངས་སྐྱོད་ལ་མཁས། རླུང་གི་རྒྱུག་ཕྱོགས་དང་གྲུའི་བསྐྱོད་ཚུལ། བ་དན་འགེལ་ཚུལ་སོགས་ལ་ནང་བྱན་ཆུད་པས། ཁོའི་གྲུ་ནི་རྟ་བཞིན་སྒྱུར། དེ་བས་མི་རྣམས་ཀྱིས་ཁོ་ལ་མཚོ་རྟ་ཀྲིག་སན་ཞེས་འབོད། ད་ཅི་བཀའ་དང་ལེན་བྱས་ཏེ་དངོས་པོ་བསྡུ་བསོག་བྱེད་པའི་མགོ་པ་གཞན་གཉིས་ནི། ལིས་ལོ་དང་ཏན་ཆེས་རེད། ལིས་ལོ་ཡི་མིང་ངོ་མ་ནི་ལིས་མཚོ་ཟེར་བ་དང་། ཏན་ཆེས་ལ་ཏན་ཡོང་ཟེར། འདི་གཉིས་ཉིན་ཞག་གསུམ་ལ་ཆུ་ཊུ་འཛུལ་བའི་ནུས་པ་ལྡན། དྲག་རྩལ་ནུས་པ་བསམ་གྱིས་མི་ཁྱབ། འདི་གསུམ་པོ་གཞུང་དམག་གིས་བསྐོར་བཅོམ་བྱས་པས། ཆུ་བསྒྱུར་ནས་ངོགས་སུ་བརྡད། ཁོ་ཚོ་དང་མཉམ་འཛོམས་བྱས་པའི་གྲོགས་པོ་ནི་ཅིན་ཀང་ནག་སྡིག་ཏེ་བུའུ་དང་། གཟེབ་རྨུམ་

ཚོན་པོ་ཞེ་པོ། རྩེ་མགོ་འཁྱུར་ལུའུ་བན་ཁྲིན། ནམ་ས་རྫོང་ཧོང་ཐྲང་ལེང་བཞི་པོ་འདུས། ཧེ་བུའུ་ཡིས་རྡོ་རྗེ་དགག་སྤྲོད་དབྱུག་པ་ཞིག་མཚོན་ཆར་འཛིན། གཟེབ་སྐྱམ་ཚོན་པོས་རལ་གྲི་རྣོན་པོ་ཞིག་ཐོགས་ཡོད། རྩེ་མགོ་འཁྱུར་གྱིས་འདབ་ཆགས་སྙེར་མོ་ལྷ་བུ་ཞིག་གི་མཚོན་ཆ་ཐོགས། ནམ་ས་རྫོང་གིས་མཚོན་ཆ་མི་འཛིན། བྱང་བུ་ཞིག་ལུས་ཕྱིད་སྒྲིབ། དེའི་ཕག་ནས་རྡོ་བ་འཕེན། ཧ་ཅང་གཟྲུར། གསར་རྐོད་འདི་དག་གིས་ཉིག་རྟུན་རི་དང་། ལི་ཞང་ལེན་སྐྱང་འབུར། ཕག་རྐོད་ནགས། ཞོང་ཅེས་ཧུའུ་རི་པོ་བཙས་ཀྱི་རི་རྩེ་བཟུང་ཡོད། གནས་སྲུང་དམངས་བྱམས། དཔོན་ངན་འཕྲོག་བཅོམ། གོང་མའི་སྲིད་དབང་དང་ཁ་གཏད་དུ་ལངས་ནས་ངོ་རྒོལ་བྱེད།

སྐད་ཆ་བཤད་མཚམས་དེར། རི་ནང་ལ་སོང་བའི་གསར་བུ་གཉིས་ཀྱང་དྲེལ་དང་། ཡོ་ཆས། དངོས་པོ་སོགས་ལམ་ཆས་དག་འཁྱེར་ནས་ཕྱིར་སླེབས། གྲིག་སན་གྱིས་གསར་བུ་གཉིས་ཀར་བཙོལ་གདམ་ནན་གྱིས་བྱས། མི་ཐམས་ཅད་རང་རང་གི་ལམ་དུ་སྐྱོད་པར་བྱས་སོ།།

ལིས་ཡོ་དང་ཧན་ཆེས་གསར་བུ་གཉིས་ཀྱིས་ལམ་ནས་ངོགས་ཟྲོན་དང་ཞབས་ཞུ་ཡང་དག་སྒྲུབ། དཀའ་སྡུག་ལ་མི་འཛེམ་པ་དང་། སྐུ་སྲས་ཨན་ལ་བྱ་བ་ཧེ་ཀྲུང་དུ་སོང་། རྒན་པོ་ཀྱང་ལའང་དཀའ་སྡུག་མྱང་དུ་མ་བཅུག བདེ་སླག་དང་བསྐྱོད་ངོ།། ཁོ་ཚོ་བསྐྱོད་བསྐྱོད་མཐར། ཤིང་རྟ་དང་ཞོན་པ་ཐང་

ཚད། རིམ་བཞིན་ཧོས་ཨན་གྱི་ས་ཆར་སླེབས་བྱུང་། སྐྱེལ་མ་གསར་བུ་ཙེ་ཙང་ཕྲ་དང་ཕུས་ཧྲུས་གཉིས་ཀྱིས་སྐུ་སྲས་ཨན་ལ་བདེ་མོ་ཞུས་རྗེས། ཞོན་པར་ཞོན་དེ་ཁ་ཡང་ཕྱིར་མ་འཁོར་བར་བྱང་ཕྱོགས་སུ་རྒྱུགས་སོང་།

སྐུ་སྲས་སོགས་ཁ་བཛ་སྣ་ཚོགས་བྱེད་བཞིན། བསྐོར་ནས་ཤར་སྒོ་ལ་སླེབས། ཀད་པོ་ཀྲང་དང་སྐུ་སྲས་ཨན་གྱིས་མགྲོན་ཁང་ཚུང་ཚུང་ཞིག་བཙལ་ནས་ཁྱིམ་མི་འདུག་ཏུ་བཅུག ཀྲང་ཚང་གི་མ་བུ་གཉིས་ཤིང་རྟ་ལས་བབས་ཏེ་མགྲོན་ཁང་དུ་བསྡད། ཐོག་མར་གདོང་བཀྲུ་སྐྲ་ཤད་ཀྱི་གཙང་སྦྲ་བྱས་ནས་གཉེན་ཚང་ལ་མཇལ་བའི་གྲ་སྒྲིག་བྱས་སོ།། སྐུ་སྲས་ཨན་གྱིས་ཀད་པོ་ཀྲང་ལ་དངོས་པོ་བསྡུ་གསོག་བྱེད་དུ་བཅུག རང་ཉིད་ཀྱིས་ཨ་མ་གང་དུ་བསྡད་ཡོད་པ་རྩད་གཅོད་དུ་ཕྱིན།

སྐུ་སྲས་ཨན་ཕྱིར་བུད་དེ་ཚོང་ཁང་ཞིག་ཏུ་སོང་། ཚོང་བདག་ནི་མི་བྱམས་སེམས་ཅན་ཞིག་ཡིན་ཚོད་འདུག་པའི་ཀད་པོ་ཞིག་ཡིན། སྐུ་སྲས་ཨན་སླེབས་པ་མཐོང་སྟེ། མྱུར་ཏུ་ནང་དུ་ཕེབས་ཤོག་ཟེར། སྐུ་སྲས་ཨན་གྱིས་ལག་པའི་གུས་ཕྱག་བྱས་ནས“བདག་ལ་འདྲི་རྒྱུ་ཞིག་ཡོད། སྐུ་ངོ་ཨན་ཟེར་བའི་ཁྱིམ་མི་འདུག་སའི་གཟིམ་ཤག་དེ་སྲང་ལམ་གང་དུ་ཡོད།”ཅེས་དྲིས་པ་ན། ཚོང་བདག་གིས་སྐུ་སྲས་ཨན་ལ་ཞིབ་ཏུ་བལྟས་རྗེས“སྐུ་མགྲོན། ཁྱོད་ཀྱིས་ཆུ་རགས་ལས་སྒྲུབ་ཀྱིས་སྐྱོན་ཁྲེར་བའི་སྐུ་ངོ་ཨན་གྱི་ཁྱིམ་མི་བཤད་པ་ཨེ་ཡིན།”ཞེས་བཤད། སྐུ་སྲས་ཨན་

གྱིས་མགོ་བོ་ལྡེམ་ཁོར་དུ“ ཨོ་ལེ། དེ་ཡིན།” ཞེས་ལན་བཏབ། ཚོང་བདག་གི་རྣམ་འགྱུར་གློ་བུར་དུ་འགྱུར་ནས“ ཁྱོད་ཀྱིས་ད་དུང་གཟིམ་ཤག་གང་ཞེས་ནས་འདྲི། སྐད་ཆ་འདིས་མི་རྣམས་ལ་ཁོང་ཁྲོ་བསླངས་སྲིད་ལ། མིག་རྒྱའང་མི་བཞུར་དུ་འཇུག་སྲིད” ཅེས་སྐད་ཆ་ཚིག་གཅིག་པོས་སྐུ་སྲས་ཨན་ལ་བློ་འཁྲམ་དུ་བཅུག ཚོང་བདག་གིས་འདུག་སྟེགས་ལ་ཐལ་ལྕག་གིས་རྡེབ་བཞིན“ སྐུ་མགྲོན། ཁྱོད་འདིར་སྡོད་དང་། དལ་བུར་ཁྱོད་ལ་བཤད་དོ།།” ཞེས་བཤད་བྱུང་།

ལེའུ་བཅུ་གཉིས་པ། སྐུ་ཤྲས་འཚམ་པོ་བདེ་མོར་སླེབས་པ་དེས། །ཡབ་ཡུམ་གཉིས་པོའི་ཐུགས་སེམས་བདེ་ལ་བབས། །

སྐུ་ཤྲས་དང་བཅས་པ་ཧོས་ཨན་དུ་སླེབས་ཤིང་མགྲོན་ཁང་བཙལ་ཏེ་བསྡད་རྗེས། མགྱོགས་པོར་ཨ་མའི་སྡོད་གནས་རྩད་གཅོད་དུས། ཚོང་བདག་གིས་སྐུ་ཞོ་ཨན་ལ་མི་ངན་གྱིས་སྐྱོན་འཛུགས་བྱས་པ་དང་། ཨན་ལྷམ་མོ་གཅིག་པུ་བརྟེན་ས་མེད་པར་སྡུག་སྦྱོང་ཚུལ་བཤད། སྐུ་ཤྲས་ཨན་གྱིས་ཉན་རྗེས་དོན་དག་གསར་བྱུང་མེད་པས་སེམས་པ་བདེ་ལ་བབས། མྱུར་དུ་ཨ་མ་བཙལ་བར་སོང་།

སྐུ་ཤྲས་ཨན་དེ་བརྫ་ཁྱབ་གཏོང་བར་ཡང་མ་སྒྲུག་པར། ར་སྒོར་ལྷག་མ་ལ་ཐད་ཀར་སོང་། སྐྱ་ཤུར་ཤུར་གྱི་ཁང་པ་གྱུན་གསུམ་ཡོད་པ་མཐོང་། ཐུག་གི་ཁང་བའི་སྒོ་ཡོལ་ཕྱེ་ནས་ནང་དུ་འཛུལ། ཨ་མ་ཙོག་པུར་སྐྱེའུ་ཁྲུང་འཁྲམ་དུ་མགོ་སྒྲུར་ཏེ་འཚོམ་

བཟོ་བྱེད་བཞིན་ཡོད། མྱུར་དུ་ཕུས་མོ་ས་ལ་བཙུགས། ཨན་ལྕམ་མོས་རང་གི་བུ་ཡིན་པ་ངོས་ཟིན་ནས། སྐྲག་དངངས་ཤིག་ངང་གིས་སྐྱེས། འཚབ་སྟེ“ངའི་བུ་ཕྲུག ཁྱོད་གང་ནས་འོངས། ཁྱོད་འོངས་ནས་ཅི་བྱེད།”ཅེས་དྲིས། སྐུ་སྲས་ཨན་ལག་པས་སྐོར། མིག་ཆུ་གདོང་ནས་ཕྲེང་ཐག་ཆད་པ་ལྟ་བུར་གྱུར། སྐུ་སྲས་ཨན་གྱི་སེམས་པ་སྡུག་གིས་བཀང་སྟེ་ངག་ནས་སྐད་ཀྱང་མ་ཐོན། དེའི་རྗེས་ནས་སྐུ་སྲས་ཨན་གྱིས་གློ་ཁ་ཧེ་བརྟན་དུ་བཏང་སྟེ། མགོ་ནས་ཁོས་ཁྱིམ་ནས་ཨ་ཕར་ཉེས་འཛུགས་ཀྱི་གནས་ཚུལ་ཐོས་པ་དང་། ཡིད་སེམས་ལ་དེ་ཁོན་འཕྲེང་བ། མྱུར་དུ་དངུལ་སྲང་བསྡུས་ཚུལ། ཧྭ་ཀྲུང་དང་ལིག་ཀྲུའུ་ཨར་མཉམ་དུ་འཁྲིད་དེ་འོངས། ཁྲང་ཞིན་མགྲོན་ཁང་དུ་སླེབས་རྗེས་ལིག་ཀྲུའུ་ཨར་གྱི་ཨ་མ་གྲོངས་པས་ཕྱིར་མངགས་ཏེ་ཀན་ལུའུ་ཨར་བརྗེས་ཚུལ། ཀན་ལུའུ་ཨར་ད་དུང་རྗེས་མ་ཆོད་ཅིང་། ཁྲུ་ཤེན་ལ་འགྲོར་བ་ན། ཧྭ་ཀྲུང་ལ་ནད་ཀྱིས་ཐེབས་ནས་འཆི་ལ་ཁད་བྱས་ཏེ་ལམ་དུ་ཆས་མ་ཐུབ་ཚུལ། ཁྲུའུ་ཡིས་ཀོན་བཙལ་ནས་རང་ཉིད་ཧོས་ཨན་དུ་སྐྱེལ་མ་བྱ་རྒྱུའི་བརྒྱུད་རིམ་སོགས་ཐེངས་གཅིག་ལ་བཤད། ཡང་མགྲོན་ཁང་དུ་སླེབས་རྗེས་དྲིལ་འདེད་གཡོག་པོ་གཉིས་བཏང་ནས་ཁྲུའུ་ཡིས་ཀོན་བཙལ་བའི་བརྒྱུད་རིམ་དང་། ཧྲི་སན་མའེ་ལ་མགྲོན་ཁང་དུ་འཕྲད་ཚུལ་བཤད་དོ།། ཨན་ལྕམ་མོས་ཉན་གྱིན་ཉན་གྱིན་དེ་བས་སྐྲག་སྣང་སྐྱེས། འཚབ་སྟེ་ཧྲི་སན་མའེ་མི་བཟང་ཞིག་ཡིན་མིན་དྲིས་སོ།། སྐུ་

སྒྲས་ཨན་གྱིས་བཤད་རྒྱུར། “དང་ཐོག་བུ་ངས་ཀྱང་དེ་ལྟར་བསམ། དེ་འདྲ་ཞིག་གཏན་ནས་མིན། མོ་ཡ་རབས་ཤིག་ཡིན་པ་མ་ཟད། ད་དུང་འཇིག་རྟེན་སྲིད་པའི་འགྲོ་ལུགས་ཤེས། དཔའ་མོའི་ནུས་པ་འཛོམས། གལ་ཏེ་ཁོ་མོ་མེད་ན། བུ་ང་དེ་རིང་ཨ་མ་ལ་འཛུལ་བའི་སྐལ་བ་མེད།” ཅེས་ལན་བཏབ། དེ་ནས་ཡང་དྲིལ་འདེད་གཡོག་པོས་མགོ་སྐོར་བཏང་སྟེ་བཟོད་སྒོམ་དགོན་པར་སྐྱག་ཁྲིད་བྱས་པའི་བརྒྱུད་རིམ་བཤད། ཁོ་རང་དགོན་པར་ཕྱིན་པ་དང་། ཧྲ་ཤང་གིས་ཀ་བ་ལ་བཀྱིག་ཚུལ། དོན་ལྡེ་སྔོད་དྲུག་ཕྱུང་རྒྱུའི་གཏམ་དེ་དག་གི་གནས་ཚུལ་བསྡུས་ནས་བརྗོད། ཨན་ལྷུམ་མོས་མ་ཉན་ན་ཆོག་ཀྱང་། གཏམ་དེར་ཉན་རྗེས། སྐྲག་ནས་བ་སྤུ་གཟིངས། ཧོག་ཙམ་མ་གཏོགས་བརྒྱལ་བར་གྱུར། དེར་ཡོད་ཀྱི་བུ་མོ་ལ་ལས་ལག་གཉིས་ཀྱིས་རྫ་བ་བཀབ། སྐུ་སྒྲས་ཨན་གྱིས“ཨ་མ་ལ་སེམས་སྡུག་མ་བྱེད། བུ་ང་བདེ་བླག་གིས་འོངས་པ་མ་ཡིན་ནམ། ཨ་མ་ལགས་ཁྱོད་ཀྱིས་བསམ་བློ་ཐོངས་དང་། གལ་ཏེ་སྐབས་དེར་སྒྲོག་སྐྱོབ་མཁན་མེད་ན། སྐབས་དེར་ཅི་ཞིག་བྱའམ།” ཞེས་སེམས་གསོ་བྱས། དེ་ནས་སྐུ་སྒྲས་ཨན་གྱིས་ཧྲི་སན་མའི་ཡིས་ངན་དགུ་འཛོམ་པའི་ཧྲ་ཤང་བསད་པ་དང་། དྲིལ་འདེད་གཡོག་པོ་གཉིས་པོའི་བེམ་པོ་ཡིན་མིན་བལྟས་པ། འཕྲིན་ཡིག་བཅོལ་ནས་རྙེད་པ། གསེར་གནང་བ། སྐྱེལ་མ་བྱས་པ། མདའ་གཞི་གཡར་བ། ཉིག་ཧྲུན་རི་པོར་བཀྲལ་བ། གསར་བུ་གཉིས་ཀྱིས་སྲུང་སྐྱེལ་

བྱས་ནས་ཆོས་ཨན་དུ་སླེབས་པའི་གནས་ཚུལ་བཤད། དེའི་མཇུག་ཏུ། སྐུ་སྲས་ཨན་གྱིས་སྐར་ཡང་རྗེ་སན་མའི་ཡིས་ཀྱང་ཅིན་ཧྭིན་ཁྲིམ་མི་གསུམ་པོ་སྐྱབས་ཚུལ། དེའི་རྗེས་ནས་གཉེན་འབྲེལ་སྒྲུབ་པ་བྱས་ནས། བཙན་གྱིས་སྒྲིག་ཚུལ། རང་གིས་ཇི་ལྟར་དང་ལེན་མ་བྱས་པ། ཀྲང་ཚང་གི་བུ་མོས་བསྟུན་ཐབས་བྱས་པ་སོགས་མགོ་ནས་མཇུག་བར་ཏུ་བཤད། ཡང"ད་ལྟ་ཀྲང་ཀན་ཀོན་གཉིས་ཀ་དང་བུ་མོ་ཀྲང་ཅིན་ཧྭིན་གསུམ་པོ་ཐག་མི་རིང་བའི་མགྲོན་ཁང་དུ་བསྡད་ཡོད། ཨ་མར་ཡར་ཞུ་བྱས་པ་ཡིན། བྱ་བ་འདི་ཇི་ལྟར་སྒྲུབ་ན་བཟང་། བུ་ང་ལ་བློ་ཐབས་ཤིག་འདོན་རོགས་ཞུ།"ཞེས་བཤད།

ཨན་ལྕམ་མོས་ཉན་རྗེས་མགྱོགས་པོར་ཅིན་ཧྲིན་གྱི་ཆུང་མ་དང་། སོས་ཡན་ཨར་གྱི་ཆུང་མ་གཉིས་ཀ་ཀྲང་ལྕམ་མོ་དང་ཀྲང་ཅིན་ཧྭིན་གདན་འདྲེན་དུ་མངགས། ཡང་ཅིན་ཧྲིན་དང་གཡོག་པོ་སྐྱེས་པ་གཉིས་སྐུ་ཇོ་ཀྲང་གདན་འདྲེན་དུ་མངགས། རྟོག་ཁྲིས་དང་བཅས་པ་ཚུར་ལ་སྤྱར། དེ་ནས་བཟུང་ཀྲད་པོ་ཀྲང་དང་། ཀྲང་ཆུང་མ་གཉིས་ལ"སྐུ་ཇོ"དང"ལྕམ་མོ"ཞེས་པོས་བྱུང་།

སྐབས་དེར་ཨན་ལྕམ་མོས། ཇ་མར་ངག་བཙོལ་བྱས་ནས་བཟའ་བཏུང་གྲ་སྒྲིག་དང་། ཁང་པར་གད་གདར་བྱེད་པ། ཅིན་ཧྲིན་གྱི་ཆུང་མ་དང་སོས་ཡན་ཨར་གྱི་ཆུང་མ་གཉིས་ལ་གྲལ་དག་གཙང་མའི་གོན་པ་གྱོན་དུ་བཅུག དེ་དང་མཉམ་དུ། ཕྱི

ན་ཡོད་པའི་ཅིན་ཧྲིན་དང་བཅས་པ་སྐྱུ་སུས་ལ་འགྲོགས་ནས་འགྲོ་དགོས་པར་བཤད།

སྐྱུ་སུས་ཨན་ཕྱིར་མགྲོན་ཁང་དུ་འོངས་ནས་ཨ་མའི་གཉེན་ཚང་ལ་འཛུལ་པའི་བསམ་པ་སྨྱུག་པོ་ལ་བཤད། རྒད་པོ་ཀྲང་ལོ་རང་བསྡད་དེ་རྡོག་ཁྲིས་ལ་བལྟ་རྒྱུ། ཅིན་ཧྲིན་གྱིས་མི་གཉིས་བསྡད་ཚོག་པའི་དཔོན་པོའི་འཁྱོག་ཁྲི་ཞིག་སླས་ཏེ། ཀྲང་ལྕམ་མོ་དང་ཀྲང་བུ་མོ་གཉིས་བསྡད་དུ་བཅུག མི་རྣམས་རྗེས་འབྲངས། ཕྱིར་ནས་ཅིས་ཧེ་མགྲོན་ཁང་དུ་འོངས། ཨན་ལྕམ་མོ་དང་ཀྲང་ལྕམ་མོ་གཉིས་ཀས་ཁ་བརྡ་བྱས། ཨན་ལྕམ་མོས་ཁ་བརྡ་བྱེད་བཞིན་ཡོད་ཀྱང་མིག་གིས་སྟར་ནས་ཀྲང་བུ་མོའི་སྟེང་དུ་ཕྱོགས། མནའ་མའི་སྨིན་མ་སྲུག་ཅིང་མཛེས། བག་ཡེབས་གཤིས་འཛམ། གདོང་ལ་འཛུམ་མདངས་ཀྱིས་བཀང་། ལུས་སྐྱེ་གཟུགས་དྲང་བ་ཞིག་ཡིན་པས། སེམས་ཀྱི་ཁུར་པོ་དེ་ཐང་དུ་བཞག ཀྲང་ཅིན་ཧྲིན་གྱིས་ཨན་ལྕམ་མོས་རང་ལ་ལྟ་བཞིན་པ་མཐོང་བས། མདུན་དུ་ཡོམ་པ་འགའ་སྤྲོས་ནས་བག་བྲོ་བའི་སྒོ་ནས་ཕྱག་ཕུལ། སྐབས་དེའི་ཀྲང་ཅིན་ཧྲིན་གྱི་འགྲོ་ལས་འདུག་སྟངས་སོགས་ལ་ཨན་ལྕམ་མོ་ཏ་ཅང་དགའ། མནའ་མ་འདི་རང་ཚང་དུ་བསུས་པ་འདྲའོ།།

འདུ་འཛིར་རབ་ཏུ་ཆེ། ཕྱི་ན་ཡོད་པའི་ཁྲིམ་མིས་དངུལ་དང་། རྡོག་ཁྲིས། རིམ་པ་རིམ་པར་ནང་དུ་སྤར། རྫིས་སྤྲོད་གསལ་པོར་བྱས། ཤིང་རྟ་དང་རྟ་དྲིལ་སོགས་མགྲོན་ཁང་ལ་

བཙོལ། ཅིན་ཧྲིན་གྱིས་མདུན་ཁང་གི་གྱུན་གཉིས་ལ་གཙང་སྤྲ་ལེགས་པོ་ཞིག་བྱས་ཏེ། གཉེན་ཚང་ཀྲང་སྐྲུ་ཏོ་འདུག་པའི་གྲ་སྒྲིག་བྱས་སོ།།

སྐྲུ་ཏོ་ཨན་ས་བདག་མཚོད་ཁང་དུ་བསྡད་པ་དང་། ཉིན་དེར་ཟ་མ་ཟོས་རྗེས། ལག་ཏུ《ཀྲིག་ཡིས》ལ་བལྟས་ནས་སྡུག་སེམས་སེལ་བཞིན་ཡོད། སོས་ཡན་ཨར་བྲེལ་འཚབ་འཚུབ་ངང་རྒྱུགས་འོངས་ནས“སྐྲུ་སྲས་སླེབས་བྱུང་།”ཞེས་སྐད་ཞུ་བྱས། པ་ཕུ་གནས་གཞན་ནས་འཕྲད་པས། མིག་ཆུ་མི་བཞུར་པ་མེད། སྐྲུ་ཏོ་ཨན་གྱིས་རྒྱུགས་སྤྲད་མིན་དྲིས་པ་དང་། ཅི་ཞིག་ལ་འོངས་པ། གཞིས་ཀ་བཙོང་སྐེ་དངུལ་སྲང་ཅི་ཙམ་བསྡུས་ཡོད་པ་སོགས་ཀྱི་གནས་ཚུལ་ཞིབ་ཏུ་དྲིས། སྐྲུ་སྲས་ཨན་གྱིས་ཚོད་འདིར་སླེབས་པས་གནས་ཚུལ་རྣམས་དྲང་མོར་མི་བཤད་ཐབས་མེད་རེད། ཡུལ་ནས་འཁྲིན་འཁྱེར་ཏེ་ལམ་དུ་ཆས་པ་ནས་ད་བར་གྱི་བརྒྱུད་རིམ་གསལ་པོ་ཞིབ་མོ་ཞིག་བཤད། སྐྲུ་ཏོ་ཨན་དལ་འཇགས་སེར་ཡུན་ཙམ་ལ་བསྡད་རྗེས། ད་གཟོད་བུ་ལ་དལ་མོར་བཤད་རྒྱུར“ཧྲི་སན་མའི་ཟེར་བའི་བུད་མེད་འདི། དྲག་རྩལ་འཛོམས་པའི་དཔའ་མོ་རྩེ་བུད་ཅིག་ངོ་མ་རེད། དེ་བས་བདེན་སྐྱོར་དམངས་བྱམས་འདི་བྱུང་། ཡིན་ནའང་བརྒྱུད་རིམ་གནས་ཚུལ་ལ་ལ་ནས་མོ་མིན། ངས་ཀྱང་སྔར་ཏུ་དོན་འདིའི་ཏ་མི་ཀོ ཕྱི་ཉིན་འདིར་ཤོག་དང་ད་དུང་ཁྱོད་ལ་འདྲི་རྒྱུ་ཡོད། ད་ལྟ་ཕྱིར་ཁྱོད་ཀྱི་ཨ་མའི་གནས་དེར་སོང་། ཁྱོད་ཀྱི་

སྒྱུག་པོ་དེ་ཉུའང་། མི་བཀོད་སྒྲིག་བྱ་དགོས། ངེས་པར་དུ་མག་པས་གུས་བཀུར་བྱེད་ཅི་ཐུབ་བྱེད་དགོས། ”ཞེས་བཤད། སྐུ་སྲུས་ཨན་གྱིས་ཨ་ཕའི་བཀའ་ལ་ཉན་རྗེས་ཕྱིར་ཐུད། འགྲོག་ཁྲི་ཆུང་བ་ཞིག་ལ་བསྡད་དེ་གདོང་ལ་འཛུམ་གྱིས་ཁེངས་ནས། མགྲོན་ཁང་དུ་ཨ་མ་དང་གྲོས་སྒྱུག་གཉིས་ལ་འཁྲིན་བཟང་བཤད་དུ་སོང་།

ཕྱི་ཉིན་སྐུ་སྲུས་ཨན་སྔ་མོར་ཡར་ལངས་ཏེ་ཨ་མ་དང་གྲོས་སྒྱུག་ལ་མཚམས་བདེ་ཞུས་རྗེས། སྒྱུར་ཏུ་མངར་སོབ་བག་ལེབ་ཅིག་ཟོས། ཨ་ཕའི་འདུག་སར་སོང་སྟེ་རྒྱུ་མཚན་འདྲི་རྒྱུར་སྒྱུག་སྐུ་ངོ་ཨན་གྱིས་བཤད་རྒྱུར“ མདང་དགོང་མཚན་གང་པོར་ཁྱོད་ཀྱི་སྐད་ཆ་སྟེ་ལམ་བར་གྱི་གནས་ཚུལ་ལ་བསམ་བློ་བཏང་། ས་གནས་སུ་གྲོད་དོན་ཆེན་པོ་ཞིག་བྱས་པ་དེ། གལ་ཏེ་དཔོན་པོ་སྐྱིད་གཙང་ཞིག་ལ་འཕྲད་ནས་རྩད་གཅོད་བྱས་ན། མཇུག་བསྡུ་མི་ཐུབ་པའི་གྲོད་དོན་ཞིག་ཡིན།” ཞེས་ཟེར། སྐུ་སྲུས་ཨན་གྱིས“ དོན་འདི་ཕལ་ཆེར་སྐྱོན་མེད། ཉིན་འགའི་སྔོན་ལ་ལམ་གྱི་མགྲོན་ཁང་སོ་སོར་བཤད་གླེང་སྣ་ཚོགས་ཡོད། ཁྲུ་ཕེན་རྫོང་ལྷུང་ནག་སྔང་གི་ཧྭ་ཤང་ཞིག་དང་། བསོད་སློམས་ཧྭ་ཤང་ཞིག་བུད་མེད་ཅིག ཕྲག་དོག་བྱས་ཏེ་ཕན་ཚུན་གསོད་རེས་བྱས། རྫོང་དེའི་རྫོང་དཔོན་ཧྲུའུ་ཞེས་པའི་འདྲི་གཅོད་བྱས་ཟིན།” ཅེས་བཤད་པ་ན། སྐུ་ངོ་ཨན་གྱི་སེམས་པ་བདེ་ཉུ་བབས།

སྐུ་སྲུས་ཨན་གྱིས་སྣག་བརྟར་པོར་ཚུལ་བཤད། རང་

གིས“སྦྲིན་གསེབ”ཅེས་པར་བསམ་བློ་བཏང་ནས་བརྗེད་སོང་བ་ཞེས་བཤད། སྐུ་ངོ་ཨན་གྱིས་མགོ་བོ་གཡུག་ཞོར། ངག་ནས“སྦྲིན་གསེབ་ནས་འཛུལ།”ཞེས་པ་བཟློས། སླར་ཡར“ཏྲི་སན་མའི”ཞེས་པའི་ཡི་གེ་གསུམ་པོ་ཅོག་ཙེ་སྟེང་དུ་རེ་རེ་བཞིན་བྲིས། ཡུན་ཞིག་འགོར་རྗེས། ཅོག་ཙེ་ལ་ཐལ་ལྕག་གིས་བརྒྱབ། གདོང་ལ་འཛུམ་གྱིས་ཁེངས་ནས“རེད་ཡ། ངས་ཤེས་སོང་། དཔའ་མོ་འདིའི་ཡ་ཁྱེང་སྐྲ་འདབ་གཡས་གཡོན་དུ་འབྲས་རྫོག་འདྲ་བའི་རྒྱ་འཚལ་སྒྲི་བ་གཉིས་ཨེ་ཡོད།”ཅེས་དྲིས་པ་ན། སྐུ་སྲུས་ཨན་གྱིས་མཉམ་འཇོག་མ་བྱས་པས། ལན་འདེབས་མ་ཐུབ། སྐུ་ངོ་ཨན་གྱིས་སླར་ཡང“བཞིན་རས་ག་འདྲ་རེད།”ཅེས་དྲིས། སྐུ་སྲུས་ཨན་གྱིས་ལན་དུ“བུ་ངའི་ཆུང་མ་དང་ཨ་ན་མ་ན་རེད། ཕམ་གཅིག་གི་སྤུན་མཆེད་དང་འདྲ།”ཞེས་བཤད། སྐུ་ངོ་ཨན་གྱིས“ཡང་གཉིད་གཏམ་བཤད་ཐལ། ངས་ནམ་ཞིག་ལ་ཁྱོད་ཀྱི་ཆུང་མ་མཐོང་མྱོང་ངམ། ”ཟེར། སྐུ་སྲུས་ཁ་སྐྱེངས་ནས་གདོང་དམར་པོར་གྱུར། ཨ་ཕ་དགའ་བའི་འཛུམ་མདངས་མཐོང་བས། སླར་ཡང“ཨ་ཕས་རེད་ཡ། ངས་ཤེས་སོང་ཞེས་པའི་དོན་དེ་བུ་ངའི་ཧ་མི་གོ ནང་དོན་ཅི་ཡིན། ”ཞེས་ཟེར། སྐུ་ངོ་ཨན་གྱིས“དོན་དེ་ཁྱོད་ཀྱིས་ཇི་ལྟར་གོའམ། ཁྱོད་ཀྱི་ཨ་མས་ཀྱང་ཤེས་དཀའ་རྒྱུ་རེད། དོན་འདི་གླེང་དགོས་དོན་མེད། ངའི་བྱ་བ་བསྒྲུབས་ཚར་ནས་ཁོམ་པ་བྱུང་ན་ད་གཟོད་དལ་བུར་བཤད་ཆོག དེ་ལ་ད་དུང་རྒྱུ་མཚན་ཞིག་ཡོད་

དོ།།" ཞེས་ཟེར། སྐུ་སྲས་ཀྱིས་སྐད་ཡང་འདྲི་མ་ཕོད། ཐེ་ཚོམ་གྱི་རྒྱུ་རྐྱེན་ཆུད་པ་ལས་ཅང་མེད།

ཨ་ཕར་གཏམ་འདྲི་རྒྱུ་མེད་པས། ཕྱི་ལ་འགྲོ་བར་བརྩམ་དུས། ཅིན་ཧྲིན་སླེབས་ནས"ཀོ་ཕོས་ལྷར་ན་ཆུ་ལས་དཔོན་པོ་གྲུ་ཁ་ལ་ཨམ་བན་བསུ་རུ་སོང་ཟེར། ཨམ་བན་དེ་དམག་ཕྱུའུ་ཡི་སྐྱོ་ཕྲུའུ་ཆེན་མོ་ཟེར་བ་དེ་རེད་ཅེས་བཤད་བཞིན་ཡོད། ཨམ་བན་འདི་སླེབས་རྒྱུ་ལ་གསང་རྒྱ་དམ་པོར་བྱས་ཡོད། ཁྱིམ་གྱི་མི་གཉིས་ལས་ཁྲིད་མེད་ལ། གྲུ་ཆུང་ཞིག་ཏུ་བསྡད་ནས་འོངས་སྐད། མདང་ནམ་གྱི་ཐུན་ལྔ་བར་གྲུ་ཁ་ལ་འབྱོར། ནམ་མ་ལངས་པར་གྲུ་ཁའི་ལས་དཔོན་ལ་གྲུའི་ནང་ནས་ཡིག་ཆ་གཉིས་བྱིན། ཡིག་ཆ་གཅིག་ནི་ཧྲན་ཡང་རྫོང་གིས་ཤིང་རྟ་གྲ་སྒྲིག་བྱེད་དགོས་པ་དང་། ཡིག་ཆ་གཞན་དེ་ནི་ཆུ་བཟོ་དཔོན་པོ་བརྫ་གཏོང་བའོ།། ཧྲན་ཡང་རྫོང་དཔོན་གྲུ་ཁ་ལ་ཨམ་བན་བསུ་རུ་སོང་ཡོད།"ཟེར། སྐུ་ངོ་ཨན་གྱི་སེམས་ལ་སྐྱོ་ཕྲུའུ་ཆེན་མོ་ཞེས་པ་ཕྲུའུ་ཧྲི་ཡང་ཡིན་ནམ། ཁོ་ནི་ལེས་ཕྱུའུ་ནས་རེད་ཡ། གནས་འདིར་སྤྱོད་དོན་ཆེན་པོ་བྱུང་བའང་མ་ཕོས། ཨམ་བན་འདི་ཅིའི་ཆེད་དུ་སླེབས་སམ། ཨམ་བན་ཕེབས་ཧ་ངའི་དོན་དག་ལ་འདྲི་གཅོད་བྱེད་དགོས་དོན་མེད་དོ་ཞེས་སྙམ།།

ལེའུ་བཅུ་གསུམ་པ། སྐུ་རྫའི་དགེ་ ཤྲུག་ཨམ་བན་ཐུའུ་ཞེས་པ། ། ཆོས་ཨན་དཔོན་ཚང་གནས་སུ་གཟིར་ཞིབ་ཕེབས།།

ཨན་ཚང་གི་ཕ་བུ་གཉིས་ཀྱིས་ཁ་བརྫ་ཐུང་ཙམ་བྱས་རྗེས། ཤྲུ་སྲུས་ཨན་རང་གི་མགྲོན་ཁང་དུ་འགྲོ་བསམ་དུས། སློ་བུར་དུ་ཨམ་བན་ཞིག་ཆོས་ཨན་དུ་སླེབས་པ་ཐོས། ཨམ་བན་འདི་སུ་ཡིན་ཞེ་ན། མ་གཞིར་མིང་གཞན་ལ་ཁེ་ཀྲེ་ཟེར་བའི་ཤེས་རམས་པ་ཐུའུ་མེན་ཨ་དེ་རེད། ཁོས་ཀྲི་ཅང་ནས་ལེས་ཕུའུ་ཡི་གཞུང་ཡིག་ཅིག་འཁྱེར་བ་དེ་ལས་རང་ཉིད་སློབ་རིམ་པ་དེ་ནས་དམག་ཕུའུ་དཔོན་པོ་གཞོན་པར་འཕར་བ་རེད། ཕྱིར་པེ་ཅིན་ལ་བཀའ་དང་ལེན་བྱས་ཏེ་བཀའ་དྲིན་ཞུ་བར་འགྲོ་བའི་རྒྱུ་ལམ་ནས་གནས་འདིར་བརྒྱུད་པ་རེད། དེ་ནས་ཡང་བསྐྱར་བརྫ་འཁྱེར་དེ། ནན་ཏེ་ས་ཆར་གཞུང་དོན་ཞིག་སྒྲུབ་པར་མངགས་པས་རེད། འདི་ནི་པེ་ཅིན་ལ་ཕྱིར་འགྲོ་བའི་བགྲོད་ལམ་གཅིག

ཕྱུ་རང་རེད། ཁོས་དཔོན་གྱུ་གཞུག་ནས་འདུག་ཏུ་བཙུག་རང་ཉིད་རྫུན་ཆས་སྤྲས་ནས་གྱུ་ཆུང་ཞིག་སླུས། ཁྲིམ་མི་གཡོག་པོ་གཉིས་ཁྲིད་དེ་གསང་ཞིབ་བྱེད་དུ་འོངས། གྱུ་ཁར་འཁྱེར་རྗེས་ད་གཟོད་ས་གནས་དཔོན་པོ་ལ་བརྡ་སྤྲོར་བཏང་ངོ་།།

དཔོན་པོ་ཆེ་ཆུང་ཚང་མ་གྱུ་ཁར་ཚོགས། དེར་མཐུད་ནས་ཆུ་བཟོ་དཔོན་པོའི་གྱུ་ཆུང་དུ་མཇལ་དུ་ཕྱིན། ཤེས་རམས་པ་བུའུ་ཡིས་དཔོན་ཆས་སྤྲས་ཡོད་ལ། གདོང་ལ་འཛུམ་གྱིས་ཁེངས་ནས་གྱུའི་བང་ཞོལ་ནས་ཕྱིར་ཐོན། ཆུ་བཟོ་དཔོན་པོས་རང་གི་མི་བརྒྱུད་འཁྱོག་ཁྲི་གསར་བ་དེ་བསྐྱལ་འོངས་པ་དང་། ད་དུང་དྲག་ཆས་སྤྲུང་དམག་ཀྱང་མངགས། བསུ་བ་བྱེད་མཁན་ཆ་ཚང་གྱུ་ཁར་འཁྲིད་ནས་ཨམ་བན་ལ་དགའ་བསུ་རྒྱ་ཆེན་བྱས། དཔོན་གཡོག་ཐམས་ཅད་ཇམ་ཇམ་བརྫིད་བརྫིད་གྱིས་ཏོས་ཨན་ཤར་སྒོ་ནས་ཐོན་བྱུང་། མཁར་སྒོར་འཛུལ་མ་ཐག དྲག་ཆས་སྤྲུང་དམག་གིས“སྐུ་ངོ་ཆེན་མོ། སྔོན་ལ་གཟིམ་ཤག་ཏུ་ཕེབས་སམ། ཆུ་བཟོ་དཔོན་ཚང་ལ་ཕེབས”ཞེས་དྲིས། ཤེས་རམས་པ་བུའུ་ཡིས“སྔོན་ལ་ཧན་ཡང་རྫོང་དུ་འགྲོ།”ཞེས་བཤད། དྲག་ཆས་སྤྲུང་དམག་གིས་མྱུར་ཏུ་སྐད་བཏང་དུས། ཡ་མཚར་ཏེ་སེམས་སུ་རྫོང་ཡ་མོན་དུ་སྔོན་ལ་ཅིའི་ཕྱིར་འགྲོ་དགོས་སམ་སྙམ།

དོན་དངོས་སུ་ཤེས་རམས་པ་བུའུ་ནི་སྐུ་ངོ་ཨན་ལ་མཇལ་དུ་འོངས་པ་རེད། དེ་དུས་དགུ་བའི་ཚེས་དགུ་ལ་ཉེ། ནན་ལྟེ་

ཞང་དུ་ས་གནས་རྒྱུགས་སྤྲོད་ཐོབ་འབྲས་ཀྱང་སྒྲོག་བཞིན་ཡོད། སྐུ་ངོ་ཨན་གྱིས་ལག་ཏུ《གཙང་བོ་སྔ་ཕྱོགས་ཀྱི་ཁེ་ཅིས་གསར་པའི་རྒྱུགས་རྩོམ་བསྡུས་པ》བཟུང་ནས་དེ་ན་ཀློག་བཞིན་ཡོད། རྫོང་ཡ་མོན་མདུན་དུ་འདུ་འཛོམ་རབ་ཏུ་ཆེ་བ་ཐོས། ཡུར་ཟེང་ལ་ཉན་མི་འདོད་ཀྱང་ཐབས་གཞན་ཅི་ཡང་ཡོད་པ་མ་རེད། ལག་གཡོག་འཚབ་འཚུབ་དང་རྒྱུགས་འོངས་ནས“ཨམ་བན་མཇལ་འཕྲད་དུ་ཕེབས་བྱུང་།”ཞེས་ཞུས། སྐུ་ངོ་ཨན་གྱིས་ཤེས་རམས་པ་བུའུ་ཡིན་པ་མཐོང་ནས་སེམས་པ་སྐྱིད་ལ་བབས། ཤེས་རམས་པ་བུའུ་ཡིས་དགེ་རྒན་ལ་གསེར་སྲང་ཁྲི་ལྷག་འཁྱེར་འོངས། གཞུག་གི་གྲུའི་ནང་དུ་ཡོད། གྲུ་སླེབས་མ་ཐག་གཞིས་ཀར་བསྐྱལ། དགེ་ཕྲུག་གིས་དེ་མ་ཐག་དགེ་རྒན་གྱིས་དྲིན་གྱིས་བསྐྱངས་སྐྱོང་བའི་སློབ་གྲོགས་ཚོར་འཕྲིན་བཏང་། ལོ་ཚོར་ནུས་ཚོད་ལྡོགས་ཚོད་ཀྱིས་རམ་འདེགས་བྱེད་དགོས་པར་བཤད། ཕྱོགས་གཅིག་ཏུ་བསྡུས་པ་ཡིན། གསེར་སྲང་ཁྲི་ཡོད་པ་འདིའི་ཕྱེད་ཀ་ནི་དགེ་ཕྲུག་བདག་གི་གུས་པ་མཚོན་བྱེད་ཡིན་པ་དང་། ཕྱེད་ཀ་ནི་དགེ་ཕྲུག་གཞན་དག་གིས་བསྡུས་པ་ཡིན། ང་རང་གིས་མིང་ཐོ་ཞིག་བཀོད་ཡོད་པ་འདི་ཡིན་ཟེར། ཐུང་མ་འགོར་བར་ལོ་ཚོའི་མཚམས་འདྲིའི་འཕྲིན་ཡིག་ཀྱང་འབྱོར་ངེས། ཤེས་རམས་པ་བུའུ་ཡིས་མི་གཞན་པ་ཕྱིར་འགྲོ་རུ་བཅུག་རྗེས། སྐད་མགོ་དམའ་མོས“དགེ་ཕྲུག་འདིར་འོངས་དོན་དགེ་རྒན་ལ་མཇལ་རྒྱུ་ཁོ་ན་མིན། ད་དུང་གཞུང་དོན་གྱོད་གཞི་ཞིག་འདྲི་

རྟོག་རྩོད་གཅོད་བྱེད་རྒྱུ་ཞིག་ཀྱང་ཡོད། ལམ་བར་དུ་གནས་ཚུལ་ལ་རྩོད་གཅོད་བྱས་ཀྱང་། བདེན་དཔང་དུ་ད་དུང་བྱས་མི་ཐུབ། དེ་བས་དགེ་རྒན་ལ་བློ་འདྲི་བར་འོངས་པ་ཡིན། ས་ཆ་འདིའི་ཆུ་ལས་དཔོན་པོ་ཁྲིམས་འཛིན་ཞིབ་དཔྱོད་བློན་ཆེན་ལ་གདུགས་ཡོད་དེ། ཁོས་ནི་ལག་འོག་རྣམས་ལས་ངོ་དགའ་བྱེད་མཁན་དག་སྐྱོད་བཟང་ཅན་དུ་བསྒྲེ་བ་དང་། ལྷག་བསམ་བབ་ཚགས་ཅན་དེ་མདོ་མེད་དུ་བསྒྲེ། རྫུན་མའི་སྐྱེས་སྐར་རོལ་ཏེ། སྙིག་ཧན་ཟློས་ཤིང་རྒྱུ་ཟ་ཁྲིམས་འགལ་བྱེད། གཞུང་རྒྱུ་ཧམ་བཟུང་། རྒྱུ་འཕྲི་སླ་བཙོས་བྱས་ཏེ་དཔོན་སྲོལ་ངན་པ་ཞིག་རྒྱ་ཡན་དུ་ཁྱབ་བཞིན་ཡོད། ཧ་ཅང་གལ་ཆེན་དོན་ཆེན་ཞིག་ཡིན། དགེ་ཕྲུག་ངས་ཐོག་དང་པོའི་གཞུང་ལས་སྒྲུབ་པ་ཡིན་པས། ཕྱོགས་ལ་ལར་བསམ་བློ་མི་འཁོར་བ་ཡོད་ངེས། དེ་བས་དགེ་རྒན་ལགས་ཀྱིས་མཛུབ་སྟོན་གནང་རོགས།” ཞེས་བཤད། སྐྱུ་ངོ་ཨན་གྱིས“ཁྱོད་རང་བཀའ་ལྷར་འོངས་པ་ཡིན་ན། ངའི་སེམས་ལ་རྒྱལ་ཁྲིམས་ལག་ཏུ་མ་བསྟར་ན་མི་ཐུབ། རྒྱལ་བཀུར་མ་བྱས་ན་མི་འོས། དོན་གཅོད་གཙང་མ་མ་བྱས་ན་མི་ཚོག བསམ་སྤྱོར་ངན་པ་མ་བཀག་ན་མི་འགྲིག དགེ་ཕྲུག་ཁྱོད་ཀྱིས་བལྟས་ན་དེ་འདྲ་ཨེ་རེད།” ཅེས་བཤད། ཤེས་རམས་པ་བུའུ་ཡིས་དགེ་རྒན་གྱི་ཡོན་ཚད་ཀུན་སྤྱོད་ལ་དེ་བས་ཡི་རངས་བྱུང་། དེ་ནས་ཁ་བཟ་འདྲ་མིན་སྣ་ཚོགས་ཤིག་བྱས་ནས་ཡར་ལངས་ཏེ་གྱེས།

ཤེས་རམས་པ་བུའུ་གཟིམ་ཤག་ཏུ་སླེབས་རྗེས་དེ་ཏུ་བསྒུ་བ་བྱེད་པའི་ས་གནས་དཔོན་པོ་རྣམས་གནས་ཤིག་ཏུ་འཁྲིད་དེ་མཇལ་འཕྲད་བྱུས། ངལ་ཙུང་ཙམ་གསོས་རྗེས། དཔོན་པོའི་གྲུ་ལ་མཉམ་དུ་བསྡད་འོངས་པའི་ཁྲིམས་འཛིན་པ་དང་མཉམ་དུ་སྒྲིད་དོན་གྱི་རྒྱུ་མཚན་བགྲོ་གླེང་བྱས་རྗེས་ཆུ་ལས་དཔོན་པོའི་ཞི་དྲག་སྲུང་དམག་དང་། སྒོ་སྲུང་དང་རྩིས་གཉེར་པ། ཁྲིམ་གྱི་གཡོག་པོ་སོགས་ལ་བཟ་བཏང་སྟེ་བསྟུས། དེ་ནས་སྒོ་བརྒྱབ་སྟེ། གཏུག་གཤེར་ཡི་གེ་ལས་བཤད་པ་ལྟར་དངུལ་གྱི་འགྲོ་སོང་སོགས་མཚན་ལམ་གཉིད་པར་རྩད་བཅད། ཁ་དཔེར"གཞན་ཇོ་སྲུང་རྒྱུ་ལྟུགས་འདྲ་ཡང་། རྒྱལ་ཁྲིམས་ལྟུགས་བཞུ་ཐབ་ག་རེད"ཟེར་བ་ལྟར། ཁྲིམས་འཛིན་པ་དེ་ཚོ་ནི་སྲུང་གྲུང་འཛོན་ཐང་ཆེ་བ་དང་། སྒྲིད་དོན་མང་པོ་སྒྲུབ་སྦྱོང་མཁན་ཡིན་པས། དུས་ཚོད་མང་པོ་བཀོལ་མ་དགོས་པར་ལྐོག་དངུལ་མང་པོ་ཞིག་རྩད་ཚོད་པ་རེད། ཤེས་རམས་པ་བུའུ་ཡིས་ཕྱོགས་གཅིག་ནས་སྙན་ཞུ་ཡི་གེ་འབྲི་བ་དང་། ཕྱོགས་གཅིག་ནས་ད་དུང་མཚན་བྱང་བསྐུར་ནས་ཆུ་ལས་དཔོན་པོ་གདན་དྲངས་འདྲེན་པར་བྱས།

ཆུ་ལས་དཔོན་པོས་འཁོར་གྱི་མི་མང་པོ་ཞིག་འདོད་འགུག་བྱས་རྗེས་གནས་ཚུལ་སོགས་གོ་ཐོས་ཅི་ཡང་མེད་པར་གྱུར་པས། དོན་དག་མི་ལེགས་པར་གྱུར་པ་ཤེས། རང་ཉིད་ཀྱི་ནག་ཉེས་སྦས་སྐྱུང་བྱེད་མི་ཐུབ་པས། དངུལ་སྐོར་ཆིག་འབུམ་

རྒྱལ་མཛོད་དུ་སྤྲོད་དེ་ཉེས་པ་དག་ཐབས་བྱས། ཆུ་ལས་དཔོན་པོ་འདིའི་མིང་ལ་ཡུའུ（རྒྱ་ཡིག་ལ་གསེར་དང་གཡང་ཧྲེའི་དོན་ཡོད）ཐུའུ་ཟེར། ཤེས་རམས་པ་བུའུ་ཡི་མིང་ལ་མེན（རྒྱ་ཡིག་ཉི་ཟླའི་དོན་ཡོད）ཨ་ཟེར། ཤེས་ལྡན་པ་ཀུ་རེ་ལ་དགའ་བ་ཞིག་གིས་ཆུ་ལས་དཔོན་པོ་གསར་རྙིང་གཉིས་ཀྱི་མིང་ཡིག་ཡོད་པའི་སྙན་ཚིག་ཆ་ཞིག་སྟེ"ཟླ་བ་ཉི་མའི་འགྲམ་ནས་འཆར།། ཉི་ཟླ་ཁ་སྤྲོད་གནམ་གྱིས་གཟིགས།། ཕྲ་བརྡབ་གསེར་གྱི་རིན་པོ་ཆེ།། གཡང་ཏེ་གསེར་གྱིས་ས་གཞིར་གང་།།"ཞེས་བྲིས།

ཆུ་ལས་དཔོན་པོས་ཕྱོགས་དངུལ་ཞུང་ཞུང་ཞིག་བཤད་ན་ཉེས་པ་ཧེ་ཡང་ལ་གཏོང་མི་ཐུབ་བསམ་སྟེ། ཨམ་ག་སྒོམས་བསྡམས་ནས་དངུལ་སྒོར་ཉིས་འབུམ་ཕྱོག་ཟ་བྱས་པ་བྲིས་པས། གོང་མའི་ཁྲིམས་ཐག་མ་བཅད་པར་གུ་ཡངས་སུ་བཏང་། སོའི་ལས་ཐོབ་བླངས། དམག་གི་དཔོན་གནས་ཤིག་ཏུ་མངགས་གཏོང་བྱས་སོ།།

ཉིན་འདིར་སྐུ་ཚོ་ཨན་ལ་ཤེས་རམས་པ་བུའུ་ཡི་རོགས་དངུལ་འཁྱོད་པས་དཔོན་པོའི་གོ་གནས་སླར་གསོ་བྱས། ད་ལྟར་དཔོན་གནས་མང་པོར་མི་དོན་བརྗེ་སྤྱོར་བྱེད་པའི་སྐབས་ཡིན་པས། རང་ཉིད་སོང་ན་མི་ལེགས་བསམ་ནས། ཟླ་གཉིས་རིང་གི་ནད་གསོའི་གནང་བ་ཞུས་ཏེ། ཅིས་ཀྱི་མགྲོན་ཁང་དུ་འོངས། སྐུ་ཚོ་ཨན་གྱིས་ཀྱང་ཅིན་ཕྱིན་མཐོང་ནས་ཏ་ཅང་ཡིད་ཚིམས། ཚང་མས་བཤད་ཞོར་དགོད་ཞོར་གྱི་འདུ་འཛོམ་ཆེ་བའི་

སྐབས་དེར། ཆུ་ལས་སྐྱུ་རྡོ་ཆེན་པོ་བྲའུ་མཛལ་དུ་སླེབས། ཤེས་རམས་པ་བྲའུ་ཡིས་འདྲི་རྒྱུར“ དགེ་ཕྲུག་གིས་བལྟས་ན་དགེ་རྒན་ལ་སྟོན་གཞི་ཅི་ཡང་མེད། ཅི་ཞིག་ལ་གནང་བ་ཞུས་སམ།” ཟེར། སྐྱུ་རྡོ་ཨན་གྱིས“ དོན་དག་རྩག་རྩིག་ཅིག་ཡོད།” ཅེས་སྐྱུ་གྲུས་ལམ་བར་ནས་གཉེན་སྒྲིག་རྒྱུའི་དོན་དེ་ཉུང་བསྡུས་ཀྱིས་བཤད་པ་ན། ཤེས་རམས་པ་བྲའུ་ཡིས་མྱུར་དུ་བཀྲ་ཤིས་བདེ་ལེགས་ཞུས་ནས། སླར་ཡང“ གནས་འདིར་སྤྱི་ཁྱབ་ཆུ་ལས་དཔོན་པོ་མེད། བྱང་ཆུ་བོའི་ཕྲུང་ཚོན་སྤྱིན་ལས་གནས་འདིར་ཕྱུར་ཟིན། ངའི་ངོ་ཤེས་ཀྱང་ཡིན། དགེ་རྒན་གྱིས་སྙེར་དོན་བསྒྲུབས་ཚར་ན། སྤོ་མོར་ལས་གནས་སུ་སོང་དང་། དགེ་ཕྲུག་གིས་གདམས་ངག་མང་པོ་ལ་ཉན་ཐུབ་ལ། ཕྲུང་ཚོན་སྤྱིན་གྱིས་དཔོན་གནས་ཀྱི་འགན་ཁུར་རྗེས། ངས་ཁོར་ངོ་ཕྲུག་སྟེ་ཁྱེད་རང་བཅོལ་གདམས་བྱས་ཆོག” ཟེར། སྐྱུ་རྡོ་ཨན་གྱིས་ཁ་ཞེ་མི་མཚུངས་པར་ཁྲལ་བཅོས་ཀྱིས“ བཤད་པ་གནས་ལུགས་ཡོད། དོན་དག་ཚར་རྗེས་འོང” ཟེར། ཤེས་རམས་པ་བྲའུ་ཡིས་ཁ་བརྗ་ཡུན་རིང་ཞིག་ལ་བྱས་རྗེས། ཞལ་གྱིས་གནང་སྟེ་ཕྱིར་ཐོན། དཔོན་པོ་གནས་ཚུང་བ་དང་དག་གིས་སྐྱུ་རྡོ་ཨན་ནི་སྐྱུ་རྡོ་ཆེན་པོ་བྲའུ་ཡི་དགེ་རྒན་ཡིན་པ་ཤེས་རྗེས། ཁོའི་མདུན་དུ་བསྐོར་བ་མི་བྱེད་པ་མེད། ཉིན་འགའ་ན་སྒོ་ཕྱི་ནང་ཀུན་ཏུ་ཚོང་ར་ཞིག་དང་འདྲ་བར་མི་རྣ་འགྲོ་འོང་མཚམས་མི་ཆད། སྐྱུ་རྡོ་ཨན་གྱིས་སེམས་སུ་དྲན་པ་ནི་གཟིམ་ཤག་གཉིས་བཙལ་རྒྱུ་སྟེ། དུས་ལྟར་

མནའ་མ་བསུ་རྒྱུ་དེ་རེད། རྗེས་ནས་ཁང་བ་ཞིག་རྙེད་པ་སྟེ། གཉིས་ཀ་སྤྲེལ་ནས་ཡོད་ཀྱང་། རང་རང་ལ་སྒོ་ཆེན་ཡོད། དེའི་རྗེས་སུ་ཨན་ཚང་དང་ཀྲང་ཚང་གཉིས་གཟིམ་ཤག་ཏུ་སྤོར་རྒྱུ་དང་། གཉེན་སྟོན་བྱེད་པར་བྲེལ། གཉེན་ཚང་ཀྲང་ཚང་གིས་ཧྲི་སན་མའི་ཡིས་བྱིན་པའི་གསེར་སྲང་བརྒྱ་ཡོད་པ་དེ་སྒྲུ་ངོ་ཨན་བཟའ་ཟླ་གཉིས་ལ་བུ་མོའི་རྫོངས་སྐྱལ་དུ་བྱིན། གཉེན་སྟོན་གྱི་ཉིན་མོར། མནའ་མ་ཀྲང་ཅིན་ཧྥིན་འགྲོག་ཁྲི་དམར་པོ་ལ་བསྡད་འོངས་སོ།།

གནང་ཞུའི་ཉི་མ་ཚར་ཙུང་སྒྲུ་ངོ་ཨན་ཕྱིར་དཔོན་གནས་སུ་ལོག་མི་འདོད་པར་དགོངས་པ་རྩ་ཞུ་སྟེ། ལས་འགྱུར་གྱི་བསམ་པ་སྐྱེས། ཁོང་གིས་བུ་མོ་ཧྲི་སན་མའི་འཚོལ་རྒྱུའི་བློ་ཐག་བཅད་པའོ།།

ལེའུ་བཅུ་བཞི་བ། དགོངས་དག་ཞུས་རྗེ་དཔོན་པོའི་གནས་ནས་གྱེས།། ཁྲིའུ་རླ་སྟེ་བར་གཟིགས་ཞིབ་མཛད་དུ་ཕེབས།།

སྐུ་ངོ་ཨན་གྱིས་དགོངས་པ་ཞུ་བའི་ཡི་གེ་སྤྲད། བཀྲ་ཤིས་པའི་ཉིན་བཟང་ཞིག་བདམས་ནས། ཁྲིམ་བཟའ་ཚང་ཐམས་ཅད་འཁྲིད་དེ་རྒྱ་ཆུའི་བྱང་དུ་བསྐྱོད། དེ་ནས་བཞི་མདོའི་འོམ་སྟོང་ཉེར་བརྒྱད་ཀྱི་ཕྱོགས་སུ་སླེབས། ཨན་ལྷམ་མོ་དང་མནའ་མ། གཉེན་ཚང་ཀྲང་ཚང་དག་ཁྲིམ་མིས་སྐྱུང་སྐྱེལ་བྱས་ཏེ་ད་དུང་བྱང་དུ་བགྲོད་སོང་ནས་ཁྲུ་ཕེན་གྱི་ཡེའུ་ལི་མགྲོན་ཁང་དུ་ངལ་གསོ་ཞག་འདུག་བྱས། སྐུ་ངོ་ཨན་དང་སྐུ་སྲས་གཉིས་ཀྱིས་ཏའི་ཆིན་དང་སེས་ཡོན་ཨར་འཁྲིད་དེ་མདའ་གཞི་ཁྲིར་ནས་འོམ་སྟོང་ཉེར་བརྒྱད་ལ་བསྐྱེགས། ཁ་བརྡ་བྱེད་ཞོར་ཧིན་རླ་ཚང་གི་མཁར་སྒོར་སླེབས། དེ་ནི་མཁར་ཆེན་པོ་ཞིག་སྟེ། སྒོ་ཆེན་དམ་དུ་བརྒྱབ་ཡོད། ཧིན་ཅིག་གོང་ཁྲིམ་དུ་མེད། ཕལ་ཆེར་ཉིན་བཞི་ལྔའི་རྗེས་ནས་སླེབས་ཐུབ། ཁྲིའུ་ཡིས་ཀོན་ཡང་འདི་ནས་འདུག་གིན་མེད་པར་ཤར་གྱི་སྟེ་བ་ཏུ་སྤུར་ཟིན།

སྐུ་ངོ་ཨན་ད་ཐེངས་ཧྲི་སན་མའི་འཚོལ་དུ་འོངས་པ་དེ། ཁོའི་སེམས་ལ་ཁྲེའུ་ཡིས་ཀོན་ནི་ཧྭ་ཀྲུང་གི་སྲིང་མོའི་སྐྱེས་པ་ཡིན་ལ། ཏེན་ཅིག་ཀོང་ནི་ཁྲེའུ་ཡིས་ཀོན་གྱི་དགེ་རྒན་རེད། ཁོ་གཉིས་དང་ཧྲི་སན་མའི་དགེ་རྒན་དང་དགེ་སྤུན་གྱི་འབྲེལ་བ་ཡོད། ཁྲེའུ་ཡིས་ཀོན་བརྒྱུད་ནས་ཏེན་ཅིག་ཀོང་བཙལ་རྒྱུ་དང་། ཏེན་ཅིག་ཀོང་བརྒྱུད་ནས་ཧྲི་སན་མའི་འཕྲད་ཐུབ་སྙམ། དུས་ད་ལྟ་རུས་ཁྲེའུ་དང་ཏེན་ཟེར་བའི་མི་གཉིས་ལ་འཕྲད་མི་ཐུབ། རང་ཤུགས་ཀྱིས་སྤྲོ་བ་ཡལ།

སྐུ་ངོ་ཨན་སྐར་ཡང་ཞིང་རྟ་ལ་བསྐྱོད་དེ་ཏེན་ཐྭ་སྟེ་བ་དང་བྲལ། དེ་ནས་དུད་ཁྱིམ་ཐར་ཐོར་ལས་མེད་ཅིང་། མཐའ་མི་མངོན་པའི་ཐང་དུ་རྡུ་ལྷུམ་གྱིས་བཀང་བ་ཞིག་ཏུ་སླེབས། སྐུ་སྲས་ཨན་གྱིས་ལམ་བར་ནས་ཤར་སྟེ་གང་དུ་ཡོད་པ་དྲིས། མཐར་སྲང་ལམ་ཞིག་གི་མདོར་སླེབས། མི་རྣམས་ལ་འདྲི་གཅོད་བྱས་ཀྱང་། ཚང་མའི་ཤར་སྟེ་གང་དུ་ཡོད་པ་མི་ཤེས། རྗེས་ནས་ལམ་གྱི་ལྷོ་ཕྱོགས་སུ་ཛ་ཁང་ཆུང་བ་ཞིག་ཏུ་ངལ་གསོས། དེའི་ཞབས་ཕྱི་པའི་བཤད་པ་ལྟར་ན། གནས་འདིའི་གཙང་པོའི་བྱང་དུ་ཕྱི་མོག་གི་ཁང་པ་ཞིག་ཡོད། དེ་ལ་ཏེན་ཐྭ་ཆུང་བ་ཚང་ཞེས་ཟེར། དོན་ངོ་མ་འོམ་སྟོང་ཉེར་བརྒྱད་ཏེན་ཅིག་ཀོང་གི་ཁང་པ་ཡིན་མོད། ད་ལྟ་ཁོའི་མག་པ་སྟེ་རུས་ཁྲེའུ་ཟེར་བ་ཞིག་ལ་བྱིན་ནས་བསྡད་ཡོད། མིང་ལ་ཁྲེའུ་ཐྭ་ཚང་ཡང་ཟེར། སྐུ་སྲས་ཨན་གྱིས་མགྱོགས་པོར་ཛ་ཕོར་བཞག་སྟེ་ཞོན་པའང་མ་

ཞེན་པར་སེམས་ཡོན་ཨར་ཁྲིད་དེ་བུད་སོང་།

བྱང་ལམ་བརྒྱུད་པ་ན། ཐག་རིང་ནས་ཁྲིའུ་ཐྭ་ཚང་གི་མཁར་མཐོང་ཐུབ། ཏིན་ཐྭ་ཚང་གི་མཁར་བཞིན་བརྗིད་ཉམས་མི་ལྡན་མོད། བཟོ་བཀོད་མི་ལེགས་རྒྱུ་མེད། ཟམ་པའི་འགྲམ་དུ་ཀད་པོ་ཞིག་གིས་སློ་བོ་འགའ་སྦྱུང་ནས་བསྡད་ཡོད། དེ་ནི་ཏྭ་གྲུང་རེད། དེ་སྤྱ་ཏྭ་གྲུང་ནི་ཆོན་པོ་ཞིག་ཡིན་མོད། སོ་ཡང་ལྷོ་བཙུར་སློབས་པའི་ཁར། ད་ཐེངས་ཀྱི་ནད་ཀྱིས་མནར་བ་འདིས། ཁོའི་གདོང་མདོག་སྐྱ་བོར་གྱུར་ཡོད་ལ། ཡ་ཁྱུང་སྐྲ་འདབ་དཀར་པོར་གྱུར། སྐུ་སྲུས་ཀྱིས་ཁོའི་ངོ་མི་ཟིན་པ་མ་ཟད། བུ་སེམས་ཡོན་ཨར་གྱིས་ཀྱང་རང་གི་ཨ་ཕ་ངོ་ཟིན་དཀའ། ཕན་ཚུན་དེ་ལྟར་ཐུག་པས། སྨྲ་བ་རབ་ཏུ་འཁོལ་ནས་དྲི་བ་སྣ་ཚོགས་བྱས།

དེ་ནས་ཛ་ཁང་དུ་སློབས། དཔོན་གཡོག་འཕྲད། སྐུ་ངོ་ཨན་གྱིས་སྐུ་སྲུས་ལམ་བར་དུ་དཀའ་སྡུག་བྱུང་ཚུལ་དང་། ཏོས་ཨན་ནས་གཉེན་སྒྲིག་པ། རང་ཉིད་ཀྱིས་དགོངས་ཞུ་བྱས་ནས་དཔོན་པོར་མི་འདུག་པའི་རྒྱུ་རྐྱེན་འབྱུང་ཁུངས་གསལ་བཤད་བྱས། གཏམ་ལ་ཉན་རྗེས། ཏྭ་གྲུང་གིས་ཀྱང་ཡེའུ་ལེ་མགྲོན་ཁང་ནས་འདིར་འོངས་པའི་བརྒྱུད་རིམ་བཤད། ཁོའི་ནད་དེ་ཉིན་བཅུ་ཙམ་གྱིས་སོས་འགྲོ་སྐམ་མོད། མལ་དུ་ཟླ་གཉིས་ཙམ་གྱི་ཡུན་ལ་ལྷུང་། དངུལ་སྒྲང་ཉེ་ཤྲུ་བོ་ཡང་བཀོལ་ཚར། ལྭ་བ་འགའ་ཡོད་པ་གཏའ་མར་བཞག་སྟེ་དྲེལ་རྟ་ཞིག་བླངས་ནས་

གནས་འདིར་འོངས། འདི་ནས་གྱོན་པ་ལེགས་པོ་འགའ་བཙལ་རྗེས། སང་ཉིན་སྤྱི་མོར་ལམ་དུ་ཆས་རྒྱུ་བྱས་ཡོད། སྐབས་ལེགས་སྐྱེས་དབང་ཞིག་མིན་ན། ངེད་ཅག་འཕྲད་མི་ཐུབ་ཟེར། སྐུ་ངོ་ཨན་གྱིས་ཁྲའུ་ཚང་ལ་སོང་ནས་ཁྲའུ་ཡིས་ཀོན་ལ་སྨྲུག་པར་འདོད་ཀྱང་། ཧྲ་ཀྲུང་གིས་དགའ་བའི་བཟོ་བསྟན། མ་གཞི་ཧྲ་ཀྲུང་གི་སྲིང་མོ་ཉིན་འགའི་སྔོན་དུ་འདས་པས་རེད། ཉིན་ཅིག་ཀོང་གིས་ཁྲའུ་ཡིས་ཀོན་ལ་ཡིད་རྟོན་བྱས་ཚོག་སླམ་ལ། ནུས་པའང་ལྡན། རང་གི་བུ་མོ་ཆུང་མར་བྱིན་ཏེ་ཁང་པ་རྫོངས་པར་བྱས། རྒད་པོ་འདི་ནུབ་སྡེ་བ་ན་འདུག ཤར་སྡེ་བའི་ཁང་བ་ཁྲའུ་ཡིས་ཀོན་ལ་བྱིན། ཟླ་གཅིག་ལས་ཉིན་ཉི་ཤུ་ལ་བུ་མོ་ཚང་ན་འདུག་གོ། རྒད་པོ་འདིར་ལོ་ན་རྒས་ཡོད་ལ། གླེན་ཤས་རྩུབ་སྤྱོད་ཆེ། གནས་ལུགས་མི་བརྩི། སྐད་ཆ་ཤད་ས་མི་འགྲོ། ཁྲའུ་ཡིས་ཀོན་ཤིན་ཏུ་སྐྲག ཁོས་བུ་མོའི་གཏམ་ཉན་ལ་བརྩི། སྐུ་ངོ་ཨན་ཀྱང་དགའ་ལས་བྱུང་ནས"ངས་ཁྲའུ་ཡིས་ཀོན་བཙལ་བ་ནི། ཧུས་ཉིན་ཟེར་བ་ལ་གཏམ་འདྲི་རྒྱུ་དེ་ཡིན། སློ་ཡུལ་ལས་འདས་པ་ཞིག་ལ་སློ་འདིར་འཛུལ་རྒྱུ་དཀའ་ངལ་ཆེ།"ཞེས་ཟེར། ཧྲ་ཀྲུང་གིས་འདྲི་རྒྱུར"སྐུ་ངོས་ཁོ་ལ་གཏམ་འདྲི་རྒྱུ་ཅི་ཞིག་ཡོད།"ཅེས་དྲིས། སྐུ་ངོ་ཨན་གྱིས་སྐུ་སྲུས་ཀྱིས་ཁྱེར་ཡོད་པའི་མདའ་གཞི་སྟོན་བཞིན"ངས་ཁོ་ལ་དངོས་པོ་འདི་སྤྲོད་དགོས། ད་དུང་མི་ཞིག་ལ་འཕྲད་དགོས་པ་དེ་ཡིན།"ཞེས་ལན་བཏབ། སྐབས་དེར། ཁྲའུ་ལྷམ་མོ་ཁྱིམ་དུ་ཡོད། ཧྲ་ཀྲུང་སོང་

ནས་བཤད་པ་ན། ཁྲིའུ་ལྷམ་མོས་ཧྭ་ཀྲུང་མངགས་ཏེ་ཕོ་ཚོ་ཁྲིམ་དུ་བསྐུས། ཨན་ཚང་གི་ཕ་བུ་གཉིས་ཧྭ་ཀྲུང་དང་འགྲོགས་ཏེ་སོང་། ངལ་རྩུང་ཙམ་གསོས་རྗེས། ཧྭ་ཀྲུང་འོངས་ནས་ཁྲིའུ་ལྷམ་མོས་སྐུ་ངོ་ཨན་ལ་མཇལ་ཕྱག་འབུལ་དུ་འོངས་པར་བཤད། སྐུ་ངོ་ཨན་དོགས་མ་བདེ་བར་མཇལ་མི་འདོད་མོད། ཁྲིའུ་ལྷམ་མོ་ནང་དུ་སླེབས་ཡོང་། གུས་ཕྱག་ཕུལ་རྗེས། ཁྲིའུ་ལྷམ་མོས་བཤད་རྒྱུར“ངའི་སྐྱེས་པ་ཁྲིམ་ན་མེད། དུས་ད་ལྟ་ཕལ་ཆེར་ཕྱིར་འོངས་ངེས་ཡིན། ཕུ་བོ་ཧྭ་ཡིས་བཤད་པ་ལྟར་ན། སྐུ་ངོས་མདའ་གཞི་ཞིག་ཁྲེར་ནས་མི་ཞིག་ལ་མཇལ་དགོས་ཟེར། སྤྱོབས་པ་ཆེན་པོས་སྐུ་ངོ་ལ་དྲིས་ན། མདའ་གཞི་འདི་གང་ཞིག་ནས་ལག་ཏུ་འོངས། མཇལ་དགོས་པའི་མི་དེ་སུ་ཡིན།”ཞེས་དྲིས་བྱུང་།

སྐུ་ངོ་ཨན་གྱིས་མདའ་གཞི་དང་ཧི་སན་མའེ་ཡི་གནས་ཚུལ་ཐེངས་གཅིག་ལ་བཤད། ཁྲིའུ་ལྷམ་མོས་ལན་དུ“དགའ་འོས་པ་ཞིག་ལ་ཐོག་མར་ང་ལ་ངོ་འཕྲད། སྐུ་ངོས་གལ་ཏེ་ངེད་ཚང་གི་ཡིས་ཀོན་ལ་དྲིས་ན། ཕོའི་དོན་དེ་གསལ་པོ་མི་ཤེས། ཡིན་ནའང་ཁྱོད་ཚོ་འཁྲིས་སོང་། ”ཟེར། སྐུ་ངོའི་སྨྱུར་ཏུ་རྒྱུ་མཚན་དྲིས། ཁྲིའུ་ལྷམ་མོས་ལན་དུ“ཧི་སན་མའེ་སྙིང་ན། མོ་ནི་ངོ་མ་མི་ཡ་མཚན་ཞིག་རེད། ལོ་གསུམ་གྱི་སྔོན་ཨ་མར་བསྙེན་བཀུར་སྒྲུབ་བཞིན་གནས་འདིར་འོངས། མི་སུས་ཀྱང་ཕོ་མོའི་སྐྱེས་ཁུངས་ལོ་རྒྱུས་མི་ཤེས། ཕོ་མོས་བཤད་ཚུལ་ལ་ས་ཆ་

འདིར་མུག་གྱོལ་དུ་འོངས་པ་ཡིན་ཟེར། རྗེས་ནས་ངའི་ཨ་ཕའི་སློབ་མར་གྱུར། ཨ་ཕས་ཐེངས་གང་མང་ལ་མ་བུ་གཉིས་ཀ་འདིར་སྡོད་ཅེས་ཟེར་མོད། ཁོ་མོས་ཨུ་ཚུགས་ཀྱིས་མ་ཡོང་། ཤར་ལྷོ་མཚམས་ཀྱི་ཆིན་ཡོན་རི་བོར་སྦྱིལ་བུ་གྱུན་འགའ་བཀབ། ཉིན་རྒྱུན་དོན་མེད་ཆེ་ཕྱི་ལ་མི་འགྲོ། ཉིན་འགའི་སྔོན་ལ་མོའི་ཨ་མ་འདས། ང་དང་ངའི་ཨ་ཕ་གཉིས་ཀྱིས་གྲོས་བྱས་ཏེ། མོས་བྱ་བ་ཡོད་ཚད་བསྒྲུབས་ཚར་ན། ཁྱིམ་དུ་གདན་འདྲེན་རྒྱུ་བྱས་ཡོད། མ་འོངས་པར་ས་ཆ་འདི་ནས་ཁྱིམ་ཚང་ཕྱུག་པོ་ཞིག་ཏུ་མནའ་མར་སྟེར་རྒྱུ་དང་། དེ་བྱས་ན་རང་གི་གཉེན་ཉེ་བཞིན་ཕན་ཚུན་འགྲོ་འོང་ཡང་བྱས་ཆོག ཡིན་ནའང་མོའི་སྡུག་དུའང་མི་བྱེད་པ་དང་། ཐེམ་པོའང་མི་སླུང་། གུས་མདུན་གྱི་གོས་ཀྱང་མི་གྱོན། ཐེམ་པོ་ཉིན་བདུན་ལ་བཞག་རྗེས་དུར་སྲས་བྱེད་དགོས་ཟེར། དེའི་རྗེས་སུ་རྒྱང་ཐག་རིང་པོ་བསྐྱོད་རྒྱུ་རེད། གང་ལ་འགྲོ་རྒྱུ་ངའི་ཨ་ཕ་ཁོ་ནས་ཤེས། ཕུ་བོ་ཏྭ་ལགས་ཀྱིས་སྐུ་ངོའི་མདའ་གཞི་ཞིག་ཁྱེར་ནས་ཡིས་ཀོན་འཚོལ་བཞིན་ཡོད་ཟེར། དེ་ལྟ་ན་སྐུ་ངོ་སྐུ་སྲས་ཀྱང་སླེབས། སྐུ་ངོས་ཐབས་བཀོད་ཅིག་བཀོལ་ཏེ། མོར་འདུག་ཏུ་བཅུག་ན་བྱ་བ་ཧ་ཅང་ལེགས་པོ་ཞིག་ཀྱང་རེད།” ཅེས་ཟེར།

གཏམ་དེ་སྐུ་ངོ་ཨན་གྱིས་འདོད་ཐོག་ཏུ་བབས་བྱུང་བས། དགའ་ལྷང་ལྷང་གིས་ཁས་བླངས་སོ།། ཚང་མའི་བློ་བཀོད་འཐེན་རྗེས། ཁྲེའུ་ཡིས་ཀོན་ཡང་ཕྱིར་སླེབས་བྱུང་། ཁྲེའུ་ལྷམ་

མོས་སྐུ་ངོ་ཨན་འདིར་འོངས་དོན་དང་སྔོན་དག་དག་ལ་བཤད་པའི་གཏམ་དེ་ཡང་བསྐྱར་ཁྱོ་ག་ལ་བཤད། ཁྱོ་གས་ཁ་ནས་ཁས་ལེན་བྱས་མོད། སེམས་ནས་ཐེ་ཚོམ་སྐྱེས། སྐུ་ངོ་ཨན་སེམས་དོན་གྱིས་མནར་བས་སྐུ་སྲས་དང་མཉམ་དུ་ཟ་མ་ཙུང་ཙམ་ལས་མ་ཟོས། ཁ་བརྡའི་འདུ་སོང་ཆེ་བའི་སྐབས་དེར། གློ་བུར་དུ་ཕྱི་ནས"སྐུ་ངོ་ཕེབས་བྱུང་།"ཞེས་སྐད་བརྒྱབ། ཁྲའུ་ཡིས་ཀོན་མགྱོགས་པོར་ཕྱི་རུ་རྒྱུགས། ཧྭ་ཀྲུང་གིས་ཀྱང་ཅི་བྱེད་མ་ཤེས་པར་ཧད་ནས་བསྡད།

ལེའུ་བཅོ་ལྔ་བ། དགྱེས་འཛུམས་ཆང་སྟོན་སྒྲོ་བ་རབ་ཏུ་བརྟས། །ཕྱི་སན་མའི་ཡིས་ལོ་རྒྱུས་རྒྱུས་བཤད་བྱས།།

སྐུ་ངོ་ཨན་ཁྲུའུ་ཐྭ་སྦེ་བར་སླེབས་རྗེས། ཧྲི་སན་མའི་ཡི་གནས་ཚུལ་ལ་རྒྱུད་གཅོད་བྱས། ཉིན་ཅིག་ཀོང་ཕྱིར་སླེབས་པ་དང་འཕྲད། མི་མ་མཐོང་གོང་ལ་སྐད་ཐོས་བྱུང་“ཁྱོད་ཚོའི་ངོ་མ་མ་གོ་བ་རེད། ངའི་ཁྱོད་ཚོར་སྟོན་ནས་བཅོལ་གདམས་བྱས་ཡོད། ཉིན་འདི་དག་ལ་སེམས་མི་བདེ། གཉེན་ཉེ་སུ་སླེབས་ཀྱང་མགྲོན་བསུ་བྱེད་མི་དགོས། ཁྱོད་ཚོས་ཤིང་རྟ་དང་རྟ་དྲེལ་གྱིས་སྐོར་གང་དུ་བཙུག་ནས་ཅི་བྱེད། མག་པ། ཁྱོད་འདིར་བསྡད་ན། ཁྱོད་ཀྱི་ས་ཆ་ཨེ་རེད། ང་ལ་སྐར་གང་གི་དབང་ཆའང་མེད་པ་ཨེ་རེད།” ཅེས་བཤད་བྱུང་། ཁྲུའུ་ཡིས་ཀོན་གྱིས་སྐད་མགོ་དམའ་ལ་འཛམ་པོས“པ་ལགས། དེ་ལྟར་བཤད་ན་ངས་ལན་ཇི་ལྟར་འདེབས་སམ། ཁྱོད་རང་ཁྱིམ་འདིའི་བདག་

པོ་གཅིག་པུ་ཡིན། ཁྱོད་ཀྱིས་སྐད་ཆ་མི་ཉན་མཁན་གང་ན་ཡོད། དེ་རིང་འོངས་པ་མི་གཞན་མིན། ཨ་ཞང་ཧྲུ་ཡི་མགྲོན་པོ། ངེད་ཅག་གིས་ནང་དུ་བསུས་ནས་ཇ་ཕོར་བ་གང་ཡང་མ་དྲངས་ན་ཨེ་ཚོག་གམ།" ཞེས་བཤད་པ་ན། ཧྲིན་ཅིག་ཀོང་གིས་འཁྲིག་འདུག་མ་བསམ་པར"ཨོ། ཨ་ཞང་ཧྲུའི་མགྲོན་པོ། ཨ་ཞང་ཧྲུ་འདིར་བསླེབས་ན། ང་ཧྲིན་ཅིག་ཀོང་གིས་བཀུར་བ་བྱས་འཁྱུགས་པ་ཅི་ལ་མིན། ཡང་བཤད་ན། ཨ་ཞང་གི་གཉེན་ཉེ་གྲོགས་པོ་ཆེན་པོ་ཕེབས་ཡོད་ན་ཨ་ཞང་གིས་བསུས་ཤིག གནས་སྐབས་འདི་ལྟ་བུ་ཞིག་ལ་འོངས་ནས་ལྟད་མོ་ཅི་ཞིག་ལ་བལྟ་འདོད་དམ།" ཟེར། ཧྲུ་ཀྲུང་གིས་འཛུམ་སྟོན་ཞོར"གཉེན་ཚང་པ་ལགས། ངས་བཤད་ཁྱོད་ཀྱིས་གསོན་དང་། ཛ་མའི་གཉེན་ཉེ་ཕལ་པ་ཞིག་ཡིན་ན། ངའི་གཏན་ནས་ནང་དུ་མི་བསུ། ཁོ་ནི་བདག་པོ་ཞིག་རེད།" ཅེས་ལན་བཏབ། ཧྲིན་ཅིག་ཀོང་གིས་སྨིན་མ་བསྡུས་ཏེ"བདག་པོ་སུ་ཡིན། སུ་བདག་པོ་རེད། ང་ཧྲིན་ཅིག་ཀོང་ནི་གནམ་སས་བསྐྱངས། ཕ་མས་ཤ་ཁྲག་གི་ལུས་ཕུང་འདི་གནང་། རི་ཆུ་ལ་བརྟེན་ནས་ཁ་གསོས། རང་གི་བདག་པོ་རང་ཡིན། སུ་ནི་བདག་པོ་ཡིན། བདག་པོ་དེ་སྒོར་ག་ཙམ་ལ་འཚོང་གིན་ཡོད་དམ།" ཟེར། ཁྲུའུ་ཡིས་ཀོན་གྱིས་མགྱོགས་པོར་བཀག་སྟེ"ཁྱོད་ཀྱིས་དེ་ལྟར་མ་བཤད" ཅེས་པ་ན། ཧྲིན་ཅིག་ཀོང་ཁྲོས་ནས"ཨོ། ང་ནོར་སོང་། ཁྱོད་ཀྱིས་ཀྱང་རྒས་འཁོགས་ང་ལ་བརྙས་སྨོད་བྱེད་དམ། དེ་ལྟ་ན།

ང་ཚོའི་རྒྱུག་རེས་ཤིག་བྱེད། ” ཟེར་ཞོར་དུ་ཁུ་ཚུར་བཅིངས་ནས་ལག་འགུལ་བར་བརྩམས།

སྐྱུ་ངོ་ཨན་གྱིས་འཁོར་འཁྱུངས་བྱ་མི་ནུང་སྐམ་སྐྱེ། མགྱོགས་པོར་གོམ་པ་གང་མདུན་དུ་སྤྱོས་ནས་གུས་པ་ཕུལ། ཁོས“ ཅིག་ཀོང་རྒན་པ་ལགས། ལག་འགུལ་མི་ནུང་། ཐོག་མར་རྗེས་རབས་པའི་ངག་ལ་ཉོན་དང་། ” ཞེས་པ་ན། ཏིན་ཅིག་ཀོང་གིས་ཁུ་ཚུར་དམ་དུ་བཅིངས་ནས་ཁྲུའུ་ཡིས་ཀོན་ལ“ མི་འདི་སུ་ཡིན” ཞེས་དྲིས། ཧྥ་ཀྲུང་གིས་མཚམས་སྦྱོར་བྱས་ཏེ“ འདི་ནི་ང་ཚོའི་སྐྱུ་ངོ་ཡིན” ཟེར། སྐྱུ་ངོ་ཨན་གྱིས“ ཁྱོད་འདི་གླེན་པ་ཞིག་རེད། ད་ལྟའང་འདི་ལྟར་འཕོད་པ་ཅི་ཡིན། ” ཞེས་སྡིག་དམོད་བྱས། དེར་མཐུད་ནས་ཏིན་ཅིག་ཀོང་ལ་འགྲེལ་བཤད་བྱས་ནས་ན་རེ“ རྗེས་རབས་པ་བདག་འདིར་བརྒྱུད་དུས། ང་ཚོ་ནུས་ཧྥ་ཞེས་པ་དང་འཕྲད། དེ་བས་ཁྲུའུ་ཡིས་ཀོན་དང་མཇལ། ཁ་བརྡ་བྱས་པས་ཏིན་ཅིག་ཀོང་ཡང་འདིར་ཡོད་པ་ཤེས། རྗེས་རབས་པས་སྔོན་ནས་ཁྱོད་ཀྱི་སྙན་པའི་གྲགས་པ་འབྲུག་ལྟར་ལྡིར་བ་ཐོས་མྱོང་། མཇལ་འདོད་ལྷག་ཏུ་ཆེ། ཁོ་གཉིས་པོས་ཁས་གཏན་ནས་མི་ལེན་མོད། བདག་གིས་ནན་ཚུགས་བྱས། ངེས་པར་དུ་བསྐྱུགས་ནས་མཇལ་འདོད་པ་དེ་ཡིན། ད་ལྟ་ཏིན་ཅིག་ཀོང་ཁོང་ཁྲོ་ལངས་ན། རྗེས་རབས་ང་སྐྱུར་ཏུ་གྱེས་ཚོག ཕྱི་མི་ང་གཅིག་པུས་ཁྱོད་ཚང་གི་ཤ་ནུས་བརྩེ་དུང་ལ་གནོད་པ་གཏོང་མི་ནུང་ངོ།། ” ཞེས་བཤད་རྗེས། སྐྱར་

ཡང་སྐྱུར་ཕྲུག་ཅིག་སྲུལ།

ཧིན་ཅིག་ཀོང་གིས་སྐད་གདངས་སྒྱུར་ཏེ“ཁྱོད་ནི་དཔོན་པོ་ཅི་ལྟ་བུ་ཞིག་ཡིན་ཀྱང་། འདི་ལྟ་སྟེ། ཁྱོད་ཀྱི་དུས་དང་མིང་ལ་ཅི་ཟེར་བ་སྨོད་ཅིག”ཟེར། སྐྱུ་ངོ་ཨན་གྱིས“དཔོན་པོ་མིན། རྗེས་རབས་པའི་དུས་ལ་ཨན་ཟེར་བ་དང་། མིང་ལ་ཞའོ་ཧེ་འབོད།”ཅེས་ལན་བཏབ། ཧིན་ཅིག་ཀོང་གིས་མིག་ཅེར་ནས“ཁྱོད་ལ་ཨན་ཞའོ་ཧེ་ཟེར། ནན་ཏེ་ནས་རྫོང་དཔོན་ལ་བསྟོད་སྨྲོང་བ་ཨེ་རེད། ཐན་ཨར་དབྱིན་གྱིས་སྐྱོན་འཛུགས་གཏུག་བཤེར་བྱས་པ་ཨེ་རེད། ”ཟེར། སྐྱུ་ངོ་ཨན་གྱིས“རྗེས་རབས་ང་ཉིན་འགར་ཆུ་བཟློའི་དཔོན་པོར་བསྟོད་སྨྲོང་། ད་ལྟ་དགོངས་ཞུ་ཞུས་ནས་དཔོན་གནས་དང་བྲལ”ཟེར། ཧིན་ཅིག་ཀོང་ཁ་ཕྱིར་འཁོར་ནས་ཐལ་མོ་བརྡབས་ནས“ངས་བཤད་ན། ཁྱོད་ཚོ་ཁྲིམས་པ་འདི་དག་མདོ་མེད་རེད།”ཅེས་བཤད། ཁྲའུ་ཡིས་ཀོན་གྱིས་འདྲི་རྒྱུར“ཡང་ཅི་ཞིག་བྱས་སོང་ངམ། པ་ལགས།”ཟེར། ཧིན་ཅིག་ཀོང་གིས་མིག་བགྲད་ནས“སྐྱུ་ངོ་ཨན་ཟེར་བ་ཡོང་ནི་དྭངས་མོ་ཆུ་ལྟ་བུ། གསལ་བ་མེ་ལོང་ལྟ་བུ་ཞིག་སྟེ། ང་ཚོའི་དཔོན་པོ་ཕ་མ་དང་མཚུངས། དེ་རིང་སྐྱུ་ངོ་ཨན་ངེད་ཚང་ལ་ཕེབས་པ་ནི། ཉི་འོད་རང་ཁྱིམ་དུ་ཤར་བ་དང་འདྲ། ཁྱོད་ཚོས་ཚོམས་ཆེན་གྱི་སྒོ་ཡང་ཕྱེས་མེད། འདི་ཚང་མ་ཁྱོད་ཅག་གིས་སྒྲུབ་པའི་ལས་ངན་རེད།”ཅེས་བཤད་པ་ན། ཁྲའུ་ཡིས་ཀོན་གྱིས་བདེན་སྐྱོར་བཀུར་བ་བྱས་ཞོར“ང་ཚོ་མ་

འགྲིག་ཐལ། ང་དུང་ཁྱོད་ཀྱིས་སེམས་ཁུར་བྱས་ན་འགྲིག” ཅེས་བཤད་ནས་ཁ་ཕྱིར་འཁོར་ཏེ་ཁྱིམ་མི་ལ་མིག་བརྡ་བསྟན་ཏེ “འགྲོ་ཡ། ང་ཚོ་ཚོམས་ཁང་ལ་གད་བརྡར་བྱེད་དུ་འགྲོ” ཞེས་བཤད་དོ།།

ཚོམས་ཁང་དུ་ཧིན་ཅིག་ཀོང་གིས་སྐྱ་ངོ་ཨན་ལ་ཁམས་བདེ་ཞུས་ཏེ“དཔོན་པ་མ་འདྲ་བོ། དམངས་ཕྲུག་ཧིན་ཀྲིན་པའོ་ཡིས་མཇལ་ཕྱག་འབུལ། ལུས་ཕུང་བདེ་མྱུར་མེད་པས། གུས་ཕྱག་འཚལ་མི་ཐུབ་པར་དགོངས་དག་ཞུ” ཞེས་སྨྲར་ཕྱག་ཕུལ། སྐྱ་ངོ་ཨན་གྱིས་ཧིན་ཅིག་ཀོང་ནི་མནའ་རྫེ་གྲོགས་བཟང་ཞིག་དང་། ཁ་རྩུབ་སེམས་འཇམ། ལོ་རྒས་ཀྱང་ཁེ་རྒྱལ་ལེན་མཁན་ཞིག་རེད་སྙམ། དོགས་པ་ཡལ་ནས་ལྷག་བསམ་ཟོལ་མེད་ཀྱིས“ཅིག་ཀོང་ལགས། ང་ཨན་ཟེར་བ་དེ་རིང་ཐོག་མར་ཁྱེད་ཚང་ལ་འོངས། ཁྱོད་ཀྱི་དཔའ་བོའི་བརྗོད་ཉམས་མཐོང་། སློ་སྤོབས་པ་དེ་བས་ལྷན་ལ། མཚན་སྙན་གྲགས་ཆེ་བས་མི་ཆུང་ང་ཡིད་སྨོན་འཚོར། ངས་ཁྱོད་ལ་གུས་ཕྱག་འབུལ།“ཟེར་ཞོར་མར་སྨྲར། ཧིན་ཅིག་ཀོང་གིས་མྱུར་དུ་སྨྲར་ནས་ཕྱིར་གུས་ཕྱག་འབུལ་ཞོར“ངའི་ཕ་མ་འདྲ་བའི་དཔོན་པོ་ལགས། ཁྱོད་ཀྱིས་ང་ཧིན་ཀྲིན་པའོ་རྩ་གཟན་ལ་དེ་ལྟར་བྱ་མི་རུང་།” ཞེས་ཕྱིར་སྨྲར་ཕྱག་ཕུལ་རྗེས། ལག་ཆེན་དེས་སྐྱ་ངོ་ཨན་གྱིས་དཔུང་པ་ནས་སྐྱོར་ཏེ་ཡར་བསླངས། སྐྱ་ངོ་ཨན་གྱིས“ངས་སྔོན་ལ་ཚིག་འགག་བཤད། དཔོན་པ་མ་དང་འབངས་བུ་ཕྲུག་ཅེས་པའི་

འདོད་ཚུལ་འདི། དཔོན་པོའི་མཐའ་སྐོར་གྱི་ཚོ་མེད་གྲུས་ལུགས་ཤིག་རེད། ང་ད་ལྟ་དཔོན་པོའང་མིན། ཁྱོད་ཀྱང་དཔོན་པོའི་མཐའ་ན་མེད། སོ་ཚོད་ཆེ་ཆུང་བཤད་ནའང་། ང་ལས་ལོ་གསུམ་ཙམ་ལྷག་གིས་ཆེ། གལ་ཏེ་ཞེ་མི་ལོག་ན། ངའི་དེ་རིང་ཁྱོད་ཉིད་ཕུ་བོ་ལ་བཀུར་ཆོག" ཅེས་བཤད། ཧིན་ཅིག་ཀོང་གིས་ཁེངས་སྐྱུང་བྱས་ནས" འདི་འོས་པ་ཞིག་མ་རེད། དཔོན་པ་མ་འདྲ་བོ། ཁྱོད་ཡོན་ཏན་གྱིས་ཕྱུག ང་ཁྱོད་ལས་ལོ་འགའ་ཆེ་བ་ཡོད་ཀྱང་། ཅི་ཞིག་ལ་བརྩིའམ། " ཟེར། སྐུ་ཧོ་ཨན་གྱིས" ཁྱོད་དང་ང་ནི་ཕོ་རབ་ཀྱི་ལས་སྐྱབ་ཀྱིན་ཡོད། གནམ་འོག་གི་མི་ཚང་མ་སྤུན་ཟླ་ཡིན་ནོ།།" ཞེས་བཤད་ཞོར་དུ་སླར་ཡང་གྲུས་ཕྱག་སྒྱུར། ཧིན་ཅིག་ཀོང་གིས་ཕྱག་འཚལ། ཡར་ལངས་ནས་སྐུ་ཧོ་ཨན་གྱིས་ལག་པར་འཇུས་ཏེ་ལམ་སེང་འདོད་ཚུལ་བསྒྱུར་ནས" སྤུན་ཆུང་། དངོས་གནས་ཁྱོད་ཀྱིས་བྱམས་བརྩེས་བསྐྱངས། སྤུན་ཟླ་ད་ལོ་ལོ་བརྒྱད་ཙུ་ལ་བུད། གནམ་འོག་གི་ཞིང་ཆེན་བཅུ་བདུན་གྱི་ཕྱེད་ཙམ་ལ་སོང་། གྲོགས་པོའང་མང་པོ་བསྒྲིགས་མྱོང་། དེ་རིང་ཁྱོད་ངོ་ཤེས་པས་ངོ་མ་ཏ་ཙང་སྤྲོའོ།།" ཞེས་དགའ་བ་འབུམ་གྱིས་སྨྲས། བྲའུ་ཡིས་ཀོན་སོགས་ཀྱིས་ཀྱང་འགྲམ་ནས་མཐོང་བས། ངོ་ལ་འཛུམ་མདངས་འཁོར། ཧིན་ཅིག་ཀོང་གིས་བྲའུ་ཡིས་ཀོན་ལ" ངེད་ཅག་གིས་གོང་བཀུར་ལ་ལྟོས་ན་ཁོང་གིས་བཀའ་བརྩེས་ན་བཟང་། དུས་འདི་ཡོལ་བར་བྱ་མི་རུང་། མག་པ། ཁྱོད་ཀྱང་འདིར་འོངས་

ནས་ཁྱོད་ཀྱི་ཨ་ཁུ་གཉིས་པར་གུས་ཕྱག་ཕུལ་ཅིག” ཟེར། ཁྲིའུ་ཡིས་ཀོན་གྱིས་ཡང་བསྐྱར་གུས་ཕྱག་ཕུལ། སྐྱ་ངོ་ཨན་གྱིས་སྐབས་དེར་བསྟུན་ནས་ཧྲ་ཀྲུང་མངགས་ཏེ་སྐྱ་སྲས་ནང་དུ་མཇལ་ཕྱག་འབུལ་དུ་བོས། ཉིན་ཅིག་ཀོང་དེ་ལས་སྤྲོ་བ་རྒྱས་ནས“སྐྱ་སྲས་ཀྱང་འདིར་ཡོད་དམ། སྒོ་ཕྱི་ནང་གི་མི་ཁྱོད་ཚོས་ཕུ་བོ་ཞེས་འབོད་དགོས། མགྱོགས་པོར་གདན་དྲངས། མགྱོགས་པོར་གདན་དྲངས། ”ཞེས་བཤད། སྐྱ་སྲས་ཨན་གྱིས་ཧྲེ་ལི་དང་སེམས་ཡོན་ཨར་འཁྲིད་ནས་ནང་དུ་འོངས། སྐྱ་ངོ་ཨན་གྱིས་ཉིན་ཅིག་ཀོང་བསྟན་ནས་སྐྱ་སྲས་ལ“འདི་སྐྱ་ངོ་ཅིག་ཟེར་བ་དེ་རེད།” ཅེས་ངོ་སྤྲོད་བྱས། སྐྱ་སྲས་ཨན་གྱིས་གུས་གུས་ཞུམ་ཞུམ་གྱིས་ཁམས་བདེའི་གུས་ཕྱག་ཕུལ། དུས་དེར་ཁྲིའུ་ཡིས་ཀོན་གྱིས་ཚོན་བཟུགས་ཤིང་སྡེར་ཞིག་ཏུ་ཛ་བོར་གསུམ་ཁྱེར་འོངས། སྐྱ་ངོ་ཨན་གྱིས“འདི་ལྟར་དཀའ་ལས་བྱེད་མི་དགོས། ཛ་འཐུང་རྒྱུ་དགའ་པོ་མེད། ངའི་ཚེ་འདིར་དགའ་བ་གཞན་མེད། ཇོ་ཞིན་གྱི་ཆང་འཐུང་རྒྱུར་དགའ། ” ཟེར། ཉིན་ཅིག་ཀོང་གིས་ལག་པ་གཉིས་པས་ཅོག་ཙེ་མནན། ལུས་ཡར་འགྲེང་ཙམ་བྱས་ནས“ཅི་ཟེར། སྨུན་ཆུང་། ཁྱོད་ཀྱང་བཏུང་བར་དགའ་འམ། དེ་རིང་ང་གྲོགས་པོ་བཟང་པོ་ཞིག་དང་འཕྲད། སློན་སྨུན་ང་ཡང་ཆང་འཐུང་རྒྱུར་དགའ།” ཞེས་བཤད། དེ་ནས་ཁྲིའུ་ཡིས་ཀོན་ལ་ཆང་འདྲེན་པའི་བཀོད་སྒྲིག་བྱས།

ཁྲིའུ་ལྷམ་མོ་ཕྱི་ན་སྐྲག་ཡོད་པས། བོས་མ་ཐག་ནང་དུ་སླེབས། སྒྲུ་ངོ་ཨན་དང་ཐོག་མར་མཇལ་བ་ལྟར་རྫུས་ནས། སླར་ཡང་གུས་ཕྱག་ཕུལ། ཨ་ཁུ་ཨན་ཞག་འདུག་བྱས་ཏེ་ཆང་བཏུང་ན་བཟང་ཞེས་ཟེར། སྒྲུ་ངོ་ཨན་གྱིས“འདི་ལྟ་བུའི་སེམས་ཁུར་བྱས་ན་བཟང་ཡང་། ཁྱེད་ཅག་ལ་སྲུན་པོ་བཟོས་འགྲོ”ཞེས་བཀའ་དྲིན་ཞུས།

ཨན་ཚང་གི་ཕ་བུ་གཉིས་ཚོམས་དུ་འདུག་ཏུ་བཅུག སྒྲུ་སྲས་ཀྱིས་ཆང་མི་འཐུང་བས། ཁང་བ་དེའི་ཕུགས་སུ་བགོད་སྒྲིག་བྱས། ཧིན་ཅིག་གོང་དང་སྒྲུ་ངོ་ཨན་གྱིས་གློང་མོལ་སྣ་ཚོགས་བྱས་ཏེ་ཆང་འཐུང་། སྒྲུ་ངོ་ཨན་གྱིས་ཁ་ལ་བཏུང་བ་ཆང་ཡིན་མོད། སེམས་སུ་ཡོད་པ་དོན་ཡིན། སྐབས་ཏུ་འདི་ལྟར་དྲན་ཏེ“ཐད་པོ་འདི་སྐད་ཆ་རྩུབ་མོད། ཡུན་རིང་གི་སྤྱི་ཚོགས་སྤྱོང་བ་ལྡན་པ་ཞིག་རེད། ཟུར་མ་བསྟན་པར་ཕོའི་སེམས་གཏམ་འདྲེན་དགོས།”ཅེས་འདོད། ཡུན་ཞིག་ལ་ཆང་བཏུང་བ་ན། ཧིན་ཅིག་གོང་གིས་སྒྲུ་ངོ་ཨན་གྱི་དཔོན་པོའི་མཐའ་སྐོར་གྱི་གཏམ་རྒྱུད་དྲིས་བྱུང་། སྒྲུ་ངོ་ཨན་གྱིས་དཔོན་ལ་བསྟོད་དེ་ལོ་ཕྱེད་མ་འགོར་བར་གློ་བུར་དོན་རྐྱེན་བྱུང་བ། དེ་ལས་དཔོན་གནས་ལས་བུད་དེ་ཡུལ་སྐོར་དུ་སོང་ན་བཟང་བ། ཁ་ཞེ་མཐུན་པའི་དཔའ་བོ་འགའ་གྲོགས་བསྒྲིགས་ཏེ་ཁོ་ཚོ་དང་ཆང་བཏུང་སྟེ་སེམས་གཏམ་སྤྲོང་ན། མི་ཚེའི་བདེ་སྐྱིད་ཅིག་ཡིན་ནོ་ཞེས་བཤད།

ཧེན་ཅིག་ཀོང་གིས་ཚང་ཕོར་བླངས་ནས་ཧུབ་གང་གིས་གཙང་བཞེས་བྱས། མཐེ་བོས་བསྐྲེངས་ནས"ངར་བ་རེད།"ཟེར། སྐུ་ཙོ་ཨན་གྱིས་སྐད་ཆ་མུ་མཐུད་ནས་སྐུ་སྲུས་ལམ་དུ་འཕྲད་པའི་གནས་ཚུལ་བཤད། ལས་བཟང་བས་སྤུན་ཟླ་ཁྱོད་ལ་མཇལ། ཚིག་གཅིག་གི་མཐའ་བཅད་སྤུན་དུ་གྱུར། དངོས་གནས་འཕྲད་དཀའ་བའི་དོན་ཡ་མཚན་ཞིག་རེད་ཅེས་པ་ན། ཧེན་ཅིག་ཀོང་གིས་འགྱོད་སེམས་ཀྱིས"སྤུན་ཟླ་རང་ཁྱིམ་ཕེབས་ཀྱང་། བདག་གིས་བསུ་བ་བྱེད་མ་ཐུབ་པར་གུས་མེད་བྱས་སོང་།"ཞེས་བཤད། སྐུ་ཙོ་ཨན་གྱིས་ཕྱིར་འཛིན་བྱེད་ལུགས་ཀྱིས་ཕར་རྒོལ་བྱས་ནས་དཔའ་བོ་ཞིག་ཡོད་དོ་ཞེས་དྲིས་བྱུང་། ཧེན་ཅིག་ཀོང་གིས་ཁ་ཟུར་ཙམ་གསེག་ནས"ཅི་ཟེར། ང་ཚོའི་གནས་འདིའི་སྐད་གྲགས་དཔའ་བོ། སྤུན་ཆུང་། དེ་ནི་དགྲིག་གཏམ་རེད།"ཟེར། སྐུ་ཙོ་ཨན་གྱིས་བདེན་པ་བདེན་བཞག་གིས"དགྲིག་གཏམ་མ་རེད། དཔའ་བོ་འདི་ལ་མི་རྣམས་ཀྱིས་ཧྲི་སན་མའི་འབོད།"ཅེས་བཤད། ཧེན་ཅིག་ཀོང་གིས་ཚང་ཕོར་ཅོག་ཅེ་སྟེང་བཞག་ནས"སྤུན་ཆུང་། ཁྱོད་ཀྱིས་གང་ནས་མོ་ཙོ་ཤེས། མོ་ནི་ངའི་དྲིན་ཅན་ཡིན་ཡ།"ཟེར། དེ་ནས་ཧེན་ཅིག་ཀོང་གིས་རང་གི་ལོ་རྒྱུས་བཤད་མགོ་བཙམས"སྤུན་ཟླ། ཁྱོད་ཀྱིས་འདྲི་བཞིན་པའི་ཧྲི་སན་མའི་དེ། ངའི་ཅི་ཞིག་ལ་དྲིན་ཆེན་ཡིན་ཟེར་དོན་ནི། ཁྱོད་ཀྱིས་བློན་པ་ང་ནི་འཁྲམ་པོའི་སེམས་ཁུག་རིན་ཐང་གསེར་ལས་ཆེ་བ་ཅན་ཞིག་ཡིན། ང་ཆུང་

དུས་སློབ་གཉེར་བྱེད་པ་ཞིག་མིན། དེ་བས་མི་ངན་ཚོགས་ཤིག་ཇོ་ཤེས་ཏེ། ལོག་ལམ་དུ་སོང་། དགའ་འོས་པ་ལ་རྒན་རབས་པ་ཞིག་གིས་དྲག་རྩལ་ཞིའུ་ཚའི་ལ་རྒྱུགས་སྦྱོད་པར་སྐུལ་བ་བྱས། རྒྱུགས་སྦྱོད་པའི་ཉིན་དེར། ངའི་ལུས་རྩལ་ཤེད་ཤུགས་ཐམས་ཅད་པོའི་རྒྱུགས་འཕྲོད། མ་བསམ་ས་ནས་ཆེས་མཇུག་མཐར། 《སྲུང་བུའུ་ཅིདམག་འཐབ》སློར་འབྲི་དུས། ཡི་གེ་འགའ་ཆད་སོང་། སློབ་གླིང་གི་ཡིག་འབྲི་པས་དངུལ་སྒོར་འགའ་ཙན་དུ་བྱིན་ན་ཉོ་ཐུབ་པར་བཤད། ངས་ཁས་མ་བླངས། ཞི་སྐྱང་གིས་ང་རང་གྲོགས་པོ་འགའ་དང་འགྲོགས་ནས་སྲུང་དམག་ཏུ་སོང་། སྲུང་དམག་ཏུ་སོ་མང་པོར་སོང་། མིང་སྙན་གྲགས་ཀྱང་རྒྱས། མཇུག་བསྡུ་བྱེད་པའི་ཉིན་དེར་གྲོང་བརྡལ་ནས་བློས་གར་འཁྲབ་མཁན་ཚོགས་པ་ཞིག་ཕོས་ནས། དགའ་སྟོན་ཉིན་གསུམ་དུ་བྱེད་བསམས། སྟོན་གྱི་ཉིན་གཉིས་ལ་བདེ་མོ་སྐྱིད་པོ་ཞིག་བྱུང་ཡང་། ཉིན་གསུམ་པར་མགྲོན་པོ་ཛེ་མང་དུ་སོང་། འདིས་ཆང་ཕོར་གང་། དེས་ཕུ་ཅི་གང་། ཚ་འདེ་དང་འཁྱུག་པ་རེས་མོས་བྱས་ནས་བླུད་པས། ང་བཟི་བེར་རེ་གྱུར། སྐབས་དེར་མི་འགས་ཟིང་ཆ་བསླངས། མགོ་པ་དེ་ཚོམས་ཁང་དུ་འོངས་ནས་ཁུ་ཚུར་བསྟན། གྲོང་ངེར་ལངས། རྐང་པ་བགྲད། ཁུ་ཚུར་གཡུག་ནས་མདུན་དུ་འགྲེང་། ངའི་སེམས་སུ་མི་འདི་ཡ་མཚན་ཞིག་རེད་འདོད། ཁོ་ལ་སློབ་སྟོན་བྱ་རྒྱུ་ཅི་ཡོད་དྲིས། ཁོས་གདོང་སྡུག་བསྟན་ནས་ངའི་མིང་ལ་ཧེ་མ་ཀུག་སན་ཟེར། ཁྱོད

དང་ང་གཉིས་ཉིག་ཧྲན་རི་ནས་ལག་འཐབ་སྒྲོང་ཞེས་བཤད་བྱུང་། སྐད་ཆ་འདིས་ལོ་ངོ་ལྔའི་སྔོན་གྱི་དོན་དག་ཅིག་སླར་ཡིད་ལ་འཆར་དུ་བཅུག་བྱུང་། བདག་བདེན་རྒྱབ་དྲང་ལངས་བྱས་ཏེ། ཁོ་ལ་ལྕུག་གིས་བྲབས་སྒྲོང་། ཁྱོད་ཀྱི་རྩ་བ་བཞག་ཡོད། དེ་བས་མ་ཟུང་ཁོག་བཅུག་གིས་འཁོན་ལན་སློག་ཏུ་འོངས་པ་རེད། ངེད་ཁྲིམ་དུ་དོན་དག་ཡོད་པའི་སྐབས་དང་བསྟུན་ནས། མི་མང་པོའི་མདུན་དུ་ང་ལ་ངོ་ཚ་སྐྱེར་འདོད་པ་ཡིན། ངས་དེ་རིང་དོན་དེ་མི་གླེང་བར་བྱ། ངེད་གཉིས་པོས་ཆང་བཏུང་། ཆང་འདིའི་ངེད་གཉིས་ཀྱི་ཁྱོད་བསྐུམས་ཏེ་གྲོགས་བསྒྲིག་པར་བྱེད། ཁྱོད་ཀྱིས་བལྟས་ན་ཇི་འདྲ་རེད་ཅེས་བཤད། ངོ་ཡོད་ཆེ་གྲས་རྣམས་ཀྱིས་བར་སྐུམ་བྱས། ཁོ་ནི་བཟང་ངོ་མི་ཤེས་པ་ཞིག་ཡིན་ཀྱིན། ཙོག་སྟེ་ཚིག་མཚོན་མང་པོ་བཏབ། ཡིན་གཅིག་མིན་གཉིས་ལ་ང་དང་མཐོ་དམན་འགྲན་དགོས་ཟེར། དེར་མ་ཟད་ང་ལ་དངུལ་སྲང་ཆིག་ཁྲི་བརྒྱད་སྟོང་ལམ་གྲོན་དུ་བསྐྱིས་དང་། ཉིག་ཧྲན་རི་བོའི་ཉ་ཚོང་དེ་ཁ་གསབ་བྱས་ཚོག གལ་ཏེ་ང་མི་འཐད་ན། གདོང་ལ་ཚེས་སྐག་བྱུགས་ཏེ་གར་སྟེགས་སུ་བསྐོར་བ་ཐེངས་གཅིག་སོང་ཟེར། ཕྱུན་ཟླ། ང་རང་འདམ་གྱིས་བྱས་པ་ཞིག་ཡིན་པའི་དབང་དུ་བཏང་ནའང་། གཏམ་འདི་དག་ཐོས་ན་ཞེ་སྡང་མི་ལངས་སམ། ” ཞེས་ཞིབ་ཏུ་བཤད། སྐུ་ངོ་ཨན་གྱིས“ དེ་ནི་གཡོ་ཁྲམ་མི་ཆུང་གི་བྱ་སྤྱོད་རེད། ” ཅེས་སྐྱོན་བརྗོད་བྱས།

སྐུ་ངོ་ཨན་གྱིས་སྨུ་མཐུད་ནས“ རྗེས་ནས་ཅི་བྱས་སམ།” ཞེས་མྱུར་དུ་དྲིས། ཉིན་ཅིག་ཀོང་གིས“ ང་ཚོ་ལག་འཐབ། འཐབ་ནས་རུང་འགོར་བ་ན། ཕོ་ནི་མོ་ལྷའི་སྔོན་གྱི་ལག་ཡ་ཏེ་སྣ་ཀྲུག་སན་མིན་པ་ངས་ད་གཟོད་ཤེས། དེའི་རྗེས་སུ། ཕོས་མོ་ལྷ་ལ་སྨུག་རུས་བྱས་ནས་དྲག་རྩལ་སྦྱངས། དྲག་རྩལ་ལ་ཡར་ཐོན་ཆེན་པོ་བྱུང་ཡོད། ངེད་གཉིས་ཕར་འདེད་ཚུར་འདེད་བྱས་ཏེ་རྒྱལ་ཕམ་འབྱེད་མི་ཐུབ་པའི་སྐབས་སུ། སློ་བུར་དུ་མི་ཚོགས་ནས་གློག་འོད་འཁྱུག་པ་ལྟར་བུད་མེད་ཅིག་ཐོན་བྱུང་། ལག་ཏུ་འཛར་པན་གྱི་རིང་ཐོགས། ངེད་གཉིས་ཀྱི་ལྕགས་དབྱུག་ལྕག་མཚོན་དེ་གྲི་ལྟག་གིས་གཡས་གཡོན་ལ་བཀར། ཁྱོད་གཉིས་ཀྱིས་མཚམས་ཞོག་ཅིག་ཅེས་བཤད་བྱུང་།” ཞེས་བཤད།

སྐུ་ངོ་ཨན་གྱིས་པུ་ཅེ་ཡར་བཀྱག་ནས“ དེ་ནི་ཧྲི་སན་མའི་ཡིན་ཕོ་ཐག་རེད།“ ཅེས་བཤད། ཉིན་ཅིག་ཀོང་གིས་སྦྲ་ར་ལ་བྱུལ་བྱུལ་བྱས་ནས་དགོད་ཞོར་དུ“ ཕྲུན་ཆུང་། མོ་མིན་ན་སུ་ཡིན་ནམ། ངས་ཀྲུག་སན་ལ་སྐད་ཆ་བཤད་བསམ་དུས། མདུང་རྩེ་ལྟ་བུའི་མཚོན་ཆ་ཞིག་ཧྲི་སན་མའི་ཕྱོགས་སུ་འཕུར་ཡོང་། མོས་རྫོག་ཐོ་གཅིག་གིས་ཕར་གཡུགས། དེའི་རྗེས་སུ་ཀྲུག་སན་དང་མོ་གཉིས་འཐབ་པོ།། ཀྲུག་སན་ནི་ཧྲི་སན་མའི་ཡིས་འཐབ་ཡ་གང་ནས་ཡིན། ཐེངས་འགའ་ན་ཧྲི་སན་མའི་ཡིས་ཀྲུག་སན་ཕམ་དུ་བཅུག མི་ཚོགས་ནས་གསར་རྗོད་ཁག་

ཅིག་སླེབས། སྐུ་ངོ་ཨན་གྱིས“ཡོང་བ་གཉོམ་ཆུང་མིན་ཚོད་རེད། དེ་ཚོ་སུ་རེད།”ཟེར། ཏིན་ཅིག་ཀོང་གིས་ལན་དུ“མི་འདི་དག་ཧེ་སྣ་ཀྲུག་སན་གྱིས་སྟོན་ནས་ཟློས་གར་འཁྲབ་མཁན་དུ་ཡིབ་ཏུ་བཅུག་པའི་ངན་རོགས་དེ་ཚོ་རེད། སྐབས་དེར་མཐའ་ན་བསྐོར་ཡོད་པའི་མི་རྣམས་ཀྱིས་ཝུར་བརྒྱབ། ཚང་མ་ཧྲི་སན་མའི་ལ་སེམས་ཁྲལ་གྱི་རྟུལ་ནག་ཤོར། ཧྲི་སན་མའི་ཡིས་ཀྲུག་སན་གྱི་ལྕགས་ཐག་ཆད་པའི་སྐབས་ཐུགས་ཡུན་ཐུང་དེ་དང་བསྟུན་ནས་ཀང་བ་བཀྱག་ནས་ཤེད་ཀྱིས་གཞུས་ཏེ་བསྒྲིལ། ཀང་པ་གཅིག་གིས་སྐལ་གཞུང་ནས་མནན། གྲི་ཡིས་གསར་རྐོད་ཀྱི་ཤུ་སུམ་ཙུ་པོ་ལ་བསྣུན་ཏེ། ཁྱོད་ཚོའི་སུ་ཞིག་སྣུན་དུ་ཡོང་ན། ངས་ཐོག་མར་ཧེ་སྣ་བཤད་ནས་མ་དཔེ་བྱེད་དོ།། ཁྱོད་ཚོ་མགོ་པའི་སྒྲོག་སྐྱིབ་འདོད་ན། ཚོས་དམར་སྣོད་ཆུང་དེ་འདིར་ཁྱེར་ཤོག ཁྱོད་ཚོའི་རྒྱལ་པོའི་མགོ་ལ་མེ་ཏོག་བཏགས། ཚོས་སྐག་བྱུགས་ནས་ཁོ་རང་གར་སྟེགས་སུ་འཚམས་ནས་ཐམས་ཅད་ལ་བལྟར་ཆུག་ཟེར། ཕྲུན་ཆུང་། ཀྲུག་སན་ཟེར་བའི་མི་འདིའང་བཏང་ན་མདའ་དང་བཀུག་ན་གཞུ་ལྟ་བུ་ཞིག་རེད། ཁོས་ཁ་སྤྲུབས་སུ་སྐད་གསེང་མཐོན་པོའི་སྒོ་ནས། ཕྲུན་ཟླ་ཚོ་སྣུན་དུ་མ་ཡོང་། དཔའ་མོ་ཁྱོད་ཀྱིས་ཀྱང་ལག་མ་འགུལ། ང་ཧེ་སྣ་ཀྲུག་སན་ཡང་མི་ཆེ་ཕྱེད་ཙམ་ལ་གསར་རྐོད་བྱས་པ་ཡིན། དུས་ད་ལྟ་འདིར་འོངས་པར་འགྱོད་པ་མེད། འགྱོད་པ་ནི་གནམ་འོག་དཔའ་པོ་ལ་མཐོང་ཆུང་བྱས་པ་དེ་ཡིན། དེ་རིང་མི་

ཚོགས་ཁྲིད་ནས་ངོ་ཚ་ཉིས། ང་འཛིག་རྟེན་དུ་སྡོད་ས་ཞིག་གང་ན་ཡོད། དཔའ་མོ་ཁྱོད་ཀྱིས་དགའ་དགའ་སྤྲོ་སྤྲོའི་གྱི་གཡུག་གཅིག་གནོངས། དཔའ་བོའི་རལ་གྲིའི་འོག་ནས་འཆི་ཐུབ་ན། འདྲེ་རུ་སྐྱེས་ཀྱང་དཔའ་བོ་ཡིན། ཕུན་ཚུང་། ཁྱོད་ཀྱིས་ཉོན་དང་། ཧི་སན་མའི་བུད་མེད་ཁྲིད་ཀྱི་དཔའ་མོ་དང་། དཔའ་བོའི་ནང་གི་གཙོ་འཛིན་ཨེ་རེད།" ཅེས་བཤད།

སྐུ་ངོ་ཨན་གྱིས་ཅོག་ཙེ་ལ་ལག་པས་བཞུས་ཏེ "སྤྲོའ" ཟེར་ཞོར་ཆང་ཕོར་གང་གཙང་བཞེས་བྱས། ཁྲིའུ་ལྷམ་མོས་དོན་མ་གོ་བར "ཨ་ཁུ་གཉིས་པའི་ཆང་ལོ་ན་འཁྱུང་། བཛོས་ཆོད་མི་བཞེས་པ་ཅི་ཡིན།" ཟེར། སྐུ་ངོ་ཨན་དགོད་ཞོར་དུ "ཨ་ནེ། ཁྱོད་ཚང་གི་ཕ་རྒན་གྱི་སྐད་ཆ་འདི་ནི། སྤྱོད་ཚང་གི་བྲོ་བ་ལས་ཞིམ། ཅི་ཞིག་ལ་བཛོས་ཆོད་བཞེས་དགོས་སམ།" ཟེར། ཧིན་ཅིག་ཀོང་གིས་སྐུ་ངོ་ཨན་གྱིས་ཆང་ལ་བསྟོད་པ་བྱེད་པ་ཤེས་པས། དེ་ལས་ལྷག་པའི་ཡིད་ཆེས་སྟེ "ཕུན་ཟླ། གཏམ་འདི་ད་དུང་སྤྱོད་ཆང་གི་བྲོ་བ་ཡོད་པ་མ་རེད། ཧི་སན་མའི་ཡིས་ཧེ་ལྣ་ཀྲུག་སན་ས་ལ་བསྐྱིལ་རྗེས། མཛུབ་གུ་གཉིས་བསྒྲིངས་ནས། ཡང་བསྐྱར་སྐད་ཆ་ཞིག་བཤད་བྱུང་། སླེན་ཕུན་ངས་ཁྱོད་ལ་དལ་མོར་བཤད་དེ་ཁྱོད་ཀྱིས་ཉོན་དང་། དེ་ནི་ཆང་གི་སྤྱོད་ཡ་རྩ་ཆེའི་རི་ཟས་མཆོ་ཟས་ལྟ་བུ་ཡིན། ཁྱོད་ཀྱིས་ནུ་མ་ཐུད་ནས་ཆང་ཕོར་བཅུ་བཞེས་རྒྱུ་ཁག་ཐེག་བྱེད། སྤྲོ་བ་རྒྱས་ནས་སུན་སྣང་མི་འབྱུང་ངོ།།" ཞེས་བཤད་དོ།།

ལེའུ་བཅུ་དྲུག་པ། སྨྲས་པའི་གཏམ་དེ་གཉིས་ཀའི་བློ་ལ་བབས། །སྒྱུ་འཕྲུལ་རྫུས་འགོད་ལེགས་པོ་ཁྲིམ་ནས་འཕེན།།

ཧིན་ཅིག་ཀོང་གིས་མུ་མཐུད་དུ་སྐུ་ངོ་ཨན་ལ་རྗེས་ནས་བྱུང་བའི་གནས་ཚུལ་བརྗོད། ཧྥི་སན་མའི་ཡི་འཇར་པར་གྱི་རིང་ཐོགས་ནས། འཛུམ་དམུལ་དམུལ་གྱིས་དེར་ཡོད་ཚོགས་པར་སྐད་མགོ་མཐོན་པོའི་འདི་ལྟར་བཤད་དེ། ཐམས་ཅད་འདིར་ཡོད། ང་ནི་རྒྱང་རིང་ནས་འོངས་པའི་ལམ་འགྲོ་པ་ཞིག་སྟེ། རྒྱུན་དུ་བརྩེ་བཀུར་མེད་པའི་གསར་རྒོད་ལ་རྒྱུག་པ་གོམས་ཡོབས་སུ་གྱུར་ཡོད། དེ་རིང་སྐྱོད་དོན་འདི་ལ་འཕྲད། བརྙས་བཅོས་ཐུབ་ཚོད་བྱེད་པ་མཐོང་བའི་དུས། བདེན་རྒྱབ་དྲང་ལངས་བྱེད་ཚེད་རལ་གྲི་འཕྱར། ཧིན་ཅིག་ཀོང་གི་ཤ་ཉེ་དང་གྲོགས་པོ་མིན། དངུལ་རྫོག་འགའ་ཐོབ་བསམ་པའང་གཏན་ནས་མིན། སྐད་ཆ་དེ་བཤད་རྗེས། ད་གཟོད་ཁ་ཕྱིར་འཁོར་ཏེ་

ཀྲུག་སན་གྱི་ངན་གྲོགས་རྣམས་ལ་འདི་ལྟར་བཤད་དོན། ཀྱི་གཡུག་ཐེངས་ཤིག་གིས་འདིའི་སྲོག་ལེན་འདོད་མོད། ཁྱོད་ཚོའི་ཁོའི་ཚབ་ཏུ་ཞུ་བ་ཡང་ཡང་བྱས། གུ་ཡང་དུ་ཐོངས་ཟེར། ཡིན་ནའང་རལ་གྲིའི་འོག་གི་མི་བསྐྱུར་དགོས་ན་ཆ་རྐྱེན་ཡོད། གཅིག འདིར་ཡོད་ཐམས་ཅད་ཀྱི་མདུན་ནས་བདག་པོར་དགོངས་དག་ཞུ་དགོས། གཉིས། ཧིན་ཟླ་སྟེ་བའི་མཐའ་འཁོར་ལེ་དབར་བརྒྱའི་ནང་ནས་ཟེང་ཆ་བསླངས་མི་ཆོག གསུམ། ཀྱི་རིང་འདི་དང་མདའ་གཞི་འདི་ངོས་ཟིན་དུ་ཚུགས། རྗེས་ཕྱོགས་དངོས་པོ་འདི་གཉིས་འཁྱེར་ན། གནས་གང་དང་དུས་གང་དུའང་ངས་ངག་བཞིན་སྒྲུབ་དགོས། དོན་འདི་གསུམ་པོ་ལྟར་ཁས་བླངས་ན། ཀྲུག་སན་གྱི་ཐེངས་འདིའི་ངོ་ཚ་སེལ་ཆོག ཁྱོད་ཚོས་གྲོས་བྱས་ནས་མྱུར་དུ་ལན་ཐོབས་ཤིག་ཟེར། ཀྲུག་སན་གྱི་རོགས་པ་རྣམས་ཀྱིས་ཅི་ཡང་བཤད་མ་ཐོད། ཀྲུག་སན་ཁོ་རང་གིས་མགོ་འཁྲིད་ནས་ངོ་ལ་ཆོས་སྐྱག་མི་བྱུགས་པ་དང་མགོར་མེ་ཏོག་འདོགས་མ་དགོས་ན། དེ་ལྟར་བྱ། དེ་ལྟར་བྱ། འགྱུར་བ་མེད་ཅེས་ཟེར། ཧྲི་སན་མའི་ཡིས་རྐང་པ་ཡར་བཀྱག་ནས་ཀྲུག་སན་བཏང་། ཀྲུག་སན་གྱིས་རོགས་པ་འཁྲིད་ནས་ཧིན་ཅིག་ཀོང་ལ་ཞེ་ཆོག་གིས་སྐྱུ་ངོ་ཧིན་ཅིག་ཅེས་པོས། ཕྱུག་འཚལ་ནས་འགྲོ་དུས། ཧིན་ཅིག་ཀོང་གིས་ཀྲུག་སན་ལ་བཞུགས་རོགས་མཇོད། མ་འཐབ་ན་པན་ཚུན་ངོ་མི་ཤེས། ཆང་བཏུང་རྗེས་གྲོགས་པོར་འགྱུར། གུས་པའི་སྒོ་ནས་ཧྲི་སན་

མའི་སྐོད་དུ་བཞུགས་ཟེར། ཧི་སན་མའི་ཡིས་མྱུ་ངན་གྱི་གོས་གྱོན་ཡོད་པས་སྔོན་མོར་ཞུགས་ན་མི་འོས་ཞེས་བཤད་ནས་གཡོལ་ཐབས་བྱས། མར་བབས་ཏེ་ཕྱི་ལ་སོང་། ཉིན་ཅིག་ཀོང་གིས་སྔོན་མོ་གྲོལ་རྗེས་མྱུར་དུ་བཅལ། མོ་མཐོང་ནས་གསེར་སྒྲང་ཁྲི་འབུལ་བ་དང་། ཡང་ན་མ་བུ་གཉིས་རང་ཁྱིམ་དུ་བསྡུས་ནས་སྐྱོར་བ། དེ་ཚང་མ་ཕོ་མོས་སླར་ཡང་གཡོལ་ཐབས་བྱས། མོའི་རུས་དང་མིང་ལ་ཅི་ཟེར་དང་གང་ནས་འོངས་པ་དྲིས། མོའི་མིང་ལ་ཧི་སན་མའི་ཟེར། ཐག་རིང་པོ་ནས་འདིར་མྱུག་གཡོལ་དུ་འོངས་པ་ཡིན། གྲོགས་མེད་ཁེར་རྐྱང་གི་ཁྱིམ་ཚང་། མི་ངོ་ས་ངོ་མི་ཤེས། ཉིན་ཅིག་ཀོང་ལ་མིང་སྙན་གྲགས་ཆུང་ཡོད། སོའང་ཆེ། བསམ་བཞིན་སྐྱབས་བཅོལ་དུ་འོངས་ནས་མོར་གར་འདུག་གང་ཡིན་གྱི་མིང་ཙམ་ཁྱིན་དགོས་ཟེར། གཉིས་ཀ་དེ་མ་ཐག་དགེ་སློབ་ཏུ་ཕྱུར། ཉིན་ཅིག་ཀོང་གིས་ཕོ་མོར་ཆེན་ཡོན་རི་བོའི་མཐོ་ས་ཞིག་ནས་ཁང་བ་གྱུན་འགག་བཀབ། མོ་རང་ཉིད་ཀྱིས་གྲི་རིང་དེ་ཐོགས་ནས། རང་ཁ་རང་གསོད་དང་། ཨ་མར་བཀུར་བཟོ་བྱས།

སྐུ་ངོ་ཨན་གྱིས་གཏམ་རྒྱུད་ཉན་ཚར་རྗེས་ན་རེ“བལྟས་ན་ཧི་སན་མའི་ནི་མདའ་རིང་གི་རིང་ལོ་ན་བཟུང་བའི་དཔའ་མོ་ཞིག་མིན། བག་མེད་ཚུད་ཟོས་གཏོང་མཁན་གསོད་པའི་བདེན་འཛིན་གྱི་དཔའ་མོ་ཞིག་རེད། ངའང་འདིར་རྒྱུན་དུ་འོངས་མི་ཐུབ། ཕྱུན་ཟླ་ལགས་དང་དགེ་སློབ་གྱི་འབྲེལ་བ་ཡོད། རོགས་

ཞིག་བྱས་ཏེ་ང་དང་འཕྲད་དུ་བཅུག་ན་ཨེ་ཆོག” ཅེས་པ་ན། ཉིན་ཅིག་ཀོང་གིས་མགོ་འཕྱེད་དུ་གཡུག་ནོར“ ཕྲུན་ཆུང་། ཁྱོད་ཚོ་ཕན་ཚུན་མཇལ་ན། འཇིག་རྟེན་འདིའི་སྐྱོན་ཆ་ཞིག་ཏུ་བརྩི་མི་རུང་། ཡིད་ཕངས་པ་ཞིག་ལ་ཕྲུན་ཟླ་འོངས་འགྱི་སོང་། ཁྱོད་ཀྱིས་མཐོང་མི་ཐུབ།” ཟེར། སྐྱུ་ངོ་ཨན་ཡ་མཚན་ཁུལ་བྱས་ཏེ“ ཅི་ཞིག་ལ་སློབས་པ་འགྱི་སོང་ཟེར་བ་ཡིན།” ཞེས་པ་ན། ཉིན་ཅིག་ཀོང་གི་གདོང་ལ་སྟུག་གིས་གང་ནས“ ཕྲུན་ཆུང་། ཧྲི་སན་མའི་ཡི་བྱ་བ་འདི། གཞན་ལ་གསང་རྒྱུ་བྱེད་དགོས། ཁྱོད་ཀྱི་ཚ་མོའི་མདུན་ནས་ཀྱང་ཚིག་གཅིག་ཀྱང་བཤད་མ་སྒྲོང་། ཁྱོད་དང་ང་གཉིས་ནི་ངོ་འཕྲད་པ་ཙམ་གྱིས་གྲོགས་འདྲིས་རྙིང་བ་ལྟ་བུ་བྱུང་། བསམ་ཕྱོགས་དྲན་ཕྱོགས་འདྲ། གཅིག་སེམས་གཅིག་གིས་གཏོད། ངས་ཁྱོད་ལ་མི་གསང་། ཉིན་བཞིའི་སྔོན་ཧྲི་སན་མའི་ཡི་ཨམ་འདས་པས། མོ་སེམས་བདེ་བར་ཕ་གསོད་ཀྱི་དགྲ་ཤ་ལེན་དུ་སོང་། དུས་ད་ལྟ་མི་ལ་གཡོལ་ཅི་ཐུབ་བྱེད་ཀྱིན་ཡོད། ངས་ཅི་ལྟར་ཁྱོད་འཁྲིད་དེ་འགྲོ་འམ། ངས་དེ་རིང་མོ་ལ་ཆེན་ཡོན་རི་བོར་ནམ་ཞིག་ལ་ཕྱིར་སློབས་སམ་ཞེས་དྲིས། མོས་དོན་ཆེན་འདི་བསྐྱབས་ཚར་ན། ཕྱིར་སློབས་སོ་ཟེར། ཡིན་ནའང་མཇལ་རྒྱུ་གོ་སྐབས་དང་བསྟུན་དགོས། ཕྲུན་ཆུང་། གོ་སྐབས་འདི་སུས་མཁྱེན་ནམ། ཟླ་གཉིས་སམ་གསུམ་རིང་། ཡང་ན་ལོ་ཕྱེད་དམ་ལོ་གཅིག་ཡིན་པ་སུས་ཤེས་སམ།” ཟེར།

སྐྱུ་ངོ་ཨན་གྱིས་སྨྲ་མཐུད་དུ་མི་ཤེས་ཁུལ་བྱས་ཏེ“ ཨོ།

མ་གཞི་དེ་འདྲ་ཞིག་རེད། ང་དུང་ཕྱུ་པོས་ཕོ་མོའི་ཨ་ཕ་སུ་ཡིན་པ་བཤད་རོགས། དོན་ཅི་ཞིག་ལ་དགྲ་ཡས་ཉེས་འཛུགས་བྱས་པ་ཡིན། དགྲ་ཡ་དེའང་སུ་ཞིག་ཡིན། ད་ལྟ་གང་ན་ཡོད། "ཅེས་དྲིས། ཧིན་ཅིག་ཀོང་གིས་ལག་པ་འཕྲེད་དུ་གཡུག་ཞོར "འདི་དག་གླེན་སྤྱུན་ངའི་གཅིག་ཀྱང་མི་ཤེས།" ཟེར། སྐྱུ་ངོ་ཨན་ངོ་མཚར་ཏེ "ཕྱུ་པོ། འདི་ནི་གླེང་ས་མི་འགྲོ་བ་ཞིག་རེད། མོའི་གསང་བ་ཆེན་པོ་ཁྱོད་ལ་བཤད་ན། ཁྱོད་ཀྱིས་རྒྱུ་མཚན་ཅི་ཡིན་མི་འདྲི་བའི་གནས་ལུགས་མེད།" ཟེར། སྐད་ཆ་ཚིག་གཅིག་པོ་འདིས་ཧིན་ཅིག་ཀོང་འཚབ་ཏུ་བཅུག སྒྱུར་དུ་གནམ་བསྟན་ནས་མནའ་བསྐྱལ། སྐྱུ་ངོ་ཨན་གྱིས་ཕོས་འདོད་ཚུལ་དངོས་ཕྱིར་མངོན་པ་ཤེས། སླར་ཡང་སྐད་ཆ་བསྐོར་ནས "སྤྱུན་ཆེ། དགྲ་ཡ་སུ་ཡིན་མི་ཤེས། དགྲ་ཤ་གང་ནས་ལེན་པའང་མི་ཤེས། རི་ཀླུང་སྟོང་ཐྲག་ཏུ་གཅིག་པུ་དགྲ་ཤ་ལེན་དུ་འགྲོ་བ་ཟེར་ནས་སོང་ན་ཧོལ་རྒྱུག་མ་ཡིན་ནམ། ཧི་སན་མའི་འདིའང་རང་གཤིས་སྐྱོང་པོ་ཞིག་སྟེ། ཕྱུ་པོས་མོའི་བཀའ་དྲིན་དང་ལེན་བྱས། དགེ་སློབ་འབྲེལ་བའང་ཡོད། ཁྱོད་ཀྱིས་བཀག་ན་འགྲིག་གོ།" ཞེས་བཤད། ཧིན་ཅིག་ཀོང་ཧ་ཧ་ཞེས་གད་མོ་བགད་དེ "སྤྱུན་ཚུང་། གནའ་ནས་བཟུང་ཕའི་དགྲ་འཁོན་མ་སློག་ན་དགྲ་ཡ་དང་མཉམ་གནས་བྱ་ཐུབ་ཐབས་མེད། སྐྱེས་བུ་དམ་པས་དོན་འདི་ལྟར་སྒྲུབ་རོགས་བྱེད་དགོས། འབྲེལ་བ་མེད་པའི་གྲོགས་པོ་ཞིག་ཡིན་པའི་དབང་དུ་བཏང་ནའང་། ང་ཚོས་མོར་བྱ་བ་

འདི་སྒྲུབ་པའི་སྐྲུལ་མ་བྱེད་དགོས། ང་ལ་མཚོན་ན་དྲིན་ལན་དྲིན་གྱིས་འཇལ་དགོས་པའི་སེམས་ཡོད་དགོས་ཐོག་མིག་སྔར་ཁོ་མོར་རོགས་བྱས་ཏེ་ལམ་ཆས་བརྒྱབ་ན་འགྲིག ཕྱོག་སྟེ་མོ་འགོག་ཚུལ་ཞིག་གང་ན་ཡོད་དམ།” ཟེར།

སྐུ་ཇོ་ཨན་གྱིས་ཚིག་འགྲོས་ཇེ་ཟབ་ཏུ་བཏང་སྟེ“ ཕུ་བོ། འདི་ལ་དྲིན་ལན་དྲིན་གྱིས་འཇལ་ཟེར་བ་མ་རེད། ཇ་ལན་ཆུ་ཡིས་འཇལ་བ་རེད། ཧྲི་སན་མའེ་ཡི་སྲོག་གཅིག་པོ་ཕར་བསྐྱལ་བ་རེད།” ཅེས་བཤད། ཏིན་ཅིག་ཀོང་ཏ་ལས་ནས“ སྤུན་ཆུང་། གཏམ་དེ་ཇི་ལྟར་བཤད།” ཟེར། སྐུ་ཇོ་ཨན་གྱིས“ ཕུ་བོས་བཤད་པའི་དོན་དེ་དག་ལས། ཧྲི་སན་མའེ་ནི་ཕལ་ཆེན་རང་གཉིས་དྲང་པོ་དང་། ཡོན་ཏན་རྩལ་འཛོམས་ཤིག་ཡིན་པ་ཤེས་ཐུབ། གཉིས་དྲང་ཅན་ནན་ཏན་གཟབ་མོ་ཚོད་ལས་བཀལ་བ་དང་། ཡོན་ཏན་རྩལ་འཛོམས་ཅན་ནི་ནམ་རྒྱུན་རྒྱལ་བ་འདོད་ཀྱི་བསམ་པ་ཚོད་ལས་བརྒལ་བར་སྐྱེས་ཡོད། གང་ཡིན་ཀྱང་ཚོད་ལས་བརྒལ་ན་མི་བཟང་། ཡུན་ཐུང་གི་དགའ་བ་ཁོ་ནས་གཞུག་ལམ་མ་བཞག་པ་རེད།” ཟེར། ཏིན་ཅིག་ཀོང་མགོ་གཡུག་ནས“ སྤུན་ཟླ། ཁྱོད་ཀྱི་གཏམ་འདིའི་ནང་དོན་ངས་མི་གོ” ཟེར། སྐུ་ཇོ་ཨན་གྱིས“ ཕུ་བོ། ཁྱོད་ཀྱིས་དགྲ་འཁོན་སློག་རྒྱུ་ཁོ་ན་དྲན། ང་ཚོས་ད་ལྟ་གནས་ཚུལ་ཞིབ་མོ་མི་ཤེས་མོད། ཕལ་ཆེར་རྒྱུན་ལྡན་ཕལ་བ་ཞིག་ཡིན་མི་སྲིད། གལ་ཏེ་དགྲ་ཡ་མི་ཕལ་བ་ཞིག་ཡིན་ན། ཧྲི་སན་མའེ་ཡི་རྩལ་ནུས་ཀྱིས་སྟོན་ནས་

དགྲ་ཤ་གླངས་ཡོད། ས་ཆ་འདིར་ཡུལ་སྐྱོལ་དུ་ཡོང་མི་དགོས། དགྲ་ཡ་དེ་མིང་སྙན་གྲགས་དང་སྟོབས་འབྱོར་བ་ཆེ། ཧི་སན་མའི་ད་སྐབས་ཕར་སོང་སྟེ་ལག་འཛོག་པའི་གོ་སྐབས་ཡོད་མེད་མི་ཤེས། དེ་དུས་དོན་དག་མ་འགྲུབ་ན། ཡུལ་མི་ལ་འཛལ་རྒྱུ་ངོ་ཚ། ཇི་ལྟར་ཁ་ཕྱིར་འཁོར་རམ། གལ་ཏེ་ལག་འཛོག་པའི་གོ་སྐབས་ཡོད་ནའང་། དགྲ་ཡའི་ལག་འོག་ན་རྒྱུག་ཁྱི་ཅི་འདྲ་ཡོད་པ་མི་ཤེས། དེ་ལས་བྲལ་མ་ཐུབ་ན། རྒྱལ་ཁྲིམས་ཡོད་དེ། ཇི་ལྟར་མཇུག་བསྡུའམ། དགྲ་ཤ་གླངས་ནས་ཁ་བྲལ་ཐུབ་པའི་དབང་དུ་བཏང་ནའང་། མོའི་རང་གཤིས་དང་སེམས་ཁམས་ལ་བརྟགས་ན། སྐྱེ་འཆི་ཡལ་བར་དོར་ཡོད། བྱ་བ་གལ་ཆེན་ཡང་གྲུབ་ཟིན། ད་དུང་སུ་ཞིག་ལ་ཞེན་ཆགས་ཡོད་དམ། ཁྱོད་ཀྱིས‘ དོན་ཆེན་གྲུབ་པ་ན། ཕྱིར་སློབས་ངེས། ’ ཞེས་ཚིག་ཁོ་ནར་ཉན་དང་། དེ་ནི་སྨྲ་དཔྱངས་ནས་རི་ལ་སོང་བ་དང་། ལུས་པོ་ཏའོ་ཙའོ་ལྷ་ཁང་ལ་ཐུལ་བ་མ་ཡིན་ནམ། གལ་ཏེ་དེ་ལྟར་ན། ལང་ཚོ་དར་ལ་བབས་པའི་བུ་མོ་ཞིག་གིས་མ་འོངས་པར་རེ་སྨོས་གང་ལ་བྱེད་དམ།” ཞེས་བཤད།

ཏིན་ཅིག་ཀོང་གིས་ཉན་རྗེས་ཁ་རོག་གེར་བསྡད། ཆང་ལྷག་ཡོད་པའི་ཕོར་ལ་བལྟས་ནས་ཏད། ཁྲུའུ་ལྷམ་མོས“ ཨ་ཕ། ཨེ་གོ་ཐལ། ཁྱོད་ཀྱིས་ནམ་ཡང་ངས་ཅི་ཡང་མི་ཤེས་ཟེར། ཉོན་དང་ཨ་ཁྲུ་གཉིས་པས་གཏམ་བཤད་པ་གསལ་ལམ་མི་གསལ།” ཞེས་བཤད། ཏིན་ཅིག་ཀོང་གི་སེམས་ནས་ཐ་ཚབས་གཡོ་བ་

དང་མཚུངས། མགོ་ཟ་མེད། སྐུ་ངོ་ཨན་ལ་ལྟ་ཞོར་རྣ་བ་དང་ཟ་ཁྲུང་ལ་ཕུར་ཕུར་བྱས་ཏེ“ སྤུན་ཆུང་ཡ། ངས་ཅི་ལྟར་བསམ་བློ་བཏང་ན་དེ་ལྟར་ཁྱོད་ཀྱི་གཏམ་ལ་གནས་ལུགས་ཡོད། མོ་རང་ཨུ་ཚུགས་ཀྱིས་འགྲོ་རྒྱུ་ཟེར་ན། དོན་འདི་ཇི་ལྟར་སྒྲུབ་ན་བཟང་། ”ཟེར། སྐུ་ངོ་ཨན་གྱིས་ནི་འཛོན་རྒྱུའི་ཆེད་དུ་རྐང་བརྩུགས་སློད་པ་ཞེས་པ་ལྟར“ ཚོད་འདི་ལྟ་བུ་ཞིག་ཏུ་སླེབས་པས། ཅི་བྱུང་ཡང་ལས་ལ་བཙོལ་རྒྱུ་ལས་མེད། དེ་ལས་གཞན་པའི་ཐབས་ལེགས་པོ་ཞིག་གང་ན་ཡོད་དམ། ”ཟེར། ཁྲིའུ་ལྷམ་མོས་སྐད་ཆའི་བར་ལ་སླར་ཡང་འཚང་སྟེ“ ངས་བལྟས་ན་ཕྱི་ཉིན་ཨ་ཁུ་གཉིས་པ་དང་ཨ་ཕ་གཉིས་ཀ་མཉམ་དུ་ཕེབས་ནས་བཀག་ན་རེད། ” ཅེས་བཤད་བྱུང་། ཏིན་ཅིག་གོང་ལྷག་པར་སུན་པོ་བྱུང་ནས“ ཨ་ནེ། ཁྱོད་ཡང་ཐོན་བྱུང་། ཁྱོད་ཀྱི་ཨ་ཁུས་ངོ་མི་ཤེས་པས་ཇི་ལྟར་འགོག་དགོས། ”ཟེར། སྐུ་ངོ་ཨན་གྱིས “དེ་ལྟར་བཤད་མི་རུང་། ཕུ་བོས་ང་འཁྲིད་རྒྱུ་མ་རེད་འདོད། གལ་ཏེ་ང་རང་དགོས་གལ་ཡོད་ན། ཁྱོད་དང་འགྲོགས་ནས་སོང་ཆོག” ཅེས་བཤད། ཏིན་ཅིག་གོང་ངོ་མ་གཡོ་རུ་ཚུད། ན་རེ“ སྤུན་ཆུང་། གལ་ཏེ་ཁྱོད་ལ་ཐབས་ཡོད་ན། ཧྲི་སན་མའེ་པོ་ན་སྐྱབས་པ་མིན་ལ། སློན་སྤུན་བདག་གི་རྒྱབ་ཀྱི་ཁྲེར་པོ་ས་ལ་ཕོག་པ་རེད། ”ཟེར། སྐུ་ངོ་ཨན་གྱིས“ ཕུ་བོ། གཏམ་དེ་ལྟེ་སོང་། ངས་དེ་ལྟར་སྒྲུབ་པ་ཁྱོད་ཀྱིས་ཆེད་དུ་ཡིན་པར་བརྩིས་ཚོག་ལ། ང་རང་ཉིད་ཀྱི་ཆེད་དུའང་ཡིན། ཧྲི་སན་མའེ་ནི་ཁྱོད་

ཀྱི་དྲིན་ཆེན་ཡིན་ལ། ངའི་དྲིན་ཆེན་ཀྱང་ཡིན།" ཞེས་བཤད།

ཧིན་ཅིག་ཀོང་དེ་ལས་ལྷག་པར་ཡ་མཚན་ཏེ" ཅི་ལྟར་ཁྱོད་ཀྱི་དྲིན་ཆེན་དུ་གྱུར་རམ།" ཟེར། སྐུ་ངོ་ཨན་གྱིས་སྐུ་སྲས་ད་ཐེངས་སྐྱོ་ཧྲུ་ཡོང་དུས་ཉེན་ཁར་འཕྲད་པ་བསྐྱབས་ཚུལ་དང་། རང་ཉིད་དཔོན་གནས་ནས་དགོངས་དག་ཞུས་ཚུལ་སོགས་མགོ་ནས་མཇུག་བར་དུ་བཤད། ཧིན་ཅིག་ཀོང་སྙིང་ཐུར་དུ་ཤེས་རྟོགས་བྱུང་སྟེ། སྐད་མཐོན་པོས" ཆང་བསྒྲུས་མ་འཁྱེར་ཤོག" ཟེར། སྐུ་ངོ་ཨན་གྱིས་བཀག་སྟེ" ཆང་འདེང་ངོ།། དོན་གལ་ཆེན་ལ་གྲོས་བྱ་རྒྱུ་གཙོ་བོ་རེད། ཐུ་བོས་ངའི་བཀོད་སྒྲིག་ལ་གསན་རོགས་ཞུ།" ཞེས་བཤད།

ཟ་མ་ཟོས་རྗེས། སྐུ་ངོ་ཨན་གྱིས་དོན་དག་ཐམས་ཅད་བཀོད་སྒྲིག་བྱས་ཚར་ནས་འདྲི་རྒྱུར" སྔེ་བ་ནས་འདས་མཆོད་སྒྲུབ་པའི་གྲ་སྒྲིག་ཡོད་དམ་མེད།" ཟེར། ཁྲིའུ་ལྷམ་མོས་ལན་དུ" གྲ་སྒྲིག་ཡོད།" ཟེར། སྐུ་ངོ་ཨན་གྱིས" ཡོད་ན་སླ། ངས་ཁྱོད་ཚོར་ཧྲི་སན་མའི་ཡི་ལོ་རྒྱུས་བཤད། དེ་ནས་དགྲ་ཡ་སུ་ཡིན་བཤད། ཅི་ཞིག་ལ་དགྲ་ཤ་འདི་ལེན་དུ་འགྲོ་མི་ཐུབ་པ་དང་། དེའི་རྗེས་ནས་ངའི་ཐབས་བཀོད་ཞིབ་ཏུ་བཤད་དོ།། ཧྲི་སན་མའི་ཡི་བསམ་བློ་ཕྱིར་བསྐོར་དགོས་ན། མི་ཚང་མས་ངའི་སྐད་ཆ་མཚམས་ནས་མ་གཅོད། གསལ་པོ་ཉན་དེ་དོན་གོ་ན་དེ་ལས་བཟང་། དེ་ལྟར་སྒྲུབ་ན་ནོར་འཆུག་འབྱུང་མི་སྲིད། ངས་སང་ཉིན་ཧྲི་སན་མའི་ལ་སྟག་གོས་གྱོན་དུ་འཇུག་པ་དང་། ད

དུང་རིམ་པ་གཉིས་པར་མོར་ཡུལ་དུ་སླེབས་ཏུ་འཇུག འདས་པའི་ཕ་མ་མཉམ་དུ་དུར་དུ་སྦས། ཕུ་བོའི་འདོད་པ་གྲུབ་པ་ན། ངའི་སེམས་ཀྱི་དོན་ཆེན་ཞིག་ཀྱང་གྲུབ་བོ།།” ཟེར། ཧིན་ཅིག་ཀོང་མགོ་གཡུག་སྟེ“ གྲུབ་ཆུང་། ངའི་གཞན་པའི་སྐད་ཆ་ཞིག་བཤད། ཁྱོད་ཀྱིས་སྒྲོ་འདོགས་ཚད་ལས་བརྒལ་སོང་བ་རེད།” ཟེར། སྐྱུ་ངོ་ཨན་དགོད་ཞོར“ ངས་གསལ་པོར་བཤད་པར་སྒྲུགས་དང་། ཚང་མར་རང་བཞིན་གྱིས་ཡིད་ཆེས་སོ།། ཡིན་ནའང་གཏམ་ལབ་རྒྱུ་སླ། ལས་བསྒྲུབ་རྒྱུ་དཀའ། ཐབས་གཏན་འཁེལ་མི་འགྱུར་བར་བྱས་ན་ཐབས་ཡག་ཤོས་སུ་མི་བརྩི། ང་ཚོས་དེ་རིང་གྲ་སྒྲིག་འཁྲབ་སྟོན་བྱེད་དགོས།” ཞེས་བཤད།

ཧིན་ཅིག་ཀོང་གིས་སྐྱུ་ངོ་ཨན་གྱི“ མགོ་ནས་གླེང་བར་བྱའོ” ལ་ཉན་རྗེས་ཡང་སྐྱུ་ངོ་ཨན་གྱི་བཀོད་སྒྲིག་ལ་འཐད་པས་མཐའ་འཁོར་གྱི་མི་དང་མཉམ་དུ“ དེ་ལྟ་དེ་ལྟར། འདི་ལྟ་འདི་ལྟར།” བཤད་ཅིང་། ཐབས་བཀོད་ཀྱི་སྡེ་ཕྱིའི་གོ་རིམ་ལ་འདང་བརྒྱབ་རྗེས་དགའ་སྟེ་སྦྲ་ར་བྱེལ་བཞིན“ གྲུབ་ཆུང་ཨན་ཡ། ཕུ་བོ་གླེན་པ་ང་ཚོ་གང་བོར་ཡུལ་འཁྱམ་བྱས་ཀྱང་། མི་ཞིག་ལ་གཏན་ནས་ཁས་བླངས་མ་མྱོང་། དེ་རིང་གྲུབ་ཆུང་ཁྱོད་ལ་འཕྲད་པས། ང་སྤྲེལ་རྐན་གྱིས་ཐང་སེན་བླ་མ་མཇལ་བ་དང་འདྲའོ།། དཔེ་ཆ་པ་ཁྱོད་ཚོ་ལ། སེམས་ན་ག་གུག་ངོ་མ་མང་།” ཟེར། ཁྲིའུ་ལྷམ་མོ་ཧྲད་དེ་འདུག་པར་སྐྱུ་ངོ་ཨན་གྱིས“ ཨ་ནེ་ལ་སྐད་ཆ་མེད་པ་ཅི་ཡིན། ཧྲི་སན་མའི་ཡུལ་དུ་སླེབས་ན་ཁྱོད་

དགའ་ན་འོས།” ཟེར། ཁྲེའུ་ལྷམ་མོ་ན་རེ“ གདུང་སྒྲོམ་ཡུལ་དུ་འཁྱེར། ཕ་མ་གཉིས་པོའི་གདུང་མཉམ་དུ་སྦས་ན། ལོ་མ་སྟོང་རྩར་ལྷུང་བ་དང་འདྲ་བ་མ་ཡིན་ནམ། སུ་མི་དགའ་འམ། ཨ་ཁྲེ་གཉིས་ཀས་ཧྲི་སན་མའི་ལ་ལུས་ཚགས་ས་དང་སེམས་རྗེན་ས་ཟེར་བའི་གཏམ་དེ། དོན་དོ་མ་གང་ནས་ལུས་ཚགས་ས་ཞིག་བྱ་རྒྱུ། ཇི་ལྟར་སེམས་རྗེན་ས་ཞིག་བྱེད། ཁྱོད་ཀྱིས་ཐོད་དང་། ཐམས་ཅད་ཀྱིས་སེམས་བདེ་ཏུ་བཙུག་ན་བཟང་། ” ཞེས་བཤད། སྐུ་ངོ་ཨན་བགད་དེ་ན་རེ“ འདི་ནི་དོན་དག་བསྐྱུབས་ཚར་ན། མོ་ལ་མཐོ་དམའ་འཚམ་པའི་གནས་ས་ཞིག་བཙལ་བ་དང་ཡོན་ཏན་དང་སྐྱེས་གཟིགས་གཉིས་འཛོམས་ཀྱི་ཁྱོ་ག་ཞིག་བཙལ་བ་དེ་རེད། ཨ་ནེ། ཁྱོད་ལ་ད་དུང་ཅི་ཞིག་དགོས་སམ།” ཟེར། ཁྲེའུ་ལྷམ་མོས“ ང་ལ་བསམ་ཚུལ་ཞིག་ཡོད་དེ། ཨ་ཕ་དང་ཨ་ཁྲེ་གཉིས་དང་མཉམ་དུ་ཕྱི་ལ་སོང་ནས་བཤད།” ཟེར། མི་གསུམ་ཡར་ལངས་ནས་སྒོར་སོང་། སྒོ་ཕྱི་ནས་སྐད་མགོ་དམའ་མོའི་ཡུན་ཅིག་ལ་ཤབ་ཤུབ་ཅིག་ལབ། ཕྱིར་ནང་དུ་འོངས་ནས་བསྡད་པ་ན། ཏིན་ཅིག་གོང་གིས“ བཟང་གི་བཟང་གི ངའི་ཅི་ཕྱིར་མ་དྲན་ནམ། སྤྱན་ཆུང་། ཐེ་ཚོམ་བྱ་དགོས་དོན་མེད། འདི་ལྟར་ཐག་གཅོད། ཕྱི་ཉིན་ནས་མགོ་ནས་ཇ་མ་བར་དུ་སློན་སྤྱན་ངས་འགན་ལེན་བྱེད་དོ།།” ཟེར། སྐུ་ངོ་ཨན་གྱིས་ཁྲེའུ་ལྷམ་མོར་བཀའ་དྲིན་ཞུ་ཞོར“ ཚ་མོ། ངའི་སེམས་དོན་ཁྱོད་ཀྱིས་ཁེད་སོང་། ཡིན་ནའང་དོན་འདི་གལ་ཆེ་

ལ་སྒྲུབ་དཀའ། སང་ཉིན་ཕུ་བོ་དང་ཚ་མོ་གཉིས་ཀྱིས་གླིང་མི་ཐུང་ངོ༎ གལ་ཏེ་ཚོག་གཅིག་གླིང་ན། ང་ཚོའི་དེ་རིང་གི་བསམ་ཚུལ་ཚང་མ་སྟོང་ཟད་དུ་འགྱུར་ངེས།” ཞེས་བཤད།

གྲོས་ཐག་བཅད་རྗེས། ཁང་བ་གཙང་སྤྲ་བྱས་ཏེ་ཨན་ལྷམ་མོ་དང་བཅས་པ་བསུ་བའི་གྲ་སྒྲིག་བྱེད། ཉིན་ནུབ་སྐྱེ་བའི་མི་ཚང་མས་ཀྱང་ཅིན་ཕྱིན་ནི་ཏི་སན་མའི་རེད་སྐམ་ནས་ནོར། ཚང་མ་ཐུག་ནས་ཕན་ཚུན་ལ་ཁམས་བདེ་ཞུ་ཞིང་། བཀའ་དྲིན་ཞུ་བའི་གཏམ་མང་པོ་བཤད། སྐྱུ་ངོ་ཨན་གྱིས་ལྷམ་མོ་བྱུར་ཞིག་ཏུ་བོས་ནས་སྐད་དམའ་མོའི་གཏམ་མང་པོ་ཞིག་བཤད། ཨན་ལྷམ་མོ་ཡ་མཚན་པ་དང་དགའ་ནས “འདི་ནི་ངོ་མ་བསམ་མི་ཐོད་པ་ཞིག་རེད། ངོ་མ་དེ་ལྟར་སྒྲུབ་ན་འོས། དེར་དྲིན་ལན་ཇི་ལྟར་འཇལ་ལམ། ང་ཚོས་སེམས་ཤུགས་ཡོད་ཚད་འདོན་དགོས། ངོ་མས་སེམས་ཤུགས་ཡོད་ཚད་འདོན་དགོས།” ཟེར། ཉིན་ཅིག་གོང་གིས་ཅི་ཡིན་མ་ཤེས། ཡིན་ནའང་ཕོ་བཟའ་མི་གཉིས་ཀྱི་བར་ལ། སྐད་ཆ་གསབ་རྒྱུ་འོས་མེད།

སྐྱུ་ངོ་ཨན་གྱིས་ལྷམ་མོ་དང་བཅས་པ་སྟེ་བར་བསྟད་དེ། ཏི་སན་མའི་དང་འཕྲད་རྗེས་ཀྱི་བརྗ་ལ་བསྒྱུག་ཏུ་བཙུག དེ་ནས་ཉིན་ཅིག་གོང་དང་ཁྲིའུ་བཟའ་ཟླ་གཉིས་དང་མཉམ་དུ་སྟེ་མི་འགའ་ཁྲིད་དེ། སྤུ་གཞུག་གཉིས་བྱས་ནས་ཆེན་ཡོན་རི་བོར་སོང་ངོ༎

ལེའུ་བཅོ་བདུན་པ། མདའ་གཞི་ཉིད་ལ་ཁ་གཡར་བྱས་ནས་ནི། །གདུང་གི་མདུན་དུ་དཔའ་མོར་མགོ་སྐོར་བཏང་།།

ཧྲི་སན་མའི་ཡིས་ཧྲིན་ཅིག་ཀོང་དང་ཁྲའུ་ཡིས་ཀོན་སོགས་ཀྱིས་འདེགས་ཤིང་དང་ཐག་པ་འཁུར་ཡོད་པ་དང་། ཁྲའུ་ལྕམ་མོའི་རྒྱབ་ཏུ་ད་དུང་ཉལ་འབོག་ཁུར་ཞིང་། ལག་ཏུ་ཁུག་མ་ཆེན་པོ་ཞིག་བཟུང་ཡོད་པར་ཡ་མཚན་སྐྱེས། ཁྲའུ་ལྕམ་མོས་སང་ཉིན་ད་དུང་མི་མང་པོ་སླེབས་ངེས། ཧྲི་སན་མའི་ཡིས་གདུང་མདུན་ནས་ཕྱིར་ཕྱག་ཕུལ་ན། ཡོམ་པ་མེད། རང་གི་བྱེད་དགོས་པས་ཞལ་ཆས་གྲོན་པ་འཇེར་འོངས། དོ་དགོང་འདིར་ཞག་འདུག་བྱེད་རྒྱུ་ཞེས་ཟེར། ཧྲིན་ཅིག་ཀོང་དང་ཁྲའུ་ཡིས་ཀོན་གཉིས་ཀྱིས་ཞྭ་མོ་ཕུད། ཕྱི་ལྭ་གཡུགས། རལ་བ་མགོ་ལ་དཀྲིས། སྟོད་གོས་ཕུད་པའི་སྟེང་སྐ་རགས་དམ་དུ་བཅིངས། སྟེ་མི་འགའ་པོས་དེ་འདེགས་ཤིང་ཐག་པ་སྡོམ་དུ་བཅུག ཁྲའུ་

ཡིས་ཀོན་གྱིས་མགོ་ནས་བཀོད་སྒྲིག་དང་། ཏིན་ཅིག་ཀོང་གིས་མཇུག་ཏུ་ལྷ་རྟོག་བྱས། སྐབས་དེར་སྐྱེ་མི་ཞིག་ནང་དུ་འོངས་ནས། ཁྲིའུ་ཡིས་ཀོན་ལ་སྷན་སེང་འབུལ་དོན“ཁྲིམ་བདག་ཆུང་བ་ལགས། ཕྱི་ན་མི་ཞིག་གིས་ཁྱོད་བཙལ་གྱིན་ཡོད།” ཁྲིའུ་ཡིས་ཀོན་གྱིས་ལག་པས་ཐག་པ་ནས་འཇུས། ཁང་པས་འདེགས་ཤིང་མནན། མགོ་དགྱེ་སྟེ“ང་བཙལ་ནས་སྐད་ཆ་བཤད་རྒྱུ་ཅི་ཡོད། ཁྱོད་ཀྱིས་ང་འདི་ན་བྲེལ་བཞིན་པ་མི་མཐོང་ངམ། སྐད་ཆ་བཤད་རྒྱུ་ཅི་ཡོད། ནང་དུ་ཕོས་ནས་ཤོད།” ཅེས་བཤད། སྐྱེ་མི་དེས་ལན་དུ“སྐྱེ་བ་འདིའི་མི་མ་རེད།” ཟེར། ཁྲིའུ་ཡིས་ཀོན་གྱིས་སྡིག་དམོད་བྱས་ཏེ“ཁྱོད་ཀྱིས་ལྟོས་དང་། ཁྱོད་འདི་ཨུ་ཚུགས་ཧ་ཅང་ཆེ། ང་ཚོའི་ཤར་ནུབ་ཀྱི་སྐྱེ་བ་གཉིས་ནས་ཡིན་ན། སུ་ཞིག་ར་སྐོར་འདིར་འོངས་མ་མྱོང་ངམ།” ཟེར། སྐྱེ་མི་དེ་མགོ་གཡུག་སྟེ“ང་ཚོའི་སྐྱེ་བའི་མི་མ་རེད་ཡ། ཐག་རིང་ནས་འོངས་པ་ཞིག་རེད།” ཟེར། ཁྲིའུ་ཡིས་ཀོན་གྱིས“ཐག་རིང་ནས་འོངས། སུ་རེད།” ཅེས་དྲིས། སྐྱེ་མི་དེས“ངའི་ཅི་ལྟར་ཤེས། ངས་ཁོ་ལ་རྣུས་ཅི་ཡིན་དྲིས་ཀྱང་། ཁྱོད་དང་ངོ་ཐུག་ན་ཤེས་ཟེར། ཁོས་ངེད་ཚང་གི་པ་ལགས་ཀྱང་གླེང་སོང་།” ཞེས་ལན་བཏབ། ཁྲིའུ་ཡིས་ཀོན་གྱིས་མགོ་ཕྱོགས་གཅིག་ཏུ་གཟུར། སྨིན་མ་བསྐུས་ནས“འདི་སུ་ཡིན་ནམ། ཅི་ཞིག་ལ་གནས་འདི་བཙལ་ནས་འོངས་སམ། ཁྱོད་ཀྱིས་བལྟས་ན་མི་ཅི་འདྲ་ཞིག་རེད།” ཟེར། སྐྱེ་མི་དེས་ཚོད་དཔག་བྱས་ནས“ངའི་བསམ་

ཚུལ་ལ་ཕལ་ཆེར་ང་ཚོ་དང་ལས་རིགས་གཅིག་པ་འདྲ། དེ་མིན་ན་མདའ་གཞི་ཞིག་ཁུར་ནས་ཅི་བྱེད།” ཟེར། ཁྲིའུ་ཡིས་ཀོན་གྱིས་སྐད་མགོ་མཐོན་པོས་ཧྲིན་ཅིག་ཀོང་ལ་འདྲི་རྒྱུར“ལས་རིགས་གཅིག་པའི་ནང་ན་མདའ་གཞི་བཀོལ་མཁན་ཨེ་ཡོད།” ཟེར། ཧྲིན་ཅིག་ཀོང་གིས་ཡུན་ཞིག་ལ་བསམ་བློ་བཏང་སྟེ“ཡོད་ཡ། ནུབ་སྲིབ་ཕྱིའི་མླ་སན་གྱི་ཨ་ཕ་ཡིན། ཕོམ་ལོང་མེད་པའི་སྐབས་འདིར་གཏམ་འདི་ལྟ་བུ་ཞིག་འདྲི་རྒྱུ་ཅི་ལ་དྲན།” ཟེར། ཁྲིའུ་ཡིས་ཀོན་གྱིས་ལན་དུ“ཐན་རབས་པ་ཁྱོད་ཀྱིས་མ་ཐོས་སམ།” ཟེར། ཧྲིན་ཅིག་ཀོང་གིས་སླར་ཡང“ང་རང་ལས་ཀ་ལ་སེམས་གཏད་པས་མ་ཐོས། ཁྱོད་ཚོས་ཅི་ཞིག་བཤད་བཞིན་ཡོད།” ཟེར། དེར་མཐུད་ནས་ཡང་སྟེ་མི་དེ་ལ“མི་དེ་ལོ་ག་ཚོད་ལ་སླེབས་ཡོད།” ཟེར། སྟེ་མི་དེས“བལྟས་ཚོད་ཀྱིས་ལོ་ལྔ་བཅུ་ཡས་མས་རེད་འདུག།” ཟེར། ཧྲིན་ཅིག་ཀོང་གིས་ཚིག་ཐག་བཅད་དེ“འོ་ན་མ་རེད། མླ་སན་གྱི་ཨ་ཕ་ང་ལས་ལོ་སྐོར་གཅིག་གིས་ཆུང་། ལོ་རེས་གླང་ཡིན། ད་ལོ་ལོ་བདུན་ཅུ་ལྷག་ཡིན། ཕོ་སྲུ་ཡིན་ན་སྲུ་ཡིན། ང་ཚོས་ལས་ཀ་ལས། ” ཞེས་བཤད།

ཧི་སན་མའི་ཡར་འགྲེང་ནས་ཏད་ནས་ཉན། སློ་བུར་དུ་བསམ་བློ་འཁོར་ནས་ཧྲིན་ཅིག་ཀོང་ལ་གསལ་འདེབས་བྱས་ཏེ“དགེ་རྒན། མི་དེས་བཟ་གཏོང་དུ་སླེབས་པ་ཨེ་ཡིན་ནམ།” ཟེར། ཧྲིན་ཅིག་ཀོང་གིས་ཧ་མ་གོ་བར“བཟ་ཅི་ཞིག” ཟེར།

ཧྲི་སན་མའེ་བཀག་ནས་འདྲི་རྒྱུར"སྤོས་དང་། རྐན་རབས་པ་ཁྱོད་ཀྱིས་ཡིད་འཛིན་ལ་སྤོས། ཁ་ཉིན་སྟག་ཚའི་ཀོང་བུ་སྤྲོད་སྐབས། ཇི་ལྟར་བཤད་དམ།" ཟེར། ཧིན་ཅིག་ཀོང་སྔོན་ལ་དགའ། རྗེས་ནས་སྨུག་སྟེ"དོན་འདི་ཡིན་ན། འོངས་པ་སྐབས་མ་རེད།། སྟག་ཀོང་དེ་ངས་ཁ་སང་ཕྱིར་ཝུབ་སེ་ལ་འཁྱེར་ནས་བསྟུས་ཟེན། མི་འདི་ཐག་རིང་པོ་ནས་བརྗེ་རུ་འོངས་ན། ང་ཚོས་མྱུར་དུ་བརྗེ་མི་ཐུབ།" ཟེར། ཁྲིའུ་ལྷམ་མོས"ཡིས་ཀོན་ཕྱི་ལ་སོང་ནས་མཇལ་འཕྲད་བྱོས། པོ་ལ་མདའ་གཞི་འདིར་འཛོག་ཏུ་ཆུགས། པོ་རང་ང་ཚོའི་ཤར་སེ་རུ་ཉིན་འགའ་ལ་སྡོད་ཅེས་ཤོད། པ་ལགས་ཀྱིས་ལས་བསྒྲུབས་ཚར་ན། པོ་དང་མཉམ་དུ་ཝུབ་སེ་ལ་སྟག་ཀོང་ལེན་དུ་སོང་། དེ་ལྟར་མི་ཆོག་གམ།" ཞེས་པའི་ཐབས་བཀོད་འཐེན་པའི་གཏམ་དེ་བཤད། ཁྲིའུ་ཡིས་ཀོན་གྱིས་ལག་གི་ཐག་པ་འཕངས་ནས་མྱུར་དུ་ལྭ་བ་གྱོན་པ་དང་ཞྭ་གོན་པར་བྲེལ་བ་ན། ཧྲི་སན་མའེ་ཡིས་ཁྲིའུ་ཡིས་ཀོན་ལ"ཕུ་བོ། ཁྱོད་ཀྱིས་གོན་མི་དགོས། ཁྱོད་འཕྲད་དུ་སོང་ན་ཆོག ཁྱོད་ཀྱིས་མཐོང་ན་ངོ་ཤེས། ད་དུང་ཁྱོད་ཀྱི་ཤ་ཉེ་ཞིག་ཀྱང་ཡིན།" ཞེས་བཤད། ཁྲིའུ་ཡིས་ཀོན་དགོད་ཞོར་དུ"ངའི་ཤ་ཉེ་ཨེ་རེད། ང་ལ་གང་ནས་ཤ་ཉེ་ཞིག་ཡོད་དམ།" ཟེར། ཁྲིའུ་ཡིས་ཀོན་ཕྱི་ལ་སོང་རྗེས་མི་དེ་གཏན་ནས་ངོ་མི་ཤེས་ཟེར། ཧྲི་སན་མའེ་ཡིས་ཧྭ་ཀྲུང་མིན་པ་ཤེས་ནས་ཧིན་ཅིག་ཀོང་ལ"དགེ་རྒན། ཁྱེད་སོང་ནས་མཇལ་རོགས།" ཟེར། ཧིན་ཅིག་ཀོང་

དལ་བ་དལ་བུར་ཕྱི་ལ་སོང་། ཁྲའུ་ལྷམ་མོས་ཧྲི་སན་མའི་ལ“ང་ཚོའང་སོང་སྟེ་སྐྲའུ་ཁྲུང་ནས་དོན་ངོ་མ་སུ་ཡིན་པར་བལྟའོ།།”ཟེར། ཧྲི་སན་མའི་འགྲུལ་རྒྱུར་དགའ་བ་དང་། མོ་རང་ཉིད་ཀྱི་བརྩེ་འདང་ཡོད་པའི་དྲག་ཆས་དང་འབྲེལ་བའང་ཡོད་པས། སྐྲའུ་ཁྲུང་ལ་ཁྲུང་བུ་གཉིས་བརྙོལ་ཏེ་ཕྱི་ལ་བལྟས། ཡོང་མཁན་ངེས་རང་གི་ཏུས་ལ་ཡུས་དང་མིང་ལ་ཆུས་མེན་ཟེར། ཨན་ཞའོ་ཏེ་སྟེ་སྐུ་ངོ་ཨན་གྱི་གྲོགས་པོ་ཞིག་ཡིན་ཟེར། སྐུ་ངོ་ཨན་གྱིས་བཙོལ་བ་ལྟར་མདའ་གཞི་དང་སྨག་ཀོང་གཉིས་བཛེ་རྒྱུ་དང་། ད་ཏུང་ཧྲི་སན་མའི་ལ་དངོས་སུ་མཇལ་ནས་བཀའ་དྲིན་ཞུ་དགོས་ཟེར། ཏིན་ཅིག་ཀོང་གིས་སྨག་ཀོང་ཞུབ་སྟེ་ན་བསྟུས་ཡོད་པ་དང་། ཁོ་རང་གིས་མདའ་གཞི་བཞག་སྟེ། ཕྱིར་ཞུབ་སྟེ་ནས་ཉིན་གཉིས་ལ་སྡོད་ཅེས་བཤད། ཡུས་ཆུས་མེན་གྱིས་ཡིན་གཅིག་མིན་གཉིས་ཧྲི་སན་མའི་ལ་མཇལ་དགོས། མོ་དང་མ་འཕྲད་ན་ཕྱིར་སྐུ་ངོ་ཨན་ལ་ཡར་ཞུ་ཞུས་ནས་ཐག་གཅོད་དགོས་ཟེར། དེ་བས་ཧྲི་སན་མའི་འཚབ་སྟེ། ད་ཐེངས་ཐག་རིང་ལ་སོང་ན། མི་རྒྱུང་ཏ་རྒྱུང་ཡིན་པས། མདའ་གཞི་འདི“དངོས་པོ་བདག་པོ་ལ་འཁྱོད”དགོས་པས། སླེབས་ནས་ཕྱིར་འགྲོ་བའི་གནས་ལུགས་ཤིག་གང་ན་ཡོད། ཅེས་བསམ་དབང་དྲན་དབང་མེད་པར་སྐད་མགོ་མཐོན་པོས་སྐྲའུ་ཁྲུང་ནས“དགེ་རྒན། སྐུ་ཞབས་ཡུས་འགྲོ་ཏུ་མ་འཇུག ང་དངོས་སུ་འོངས་ནས་ཁོ་ལ་ཐུག”ཞེས་བཤད། བྱེད་ཚུལ་སྐུ་ཞབས་ཡུས་ཞེས་པར་བརྗུས་

མཁན་ཏེ་སྐུ་ངོ་ཨན་གྱིས་སྟོན་དཔག་བྱས་ཡོད་པ་འདྲ། ཏིན་ཅིག་གོང་ན་རེ“ང་ཡག་པོ་འདུག བདག་པོ་སླེབས་བྱུང་།”ཏྲི་སན་མའེ་ལྷག་སྒོ་ནས་བུད། ཏིན་ཅིག་གོང་གིས་སྐུ་ངོ་ཨན་ལ“འདི་ནི་སྐུ་ཞབས་ཁྱོད་ཀྱིས་ངེས་པར་དུ་མཇལ་དགོས་པའི་ཏྲི་སན་མའེ་རེད།”ཅེས་ངོ་སྤྲོད། སྐུ་ངོ་ཨན་བསམ་བཞིན་དུ་ཡ་མཚན་ཁུལ་བྱས་ཏེ“འདི་ནི་བུ་མོ་ཏྲི་སན་མའེ་ཨེ་རེད། ང་ཡུས་ཆེས་མེན་གྱིས་དཔའ་མོ་མཇལ་ཐུབ་པ་ནི། དངོས་གནས་མི་ཚེའི་དགའ་བ་ཞིག་རེད། ཅི་འདྲའི་སྐབས་འགྲིག་པ་ཞིག་རེད་ཨང་།”ཞེས་བཤད། ཁྲུའུ་ཡིས་གོན་དགོད་ཞོར་དུ“ཅི་འདྲའི་སྐབས་འགྲིག་གམ། འདི་ནི་མོའི་ཁྱིམ་རེད།”ཟེར། སྐུ་ངོ་ཨན་གྱིས་ཧ་གོ་ཁུལ་བྱས་ཏེ“ཨོ། འདི་ནི་བུ་མོ་ཚང་རེད། ར་རྗེ་བྲིས་པ་དེས་ཏྲི་ཊཱ་ཚང་ཏྲི་ཊཱ་ཚང་ཞེས་ཟེར། ངའི་རྣུས་ཏྲི་ཟེར་བ་ཚང་གི་རེད་འདོད། མོ་ལ་མཇལ་ཐུབ་སོང་ན་བྲེལ་བ་ལངས་མི་དགོས”ཞེས་ཟེར་ནས་མོ་ལ་གུས་ཕྱག་ཕུལ། དེ་ནས་ཡང་བཤད་དོན“ངའི་གྲོགས་པོ་ཨན་གྱིས་བུ་མོར་ཁོའི་ཚབ་ཏུ་བུ་མོར་གུས་པ་ཕུལ་ཟེར། ཡང་བསམ་ཚུལ་ལ་མོ་ལོ་ཆུང་ཡག་མ་ཞིག་རེད། གུས་པ་དང་ལེན་བྱེད་མིན་མི་ཤེས། ཡིན་ནའང་ཁྱིམ་ན་ལོ་ལོན་རྒན་མོ་ཞིག་ཡོད་ཟེར། དེར་ངེས་པར་དུ་མཇལ་དགོས་པར་གདམས་ཡོད། ཁོའི་ཚབ་ཏུ་གུས་ཕྱག་འབུལ་དགོས། རྒན་མོ་ནི་ནང་ཁང་དུ་ཡོད་ངེས། བུ་མོའི་ཡར་ཞུའི་བཛ་ཞིག་རྒྱབ་རོགས། ”ཞེས་བཤད། ཏྲི་སན་མའེ་འཛུམ་

ཞིག་ཡངས་ནས“ སྐུ་ཞབས། ཁྱོད་ཀྱིས་ངའི་ཨ་མ་ཟེར་བ་ཨེ་ཡིན། ཡིད་སྐྱོ་བ་ཞིག་ལ་འདས་སོང་བ་ཡིན།” ཞེས་ལན་བཏབ་བྱུང་།

སྐུ་ངོ་ཨན་གྱི་ཀང་པ་ས་རྡབ་སྟེ་དབུགས་རིང་འཐེན་བཞིན་ན་རེ། “ཀན་མོ་ལྷ་ཡུལ་དུ་ཕེབས་པ་ཨེ་རེད། ཤུང་ཧུང་ཐྲ་ཚང་གི་ཕ་བུ་གཉིས་ཀྱི་ལྷག་བསམ་དེ་སྙིང་རེ་རྗེ། དེས་ན་ཀན་མོའི་དུར་ས་གང་དུ་ཡོད། ང་རང་དེར་སོང་ནས་གུས་ཕྱག་ཅིག་འབུལ་དགོས། དེ་བྱས་ན་ཐེངས་འདི་ཡོང་བ་དོན་སྙིང་ཡོད་སོང་ངོ༎” ཅེས་བཤད་པ་ན། ཧྲིན་ཅིག་གོང་གིས་མགྱོགས་པོར“ གདུང་ད་དུང་དུར་ལ་བསྐྱལ་མེད། ཁང་བ་ལྷག་མ་ན་བཞག་ཡོད།” ཟེར། སྐུ་ངོ་ཨན་གྱིས་ལན་མ་བཏབ་པར་ནང་དུ་སོང་། ཧྲི་སན་མའི་མདུན་དུ་སོང་ནས་བཀག་སྟེ་ན་རེ། “སྐུ་ཞབས་ཁྱོད་ཆ་མེད་རྒྱུས་མེད་ཡིན། དབུལ་ཁྲིམ་ནས་གུས་པ་ཆེན་མོ་བྱེད་པ་དཔེ་མི་སྲིད།” ཟེར། ཧྲིན་ཅིག་གོང་གིས་སྨ་ར་ལ་རེག་ཞོར། སྨྲོན་བརྗོད་བྱས“ བུ་མོ། གཏམ་དེ་ལྟར་བཤད་མི་ཐུང་། གདུང་མདུན་ན་གུས་འབུལ་བྱེད་པ་དབུལ་གྱིས་མི་ཁྱུག སྐུ་ཞབས་ཡུས་ལ་མིས་བཙོལ་གདམས་བྱས་ཡོད། དེ་ལྟར་ན་ཁོའང་ཕྱིར་སོང་ནས་ཁྲ་མ་སྦྲིད་རྒྱུའང་ཡོད།” ཅེས་ཀན་རབས་པའི་ཉམས་བསྟན་ནས། ཁྲུའུ་ཡིས་ཀོན་མངགས་ཧེ་སྤྲོས་དང་པྲ་ཚོལ་སྒྲོན་མེ་སྦར་ཏུ་བཙུག ཧྲི་སན་མའི་པོས་ཧེ་ནང་དུ་སོང་ནས་ཕྱིར་ཕྱག་ལན་འབུལ་དགོས་པར་སྐུལ།

སྐྱ་ངོ་ཨན་ཉིན་ཅིག་ཀོང་དང་མཉམ་དུ་ནང་དུ་སོང་། སྐྱ་ངོ་ཨན་གྱིས་གདུང་མདུན་ནས་གུས་གུས་ཞུམ་ཞུམ་གྱིས་ཕྱོགས་གསུམ་སྐོར། མདའ་གཞི་གླངས་ནས་ལག་ཐུང་གིས་ཡར་བཀུགས་ཏེ། ཁྱེ་སེམ་མེར་ཡུན་རིང་ཞིག་ལ་སྐྱབས་འཇུག་ཞུས་རྗེས། ད་གཟོད་མདའ་གཞི་ཅོག་ཙེའི་སྟེང་དུ་བཞག སྐར་ལྔ་བ་སྒུགས་ནས་ཡང་ཡང་ཕྱག་འཚལ། ཧྲི་སན་མའེ་ཡིས་ཕྱིར་གུས་པ་བྱེད་ཤོར་དུ་མི་འདེས་ནམ་ཞིག་ལ་ཚར་རམ་སྙམ། སྐྱ་ངོ་ཨན་གྱིས་རྒྱབ་བསྟན་ཏེ། ཁ་ཚུར་མི་འཁོར་ལ་ལན་དུ་ཕྱག་ཀྱང་མི་འབུལ། ཧྲི་སན་མའེ་ཡིས་ཕྱག་ཕུལ་རྗེས་འགྲུལ་བ་བསྐྱལ་བར་སྒུག ཁྲུའུ་ཡིས་ཀོན་གྱིས་སྡེར་གཞོང་དུ་ཛ་དཀར་ཡོལ་གསུམ་འཁྱེར་འོངས་ཏེ“སྐྱ་ཞབས་ཡུས། ང་ཚོའི་བུ་མོ་མདུན་ཁུར་ཡིན་པས་དངོས་སུ་ཇ་མི་འདྲེན།”ཟེར། ཉིན་ཅིག་ཀོང་གིས་སྐྱ་ཞབས་ཡུས་ལ་ཇ་བཞེས་ཤིག་ཟེར། སྐྱ་ངོ་ཨན་གྱིས་ཀྱང་མ་འཛེམ་པར“ཐག་དབྱུག་དང་བཅས་པ་བཀོད་སྒྲིག་བྱས་ཚར་བར་བལྟས་ན་ཨ་ཕྱི་ཞག་བདུན་འགོར་བ་ཨེ་རེད།”ཅེས་དྲིས། ཉིན་ཅིག་ཀོང་གིས་མཛུབ་མོ་གུག་ནས“ཞག་བདུན་གང་ནས་འགོར་ཡོད། དེ་རིང་ཉིན་ཞག་ལྔ་པ་རེད། ད་ཞག་གཅིག་ལ་བཞག་ན། སང་ཉིན་དུར་སྦྲིད་བྱས་ཆོག”ཟེར། ཧྲི་སན་མའེ་ཡིས་ཉིན་ཅིག་ཀོང་གི་སྐད་ཆ་མཚམས་གཅོད་བསམ་དུས། སྐྱ་ངོ་ཨན་གྱིས“དེ་རིང་ཉིན་ལྔ་པ་ཨེ་རེད། དེས་ན་སྟུག་གོས་གྱོན་པའི་ཉིན་རེད། སྟུག་གོས་ཤིག་ཀྱང་གྲ་སྒྲིག་བྱེད་མ་

ཐུབ་པ་མི་སྲིད། བུ་མོའི་ཅི་ཞིག་ལ་སྟུག་གོས་མི་གྱོན་ནམ།" ཞེས་དྲིས། ཧྲི་སན་མའི་ཡིས"ས་འདིའི་གོམས་སྲོལ་ནི་སྔར་ནས་དེ་བཞིན་ནོ།།" ཟེར། སྒྲུ་ཛོ་ཨན་ཁྲིས་ཏེ"ལུགས་སྲོལ་དེ་འདྲ་ག་ལ་ཡོད། ལུང་པ་རེ་ལ་ཆུ་རེ་དང་། སྐེ་བ་རེ་ན་དཔེ་རེ་ཞེས་སྔོན་གཉེན་འདས་མཆོད་མི་འདྲ་བར་བཤད་མོད། བུ་བུ་མོས་ཕམར་སྟུག་མདུན་བྱེད་པ་ནི། མཐོ་རྒྱལ་པོ་ནས་དམའ་མི་སེར་བར་མཆོག་དམན་གྱི་དབྱེ་བ་མེད། ཅི་ཞིག་ལ་ས་འདིའི་ལུགས་སྲོལ་དེ་བཞིན་རེད་ཟེར་རམ།" ཞེས་བཤད། ཧྲི་སན་མའི་ཡིས་གདོང་གནག་སྟེ"ས་འདིའི་འགྲོ་ལུགས་འདི་བཞིན་ཡིན། ང་ནི་གང་དུ་ཕྱིན་ན་དེ་གའི་སྲོལ་དང་བསྟུན་པ་ཡིན།" ཞེས་ལན་བཏབ། སྒྲུ་ཛོ་ཨན་གྱིས་ཁྲེལ་དགོད་བྱེད་བཞིན"གཏམ་དེ་ལ་དེ་བས་གནས་ལུགས་ཤིག་གང་ན་ཡོད། བུ་མོ་དཔའ་མོ་དེ་འདྲ་རེད། གུས་ལུགས་དེ་འདྲ་ཤེས། དེ་ལས་ཀྱང་གོམས་སྲོལ་བསྒྱུར་ནས་དཔེར་སྟོན་བྱས་ན་འོས། ང་ཡུས་ཚུས་མེན་གྱིས་བལྟས་ན་འང་། བུ་མོ་ཁྱོད་རྒྱན་ལྡན་གྱི་བུ་མོ་ཕལ་བ་ཞིག་ལས་མ་འདས།" ཞེས་བཤད།

ཧྲི་སན་མའི་དཔའ་སེམས་ཀྱིས་ཁེངས་པས"བུ་མོ་ཕལ་བ"ལ་ཁས་ཅི་ལ་ལེན། བཟོད་བསྲན་བྱེད་"མ་ཐུབ་པའི་སྐབས་དེར། ཉིན་ཅིག་གོང་གིས་སྟོན་ལ་སྐད་ཆ་བཤད་ཐལ། "ཀྱེ། སྐུ་ཞབས་ཡུས། ཁྱོད་འདི་མི་ཡ་མཚན་ཞིག་རེད་ཡ། མདའ་གཞི་ཞིག་འཁྱེར་ནས་ཡོང་བར། ངའི་ཞོག་ཅིག ཁྱོད་ཀྱིས་མི་

འཛོག ཁྱོད་ཀྱིས་འགྲོ་དགོས་ཟེར། ཡང་ཁྱོད་མི་འགྲོ། སུས་ཁྱོད་མགོ་གཡོག་མགོ་སྐོར་གཏོང་བ་དང་འདྲ། དངོས་པོའི་བདག་པོ་ངོ་མ་ཡོང་ནས། ཁྱོད་ཀྱིས་མདའ་གཞི་སྤྲད་ན་བྱ་བ་སྐྱུབ་ཚར་སོང་བ་རེད། ཡང་ཁྱོད་ཀྱིས་བདག་པོ་ཚང་ལ་ཅི་ཟེར་གྱིན་ཡོད། ངས་སྐད་ཆ་མང་སོང་བས་ལན། ཁྱོད་ནང་དུ་ཞོང་དུ་བཙུག་ནས་མགྲོན་བསུ་བྱེད། ཛ་དྲངས། གདན་ལ་བསྡད། དེ་ནི་ སྟུག་ཁྱུར་ཚང་གི་གུས་ལུགས་རེད། ཁྱོད་ཀྱིས་གུས་ལུགས་ཤེས་ན་གཡོལ་ན་རེད། ཕྱིར་མ་སོང་ནའང་མ་སོང་། མོའི་སྟུག་གོས་གྱོན་མི་གྱོན་དེ་ཁྱོད་ལ་འབྲེལ་བ་ཅི་ཡོད། ཚ་མེད་སྙིང་རོ་དེ་དག་སློང་དགོས་དོན་མེད།" ཟེར། སྐུ་ངོ་ཨན་གྱིས "ངས་བཤད་པ་ནི་གུས་ལུགས་ཡིན། གུས་ལུགས་འཛིག་རྟེན་ན་དར། སྤྱིའི་གུས་ལུགས་དང་མ་མཐུན་ན། འཛིག་རྟེན་གྱི་མིས་བཤད་དོ།། ང་རང་ཁྱོད་ཚོ་དང་འགྲོགས་ནས་གུས་ལུགས་བརྩི་མི་དགོས་པ་ཨེ་རེད།" ཟེར།

ཏིན་ཅིག་གོང་ཡར་འཁྲིང་ནས་སྐད་ཅོར་བརྒྱབ་སྟེ "ཨོ། ཧུས་ཡུས་ཟེར་མཁན། ཁྱོད་ཀྱིས་རྫིང་སྤྱོད་མ་བྱེད། ཁྱོད་ཀྱང་གཞན་གྱི་གཡོག་པོ་ཞིག་ལས་མིན། ཡ་མོན་གྱི་དབང་ཤེད་དང་སྤྱོད་པ་འདིར་མ་བཀོལ། ངའི་ཁྲུ་ཚུར་ཏོ་རྒྱུར་མཉམ་ཞིག" ཅེས་བཤད། སྐུ་ངོ་ཨན་མ་འགྱུལ་བར། མགོ་སྨད། ཚུགས་ཀ་ལ་བལྟས་ན་ཧྲུང་རྗེག་གཟེད་པར་སྒྲུག་ཡོད་པ་དང་མཚུངས། ཏྲི་སན་མའི་ཡི་སེམས་ལ་མི་འདི་འགྲོགས་བདེ་ཞིག་མིན་སྙམ་ཏེ།

ཉིན་ཅིག་ཀོང་གིས་ཕོ་ལྷ་བུ་ལ་བསྐང་ར་མ་བྱེད་ཅེས་སྨྲར་ཏུ་བཀག ཉིན་ཅིག་ཀོང་གིས“བུ་མོ། ཁྱོད་ཀྱིས་ཕོ་ནང་ལ་ཐོས་འོངས་པ་མ་ཡིན་ནམ། ཕོ་རང་འདིར་བསྡད་ན་ང་བཟོད་ཐབས་མེད།” ཟེར། ཞེ་སྡང་གིས་གདོང་དམར་པོར་གྱུར། དེར་བསྡད་ནས། ཕུ་ཐུང་ཆེ་བའི་ཐོད་པའི་རྟུལ་ཆུ་ཕྱིས། དེའི་སྐད་ཆ་དང་རྣམ་འགྱུར་སོགས་བཅོས་མ་ཡིན་པ་དེ་སུས་ཀྱང་ཤེས་ཐབས་བྲལ།

ཧོ་སན་མའི་ཡིས་ཅི་ཞིག་ལ་མོ་ནི“བུ་མོ་ཕལ་བ”ཞིག་རེད་ཟེར་བ་ཡིན་ཞེས་དྲིས། སྐུ་ངོ་ཨན་གྱིས་དཔའ་བོ་དཔའ་མོ་ཟེར་བ་ནི། སློ་དཀར་དང་སྲི་ཞུ། དམ་གཙང་དང་དྲང་བདེན་ཡིན། ཨམ་འདས་ནས་སྡུག་གོས་མི་གྱོན། ཅི་ལྟར་གསུས་བཀུར་ཆེ་ཟེར། དེ་བས་བུ་མོ་ཕལ་བ་ཞིག་རེད་ཅེས་བཤད་པ་ཡིན། གཉིས་ཀ་རྩོད་པ་བྱུས། རྗེས་ནས་སྐུ་ངོ་ཨན་གྱིས་དེད་ནས་ཧོ་སན་མའི་ཡི་དགྲ་ཡའི་རུས་དང་མིང་ཅི་ཡིན་དྲིས་བྱུང་། ཧོ་སན་མའི་ཡི་བཤད་མ་འདོད་པར། ཁྲེལ་དགོད་བྱེད་ཞོར་ན་རེ། “ངའི་དགྲ་ཡས་ཁྱོད་ལ་ཅི་བྱས། ཁྱོད་དགའ་འམ། ངས་བཤད་ཀྱང་གོ་ཅི་ཆོད།“ཟེར། སྐུ་ངོ་ཨན་མགོ་གཡུག་ཞོར“བུ་མོ། ཁྱོད་ཀྱིས་ང་ལ་མཐོང་ཆུང་བྱས་སོང་། ཁྱོད་ཀྱི་དགྲ་ཡའི་རུས་དང་མིང་ཐོས་ན། ཁྱོད་ལ་རོགས་རམ་ཅམ་བྱེད་ཐུབ་པ་དང་ཐབས་རྟུས་འདྲ་འདོན་ཨེ་ཐུབ་བསམ་བཞིན་ཡོད།” ཟེར། ཧོ་སན་མའི་ཡིས་སྐད་ཆ་ཅི་ཡང་མ་བཤད། སྐུ་ངོ་ཨན་གྱིས

མཇུག་མཐར་དཀྲ་ཡ་ནི་ད་ལྟའི་ཞིང་ཆེན་བདུན་གྱི་ལྷུགས་སེང་དཀྱུ་མགོའི་ཐམ་ཀ་འཛིན་པའི་དམག་སྤྱི་ཆེན་མོ་རྩུས་ཞན་ཐང་ཡིན་ཞེས་བཤད། ཧྲི་སན་མའི་ཡིས་གཏམ་དེ་ཐོས་ནས་སྐྱ་ངོ་ཨན་ལ་སྟང་མིག་བགྲད་དེ་སྟེག་དམོད་ཚ་མོ་བྱས་སོ།།

ལེའུ་བཅོ་བརྒྱད་པ། འདས་ཟིན་དོན་ལ་ཕྱིར་དྲན་ཡང་ཡང་བྱས། །མཇལ་འཕྲད་ཐུང་སྐེ་ཆགས་སྟང་དངོས་སུ་བཟོད།།

ཧྲི་སན་མའི་ཡིས་སྐྱུ་ངོ་ཨན་རལ་གྲིས་གས་གཉིས་སུ་གཤག་པར་བཙམ་ཙོ། ཧྲིན་ཅིག་གོང་གིས་ལག་གཉིས་ག་མདུན་དུ་བཀྱག་ནས་ཐབས་རྩུབ་པོ་ཞིག་བཏོན་ཏེ། "བུ་མོ། ཁྲི་མར་ལ་བརྒྱབ་ན་ཡོང་སླ་མོ་བྱིན་སོང་། ཡོ་ལ་གསལ་པོར་བཤད་དུ་བཅུག་ནས་ལག་འགུལ་ཀྱང་མི་འགྱི།" ཟེར། ཧྲི་སན་མའི་ཕྱིར་སྟོར་གྱི་གནས་སུ་ནུར། ཁྲུའུ་ཡིས་ཀོན་ཇ་འདྲེན།

ཧྲི་སན་མའི་ཡིས་སྐྱུ་ངོ་ཨན་ལ"མགྱོགས་པོར་ཤོད། ཅུས་ཞན་ཐང་གི་ངན་གྲོགས་ཨེ་ཡིན།" ཟེར། སྐྱུ་ངོ་ཨན་གྱིས་ཁ་ཟུམ་ནས་ཅི་ཡང་མི་བཤད། ཅུང་འཁོར་ནས་གདོང་ལ་འཛུམ་ཞིག་ལངས་ནས་ན་རེ། "ཅུས་ཞན་ཐང་ནི་མི་ཅི་ལྷ་བུ་ཞིག་རེད། ཁྱོད་གསོད་དགོས་ན་ང་འདྲ་བ་མངག་རྒྱུ་ཨེ་རེད།

ཐབས་སྟུག་འདི་དག་ཁྱོད་ཀྱིས་ད་དུང་མཐོང་ཐུབ་རྒྱུ་མ་རེད། དེ་དགོད་བྲོ་བ་ཞིག་མ་ཡིན་ནམ།" ཞེར། ཧྲི་སན་མའི་ཡིས་ཡུན་ཞིག་ལ་བསམ་བློ་བཏང་ནས། ཁྱོད་ཀྱིས་ངའི་དགྲ་ཡ་ཡིན་པ་ཅི་ལྟར་ཤེས་ཞེས་དྲིས་བྱུང་། སྐུ་ཪོ་ཨན་གྱིས་ལན་དུ། གལ་ཏེ་ཁྱོད་ཀྱི་དགྲ་ཡ་ཡིན་ན། ཁྱོད་ཀྱིས་སྔོན་ནས་དྲན་ཚུལ་འདི་ངོར་ཅིག་ཅེས་བཤད། ཧྲི་སན་མའི་ཁོང་དགོད་བྱས་ཏེ"ཁྱོད་ཀྱི་བསམ་པར་ང་ཁོ་ལ་སྐྲག་སྣམ་མམ། ཁོ་གསོད་མི་ཐུབ་བམ" ཞེར། སྐུ་ཪོ་ཨན་གྱིས་ལན་དུ"བུ་མོ། ཁྱོད་ཀྱིས་གཏམ་འདིའི་དོན་མ་གོ་བ་རེད། ཐེངས་འདིའི་དཀའ་ཚེགས་མྱོངས་མི་དགོས། སྡིག་པའི་ཁ་བཀང་། ཁོ་ལ་རྣམ་སྨིན་འཁོར་སོང་" ཞེར། ཧྲི་སན་མའི་ཡིས་ཉན་རྗེས། ཡིད་མ་ཆེས། ཡིན་ནའང་ཕ་རོལ་པས་བདེན་བདེན་ཅག་ཅག་དང་ནན་ནན་ཏིག་ཏིག་གིས་བཤད་པས་ཡིད་མ་ཆེས་ས་མི་འགྲོ། མོས་དོགས་པ་བྲིས་ཏེ་སྐུ་ཪོ་ཨན་ལ"སྐད་ཆ་མུ་མཐུད་དུ་གསལ་པོར་ཤོད།" ཞེར། སྐུ་ཪོ་ཨན་གྱིས་ཁྱོད་རང་འཚབ་མི་དགོས་ཏེ། དལ་བུར་ཉོན་དང་མགོ་ཟ་རྒྱུ་མཚན་དང་བཅས་པ་བཤད་དོ་ཞེར།

སྐུ་ཪོ་ཨན་གྱིས་དམག་སྤྱི་ཆེན་མོ་ཧུས་ཡི་གནས་ཚུལ་ཐམས་ཅད་རགས་རིམ་ཞིག་བཤད། ཧུས་ཞན་ཐང་གིས་ཞིང་ཆེན་བདུན་གྱི་ཐུས་འགོད་བདག་གཉེར་གྱི་འགན་ཁུར་བའི་སྐབས་སུ། ཧྲི་སན་མའི་ཡི་ཨ་ཕས་ཀྱང་ཅང་དམག་དཔོན་གཞོན་པའི་འགན་འཁུར་ཡོད། ཁོའི་བུ་ལ་མནའ་མ་ཧྲི་སན་

མའི་ལེན་བསམ་ཡང་ཀྱང་ཅང་དམག་དཔོན་ནི་ཤེས་རྒྱ་ཆེ་ལ་བློ་སྤོབས་ལྡན་པ་ཞིག་ཡིན་པས་དོན་དེར་མ་འཐད།། "ངའི་སྟག་ཕྲུག་འདྲ་བའི་བུ་མོ་ཁྱི་ཕྲུག་ལ་སྟེར་རུང་ངམ། ངའི་མགོ་བཅད་ཀྱང་གཏམ་དེ་གཏན་ནས་མ་གླེང" ཞེས་ཟེར། སྐད་ཆ་དེ་དམག་སྤྱི་ཆེན་མོ་ཉུས་ཡི་ཐོས་ནས་ངོ་ཚ་སྣང་ལངས་ཀྱིས་གཞུང་དོན་ལ་ཁ་གཡར་ཏེ། སྐུ་ངོ་འདི་ཁྲིམས་གཏུག་བྱས། ཉེས་མིང་ནི" རང་བསམ་བདེན་སློམ་གྱིས་ཞུ་ཚུགས་ཆེ། དམག་དོན་ཕྱིར་འགྱངས་ནོར་འཆུག་བཟོས་སོང་།" ཞེས་པ་རེད། ཀྱང་ཅང་དམག་དཔོན་གྱི་ཐོབ་ཐངས་ནས་འདྲི་གཅོད་བྱས། བཙོན་དུ་བཙུག ཉིན་འགའ་མ་འཁོར་བར་ཞེ་སྡང་གིས་འདས་པར་མ་ཟད། བཤད་མི་ཐུབ་པའི་ནག་ཉེས་ཀྱང་ཁུར། ཏིན་ཅིག་ཀོང་གིས་གཏམ་འཁྱེར་འགའ་ཐོས་ཡོད་ཀྱང་ཉུས་ཞན་ཐང་ནི་ཧྲི་སན་མའི་ཡི་དགྲ་ཡ་ཡིན་པ་ཡིད་ལའང་མ་ཤར།

ཧྲི་སན་མའི་ཡིས་ཁོས་བཤད་པའི་གཏམ་ལ་བདེན་ལུགས་དང་གདེང་ཚོད་ཡོད་པས། ཡིད་མ་ཆེས་ས་མི་འགྲོ། ཉུས་ཚང་གིས་གཉེན་བསླངས་པས་དགྲ་ཡ་གྱུར་པ་མ་ཤེས། མོས་འདྲི་རྒྱུར" བཤད་ཚུལ་དེ་འདྲ་ཡིན་མོད། ཁྱོད་ཀྱིས་ཉུས་ཞན་ཐང་ཤི་ཞིང་ངེད་ཚང་གི་དགྲ་ཤ་བླངས་ཟིན་པ་ཇི་ལྟར་ཤེས" ཟེར། སྐུ་ངོ་ཨན་གྱིས་རྐང་པས་ས་ལ་རྡབ་སྟེ" བུ་མོ། ཁྱོད་མི་ཚེ་ཧྲིལ་པོར་རིག་པ་གསལ། ད་ལྟ་མགོ་བོ་རྨོངས་པ་ཅི། ཁྱོད་ཚང་གི་དོན་འདི། ཉུས་ཞན་ཐང་གི་ནག་ཉེས་ཆེན་པོ་གོ་

གཉིས་ནང་དུ་བཀོད་ཡོད། ཁྱོད་ཡིད་མི་ཆེས་ན། ངའི་བཤུ་འབྲི་བྱས་པའི་གོང་མའི་བཀའ་ཡིག་ཏུ་གསལ།" ཟེར། ཏྲི་སན་མའི་ཡིས་མགོ་ནས་མཇུག་བར་བཀའ་ཡིག་ལ་བལྟས་རྗེས། ཁ་ཅེ་ཡང་མ་གྲགས་པར་གྱུར།

སྐབས་དེར་ཏྲི་སན་མའི་ཡི་སེམས་པ་སྡུག་གིས་ཁེངས། ཧྲིན་ཅིག་གོང་ལ་སོགས་པས་ཁ་ཏ་སློབ་གསོ་བྱེད་བསམ་དུས། མོ་ཁ་རོག་གེར་ཡུན་རིང་ཞིག་ལ་བསྡད་རྗེས། གློ་བུར་དུ་ཡར་ལངས་ནས་སྐད་གསེང་མཐོན་པོས"དོན་ངོ་མ་དེ་ལྟར་རེད། གནམ་རྐྱེན་མར་བཀའ་དྲིན་ཞུ། ཁྱུས་ཧྲག་ཚང་གི་ཕ་བུ་གཉིས་ལའང་རྒྱུ་འབྲས་འཁོར་སོང་ངོ༎" ཞེས་བཤད། ཁ་འཁོར་ནས་སྐུ་ངོ་ཨན་དང་ཧྲིན་ཅིག་གོང་ལ་བཀའ་དྲིན་ཞུས། རྐྱེན་རབས་ལ་བཀའ་དྲིན་ཞུས་རྗེས། གནམ་ལ་བལྟས་ནས་ན་རེ"ད་ལྟ་དགྲ་ཤ་ཆེན་པོ་བླངས་ཟིན། ཨ་ཕ། ཨ་མ། བུ་མོ་འོང་པར་སྒུགས། ཁྱོད་ཚོ་དང་མཉམ་དུ་བདེ་སྐྱིད་ཀྱི་འཚོ་བ་རོལ། "ཞེས་ཟེར་ནས་ལུས་པོ་ཕྱི་ལ་དགྱེ་སྟེ་གྲི་རིང་གིས་རང་སྲོག་གཅོད་པར་བརྩམ།

ལེའུ་བཅུ་དགུ་པ། ཧེ་ཡུས་ཧྥིན་གྱིས་སྒྲ་དན་ལྷ་བ་སྒྱིན། ཁྲིན་ཆེན་ཡ་མར་འདས་མཆོད་ལྷག་ཏུ་བྱས།།

ཧི་ས་ན་མའི་ཡིས་ཉན་རྗེས། དགྲ་ཡ་ཤི་ཟིན། དོན་ཆེན་བསྒྲུབས་ཚར། འདས་པའི་ཕ་མ་དང་མཇལ་བསམ་དུས། ཚང་མས་ཁ་ཏ་སློབ་གསོ་བཏང་སྐེ་ས་ལ་སྡོད་དུ་བཅུག ཉིན་ཅིག་ཀོང་གིས་མ་ཡིན་ཡིན་ཁྱུལ་གྱིས་སྐུ་ངོ་ཨན་ལ“སྐུ་ཞབས་ཡུས། འདི་ཐམས་ཅད་ཁྱོད་ལན་པ་རེད”ཅེས་ཟེར། སྐུ་ངོ་ཨན་གྱིས་རྩོལ་ལན་དུ“གཏམ་དེ་འདྲ་མ་ལབ། ཁྱོད་ནི་བུ་མོའི་དགེ་རྒན་ཡིན། མི་འགོག་པར་མ་ཟད། དེ་ལས་ཕྱོག་སྐེ་བུ་མོ་འགྲོ་རུ་བཅུག དགྲ་ཤ་བླངས་རྗེས། འབྲས་བུ་ཅི་འདྲ་འབྱུང་ངམ”ཞེས་བཤད།

ཧི་སན་མའི་ཡིས་གཏམ་དེར་ཉན་རྗེས། དངོས་གནས་དེ་འདྲ་རེད་འདོད་དེ། བྱ་ཐབས་ན་ཚང་ཟེར་བ་བཞིན། རང་གི་

ལུས་པོ་འདོམ་གང་པོ་གང་ལ་ཚང་ཞིག་མེད། སྐུ་ངོ་ཨན་གྱིས "ཨ་མའི་ཚེ་ཟད་ཚར། ཕ་ཡུལ་དུ་བསྐྱལ་ནས་ཕ་མ་གཉིས་མཉམ་དུ་དུར་སྦེད་བྱ་དགོས" ཞེས་པའི་བསམ་འཆར་བཏོན། ཧྲི་སན་མའི་ཡིས་རང་ཁྱིམ་ཉམས་ནས་མེད་པ་དང་། འགྲོ་ས་མེད་པའི་དཀའ་ངལ་མ་བཤད། སྐུ་ངོ་ཨན་གྱིས་ཕོའི་གྲོགས་པོ་ཨན་ཚང་གི་ཕ་བུ་གཉིས་ཀྱིས་རོགས་རམ་བྱེད་ངེས་ཟེར། ཧྲི་སན་མའི་ཡིས་སྦྱར་བཞིན "སྙེས་དབང་གིས་རོགས་བྱས་པ། ལག་པ་འགྲོག་ཙམ་གྱི་ལས་ཀ་རེད། དྲིན་ལན་འཇལ་བར་བསམ་གྱིན་མེད།" ཅེས་བཤད། སྐུ་ངོ་ཨན་གྱིས་འཇིག་རྟེན་ནས་འཚོ་བ་རོལ་ན་མི་གཞན་ལ་སྐྱབས་མི་བཙོལ་བ་ཞིག་གང་ན་ཡོད་ཅེས་སྐྱོན་བརྗོད་བྱས། ཧྲི་སན་མའི་འཐད་པ་བྱུང་ཡང་། ལམ་ཐག་རིང་ལ་དཀའ་ཚེགས་མང་པོར་འཕྲད་ངེས་སྙམ་སྟེ་འདྲི་རྒྱུར "སྐུ་ངོ་ཨན་ནི་ཁྱོད་ཀྱིས་བཤད་པ་བཞིན་སྤུག་གི་ཁྲུར་པོ་མཉམ་ཁྲུར་བྱེད་མཁན་ཞིག་ཨེ་ཡིན་ནམ།" ཟེར།

སྐུ་ངོ་ཨན་གྱིས་དུས་སྐབས་དམ་འཛིན་བྱས་ནས་རང་ཉིད་མཚམས་སྦྱོར་བྱས་ཏེ "བུ་མོ། ང་ནི་ཨན་ཞའོ་ཧྲེ་ཡིན། མདའ་གཞི་འདི་བསྐྱལ་བར་ཁ་གཡར་ཏེ་ཁྱོད་གར་ཡོད་ཀྱི་རྩད་གཅོད་དུ་འོངས། ད་དུང་ཁྱོད་ལ་བཤད་རྒྱུ་ཞིག་ཡོད།" ཟེར། ཧྲི་སན་མའི་ཡིས་ཉན་རྗེས། ཧ་ལས་ཏེ། སླར་ཡང་ན་རེ "ཁྱོད་ཀྱིས་ངོ་འཕྲོད་རྗེས་བརྒྱུད་རིམ་འདི་འདྲ་མང་པོ་བསྒྲུབས་པ་ཅི་ཡིན" ཞེས་ཟེར། སྐུ་ངོ་ཨན་གྱིས་ལན་དུ "འདི་ནི་ཐབས་

གཞན་མེད་པ་རེད། ངའི་འདོད་པ་དངོས་མིན།" ཟེར། དེ་ནས་ཏིན་ཚང་གི་ཨ་ཕ་དང་བུ་མོ་གཉིས་ཀྱིས་རོགས་བྱས་པས། ཁ་སང་འདིར་འོངས་པའི་གནས་ཚུལ་རེ་རེ་བཞིན་བཤད། ད་དུང་ཧྲི་སན་མའི་ཡི་ཨ་ཕ་དང་ཁོ་གཉིས་གྲོགས་པོ་ཡིན་པའང་བཤད།

ཧྲི་སན་མའི་ཡི་མིང་ངོ་མ་ནི་ཧེ་ཡུས་ཧྲིན་ཡིན། མོས་གཏམ་ལ་ཉན་རྗེས་ཡར་ལངས་ནས་སྐུ་ངོ་ཨན་ལ་གུས་ཕྱག་ཆེན་པོ་ཞིག་ཕུལ། ངག་ནས་འཐོད་ཚུལ་བསྒྱུར་ཏེ" ད་ཐེངས་ཀྱི་པེ་ཅིན་ལ་བགྲོད་པ་ནི་ཨ་ཁུའི་བསླབ་བྱ་ལ་ཉན་རྒྱུ། ཚ་མོར་ད་དུང་ཞུ་བ་གཞན་ཞིག་ཡོད། ཨ་ཁུས་ངེད་ཕ་མ་དུར་སའི་ཉེ་སར་དགོན་པ་ཆུང་ཆུང་ཞིག་ཚོལ་དང་། ངས་གདུང་སྲུང་བྱེད་རྒྱུ།" ཟེར། སྐུ་ངོ་ཨན་གྱིས་གདུང་མདུན་ནས་དམ་ཚིག་བཞག་སྟེ་ཁས་བླངས། ཧེ་ཡུས་ཧྲིན་གྱིས་ཨ་མའི་གདུང་མདུན་ནས་ངུ་སྐད་ཤོར། ངུ་སྐད་འདི་ཧེ་ཡུས་ཧྲིན་ཨ་ཕ་འདས་པའི་རྗེས་ནས་ལོ་མང་པོར་བསྲུན་པའི་མིག་ཆུ་བཞུར་བ་རེད།

དུས་ཚོད་ཕྱེད་ཙམ་འགོར་རྗེས། ངུ་སྐད་རིམ་བཞིན་ཧེ་དམའ་ལ་སོང་། ཨན་ལྕམ་མོ་དང་། སྐུ་གྲགས་ཨན་བཟའ་ཟླ་གཉིས་ཀ གཉེན་ཚང་ཀྲང་ཚང་གི་ཨ་ཕ་དང་ཀྲང་ལྕམ་མོ་བཅས་ཀྱང་སླེབས་བྱུང་། དེ་ནས་སྐུ་ངོ་ཨན་གྱིས་བཀོད་སྒྲིག་བྱས། འཆར་གཞི་ལྟར་པེ་ཅིན་ལ་བསྐྱོད་རྒྱུ་བྱས། དགོང་མོ་དེར་ཁ་བཟ་སྣ་ཚོགས་བྱེད་དུས། ཏེ་ཆེན་གྱིས་མི་ལམ་དུ་སྐུ་ངོའི་

བྱ་བ་འདི་སྨིས་པ་མ་ཟད། ད་དུང་ཚང་མ་ཐོད་ཐུག་སོང་བ་རེད། འདིའང་རྗེས་ཀྱི་ཧི་སན་མའི་ཡི་རྒྱི་ལམ་ཡང་བདེན་བདར་བྱས་བྱུང་།

ཉིན་གཉིས་པར་འདུས་མཆོད་བསྒྲུབས་ཚར་རྗེས། སྐྱོ་ཨན་སོགས་ཀྱིས་ཧྲིན་ཅིག་ཀོང་དང་མཉམ་དུ་པེ་ཅིན་དུ་བསྐྱོད་པའི་འཆར་གཞི་འགོད་བཞིན་ཡོད། འཆར་གཞི་མ་གྲུབ་གོང་། སློ་བུར་དུ་སྐྱོན་ཞུ་ཞིག་འབྱོར་ཏེ། ཏེ་ལྷ་ཀྲུག་སན་སླེབས་བྱུང་ཟེར།

ལེའུ་ཉི་ཤུ་བ། ཆིན་ཡོན་རི་ལ་དཔའ་བོ་མང་པོ་འཛོམས། །སྤུར་གདུང་མདུན་དུ་གུས་ཕྱག་རྒྱ་ཆེན་མཛད།།

ཀྲུག་སན་གྱིས་རི་ནས་ཧྲི་སན་མའི་ཚང་གི་མི་འདས་པ་ཐོས། ཚུར་ཡོང་ནས་ལོ་ལོན་རྒན་མོར་ཕྱག་འཚལ་བར་འདོད་པ་དེ་རེད། ཉིན་ཅིག་ཀོང་སྲུང་དམག་ལ་ལོ་མང་པོར་སོང་སྐྱོང་པས། "ཇག་པ་ལའང་འགྲོ་ལུགས་ཡོད་པ" ཞེས། འོས་མཚམས་ཀྱིས་ཀྲུག་སན་ཧྲི་སན་མའི་དང་ངོ་འཕྲད་དུ་བཅུག་ཅིང་གདུང་མདུན་ནས་སྤོས་སྒྲོན་དུ་བཅུག ཧེ་ཡུས་ཧྥིན་གྱིས་སྐུ་སྲུས་ཨན་ཧོས་ཨན་དུ་སྐྱེལ་མཁན་གསར་གཏོད་གཉིས་ལ་བཀའ་དྲིན་ཞུས། ཀྲུག་སན་གྱིས་རོགས་བྱས་ཏེ་དུར་སྦེད་བྱེད་པར་ཧེ་ཡུས་ཧྥིན་གྱིས་ཚིག་འཇམ་པོའི་སྒོ་ནས་ཁས་མ་བླང་ངོ།།

ཉིན་འགའ་འགོར་རྗེས་བྱ་བ་ཐམས་ཅད་བསྒྲུབས་ཚར། ཐེམ་སྐམ་གྲུ་ལ་འཇོག་རྒྱུར་སྒྲུག ཐེམ་སྐམ་སྦྱོར་བའི་ཉིན་དེར།

ཏིན་ཚང་གི་ཨ་ཕ་དང་བུ་མོ་ཧྲི་སན་མའི་དང་ཁ་གྱེས་ཆེ་སེམས་སྡུག་གི་མིག་ཆུ་འཚོར་རྒྱུར་སྐྲག་ནས་བཟོའང་མ་བརྒྱབ་པར་སྡོན་ལ་བུད་སོང་། དེ་ལྟར་མི་ཐམས་ཅད་ཡམ་དུ་ཆས། ཁ་བཟ་སྨ་ཚོགས་བྱས། ཅུང་མ་འགོར་བར་ཏེ་གྲིག་ས་ཆར་འཁྱོར། ཞའོ་ཙོ(རྒྱ་སྐད་དེ། ཕ་མར་སྤྲོ་ཞུ་བྱེད་མཁན་ལ་ཟེར།)སྒོ་བར་བརྒྱུད། བུད་མེད་ཅིག་གིས་སྒོ་མིང་གི་ཐོགས་ཚུལ་ལབ། དགོང་མོར་ཐམས་ཅད་ངལ་གསོ་དུས། ཏེ་ཡུས་ཐྲིན་ལ་གཉིད་མ་ཡོང་། མིག་བཙུམ་མ་ཐག སོས་ཡོན་ཨར་གྱི་ཆུང་མས "སྲས་མོ། སྐུ་ངོས་མི་མངགས་ནས་ཁྱོད་གདན་འདྲེན་དུ་སླེབས་བྱུང་།" ཞེས་སྐད་རྒྱག་པ་ཐོས། ཞེས་ཏེ་ཡུས་ཐྲིན་གྱིས་ཨ་ཕ་དང་འཕྲད་པའི་སྒོ་ལམ་ཞིག་སྣེས། སྒོ་ལམ་དུ་ཨ་ཕས་ཅིག་ཙེ་སྙིང་གི་མེ་ཏོག་བུམ་པ་ནས་རྩ་པད་མའི་མེ་ཏོག་ཅིག་དང་། ཐྲིན་ཞན་སེར་པོའི་མེ་ཏོག་ཅིག ཐྲིན་ཞན་དཀར་པོའི་མེ་ཏོག་གསུམ་སྒྲིགས་གཅིག་ཏུ་བསྡུས། ཏེ་ཡུས་ཐྲིན་གྱིས་ལག་ཏུ་བཟུང་སྟེ། ཕ་མར་མེ་ཏོག་འདི་བཀོལ་ས་ཅི་ཡོད་དྲིས། ཨ་ཕས་ལན་དྲང་མོ་མི་འདེབས་པར་ཧ་དེ་ནི་ཁྱོད་ཀྱི་ཆེད་དུ་འོངས། མེ་ཏོག་འདི་གསུམ་པོ་ནི་ཁྱོད་ཀྱི་འགྲོ་ས་ཡིན། ང་ལ་སྐད་ཆ་ཚིག་བཞིའི་བཅོལ་གདམས་ཡོད་དེ "མཁའ་ཧ་ནམ་མཁར་ཐོགས་མེད་རྒྱུགས། མིང་གྲགས་མེ་ཏོག་རྩ་བ་གཅིག ཚུར་ལ་མཉམ་དུ་ཡོང་། ཕར་ལ་མཉམ་དུ་སོང་།" ཁྱོད་ཀྱིས་གོ་སྐབས་གཏན་ནས་འཚོར་དུ་འཇུག་མི་རུང་། ང་འདི་ནས་ཡུན་དུ་འདུག་མི་

ཙུང། ད་སོང་ཤིག་ཅེས་ཟེར། རྨི་ལམ་དུ་སྐུ་སྲས་ཨན་ཀྱང་ཡོད། ངའི་མེ་ཏོག་གང་ན་ཡོད། སེས་ཡོན་ཨར་གྱི་ཆུང་མས་ཡ་ལན་བྱིན་ཏེ“བུ་མོའི་མེ་ཏོག ངའི་ཤེལ་སྒམ་དུ་བསྡུས་ཡོད།”ཟེར། ཧེ་ཡུས་ཧྥིན་གྱིས་ད་གཟོད་གཉིད་བཤད་ལབ་བཞིན་པ་ཆོར། སློ་བུར་དུ་ཧེ་ཆེན་གྱིས་ཁོས་གདུང་བསྐྱལ་ནས་ཧེ་གྲིག་ལ་འགྱོར་དུས་སྐུ་ངོ་ལྷ་རུ་གྱུར་པ་སོགས་རྨིས་སོང་ཞེས་བཤད་པ་དྲན། དེ་རིང་ཡང་ཞིང་སྦེ་བུད་མེད་དེས་ས་ཆ་འདིའི་ཡུལ་ལྷ་བྱིན་རླབས་ཆེ་ཞེས་བཤད་པ་ཐོས། ཡིན་ནའང་རྨི་ལམ་འདི་ཡ་མཚན་ཞིག་རེད། ཧེ་ཡུས་ཧྥིན་གྱིས་རིམ་པ་བཞིན་དེད་ནས། སེམས་ནས་ངེས་རྟོགས་ཤིག་རྙེད་པ་སྟེ། ཨན་ལི་པོ་སྟེ་བདེ་སྐྱིད་ཁང་གི་གཏམ་ནི“ཨན”ལ་མཐུན་པ་སྟེ་བདེ་ཞེས་པའི་ཡི་གེ་ཡིན། སྐུ་སྲས་ཨན་གྱི་མིང་ལ་ཨན་ཧྲུས་དང་། ཟུར་མིང་ལ་ཚན་ལི། མིང་གཞན་ལ་ལྕུང་མའི་ཟེར་བ་ཐམས་ཅད་ཡི་གེ“སྣ”སྟེ་རྟ་ལ་འབྲེལ་བ་ཡོད། ཧྥིན་ཞན་མེ་ཏོག་སེར་པོ་དེ་ཀྲང་ཅེན་ཧྥིན་གྱི་མིང་དང་མཐུན། ཧྥིན་ཞན་མེ་ཏོག་དཀར་པོ་དེ་རང་གི་མིང་དང་འབྲེལ་ཡོད། རྩ་པད་མས་སྟོབས་འགྱོར་མངའ་ཐང་དར་བའི་རྟེན་འབྲེལ་ཡིན། དེ་སྐུ་སྲས་ཨན་སྟོན་བཞིན་ཡོད། “མིང་གྲགས་མེ་ཏོག་རྩ་བ་གཅིག”ཅེས་པ་གཉེན་ཚང་ཞིག་ལ་འཕྲད་པའི་དོན་དེ་རང་སྟེང་ནས་འབྱུང་རྒྱུ་མིན་ནམ། གྲོང་ཁྱེར་པེ་ཅིན་དུ་འགྱོར་བ་ན། རང་ཉིད་ངེས་འབྱུང་གི་བསམ་པ་སྐྱེས། ཞེན་ཆགས་ས་ཅི་ཡང་མེད། ཁེར་རྐྱང་དུ་ཆོས་

སྒོར་ཞུགས་ནས་མི་ཚེའི་ལྷག་མ་བསྐྱལ་རྒྱུ་ཡིན་པས་གཉེན་དོན་འདི་གང་ནས་བཤད་ཀྱིན་ཡོད་དམ། ཞེས་སེམས་རྒྱ་མཚོའི་རླབས་བཞིན་གཡོས། མལ་དུ་ཕར་འཁོར་ཚུར་འཁོར་བྱས་ཏེ་ནམ་བསྐྱངས་སོང་ངོ་།།

ལེའུ་ཉེར་གཅིག་པ། ཕ་ཡུལ་ཕྱོགས་སུ་བདེ་བར་འགྱུར་བ་དང་། །བྱམས་བརྩེ་ལྡན་པའི་མ་སོའི་ཕང་དུ་སོག།

ཐུང་གྲིག་གྲུ་ཁར་འཁྱོར་བ་དེ་གྲོང་ཁྱེར་པེ་ཅིན་གྱི་ཕྱིའི་མཁར་སྒོ་ལ་འཁྱོར་སོང་ཞེས་ཟེར་ཚོག དེ་དུས་ཞང་མོས་རྒྱ་ངོགས་སུ་བསུ་བ་བྱེད་པར་སླེབས། ཞང་མོས་ཨན་ཚང་གི་མནའ་མ་དང་ཧེ་ཡུས་ཕྱིན་མཐོང་ནས་ཡིད་སྐྱོ། དབུགས་རིང་ནར་ནར་འཐེན་བཞིན་ན་རེ། རང་ལ་བུ་བུ་མོ་གཅིག་ཀྱང་མེད་ཟེར། ཧེ་ཡུས་ཕྱིན་གྱིས་ཞང་མོ་ནི་སེམས་བཟང་ཞིག་ཡིན་པས། རང་གི་མ་གཡར་ལ་བཀུར། ཞང་མོ་དེ་བས་དགའ་བ་སྐྱེས། སྐྱོ་ཨན་གྱིས་ཧེ་ཡུས་ཕྱིན་ཞང་མོ་ལ་བཙོལ་རྗེས། རྣམ་རིག་ལྷག་པར་སྦྱིམ་ནས་ལག་འོག་གི་དོན་དག་སྒྲུབ། ཐམས་ཅད་བཀོད་སྒྲིག་བྱས་ནས་དུར་སྟེད་གྲ་སྒྲིག་བྱེད། ཉིན་དེར། ཧེ་ཡུས་ཕྱིན་གྱིས་སྟུག་གོས་གྱོན། གྱིས་ཕྱག་ཕུལ། ཞང་མོ་དང་མཉམ་དུ

གདུང་དང་འགྲོགས་ནས་ཏེ་ཧྥིན་འགག་ལ་སླེབས་ནས་བསྡད། གདུང་བསུའི་ཆོ་ག་ཚར་རྗེས། འགྲོ་ལུགས་ལྟར་ན་ཉིན་བདུན་ལ་བཞུགས་རྗེས་ད་གཟོད་སྦས་ཆོག

ཉིན་གཉིས་འགོར་རྗེས། སྐུ་ངོ་ཨན་གྱིས་ས་དཔྱད་ལྟ་མཁན་གདན་དྲངས་ནས་ཧེ་ཡུས་ཧྥིན་གྱི་ཕ་མའི་དུར་ས་ལ་བལྟ་རུ་བཅུག ས་དཔྱད་པས་ད་ལོ་ས་རྐོ་རྡོ་སྒྲིག་བྱས་ན་མི་བཟང་བ་དང་། ཕྱི་ལོའི་ཟླ་བཅུ་བ་ཆེས་བཟང་། ཕུར་འཛུག་གི་སྐར་མ་ནི་དེ་དུས་གཏན་ཁེལ་བྱས་ཆོག་ཅེས་བཤད། སྐུ་ངོ་ཨན་ལ་གོ་ནས་དགའ་བ་ཆེན་པོ་རྒྱས། འགོར་འགྱངས་བྱས་ནས་ཡུས་ཧྥིན་བུའི་ཆུང་མར་བླངས་ཆོག་སྙམ། ཐག་བཅད་རྗེས་ས་དཔྱད་པ་དང་ཁ་བརྡ་འགའ་བྱས་ནས་གྱེས།

གཏམ་དེ་ཧེ་ཡུས་ཧྥིན་གྱིས་ནང་ནས་གསལ་པོར་ཐོས་ཡོད་པས། སྐད་ཆ་གཞན་བཤད་ས་མི་འགྲོ། ཚང་མ་སྐུ་ངོ་ཨན་གྱིས་བཀོད་སྒྲིག་ལྟར་སྒྲུབ་དགོས། སྐུ་ངོ་ཨན་གྱིས་ཐོག་མཐའ་བར་གསུམ་དུ་ཧེ་ཡུས་ཧྥིན་གྱི་མེས་པོའི་མཆོད་ཁང་གི་དོན་ལ་སེམས་འཚབ་བཞིན་ཡོད། མཇུག་ནས་གཅིག་གོ་གཉིས་ཆོད་ཀྱི་ཐབས་ཡག་པོ་ཞིག་རྙེད། ལྷམ་མོ་དང་གྲོས་བྱས་ནས། ཨན་ཚང་གི་ཡང་མེས་མཆོད་ཁང་འགྲམ་གྱིས་ཁང་བ་བཤིག་སྟེ། གནས་དེར་གཞིས་ཀ་བཞི་བསྐོར་གཉིས་ལས་རྒྱུ་བྱས། ཤར་གྱི་གཞིས་ཀ་དེ་ཧེ་ཡུས་ཧྥིན་ཚང་གི་མེས་པོའི་མཆོད་ཁང་བྱེད་པ་དང་། བུ་མོ་ལ་གནས་སྐབས་སུ་ཁྱིམ་ཞིག་བཀོད་སྒྲིག་བྱེད་པ་

དང་། ཉུབ་ཀྱི་གཞིས་ཀ་དེ་ཆན་ཆོན་གྲུང་ཚང་གི་ཁྱིམ་བྱས་ན། བཟའ་ཟླ་གཉིས་ལའང་རྗེས་ནས་འདུག་ས་བརྟེན་ས་ཡོད་པ་རེད།

གཞིས་གཉིས་ཀ་ལས་ནས་གྲུབ་རྗེས། སྐུ་ངོ་ཨན་སློབས་ནས་ཧེ་ཡུས་ཧྲིན་ལ་རྟེན་འབྲེལ་ཞུས། ཁྱོད་དགོས་པའི་མཆོད་ཁང་བཙལ་ཟེན། ཧེ་ཡུས་ཧྲིན་གྱིས་དགོས་ཞེས་ཟེར་མི་འདོད་མོད། མ་གཡར་དང་མི་ཚང་མའི་ཁ་ཏ་བྱས་པས། ཐེ་ཚོམ་བཅད་བྱུང་། གཏན་འཁེལ་བྱས་རྗེས། སྐུ་ངོ་ཨན་དང་ཨན་ལྕམ་མོས་ཕྱོགས་འདིར་སྐྱོག་ནས་བཀོད་སྒྲིག་སྔ་གོན་བྱེད་པ་དང་། ཞང་མོས་ཕྱོགས་དེ་ནས་པོ་རོག་གེར་སྨྱུན་གྱི་བྱ་བ་བྱེད་བཞིན་ཡོད།

ཕུར་འཛུགས་བྱེད་དུས། ཉིན་ཅིག་གོང་དང་བུ་མོ། ཁྲུའུ་ཡིས་ཀོན་བཅས་ཀྱང་དུས་ལྟར་སློབས་བྱུང་། འདས་པོའི་མཚན་བྱང་འཛོག་དུས། ཤིང་བྱང་གཉིས་ཀ་མཉམ་དུ་འཛོག་དགོས། ཧེ་ཡུས་ཧྲིན་གྱིས་མཉམ་དུ་འཛོག་མི་ཐུབ། སྐུ་ངོ་ཨན་གྱིས་སྐུ་གྲུས་པོས་ནས་རོགས་ཕྱོས་ཤིག་ཟེར། བཤད་ན་ཡ་མཚན་ཞིག་སྟེ། སྐབས་དེར་སྒོ་ནས་རླུང་ཞིག་གཡུག་འོངས། མཆོད་ཁང་གི་དྲ་བ་དྲ་ཕྱིད་ལྷབ་ལྷུབ་ཏུ་གཡོས། མདུན་ཅིག་སྟེང་གི་མཆོད་སྒྲོན་གྱི་སྡོང་རོ་གཉིས་འདྲ་འདྲ་གད། མེ་ལྕེ་ཚུན་ལྷ་ལྷག་ཡར་མཆེད། གདུག་སྤྱོས་ཀྱི་དུ་བ་རླུང་གིས་ནང་དུ་འཐེན་ནས་སླར་ཡང་ཕྱི་རུ་ཐོན་པ་སྟེ། ཧེ་ཡུས་ཧྲིན་གྱི་མདུན

ནས་རྒྱབ་ཏུ་བསྐོར་རྗེས། ཨན་ལྕུང་མའི་སྒྲེལ་ཞིང་། ཀྲང་ཅིན་ཧྲིན་ལ་ཡང་དཀྲིས་བརྒྱབ་སྐེ་སྐོར་བ་ཞིག་གྲུབ་སོང་། ཚང་མས་བལྟས་ནས་ཧ་མི་ལས་པ་མེད། ཧེ་ཡུས་ཧྲིན་ཀྲང་ངོ་མཚར་སོ།།

གུས་ཕྱག་ཚར་རྗེས། ཧེ་ཡུས་ཧྲིན་གྱིས་སྐུ་ངོ་ཨན་ལ་བཀའ་དྲིན་ཞུ་བའི་ཆེད་སྐུ་ངོ་ཨན་བཟའ་ཟླ་གཉིས་ལ་ཕྱག་འཚལ། ཨན་ལྕམ་མོས་མགྱོགས་པོར་ལག་པས་ཡར་སྐྱོར། ཧྲིན་ཅིག་ཀོང་གིས་མོའི་མི་ཚེའི་དོན་ཆེན་བསྒྲུབ་རྒྱུར་བྲེལ་ཞིང་། ཨན་ཚང་གི་ངག་བཅོལ་ལའང་ཁས་བླངས་ཟིན་པས་སྐབས་དེར་ན་རེ། "བུ་མོ། ཕྱག་འཚལ་བ་འདི། ངོ་མ་འཚལ་འོས་པ་དང་འཚལ་ཐུབ་བ་ཞིག་ཀྱང་རེད། དེ་རིང་གི་རྐྱེན་འབྲེལ་ལ་བལྟས་ན། ཁྱོད་ཀྱིས་ཨ་ཁུ་ཨ་ནེ་ཞེས་འབོད་བཞིན་ཡོད་པ་དེ་བསྒྱུར་ཏེ་ཨ་ཕ་ཨ་མ་ཞེས་བོས་ན་འགྲིག" ཟེར། ཁོས་གཉེན་འདི་མྱུར་དུ་སྒྲིག་ཏུ་བཙུག་ན་འདོད་ཡོད་དོ།།

ཧེ་ཡུས་ཧྲིན་གྱིས་རྩི་ལམ་དུ་ཕ་མ་རྩིས་པ་ནས་ཨན་ཚང་དང་ལས་དབང་ཡོད་སྙམ་བཞིན་ཡོད་ཀྱང་། མོ་ལ་དཀའ་ཁག་ཀྱང་ཡོད། ཧེ་ཡུས་ཧྲིན་ན་རེ། "སྐད་ཆ་འདི་ཕྱོགས་ལྔ་ནས་འགྲིག་པོ་མེད།" ཧྲིན་ཅིག་ཀོང་གིས་ཡ་མཚན་ནས "ཕྱོགས་ལྔ་པོ་གང་དག་ཡིན།" ཞེས་དྲིས། ཧེ་ཡུས་ཧྲིན་ན་རེ། "དང་པོ། ཕ་མ་གཉིས་ཀའི་བཀའ་མེད་པས་མི་ཆོག གཉིས་པ། སྨྱན་བར་གྱི་གཏམ་མེད་པས་མི་ཆོག གསུམ་ནས་ལོ་རེས་ཀྱི་ཡི་གེ་མེད། བཞི་ནས་གཉེན་དར་མེད་པས། དེ་བས་ཀྲང་མི་ཆོག

ལྷ་པ་ལང་གཅིག་པོ་ཁེར་རྐྱང་ཡིན་ལ། མིའི་ངོ་བསྲུས་ཏེ་འཚོ་བ་སྐྱེལ་མཁན་ཞིག་ལ་དར་གོས་ལག་མཐིལ་ཙམ་གྱི་རྗོངས་པའང་མེད་པས་དེ་བས་ག་ལ་རུང་།” ཟེར། སྐུ་ངོ་ཨན་དང་ཏིན་ཅིག་ཀོང་གཉིས་ཀྱིས་ཕན་ཚུན་ལ་བལྟས་ནས་དགོད་ཞོར་དུ་ཡར་ལངས་ནས་ཕྱི་ལ་སོང་། ཨན་ལྷམ་མོས་ཀྲང་ཅིན་ཧྲིན་ལ་མིག་བརྡ་ཞིག་བཏང་། ཀྲང་ཅིན་ཧྲིན་ཏེ་ཡུས་ཧྲིན་གྱི་མདུན་དུ་བཙར་ནས། བསམ་བློ་གང་མང་བཏང་སྒྱོང་བའི་གཏམ་དེ་ལྷུག་ལྷུག་ཏུ་བཤད་པ་སྟེ། “ཨ་ཅེ་ལགས། སྐད་ཆ་དེ་འདྲ་བཤད་མི་རུང་། ཕ་མའི་བཀའ་མེད་ཟེར་ན། ངའི་སྨྱུག་པོ་སྨྱུག་མོ་གཉིས་ཀྱིས་ཁྱིམ་གྱི་མཆོད་ཁང་མ་བཞེངས་པའི་སྔོན་དུ་གཉེན་བསྒྲངས་པ་ཡིན་ན་ཨ་ཅེ་དཀའ་ལས་གཏད་སོང་ཞེ་ན་འགྲིག ད་ལྟ་ཁྱིམ་ནས་མེས་པོའི་མཆོད་ཁང་འདི་བཞེངས་པ་ནི་ཨ་ཅེའི་ཁྱིམ་ཚང་ཡིན། ཀུན་དགའ་ར་བ་འདི་ཨ་ཁུ་དང་ཨ་ནེའི་ཁང་བ་རེད། ངའི་སྨྱུག་པོ་སྨྱུག་མོ་དངོས་སུ་ཨ་ཅེའི་ཁྱིམ་དུ་སོང་ནས། ཁྱོད་ཀྱི་རྒན་རྒོན་གཉིས་ཀའི་མཚན་བྱང་མདུན་དུ་གཉེན་བསྒྲངས་པ་དེ་ཕ་མའི་བཀའ་མེད་ཟེར་ཐོད་དམ། ཨ་ཅེས་ལོ་ལོན་གཉི་ག་འཐད་པ་བྱུང་ན་ཕ་མའི་བཀའ་ཡོད་འདོད་ན། སེམས་གཏིང་ནས་འབད་པ་བྱས་ན་དོན་ཐོག་ཏུ་སྨིན་སྲིད། སྨྱུག་པོ་སྨྱུག་མོས་སེམས་ཀྱིས་ཞུས་ན། རྒན་རྒོན་གཉིས་ཀྱིས་ཀྱང་བརྡ་ཞིག་འགྱུར་ངེས། སྐུ་སྲས་ཁྱོད་གཉིས་ཀྱིས་མཚན་བྱང་འཇོག་དུས། ལྟུང་དེ་རྟེན་འབྲེལ་སྒྲིག་པ་མ་ཡིན་ནམ། ད་

དུང་གདུག་སྤྲོས་ཀྱི་དུ་བ་དེའང་དགའ་བའི་རྟགས་བསྟན་པ་མ་ཡིན་ནམ། ”ཟེར། ཧེ་ཡུས་ཧྲིན་གྱིས་མགོ་གཡུག་སྟེ“ ཁྱོད་ལ་རྒྱུ་མཚན་མེད་པའི་སྐད་ཆ་འདི་དག་གང་ཞིག་ནས་བྱུང་ངམ། ”ཟེར། ཀྲང་ཅིན་ཧྲིན་གྱིས་ཀོལ་ལན་དུ“ ངའི་སྐད་ཆ་ལ་རྒྱུ་མཚན་མེད་དུ་ཆུགས་ཀྱང་། རྒྱུ་མཚན་ཡོད་པའི་གཏམ་ཞིག་བཤད་པར་བྱ་སྟེ་ཨ་ཅེས་ཉོན་ཅིག སྨྱུག་པོ་སྨྱུག་མོའི་བཤད་པའི་གཏམ་འདི་འདྲ་ སྤྱར་ཐོས་མྱོང་སྟེ། ཁྱིམ་ཚང་གཉིས་ཀྱི་ཀན་རབས་པས་སྤྱར་ནས་གཉེན་འདི་བསྒྲིག་རྒྱུ་བྱས་ཡོད། ཡང་བཤད་ན། གཉེན་སྒྲིག་སྨྱུན་པར་མེད་ཟེར་ན། བུ་ཚང་གི་བར་བ་ལ་སྨྱུན་པ་ཟེར་བ་དང་། བུ་མོ་ཚང་གི་བར་བ་ལ་བར་བ་ཟེར། ངའི་སྨྱུག་པོ་སྨྱུག་མོ་དངོས་སུ་ཁྱིམ་གྱི་མཆོད་ཁང་མདུན་ནས་ལྷ་ལ་བརྗོད་བརྒྱབ་པ་དེ་ལ་སྨྱུན་པ་ཟེར། ཅིག་གོང་དང་ཨ་ཅེ་ཁྲིའུ་ཆེད་དུ་སློབས་པ་ལ་བར་བ་ཟེར། དེ་བས་སྨྱུན་པ་དང་བར་བ་མེད་ཟེར་དོན་མེད། ”ཅེས་བཤད།

ཡང་ལོ་རེས་ཡི་གེ་བཤད་ན། ཨ་ཅེའི་དོ་སྣང་བྱེད་པ་ནི་བུ་བུ་མོ་ཚང་གི་ལོ་རེས་སྤྱར་ཁ་འདེད་པ་དེ་རེད། སྐྱ་སྲུས་ཀྱི་ལོ་རེས་སྤྱར་ཁ་བཤད་ན། སྨྱུན་པས་མྱུར་ཏུ་ཨ་ཅེའི་མདུན་དུ་བསྐྱོལ་ཚོག སུ་ལ་སྤྲོད་དགོས་སམ། ཡང་ན་ཨ་ཅེས་རྟེས་རྒྱུག་ཤེས་སམ། གཉེན་འགྲིག་མིན་ཨེ་ཤེས། ཨ་ཅེའི་ལོ་རེས་སྤྱར་ཁ་ནི། ངའི་སྨྱུག་པོ་སྨྱུག་མོ་གཉིས་ཀྱིས་གསལ་པོར་ཤེས། ཁྱོད་ཚང་ལ་ལོ་རེས་ཡི་གེ་ལེན་དུ་འགྲོ་དགོས་པ་མ་རེད། ཨ་ཅེས

ཡིད་མི་ཆེས་ན། ང་ལྷ་ལོ་རེས་སྤར་ཁར་རྩིས་བརྒྱབ་ན་ཆོག ངོ་མ་བཤད་ན། ངེད་ཚང་གིས་བརྩིས་ཡོད་པར་མ་ཟད། ཁྱོད་ཚང་གིས་ཀྱང་སྔོན་ནས་རྩིས་བརྒྱབ་ཡོད་དོ།།" ཞེས་བཤད།

ཧེ་ཡུས་ཧྥིན་གྱིས"ཁྱོད་ཀྱིས་གཉིད་མ་སད་ཀྱི་འཆོལ་གཏམ་མ་ལབ།" ཟེར། ཀྲང་ཅིན་ཧྥིན་གྱིས་འཛེམ་དོགས་མེད་པར"གཉིད་གཏམ་གཏན་ནས་མིན། ངའི་ཐོས་པ་ལྟར་ན། ཁྱོད་ཚང་གི་ཨ་ཁུ་དང་ཨ་ནེ་གཉིས་ཀྱིས་ཆུང་དུས་ནས་ཁྱོད་ཀྱི་ལོ་རེས་སྤར་ཁ་བལྟས་ཡོད། ཁྱོད་ཀྱིས་ལོ་རེས་རྟ་ཡིན་པའི་མག་པ་ཞིག་བཙལ་དགོས། རྟ་དང་འབྲུག་འདུས་ན་ལས་བསོད་རླུང་རྟ་དར། མ་འོངས་པར་རྒྱུ་ནོར་གྱིས་བང་མཛོད་བཀང་བ་མ་ཟད། ད་དུང་དཔོན་ཆེན་གྱི་ལྕམ་མོ་ཉན་སྲིད། སྐད་ཆ་འདི་ཨ་ཅེས་མི་ཤེས་ན་ཁྱོད་ཀྱིས་མ་གཡར་ལ་དྲིས་ཤིག ཕལ་ཆེར་འདྲི་མི་དགོས། མ་ཤེས་པ་ག་ན་ཡིན། གླེན་པར་བརྫུས་ནས་མ་ཤེས་ཁུལ་བྱ་དགོས་དོན་མེད། ཨ་ཅེ་ཁྱོད་ཀྱིས་བསམ་བློ་ཐོངས་དང་། ཁྱོད་ཀྱིས་ཡེའུ་ལེ་མགྲོན་ཁང་ནས་ལོ་རྟགས་རྟ་ཅན་ཞིག་ལ་འཕྲད་པ་དང་། བཟོད་སྒོམ་དགོན་པར་བསྐྱབ་པའང་ལོ་རེས་རྟ་ཡིན། ཁྱོད་གཉིས་སྒོ་བྱང་ལ་གྲིས་ནས་སོང་ཧུང་མཐར་མཉམ་དུ་ཕ་ཡུལ་དུ་ལོག་པ་འདི་ཅི་ཡིན་ནམ། ཨ་ཅེས་ཤོད་དང་ངས་ཉན་ནོ།།" ཟེར།

ཀྲང་ཅིན་ཧྥིན་གྱིས་སྐད་ཆ་འདི་དག་བཤད་སྐབས། ཧེ་ཡུས་ཧྥིན་གྱིས་མགོ་སྨད་དེ་བསམ་བློ་བཏང་། གཏམ་ཅི་ཡང་མི་

༄། སྐད་ཆ་བསམ་ནས་ཤོད། རྩམ་པ་ལྡུད་ནས་མིད་ཅེས་པའི་དཔེ་ལྟར། ཀྲང་ཅིན་ཧྲིན་གྱི་གཏམ་དེ་དང་། ཕ་མས་རྨི་ལམ་དུ་བརྗོད་པ་སོགས་ལ་བརྟག་ན། ལས་འཕྲད་འདི་ཡོད་ཀྱང་སྲིད། བྱ་བ་དོན་དག་གང་ཞིག་ཡིན་ཀྱང་སྔོན་ནས་གཏན་འཁེལ་བྱས་ཡོད་པ་ཨེ་རེད། མཚམས་འདིར། དབུགས་རིང་ཞིག་ཕྱུང་། ཀྲང་ཅིན་ཧྲིན་གྱིས་ཤོག་སྦྲག་བཀོད་པ་ལྟར་མུ་མཐུད་དུ"ཨ་ཅེའི་དབུགས་རིང་འཁྱིན་པ་དེས་བཤད་མཚམས་གཅོད་མི་ཐུབ། དེ་ལས་ཀྱང་བཞི་བ་གཉེན་དར་མེད་པར་བསམ་བློ་གང་བྱུང་མང་བྱུང་གཏོང་མི་དགོས། གཉེན་དར་ཡོད་ཟེར་བ་ནི། སྒྱུག་མོ་ཚང་གི་ཕྲོག་མར་དར་གོས་ཡུག་གཅིག་སྔོན་ནས་བཀལ་ཡོད། ངས་སྒྱུག་མོས་བཤད་པ་ལྟར་ན། ང་ཚོ་མན་ཏུ་པས་དར་གོས་ཀྱི་རྫོངས་པ་ལ་མི་བལྟ། གཉེན་རྟགས་ལ་རྒྱུན་བཀོལ་གྱི་བཀྲ་ཤིས་གཡང་འཁྱིལ་དང་། ད་དུང་གཡུའི་ལག་གདུབ་བཅས། ཐན་ལུས་ན་རྒྱུན་ཏུ་ཡོད་པའི་དངོས་པོ་གང་ཡང་རུང་། ཨ་ཅེའི་གཉེན་དར་བཤད་ན། དངོས་པོ་དེ་བས་ཀྱང་རྩ་ཆེ་ལ་བཀྲ་ཤིས་པ་ཞིག་ཡོད་པར་མ་ཟད། ད་དུང་ཕྱོགས་གཉིས་ཀས་སྔོན་ནས་བཞག་ཡོད།" ཟེར།

དེ་ནས་མདའ་གཞི་དང་སྟག་ཀོང་གླེང་བྱུང་། ཧེ་ཡུས་ཧྲིན་ཏ་ལས་ཏེ"འདི་ནི་སྐེས་དབང་དུ་བྱུང་བའི་ནོར་འཁྲུལ་ཞིག་མ་ཡིན་ནམ།" ཟེར། ཀྲང་ཅིན་ཧྲིན་བཀོད་དེ་ན་རེ། "ལས་བསོད་ནམས་ཟེར་བ་འདི་ལྟར་དེ། ཁ་གདངས་ནས་བཤད་མི་

དགོས། ལག་འཁྱུལ་ནས་སྒྲུབ་མི་དགོས། ལྷན་སྐྱེས་སུ་བསྒྲུབས་ཟིན་པ་རེད།” ཟེར།

ཀྲང་ཅིན་ཧྲིན་གྱིས་མུ་མཐུད་དུ“ཨ་ཅེས་བཤད་པའི་ལྦུ་པ་རྫོངས་པ་མེད་ཟེར་བ། ནང་གི་རྫོངས་པ་ཞང་མོ་ཡིས་བསྒྲིགས་ནས་ཚགས་ཡོད། ཕྱིའི་རྫོངས་པ་སྒྱུག་པོ་སྒྱུག་མོ་གཉི་གས་བསྒྲུབས་ཟིན། ད་དུང་སྒྱུག་པོ་སྒྱུག་མོ་གཉིས་ཀྱི་རྫོངས་པ་ནི་ཨ་ཅེས་རོགས་དངུལ་དེ་རེད། སྒྱུག་མོས་ཨ་ཅེ་མཐོང་བའི་ཉིན་དེ་ནས་བཟུང་། ཁྱོད་ལ་ཅི་འདྲ་རེད། རང་གི་ཨ་མ་དངོས་དང་མི་མཚུངས་སམ། ཨ་ཅེ་མྱུར་ཏུ་མོའི་པང་ལ་མི་འཛུལ་བར་ཅི་ཞིག་ལ་སྒྱུག་གིན་ཡོད།” ཅེས་བཤད་ཙར། ཨན་ལྷམ་མོའི་ཕྱོགས་སུ་ཧེ་ཡུས་ཧྲིན་ཞུལ་རྒྱག་བྱས།

ཧེ་ཡུས་ཧྲིན་གྱིས་ཉན་རྗེས་སེམས་ནས་གསལ་ལྷང་ངེར་ཤར། ཞུལ་རྒྱག་བྱེད་པ་དེར་རྐྱེན་བྱས་ནས་ཨན་ལྷམ་མོའི་པང་དུ་ལོག ལག་གཉིས་ཀྱིས་མོའི་སྐེད་པར་འཐམས་ཤིང་། མགོ་བོ་པང་དུ་བསྙེས་ཏེ“ངའི་མ་ལོ”ཞེས་ངུས་བྱུང་ངོ་།།

ལེའུ་ཉེར་གཉིས་པ། ལུག་མིག་མེ་ཏོག་དཀའ་སྟོན་རྒྱ་ཆེན་བྱས།། བདེན་ལུང་གཏམ་གྱིས་མག་གསར་སྐྱུལ་མ་བཏང་།།

མིག་རྗེབ་ཙམ་ན་དགྲ་ཤ་བླངས། ལུས་སེམས་བདེ་ལ་བབས། གཉེན་དོན་ཀུང་གྲུབ། སྐབས་དེའི་ཧེ་ཡུས་ཧྲིན་གྱི་གནས་ཚུལ་ནི་དགའ་བའི་སྟེང་ལ་སྐྱིད་པོ་ཞིག་དང་འཕྲད། བག་གསར་མག་གསར་ནི་ཆུ་དང་ཉ་མོ་ལྟ་བུ་ཡིན། མོའི་རེ་བ་ནི་སྐུ་སྲུས་དཔོན་གནས་ལ་བསྐྱེག་རྒྱུ་དེ་རེད།

སྐུ་སྲུས་ཨན་ནི་ཕ་མའི་གཅེས་ལང་དུ་བཏང་ཡོད། ད་དུང་ཆུང་མ་གཉིས་བླངས་པས། སེམས་ཀུང་སྐྱིད་ལ་མདངས་ཡང་རྒྱས། བློ་བཀོད་པའང་རིམ་བཞིན་ཇེ་མང་དུ་སོང་། ཕྱིའི་ལས་ཀའང་མང་པོ་ཡོད། སྐབས་ལ་ལར་སྒྲོ་བ་བརྟས་ནས "གྲུས་ལུགས་འཚོར་འགྲོ་བ" འང་ཡོད།

དེ་དུས་ཟླ་བཅུ་བའི་ཟླ་སྟོད་དེ། བྱང་ན་ལུག་མིག་མེ་

ཧོག་བཞད། ཁོས་ལུག་མིག་མེ་ཧོག་ལ་གཟིགས་པའི་དགའ་སྟོན་ཞིག་བཤམས། དོན་ངོ་མའི་འཐད་པ་མ་བྱུང་མོད། ཧེ་ཡུས་ཧྲིན་གྱིས་ཕྱོགས་གཅིག་ཏུ་འཛོམས་ན་ཁ་ཏ་སློབ་གསོ་བྱེད་པའི་གོ་སྐབས་ཤིག་ཡོད་བསམ། དེ་ནས་ཀྲང་ཅིན་ཧྲིན་ལ་མིག་བརྡ་ཞིག་བཏང་ནས་ཁས་བླངས།

ཧེ་ཡུས་ཧྲིན་གྱིས་ཀྲང་ཅིན་ཧྲིན་ལ་རང་ཉིད་ཀྱིས་སྐུ་སྲས་ཨན་ལ་སེམས་ཁུར་བྱེད་བཞིན་པའི་བསམ་ཚུལ་བརྗོད། མིག་སྔར་སེམས་ཁུར་བྱེད་དགོས་པ་ནི་ཁོས་ཆང་འཐུང་བ་ཁོ་ན་མིན། དོན་དག་སྒྲུབ་དུས་སྣ་བཅོས་སྒྲིད་ལུག་བྱེད་པ་དང་། ཡིད་གཏད་ནས་དཔེ་ཆར་མི་བལྟ། འདིའི་ཕྱོགས་ཀྱི་སེམས་ཁུར་བཤད་རྗེས། ཧེ་ཡུས་ཧྲིན་གྱིས་དེ་རིང“ཆང་ལ་ཁ་གཡར་ནས་སློབ་གསོ་གཏོང་རྒྱུའི”གྲ་སྒྲིག་བྱས་ཡོད་ཟེར། ཀྲང་ཅིན་ཧྲིན་གྱིས་ལག་པ་བསྒྲེངས་ནས་ཡིད་འཐད་བྱུང་།

ཧེ་ཡུས་ཧྲིན་དང་ཀྲང་ཅིན་ཧྲིན་གཉིས་ཀྱིས་གྲོས་བྱས་ཚར་བ་ན། གཡོག་མོ་རྣམས་ལ་གྲ་སྒྲིག་བྱེད་དུ་བཅུག ཆང་ཚུར་ལེན་དུས། སྐུ་སྲས་ཨན་གྱིས“དགོད་སྒྲོང”ཞེས་པའི་ཐ་སྙད་ཀྱི་འབྱུང་ཁུངས་དང་བཅས་པ་གླེང་བྱུང་། ཆང་དྲངས་དུས། ཀྲང་ཅིན་ཧྲིན་གྱིས་ཆང་ཐུམ་བཀུག ཧེ་ཡུས་ཧྲིན་གྱིས་ཆང་ཕོར་བཟུང་། ལྷེམ་ལྷེམ་པོར་གང་བླུགས་ཏེ་ལག་ཏུ་དྲངས། སྐུ་སྲས་ཨན་གྱིས་ཀྱང་མི་དགོས་མི་ཟེར་བར་གཙང་བཞེས་བྱས། ཧེ་ཡུས་ཧྲིན་གྱིས་ཁོས་འཐུང་ཚུལ་མཐོང་ནས། བཟི་རྒྱུ་སླ་སྙམ།

བསམ་འཆར་བཏོན་ནས་ཆང་རྩེད་བྱ་རྒྱུ་བྱས། སྐད་ཆ་དེ་སྒྲུ་སྲུས་ཨན་གྱི་འདོད་ཐོག་ཏུ་སོང་། ལག་ཏུ་ཕུར་མ་གཅིག་བཟུང་། མདུན་ཅོག་ལ་རྡུང་སྟེ། ཁ་ནས་ བློས་གར་མི་སྣའི་འཁྲབ་ཚིག་གི་དབྱངས་ཀྱིས། "སྦྱིན་ལགས། སྦྱིན་ལགས། བུ་ཆུང་། བུ་ཆུང་། སེམས་པ་འཁྲུག་སོང་། ཀྱིས་འདོད་མེད།" ཅེས་བླངས། ཆང་མོད་པོ་བཞེས་པས། ཆང་རྩེད་གསར་བ་ཞིག་བྱས་ན་འདོད། རྒྱ་མི་བྱེད་པར་ཆང་ཕོར་གང་བཏུང་ནས་འདི་ལྟར་བཤད་དོན།

"མིང་གྲགས་མེ་ཏོག་ལ་གཟིགས་ནས། གསེར་གྱི་དྲིལ་ཆུང་དམ་དུ་འདོགས་ཤིང་དར་གོས་སྲབ་མོ་སྲུང་སྐྱབ་བྱས། བདུད་རྩི་བཞེས་ནས། བདུད་རྩིའི་བསུང་ཞིམ་ཞལ་དུ་ཁྱབ། བུ་མོ་མཛེས་མར་མཐོང་ནས། ཤ་མདངས་དཀར་བས་སྒྲོ་སེམས་བསླངས" ཟེར།

ཀྲང་ཅིན་སྦྱིན་དང་ཧེ་ཡུས་སྦྱིན་གཉིས་ཀྱིས་ཕན་ཚུན་ལ་བལྟས་ནས་བགད། མཉམ་གཅིག་ཏུ"བཟང་ངོ"ཞེས་བཤད་དེ་རེ་རེས་ཕོར་བ་གང་རེ་འཐུང་། དེའི་རྗེས་ནས་ཧེ་ཡུས་སྦྱིན་གྱིས"མིང་གྲགས་མེ་ཏོག་ལ་གཟིགས་ཀྱང་། མིང་གྲགས་མེ་ཏོག་གསེར་གྱི་མེ་ཏོག་ལ་དོའམ། བདུད་རྩི་བཞེས་ཀྱང་། བདུད་རྩི་འདི་ལྟ་ཡི་བདུད་རྩིར་དོའམ། བུ་མོ་མཛེས་མར་གཟིགས་ཀྱང་། མཛེས་མ་ལྟུམ་ལ་བསུ་ཐུབ་བམ"ཞེས་བཤད། སླར་ཡང་མོས་འགྲེལ་བཤད་ཀྱིས " ཁྱོད་ཀྱིས་ཐོག་མར་བུ་མོ་

མཛོས་མ་ལ་གཏད་ཅིང་། མིང་གྲགས་མེ་ཏོག་ལ་བལྟས་དུས། གལ་ཏེ་བདུད་རྩི་མེད་ཚེ། དུས་བཟང་ཉིན་མོ་བརྣག་བྱུང་བ་མ་ཡིན་ནམ་ཟེར། དེ་ནི་མཛོས་མ་དང་མེ་ཏོག་དང་བདུད་རྩི་ཚང་མ་ཐོབ་དཀའ་ལ། དུས་བཟང་མཛོས་སྡོངས་ནི་དེ་བས་ཐོབ་དཀའ། སྐད་ཆ་འདི་ཁྱོད་ལ་སེམས་རྒྱུ་དང་ལྟ་རྒྱུ་མེད་ན་བཤད་མི་ཐུབ་བོ།། ཡིན་ནའང་ཕྱིར་འཁོར་ནས་མཛོས་མ་དང་མེ་ཏོག་དང་བདུད་རྩི་བཅས་པའི་ཐད་ནས་བསམ་བློ་གཏོང་དགོས། མཛོས་མ་ཞིག་ཏུ་སྐྱེས། མེ་ཏོག་མིང་གྲགས་སུ་བཞད། བདུད་རྩི་ཞིམ་པོར་བསྐྱལ་ཚེ། མཛོས་མ་དང་མེ་ཏོག་དང་བདུད་རྩི་རྣམས་ལོངས་སྤྱོད་མཁན་ལ་བསོད་ནམས་ཡོད་ན། ད་གཟོད་མཛོས་མ་དང་མེ་ཏོག་དང་བདུད་རྩིའི་སྙིང་གྲོགས་སུ་བརྩིས་ཆོག མེ་ཏོག་དང་བདུད་རྩི། མཛོས་མ་གསུམ་གྱི་བཀྲག་མདངས་ཀྱང་ལྷག་ཏུ་མངོན་པ་རེད། དེ་ལས་ལྡོག་པར། ཁྱོད་ཀྱིས་མོ་རྩེ་བ་དང་། ལྟད་མོར་བལྟ་བ། བཞེས་རྒྱུ་ཁོ་ན་བྱས་ཏེ། ཁྱོད་ཀྱིས་ཁྱོད་ཀྱི་བྱ་བ་སྒྲུབ། མོས་མོའི་བྱ་བ་སྒྲུབ། དེ་ལྟ་ན་དུས་བཟང་མཛོས་སྡོངས་ལ་དོན་སྙིང་ཅི་ཡང་མེད་འགྲོ། དེ་ལ་སྐྱིད་པོ་ཞེས་སུ་ཞིག་གིས་བཤད་ཐུབ། དེར་མ་ཟད་འདི་དག་ལག་སླབ་པ་ཙམ་གྱིས་ཐོབ་པ་ཞིག་ག་ལ་ཡིན། བདུད་རྩི་ཕོར་བ་གང་ཡོད་ཚེ། མེ་ཏོག་མེད་པའི་སྡུག་བསྔལ་ཡོད། མེ་ཏོག་ཡོད་ན། མཛོས་མ་དང་འགྲོགས་རྒྱུ་མེད་པའི་སྡུག་བསྔལ་ཡོད། གལ་ཏེ་དེ་གསུམ་པོ་འཛོམས་ནའང་། མཛོས་སྡོངས་དུས་བཟང་དུས་

གཅིག་ལ་འཕྲད་པ་དེ་བས་ཀྱང་དཀའ། དེང་སྐབས་ཀྱི་གནས་ཚུལ་བཤད་ན། ཁྱོད་ནི་དུས་བདེ་ཞིང་འཇགས་ལ་སྐྱེས་པས། དར་བབ་ལང་ཚོ་མདོན་པའི་དུས་ཀྱང་རེད། ཁ་ལ་ཟླ་རྒྱུ་དང་རྒྱབ་ལ་གོན་རྒྱུ། མགོ་ཁང་པ་བཙས་ནི་གཞན་ལས་ལྷག་པ་ཡོད། ང་དང་ནུ་མོ་གཉིས་ཀྱང་ཡག་མོ་སྨོ་མེད་ཀྱང་། བུད་མེད་སྡུག་པོའང་མིན། མིག་མདུན་གྱི་མེ་ཏོག་དང་བདུད་རྩི་ནི། དེ་རིང་གི་མཛེས་སྡོང་ས་དུས་བཟང་དང་འཕྲད་ན། ཛོ་མའི་རིན་པོ་ཆེ་རེད། ཁྱོད་ཀྱི་འདོད་པ་ཚོམས་ཡོད་ལ། སློ་ཡིད་ཁེངས་ཡོད། ཡིན་ནའང་ཁྱོད་ཀྱིས་མཁྱེན་དགོས་པ་ནི། གནམ་ལུགས་ཆ་ཚང་བར་འཛོམ། མིའི་བརྩེ་འདང་གང་བར་འཛོམ། མཛེས་སྡོང་ས་ཡུན་མི་རིང་། དུས་བཟང་སྐར་ཡང་འཕྲད་དཀའ། ཆང་ཕོར་སྟོང་བར་མི་འགྱུར་བར་ཁག་ཐེག་བྱེད་མི་ཐུབ། དེ་བས་རྒྱུན་དུ་མགྲོན་པོས་ཁྱིམ་བཀང་ཐུབ་བམ། ཁྱོད་ཀྱིས་ཀྱང་སྟོན་ནས་ཐབས་བཀོད་འཐེན་ན་རེད། རྒྱང་རིང་ལ་བསམ་བློ་ཐོངས། བདེ་འཇགས་ཀྱི་འཚོ་བ་ཞིག་རོལ་ན་བཟང་ངོ༎” ཞེས་བཤད།

སྐྱ་སྲུས་ཨན་ནི་གོ་རྟོགས་ཅན་ཞིག་ཡིན། ཏེ་ཡུས་སྦྱིན་གྱི་གཏམ་ལས་དོན་གཞན་ཞིག་ཡོད་པ་ཤེས། མགོ་བོ་ཡར་དགྱེ་སྟེ། དབང་མེད་དུ་གད་མོ་ཤོར། ན་རེ། “སློབ་རྟགས་རེད། སློབ་རྟགས་རེད།” ཟེར། ཞེས་ཁོ་རང་ལ་མཆོན་ན་འདི་དག་ནི་ཏ་ཙང་སླ་མོ་ཞིག་རེད་སྙམ།

ཧེ་ཡུས་ཧྲིན་གྱིས་མུ་མཐུད་དུ་བློ་སྒོ་འབྱེད་ཆེད“ཁྱོད་ཀྱིས་གསེར་ཧ་དང་གཡང་ཏའི་ཁང་བ་ལྷ་བུའི་རྒྱུ་འགྱུར་བ་འདི་སླ་མོ་རེད་མ་འདོད། ཁྱོད་ལ་ཡོན་ཏན་ཅི་འདྲ་ལྡན་ཡང་། སྐྱུག་པོའི་ཡན་མིན། ཁྱོད་ཀྱིས་སྐྱུག་པོ་མིག་དཔེར་བྱས་ན་རབ་ཡིན། ཁྲིམ་ཐབ་ཀྱི་ཐད་ནས། ཨན་ཚང་གི་ས་ཞིང་ད་ལྟ་སྔོན་དང་བསྡུར་ན་བཅུ་ཆའི་གཅིག་ཙམ་ལས་ལྷག་མེད་པར་མ་ཟད། ད་དུང་ཁྲིམ་དུ་མི་ཇེ་མང་དུ་སོང་ཡོད། ཅི་ཞིག་ལ་འཛོམ་དོགས་མེད་དམ།”ཟེར།

སྐུ་གྲུས་ཨན་ནི་ནོར་ན་བཙོས་སྐྱུར་བྱེད་ཤེས་མཁན་ཞིག་སྟེ། ཟུར་བསྟན་ན་ལེབ་མཐོང་བའི་མི་ཞིག་སྟེ། ཧེ་ཡུས་ཧྲིན་གྱི་གཏམ་བཤད་འདིས། ཁོ་ལ་ངེས་ཤེས་སྐྱེས། དེ་བས་ཧེ་ཡུས་ཧྲིན་ལ་བལྟས་ནས་བགད། ན་རེ། “ཁྱོད་ལ་གནས་ལུགས་ཡོད། ང་རང་ཕམ་སོང་བ་ཡིན། ཕོར་བ་གང་འཐུང་། ”ཟེར། སླར་ཡང “ཆང་འཐུང་ཚར་སོང་། ང་ཨན་ལུང་མའི་ཡིས་སློབ་གསོ་ལ་བརྩི་བཀུར་བྱེད་ངེས། ཕྱི་ལོའི་སྔོན་གྱི་རྒྱུགས་སྤྲོད་ལ། གསེར་གྱི་མེ་ཏོག་ཅིག་འཛུགས། ཁྱོད་ལ་ཅིས་རིན་ཞིག་ཕྱིར་སྟེར། སང་ལོར་དཔྱིད་མགོར། ཚོང་ལེན་སྔོན་ཚོགས་སུ་ཞུགས། ཁྱོད་ལ་ཅིན་ཧྲི་ཞིག་ཕྱིར་སྟེར། ཏན་ལིན་ར་བར་བསྐྱོད་རྗེས། ཐལ་ཆེར་དཔོན་པོའི་མཚན་གནས་ཞིག་ལག་པ་གཉིས་པོས་ཡར་བཏེགས་ཏེ་ཁྱོད་ལ་འབུལ། གལ་ཏེ་དེའི་ཁྲིད་ཀྱི་སྟ་གཅིག་གྲུབ་མ་ཐུབ་ཚེ། ཆང་ཕོར་འདིའི་དཔེ་བཞིན་ནོ།།”

ཞེས་བཤད་ཞོར་དུ་མ་ན་རྫོ་དམར་པོའི་ཚང་ཕོར་དེ། ཕྱི་སྣོའི་ཐེམ་སྐས་སུ་ཤེད་ཀྱིས་རྒྱབ་བྱུང་། "སེང" སྒྲ་ཞིག་གྲགས་ནས་ཚལ་པར་གས་སོ།

ལེའུ་ཉེར་གསུམ་པ། ཀྣད་པོ་ཏིན་དེ་ཚང་གིས་ར་བཟི་ནས།། བཟུང་བའི་རྐུན་མར་འཛིང་སྐྲག་ཡང་ཡང་སྐྱུ་ལ།།

སྐྱ་སྲབ་ཨན་ནི་སྤྱོབས་པ་ཐུན་མོང་མ་ཡིན་པའི་བུ་རབ་ཅིག་ཡིན། ཧེ་ཡུས་ཧྲིན་གྱིས་ཁ་ཏ་ལ་ཉན་རྗེས། སེམས་གཏིང་ནས་དེ་ལྟར་རེད་འདོད། ངོ་ཚ་བསམ་ཏེ་ཚང་ཕོར་བཙུག་ནས་དམ་བཅའ་བཞག དེ་ནས་བཟུང་ཧུར་བརྩོན་བྱེད། ཉིན་དེའི་མཚན་མོར་ཧེ་ཡུས་ཧྲིན་གྱིས་གོན་པ་བརྗེས་ནས། གཡོག་མོ་སོགས་སུས་ཀྱང་ཞབས་ཕྱི་མེད་པར། སྤ་མོ་ནས་སྒྲོན་མེ་གཟིམ་སྤེ་ཤལ། གཉིད་བདེ་པོ་ཞིག་བྱུང་། ནམ་ཕྱེད་ཙམ་ན་སད། ཕྱི་རོལ་ནས་སྐྲ་ཞིག་ཐོས། མི་ཞིག་གིས་བསམ་བཞིན་དུ་དངོས་པོ་སར་འཕངས་སྟེ་མི་ཡོད་མེད་ལ་བརྟག་པ་འདྲ། ཤམ་ལྭ་བྱུས་ཏེ་མལ་ལས་ལངས། གོམ་པ་ཡང་མོས་སྒོ་རྒྱབ་ཏུ་ཡིབ་ནས་ཕྱི་རོལ་གྱི་སྐྲ་ལ་ཉན། ཤར་ཕྱོགས་ཀྱི་སྐེའུ་ཁྱུང་དུ་སྲན་རྡོག་འདྲ

བའི་མེ་སྟག་ཅིག་འཆར་བ་དང་སྦྲགས། དྲ་མར་ཁྱུང་བུ་ཞིག་བསྐྲིགས། དེ་ནས་སྤྱིས་ཞིག་ནང་དུ་བསྡུགས་པ་དེའི་དྲི་མ་ནི་སྣ་ལ་ཚ་བ་ཞིག་རེད། རི་ཡུས་རྫིན་ཡུལ་སྦྱུགས་མང་པོ་འཁྲམས་སྦྱང་བས། སྤྱིས་འདི་དུག་ཡིན་པ་ཤེས། དེ་ནས་མོས་འཛིན་སྐམ་ནས་དུག་སེལ་འབྲུག་རྗོ་བླངས་ནས་ཁ་རུ་བཙུག

རི་ཡུས་རྫིན་གྱིས་འབྲུག་རྗོ་ཁ་ལ་བཙུག་ནས། ཕྱི་ནགྲགས་འགྱུལ་མེད་པ་ཤེས་ནས་དལ་མོར་དུག་སྤྱིས་དེ་བསད། མཛོས་ཆས་སྦྲུས་སྟེགས་འོག་གི་ཕུ་ཐུང་མདའ་མོ་བླངས་ཏེ་རྣམ་རིག་སྒྲིམ། དེ་དུས། སྒེའུ་ཁྱུང་ནས་ལག་པ་ཞིག་ནང་དུ་བསྒྲིངས་འོངས། རི་ཡུས་རྫིན་གྱིས་མདའ་མོ་ཐང་ལ་བཞགགོམ་པ་ཡང་མོར་མདུན་དུ་སོང་སྟེ་ལག་འཐབ་ཐེངས་གཅིགགིས་རྐུན་མ་བཟུང་ནས་བཀྱིག རྐུན་མས་སྐད་རྒྱག་མ་ཕོདམོད། འོན་ཀྱང་ཤུ་སྦྲ་བཏབ། ཤུ་སྦྲ་བཏབ་པ་འདིས། རི་ཡུསརྫིན་ལ་ངོགས་པ་དེ་བས་ཆེ་བ་སྐྱེས། དངོས་གནས་ད་དུང་རྐུནགྲོགས་ཡོད་པ་རེད། སོ་ལྷ་བྱེད་པའི་ཕྱིའི་རྐུན་མ་གཉིས་པོསཐོས་སྟེ། སྦྲུར་སྦྲུར་གྱིས་ཚུར་འོངས། རི་ཡུས་རྫིན་གྱིས་དྲགརྩལ་ཙུང་མ་བཀོལ་བར་རྐུན་གྲོགས་གཉིས་པོའང་བཟུང་།ཡིན་ནའང་དེའི་ཁྲིད་ཀྱི་རྐུན་མ་གཉིས་ཁང་བའི་ སྣད་དུ་འགོས།ཕྱིར་འབྲོ་བར་བརྩམ། འོག་ནས་སྨྲན་མེའི་འོད་དཀར་ཆ་ལེརབྱུས་པ་ན། མི་ཞིག་གིས“མ་བཟང་ཐལ། ཁང་བའི་སྣད་ནརྐུན་མ་ཡོད་དོ།།”ཞེས་སྐད་རྒྱབ། ཨུར་བརྒྱབ་པ་དེས་ཕྱིའི་མི་

རྣམས་དཀྲོགས། རྒྱན་མ་གཉིས་ཀྱི་ལམ་བཀག་ཡོད་པས། སླར་ཡང་ཁང་ཐོག་ནས་ཕྱིར་མར་བབས། ཁྲིམས་རའི་ལན་ཀན་ཕྱོགས་ནས་སྐོར་འཁྱོག སྐབས་དེར་ཕྱི་སྒོ་ན་ཞང་ཞུ་སྒྲོན་མེ་བཀར་བའི་མི་མང་པོ་ནང་དུ་འདུས། ལག་ཏུ་དབྱུག་པ་དང་ཐག་པ་བཟུང་སྟེ། རྒྱན་མ་གཉིས་པོའི་མདུན་ནས་བཀག མར་མནན་ནས་ཐག་པས་དམ་པོར་བཀྱིག

འུར་ཟིང་བརྒྱབ་པ་འདིས་སྐྱ་ངོ་ཨན་བཟའ་མི་གཉིས་ཀྱང་གཉིད་ལས་དཀྲོགས། དེ་ནས་སྐྱ་ངོ་ཨན་གྱིས་ཧེ་ཡུས་ཕྱིན་ལ་གནས་ཚུལ་གྱི་བརྒྱུད་རིམ་དྲིས། ཅོག་འགའ་བཤད་པའི་མཚམས་དེར། བར་སྒོ་ནས་འུར་ཆེན་པོ་ཞིག་བརྒྱབ་སྟེ"མི་གང་ན་ཡོད། ངས་དེ་ལ་མགོ་བོ་ག་ཚོད་ཡོད་པར་བལྟ།"ཟེར་ཞོར། ཧིན་ཅིག་གོང་ཁོང་ཁྲོ་ཆེན་པོ་ལངས་ནས་ནང་དུ་རྒྱུགས་འོངས། སྐྱ་ངོ་ཨན་གྱིས་ཁོ་རང་བཀག འདྲི་གཅོད་བྱས་པ་ན། རྒྱན་མ་འདི་དག་གི་ཁྲིད་ན་ཧོ་ཧྲི་ཏུན་ལ་འབྲེལ་བ་ཡོད་པའང་ཡོད། ཧོ་ཞི་ཧོས་ཨན་ཆུ་ལས་དཔོན་པོའི་སློ་འདྲི་ལ་བསྟད་སྒྲོང་ལ། སྐྱ་ངོ་ཨན་གྱི་དྲུང་ཡིག་ཏུའང་བསྟད་སྒྲོང་བ་ཞིག་རེད། ཉེ་ལམ་སྐྱ་ངོ་ཨན་ཡུལ་དུ་གཉེན་སྟོན་སྐྱབ་ཏུ་སོང་བ་ཐོས་པ་དང་། ཧྲན་ཏུང་གི་རྒད་པོ་ཧུས་ཧིན་ཟེར་བ་ཞིག་གིས་ལེགས་སྐྱེས་ལ་དངུལ་སྲང་སུམ་ཅོགས་པ་ཕུལ་བ་ཤེས། དེ་བས་རྒྱུ་ནོར་དེ་དག་ལ་ཧམ་པ་སྐྱེས་པས་རེད། སྐྱ་ངོ་ཨན་གྱིས་མུ་མཐུད་དུ་འདྲི་གཅོད་བྱེད་དུས་ཧིན་ཅིག་གོང་གིས་བར་དུ་འཚངས་ནས་དྲིས་

པ་ན་རྐུན་མས་ཏིན་ཅིག་ཀོང་ཟེར་བ་སུ་ཡིན་མི་ཤེས་པས། རྐད་པོ་ཏིན་ཅིག་ཀོང་ལ་སོང་ཁྲི་ལྐུག་ཏུ་འབབ། མི་རེ་རེའི་མིག་ཡ་ཕྱིར་འདོན་དགོས་ཟེར།

སྐུ་ངོ་ཨན་གྱིས་ཏིན་ཅིག་ཀོང་གི་ཞེ་སྣང་དེ་ཅི་ཞིག་ལ་ལངས་པ་གསལ་པོར་རྟོགས། མ་གཞི་ཕོ་ཚོས་ཏིན་ཅིག་ཀོང་ངོ་མ་ཤེས་པས་རེད། དེའི་རྗེས་སུ་སྐུ་ངོ་ཨན་གྱིས་སེམས་གསོའི་གཏམ་འགའ་བཤད་པ་ན། ཏིན་ཅིག་ཀོང་གི་གདོང་ལ་འཛུམ་ཙམ་ལངས། ཞེ་སྣང་ཡང་ཞུ། སྐུ་ངོ་ཨན་གྱི་སེམས་ལ་མི་འདི་དག་ཀྱང་བཀྲེས་ལྟོགས་ཀྱིས་མནར་བས་ངོ་ཚར་མ་འཛེམ་པ་རེད་ཅེས་འདོད། ཕོ་ཚོ་བཏང་ནས་བཅོས་སྒྱུར་བྱེད་དགོས་པར་སྨྲས།

ཏིན་ཅིག་ཀོང་གིས་འདི་ལྟ་ན་ཕོ་ཚོར་གྲུ་ཡངས་སུ་བཏང་སོང་སྙམ། ད་དུང་འདིའི་ཁྲོད་ན་ཧོ་ཧྲི་ཏུན་ལ་འབྲེལ་བ་ཡོད་པའང་ཡོད། ཕོའི་སེམས་ལ་རྐུན་མ་ཞིག་ཡིན་ན། ལམ་དེར་ཞུགས་རྗེས་རྒྱུ་ནོར་ཐོབ་མི་འདོད་པ་མེད། ལག་ཏུ་མ་ཐོབ་ཚེ་རེ་ཐག་ཆད་རྒྱུ་མེད། གྲོང་རེག་ན་དགྲ་སྐྱིན་མི་ལེན་བསམ་མཁན་མེད། དགྲ་སྐྱིན་མ་བླངས་ན་སེམས་མི་བདེ། དེ་ཕྱིར་འདི་ལྟར་གྲུ་ཡངས་སུ་བཏང་ན། ཕོ་ཚོར་ཕྱིར་ཙོང་སྲིད། སྐུ་ངོ་ཨན་གྱི་སེམས་ལ་ཕོའི་ཚིག་རྗེས་མ་དག་ལ་གནས་ལུགས་འདྲ་ཡོད་པར་འདོད། དེ་བས་དོན་འདི་ཇི་ལྟར་བསྒྲུབས་ན་བཟང་ཞེས་དྲིས། ཏིན་ཅིག་ཀོང་གིས་ཨན་ཚང་གི་དཔའ་མོ་སྟེ་ཧྲི་སན་མའི་བཤད་

དེ་སྐྲག་ཐུད། བཤད་ཚར་རྗེས་རྒྱུན་མ་རྣམས་ཀྱིས་ཐང་གི་སྒྲོ་མོག་གས་པ་རྣམས་རེ་རེ་བཞིན་རང་སར་མ་ལུས་པར་ཞོག་ཅེས་དང་། ནམ་ཞིག་ལ་ཆག་རོ་སྤྲ་མལ་དུ་བསྒྲིགས་ཚར་ན། དེའི་དུས་སུ་སོང་ཟེར། དེས་རྒྱུན་མ་དག་དཀའ་ཚོགས་ཀྱི་ལས་ལ་གཏད། སྐྱུ་ངོ་ཨན་གྱིས་ཀྱང་ཧིན་ཅིག་གོང་ཞེ་སྣང་ལངས་ཡོད་པ་ཤེས་ནས། ནང་དུ་འཐེན་ནས་ཟ་མ་འདྲ་བཞེས་ཟེར་ཞོར། ཧྭ་གྲུང་ལ་མིག་བརྡ་བརྒྱབ་སྟེ་རྒྱུན་མ་གཏོང་རྒྱུ་བྱས་སོང་།

སྐྱུ་ངོ་ཨན་དང་ཧིན་ཅིག་གོང་ནང་དུ་བསྡད་རྗེས། ཁ་བཟ་སྣ་ཚོགས་བྱས། དེའི་རྗེས་སུ་ཧིན་ཅིག་གོང་ཁ་སང་གྲོང་ཁྱེར་ལ་སོང་བའི་མཐོང་ཐོས་གླེང་བྱུང་། པའོ་གྲུའུ་ཧུང་བྲག་ཐུག་གི་པུའུ་ཁུང་ཧྭ་ཤང་གླེང་། རང་ཉིད་དང་མ་བགྲོས་རང་མཐུན་བྱུང་། ཕོ་རང་གྲོང་ཁྱེར་དུ་སོང་བའི་བརྒྱུད་རིམ་བཤད། ཐོག་མར་ཆེན་ཡང་ཙུའུ་ཟེར་བའི་ཆང་ཁང་ཞིག་ཏུ་སོང་། དེ་ནས"པེ་ཅིན་གྲོང་གི་ཨང་དང་པོར" གྲགས་པའི་ཕག་ཤྲུག་གི་ཤ་བཟོས་པ་དང་། ཟ་མ་བཟོས་ཚར་རྗེས། མི་གསུམ་པོ་ཟློས་གར་ཁང་འགའ་ལ་སོང་བ། 《རྗེའི་སྒྲུང་དོན》ཟེར་བར་བལྟས་པ་སོགས་གླེང་ངོ་།། མཚམས་དེར། ཕྱིའི་རྒྱུན་མ་དྲན་བྱུང་། མཇུག་ཏུ་སྐྱུ་ངོ་ཨན་གྱིས་བསླབ་བྱ་བཏང་བས། ཕོ་ཚོ་ཕྱིར་བཏང་།

ལེའུ་ཉེར་བཞི་བ། སྐུ་ཪོ་ཨན་གྱིས་སློབ་གསོ་ཞིབ་ཏུ་བཏང་།། ཁྲིམ་རྒྱུད་རེ་བ་སྲུས་ལ་ལེགས་པར་བཅོལ།།

རྒྱུན་མའི་དོན་དེ་བྱུང་རྗེས། ཧིན་ཅིག་ཀོང་ལ་ཉིན་རེར་ཀུ་རེ་རྩེད་མོ་ཡོད་མོད། ཡིན་ནའང་ཡུལ་འཁྲམ་ཡུན་རིང་བྱས་པས་ཕ་ཡུལ་ལ་ལོག་འདོད་ཆེ། ཕོ་རང་ཧུན་ཐུང་དུ་བསྐྱོད་དོ།། འགྲོ་ཁར་སྐུ་ཪོ་ཨན་གྱིས་ལམ་རྒྱུགས་དང་སྔོད་ས་བཀོད་སྒྲིག་བྱས། ཧིན་ཅིག་ཀོང་གིས་ཀྱང་སྐུ་ཪོ་ཨན་ལ་རེ་འདུན་གཉིས་ཞུས། གཅིག་ནི་རང་གི་དགེ་ཕྲུག་སྟེ་ཧྲི་སན་མའེ་ལ་ལྟ་སྐྱོང་ལེགས་པོ་བྱེད་རྒྱུ་དང་། གཞན་ཞིག་ནི་སྐུ་ཪོ་ཨན་གྱིས་ཧིན་ཅིག་ཀོང་འདས་རྗེས་ཁོའི་ལོ་རྒྱུས་ཤིག་བྲིས་ཏེ་ཪྗེ་རིང་ལ་བཪྙ་རྒྱུ་དེ་ཡིན། སྐུ་ཪོ་ཨན་གྱིས་ཁས་བླངས། ཧིན་ཅིག་ཀོང་གིས་ཐོས་ནས་སྐུ་ཪོ་ཨན་དང་མཉམ་དུ་ཚང་ཕོར་གང་གཙང་བཞེས་བྱས། ན་རེ། “ སྲུན་ཆུང་ཡ། ང་ཧིན་ཀྲུན་པའོ་ལ་འདེས་ཡིད་ཆེས་མས་

སོང་། ” ཟེར། ཧིན་ཅིག་ཀོང་གི་ཁྲིམ་ཚང་དང་ཨན་ཚང་གཉིས་དེ་ནས་ཁ་བྲལ། ད་དུང་ཧིན་ཅིག་ཀོང་གི་ལོ་དགུ་བཅུ་གོ་སྐོན་བྱེད་པའི་དུས་སུ་ཨན་ངེས་པར་རྟེན་འབྲེལ་ཞུ་བར་སླེབས་པའི་ཁ་ཆད་བཞག

ཧིན་ཅིག་ཀོང་ཨན་ཚང་ནས་འདུག་དུས། འདུག་ཁང་ནི་ཨན་ཚང་གི་དཔེ་ཁང་ཡིན། ཕོ་སོང་རྗེས། སྐུ་སྲས་ཨན་གྱིས་མི་མངགས་ནས་དཔེ་ཁང་གད་བརྫར་བྱས། དེ་ནས་ཧུར་བརྩོན་གྱིས་དཔེ་གཟིགས་གནང་ངོ་།། སྐུ་ངོ་ཨན་གྱིས་སེམས་ལ་བུ་ནི་ད་ལྟ་“ཆུང་མ་ཡོད་ན་ཆུང་མར་སེམས་ཁོར”སྲིད་དམ་སྙམ། “ཁྲིམ་ཐབ་ཆུང་མ་ཟུང་གིས་བསྐོར”བ་ཡིས་ཁོའི་“ཡོན་ཚད་སློབ་རམས་པའི་གོ་གནས”འགོར་འགྱངས་བྱེད་དམ་སྙམ་ནས་སེམས་ཁུར་བྱས། སྐུ་ངོ་ཨན་གྱིས་སྐུ་སྲས་ལ་ཁ་ཏ་སློབ་གསོ་ཞིག་གཏོང་འདོད་ཡོད་མོད། ཡིན་ནའང་ཆུང་མ་གཉིས་ཀྱིས་སྐུ་སྲས་ལགས་ཀྱིས་སྔར་ནས་གྲ་སྒྲིག་བྱས་ཏེ། དཔོན་པོའི་གོ་གནས་ལ་སླེབ་ཆེད་ཧུར་བརྩོན་བྱེད་འདུག་ཟེར། སྐུ་ངོ་ཨན་གྱིས་ཐོས་རྗེས་སེམས་པ་དགའ་ལྷང་ངེར་གྱུར། ཡིན་ནའང་སྐུ་སྲས་ཐོས་ཏེ་དཔེ་ཆར་བལྟ་བའི་ཐབས་ཤེས་དང་རྒྱུགས་སྤྲོད་སྐབས་སུ་གང་དག་ལ་ཡིད་འཇོག་བྱེད་དགོས་པ་རེ་རེ་བཞིན་བཤད། སྐུ་སྲས་ཨན་གྱིས་ཀྱང་ཨ་ཕས་བསླབ་བྱ་ཡིད་ལ་བཟུང་ནས་འབད་འབུངས་བྱས།

སྐུ་སྲས་ཨན་གྱིས་བརྩོན་པ་བྱས་པས་དུས་ཚོད་འགོར་བ

ཧ་ཅང་མགྱོགས། མིག་རྫེབ་ཙམ་ན་ཟླ་བརྒྱད་པའི་ཟླ་སྟོད་དུ་སླེབས། རྒྱུགས་ལེན་པར་ཉེ་བ་ཡོད། དུས་རྒྱུན་ལྟར། སྐུ་ངོ་ཨན་གྱིས་སྐུ་སྲས་ལ་ཚོད་ལྟའི་དྲི་བ་ཞིག་བཏོན་ནས་སླར་ཡང་བསྐྱར་སྦྱོང་ཞིག་བྱས། བུའི་སྙན་རྩོམ་གྱི་ནང་དོན་དེ་ཁ་བྱང་དང་མཐུན་ལ། སློ་རྒྱ་ཆེ་ལ་མིག་རྒྱང་རིང་། ཚིག་རྒྱན་གྱིས་བཅངས་པ་བཟང་བས། སེམས་ནས་ཧ་ཅང་དགའ། འོན་ཀྱང་ཕོས་ཕྱི་ནས་རྣམ་འགྱུར་མ་བསྟན། དེ་ནས་ཞིབ་ཏུ་རྒྱུགས་མ་སྤྲད་སྔོན་གྱི་ཡིད་འཇོག་བྱེད་དགོས་ས་དང་། རྒྱུགས་སྤྲོད་དུས་ཀྱི་ཡིད་འཇོག་དགོས་ས། འཚོ་བའི་ཁྲོད་ཀྱི་ཡིད་འཇོག་དགོས་པ་ཚང་མ་ཞིབ་ཏུ་ཡང་ཡང་བཤད། དེ་ནས་ལྷུམ་མོར་བུ་ལ་རྒྱུགས་སྤྲོད་སྐབས་དགོས་པའི་དངོས་པོ་ཐམས་ཅད་གྲ་སྒྲིག་བྱེད་དུ་བཅུག དཔེར་ན། ཤོག་གུ་དང་སྣག་ཚ། སྨྱུ་གུ། སྣག་ཁོང་། ཉིན་རྒྱུན་གྱི་འབྲས། ཕྱེ། ཇ། ཀ་རེ། ཚོད་མ། ཕྲ་ཚོལ་གྱི་སྲོན་མོ། མྱུར་སྐྱོབ་ལ་དགོས་པའི་རྒྱུན་ལྡན་གྱི་སྨན། མལ་ཆས། འགྲོ་འདུག་ཉལ་འཆག་དང་བཅས་པ་རང་གིས་བསྒྲུབ་དགོས། སྐྲ་གཅིག་ཀྱང་མ་ཆད། སྐུ་སྲས་ཨན་གྱིས་ལྷུན་རིང་པོ་ཞིག་ལ་སློབ་གསོ་བཙོལ་གདམ་ལ་ཉན། ལུས་སེམས་ཐང་ཆད་དེ། ཨ་ཕས་བཤད་ཚར་མ་ཐག མགྱོགས་པོར་ཕ་མར་ཁམས་བདེ་ཞུས་ནས་ངལ་གསོ་རུ་སོང་། འདིའི་རྗེས་ནས་འགྲོ་འདུག་ཉལ་འཆག་ལ་མཉམ་འཇོག་བྱེད་ཅིང་། བཟའ་བཏུང་ལ་ཚོད་འཛིན་པ། ཕྲིན་པར་ལྟ་བ། ཆུའི་བཞུར་སྒྲ་ལ་

ཉན་པ། བློ་བདེ་བག་ཕེབས་ཀྱིས་རྒྱུགས་སྦྱོད་པར་གྲ་སྒྲིག་བྱེད་པ་རེད།

སྐུ་ཞྲས་ཨན་རྒྱུགས་སྦྱོད་ལ་སྒྲུག་པའི་ཉིན་འདི་དག་གི་ནང་། ཤ་ཉེ་རིང་དང་གྲོགས་པོ་སོགས་སྐྱེལ་མ་བྱེད་དུ་འོངས། རྒྱུགས་མ་སྦྲད་པའི་སྔོན་གྱི་གནད་འགག་གི་དུས་སུ། བུའུ་མེན་ཨ་ཡིས་རྒྱུགས་སྦྱོད་ལྟ་རྟོག་བྱེད་མཁན་གྱི་མིང་དེ་གཡོག་པོ་ཞིག་ལ་བསྐུར་ནས་འགྲོར། སྐུ་ངོ་ཨན་གྱིས་རྒྱུགས་ལེན་མི་སྣ་གཙོ་གཞོན་གཉིས་ཀྱི་རུས་མིང་ལ་བལྟས་ནས་སེམས་ཁྲུར་བྱས། རྒྱུ་མཚན་ནི་མི་དེ་གཉིས་ནི་རྩོམ་རྩལ་གྱོང་ལ་ཚིག་རྒྱུན་མི་ཤེས་མཁན་ཡིན་པས་རེད། སྐུ་ཞྲས་ཨན་གྱི་སྙན་ཚིག་འགྱུར་འབྲིའི་རྩོམ་རྩལ་དང་གཏན་ནས་མི་འདྲ། དེ་བས་སེམས་ཁྲུར་མི་བྱེད་ཀ་མེད་རེད།

ལེའུ་ཉེར་ལྔ་པ། རྒྱུགས་སྦྱོད་གནས་སྐུ་ལྷ་ལྟས་མང་པོ་བྱུང་། །ལས་ཧོན་བྱ་བ་རྨི་ལམ་ལྟ་བུར་ངེས།།

རྒྱུགས་སྦྱོད་ལ་ཞུགས་པའི་ཉིན་དང་པོར། སྐུ་སྲས་ཨན་གྱི་མིང་ཐོ་ནི་ཆེས་སྔོན་ན་ཡོད་པས། ཉིན་གཉིས་པར་སྤྱི་མོར་སོང་སྔེ་མིང་ཐོ་བཀོད། དེའི་ཕྱི་ཉིན། སྐུ་སྲས་ལ་ཆེད་དུ་གྲ་སྒྲིག་བྱས། སྐུ་སྲས་ཨན་གྱིས་ཀྱང་ཨ་ཕའི་བསླབ་བྱ་ཡིད་ལ་བཟུང་སྟེ། ནན་ཏན་གྱིས་ནང་གི་ཀྲོ་མོག་གི་སྒོ་ཁར་སླེབས། ཡིག་རྒྱུགས་ལེན་སའི་སྒོ་ཁ་རུ་རྒྱུགས་སྦྱོད་ལྷ་སྐྱལ་གྱི་ཡ་མོན་གཞུང་གཡོག་དེས་རྒྱུགས་སྦྱོད་མཁན་རྣམས་ལ་ལུས་པོ་ཡོངས་སྟོག་བཤེར་བྱས། སྐུ་སྲས་ཨན་ལའང་དམིགས་བསལ་མེད་པར། ལུས་ཡོངས་སྟོག་བཤེར་བྱས། ཡིག་རྒྱུགས་ལེན་སའི་ཁང་པར་འཛུལ་བའི་ཁ་གཏད་ནི་རྒྱུགས་ཤོག་ལེན་ས་ཡིན། རྒྱུགས་ཤོག་ལེན་དུས་ཟིང་ངེར་གྱུར། དེའི་ཁྲིད་མན་ཧུའི་དར་ཚོ་བརྒྱད་ཀྱི་སྲས་ཞིག་གིས་རང་གི་རྒྱུགས་ཤོག་ཐོག་མར་བཙལ་ནས་སྟེར་དགོས་

ཟེར། ལྟ་སྐུལ་སྐུ་ངོས་ཁོས་རྒྱུགས་སྦྲོད་སྒྲིག་ལམ་མི་བརྩི་བར་མཐོང་སྟེ། རྒྱུགས་ཤོག་མ་བྱིན་པར་ཁོ་ལ་དཀའ་ངལ་བཟོས། ཐམས་ཅད་ཀྱིས་ཞུ་བ་བྱས་པས་ད་གཟོད་བྱིན་པ་རེད། སྐུ་སྲས་ཨན་གྱིས་རྒྱུགས་ཤོག་ཚུར་བླངས་ནས་བལྟས་ཚེ་ཐོག་ཏུ་ཁྲིན་ཡིག་ཨང་དྲུག་པ་ཞེས་བྲིས་ཡོད། སྐུ་སྲས་ཨན་ཁང་བ་མང་པོ་བཅལ་མཐར་གྲུང་ངོ་ཞིག་ཏུ་རྗོ་ཐལ་དཀར་པོས“ཁྲིན་ཡིག་ཅན”ཞེས་བྲིས་པ་མཐོང་།

ངལ་རུང་ཙམ་གསོས་རྗེས་སྐུ་སྲས་ཨན་གྱིས་ཨང་འཁོད་ཡོལ་བ་ཡར་བཀྱགས་ཤིང་ཨང་འཁོད་པང་ལེབ་ཡར་ལ་བསླངས་ཏེ་ལྷབ་དང་ཞྭ་མོ། ཉལ་ཆས། དཀར་ཡོལ། སྒྲོན་མེ། བཟའ་བཏུང་གི་སྣོར། འབུད་ཤིང་སོགས་གནས་དེར་བཞག དེར་སྤྱང་དམག་རྒན་པ་ཞིག་ཡོད། ཁོང་མི་ལ་འཁྲིག་པོ་མཐུན་པོ་ཞིག་རེད། སྐུ་སྲས་དངུལ་སྲང་གཏོང་ཐོད་ཆེ་བ་ལ། གཡོས་སྦྱོར་མི་ཤེས་པ་མཐོང་བས། སྤྱང་དམག་རྒན་པ་དེས་རང་འགུལ་གྱིས་སྐུ་སྲས་ལ་རོགས་རམ་བྱས། ད་དུང་བཏུང་བ་དྲངས་འོངས། སྐུ་སྲས་ཨན་གྱིས་དམག་མི་རྒན་པ་དེར་ཟ་མ་ཚ་འདི་བྱེད་དུ་བཅུག ཇོ་ཚོད་དང་མཉམ་དུ་དེ་བཞེས། འཐོག་སྒྲིལ་ལ་ཐུས་ནས་གཉིད། དུས་ཚོད་གཉིས་ལྷག་གི་རྗེས་ནས་གཉིད་ལས་སད། དམག་མི་རྒན་པ་དེར་འབྲས་ཐང་གཏུས་སུ་བཅུག་ནས་ལྟོགས་སེལ། དཀར་ཡོལ་གཉིས་འཐུང་རྗེས། ཨང་འགོད་བྱེད་མཁན་དཔོན་པོ་དེས་སྐད་གསེང་མཐོན་པོའི་རྒྱུགས་

གཞི་ལེན་དུ་ཕོག་ཟེར།

སྐུ་སྲུས་ཨན་གྱིས་དམག་མིས་ལག་ནས་རྒྱུགས་གཞི་ཚུར་བླངས། འདྲི་གཞིར་བལྟས་པ་ན་རང་ཉིད་ཀྱི་དགའ་སྤྲོགས་དང་མཐུན། ཡུལ་ནས་གཤར་སྦྱངས་བྱས་པ་ལྟར་ནངས་ཇ་ལ་སླེབས་དུས། རྩོམ་ཡིག་དང་སྐད་ངག་བྲིས་ཚར་སོ།། ལྷག་མའི་རྒྱུགས་གཞི་གཉིས་པོ་ཉེ་མ་ནུབ་ལ་ཉེ་དུས་མཉམ་གཅིག་ཏུ་བྲིས་ཚར། ད་དུང་ཞིབ་ལྟ་བྱས་ནས་དག་བཅོས་ཀྱང་བྱས། ནུབ་ཚ་ཐོས་རྗེས། བཤུ་འབྲི་བྱེད་པའི་མགོ་བཙམས། དབུ་ཅན་བྲིས་པ་མགྱོགས་ལ་ཡག སྲ་རུབ་ལ་ཉེ་དུས། བཤུ་འབྲི་བྱས་ཚར། ཕོ་རང་ཧ་ཅང་ཡིད་ཚིམས་སོ།། རྒྱུགས་སྤྲོད་ཚར་ཏེ་ཧ་གྲང་ལ་རྒྱུགས་གཞིའི་དྲུ་ཡིག་ཨ་ཕར་བསྐྱུལ་དུ་བཙུག རང་ཉིད་གཉིད་དུ་ཡུར། རྒྱུགས་སྤྲོད་ཐེངས་གཉིས་པ་དང་གསུམ་པ་ལ་གྲ་སྒྲིག་བྱས།

སྐུ་སྲུས་ཨན་གྱིས་ཐེངས་གཉིས་པ་དང་གསུམ་པའི་རྒྱུགས་སྤྲད། སྔོན་ཟླ་བརྒྱད་པའི་ཚེས་བཅོ་ལྔར་སླེབས་ཚེ། རྒྱུགས་སྤྲོད་སྒྲིག་ལམ་ཡང་རིམ་བཞིན་ཇེ་སྟོད་དུ་གྱུར། སྐབས་འདིར་དོན་དག་ཀྱང་ཡ་མཚན་མང་པོ་བྱུང་། ཤོག་གུ་འདྲ་བྱེད་ཀྱི་གྲིས་མཁྲིག་མ་བཅད་པ་ཡོད་ལ། རྒྱུགས་ཤོག་སྟེང་དུ་མིའི་མགོ་བོ་ཞིག་བྲིས་ཏེ། འོག་ཏུ“རྒྱུགས་འཕྲོད་དོ།། རྒྱུགས་འཕྲོད་དོ།།”ཞེས་བྲིས་པའང་ཡོད། ད་དུང་རྒྱུགས་ཤོག་འགའ་རུ་བཟའ་ཟླའི་བར་གྱི་སྐྱུག་བྲོ་བའི་བྱ་བའམ་ཆུང་མའི་རྐང་པ

ཁྲིམས་ཡོད་པའང་ཡོད། ཀྱཱུགས་ཤོག་འདི་དག་ཕྱི་ཏུ་སྦྱར་བ་ནི་ཀྱཱུགས་སྒྲིད་སྒྲིག་ལམ་དང་འགལ་བས་རེད། ཟླ་བརྒྱད་པའི་ཚེས་བཅུ་དྲུག་ཉིན། སྐུ་སྲུས་ཨན་གྱིས་ཀྱཱུགས་སྤྲད་ཚར་ནས་ཕྱིར་སླེབས། གྲོང་ཁྱེར་གྱི་སྡོད་གནས་སུ་མ་སོང་བར་ཧྭ་ཀྲུང་དང་འགྲོགས་ནས། ཐད་ཀར་རང་ཁྱིམ་དུ་ཡོག དེའི་རྗེས་སུ་ཀྱཱུགས་འབྲས་ལ་སྒྲུག་ནས་བསྡད། དུས་འགོར་བ་མགྱོགས་པས། དགུ་བའི་ཚེས་དགུ་ལ་སླེབས།

ཐེངས་འདིས་དཔེ་ཆ་བ་དག་གི་ལས་དབང་དེ་ཀྱཱུགས་ལ་ལྷ་མཁན་གསུམ་གྱི་ལག་ན་ཡོད། དེ་དག་གི་གཙོ་བོ་ཏུས་ལ་སྔང་ཟེར་བ་དེ་རེད། ཀྱཱུགས་ལེན་གཙོ་གཉེར་སྐུ་ཞབས་སྔང་ནི་སྐུ་ངོ་ཨན་གྱིས་སྔོན་དཔག་བྱས་པ་བཞིན་རེད། སྲིད་གཞུང་གིས་རྩོམ་གཤིས་ལེགས་བཅོས་བྱེད་བཞིན་ཡོད་ཅེས་ལྷ་མཁན་རྣམས་ལ། དྭངས་གཙང་གྲ་དག་གི་ཤེས་ལྡན་མི་སྣ་གདམ་དུ་གཅུག དེ་བས“ཁྲིན་ཡིག་ཨང་དྲུག་པ་ཡི“ཀྱཱུགས་ཤོག་ལ་ལྷ་དུས། རྩོམ་ཡིག་གསུམ་པོ་ནི་ཚིག་རྒྱན་སྦྱར་ཏེ་ཤོམ་ཆེ། ངོ་མས“གཡང་ཏའི་ཏིང་ཤགས་བཞིན་དུ་སྟན་ལ། གསེར་གྱི་དྲིལ་བུ་བཞིན་དུ་རེ་རེ་ཡག”པ་ཞིག་རེད། ཁོ་རང་གི་རྩོམ་གཤིས་དང་མི་མཐུན་མོད། བལྟས་རྗེས་ལག་ནས་གཏོང་མ་འདོད། ཀྱཱུགས་ཤོག་སྟེང་རང་བཞིན་གྱིས་གོར་ཐིག་སྔོན་པོ་གཉིས་བཏབ་ནས་ཕྱོགས་གཅིག་ཏུ་གཡུག ཁོས་ཀྱཱུགས་ལ་ལྷ་སྐབས་ཐང་ཚད་དེ་གཉིད་ལ་མ་གཉིད་པའི་མཚམས་དེར། རྨི་ལམ་དུ་སྐྲ

དཀར་ནད་པོ་ཞིག་འོངས་ཏེ། ཁྲིན་ཡིག་ཨང་དྲུག་པའི་རྒྱུགས་ཤོག་དེ་དགོས་སོ་ཟེར། དེ་ནས་སློབ་མའི་སྔོང་རོས་བཅད་དེ། མུ་མཐུད་དུ་རྒྱུགས་ལ་བལྟ་སྐབས། ཅོག་ཙེ་སྟེང་བཞག་པའི་རྒྱུགས་ཤོག་ནི་སྔོན་དུ་ཕར་ལ་གཡུག་པའི་ཁྲིན་ཡིག་ཨང་དྲུག་པ་དེ་རེད། ཕོ་ཧ་ལས་ཧང་སངས། དེའི་དུས་སུ། དྲག་རྩལ་དམག་དཔོན་ཞིག་གིས་ཀྱང་ཁྲིན་ཡིག་ཨང་དྲུག་པ་དགོས་ཞེས་བཙོལ་གདམས་བྱེད། ཕོས་དོ་དགོང་བྱུང་བའི་དོན་ལ་ཞིབ་འདང་བརྒྱབ་མཐར་སྨྱུ་གུ་བཟུང་ནས་རྒྱུགས་ཤོག་དེའི་སྟེང"གདམ་བྱ"ཞེས་བྲིས། མོ་འདིའི་རྒྱུགས་འབྲས་ནི་ཟླ་དགུ་བའི་ཚེས་བཅུའི་ཉིན་ཁྱབ་བསྒྲགས་བྱེད་དགོས། སྐུ་གོན་ཆ་ཚང་བྱས། ཇ་བཏུངས་ནས་ཡོན་ཏན་པ་ནང་དུ་བསུས། རྒྱུགས་ལེན་གཙོ་གཉེར་གོང་ནས་བཤད་རྗེས་དཔོན་པོ་ཚོས་གུས་འདུལ་བྱེད། མཇལ་ཁ་བྱས་ཚར། ལྟ་སྐུལ་པས་ཨང་འགོད་དཔོན་པོ་འཁྲིད་དེ། རྒྱུགས་འཛྲོད་ཡོད་པའི་རྒྱུགས་ཤོག་དཔོན་པོའི་མདུན་དུ་བཞག ཕུལ་བྱུང་རྒྱུགས་ཤོག་དཀྱིལ་ལ་བཞག ཨང་དྲུག་པའི་མན་གྱི་རྒྱུགས་ཤོག་རྣམས་རིམ་པ་བཞིན་བསྟར། གདམ་བྱའི་རྒྱུགས་ཤོག་གཞན་ཞིག་ལ་བཞག སྤྱིར་བཇ་ཡིག་འབྲི་ཚུལ་ནི་ཨང་དྲུག་པ་ནས་འབྲི་དགོས། གཞན་ཚང་མ་བྲིས་ཚར་རྗེས་ཕྱིར་འཁོར་ནས་དང་པོ་ལྔའི་མིང་འབྲི་རྒྱུ།

རྒྱུགས་ལེན་གཙོ་གཉེར་དཔོན་པོ་འདུག་སྟེགས་ལ་བཤད་རྗེས། དང་པོའི་མི་ལྔ་པོའི་རྒྱུགས་ཤོག་བསྐུར་ཙམ་བྱས་

ནས། ལག་པ་བསྒྲིངས་ཏེ་ཐོག་མར་ཨང་དྲུག་པ་དེ་བླངས་བྱུང་། རྒྱུགས་ཤོག་དེའི་ངོས་ཀྱི་མིང་ནི་ལྷ་ཏེ་ཀུང་ཡིན། དེ་ནི་ད་ཐེངས་ཀྱི་རྒྱུགས་སྤྲོད་ལྷ་སྐུལ་པ་དཔོན་པོ་ཞིག་གི་སྔོན་གྱི་དགེ་ཕྲུག་ཅིག་ཡིན། ལྷ་སྐུལ་པས་དེར་མཐོང་ནས། སྤྲོ་བ་རྒྱས་ནས་སླ་ར་བྲིལ་བྲིལ་བྱས་ནས་རྒྱུགས་འཕྲོད་སོང་ཞེས་བརྗོད། རྒྱུགས་ཤོག་ཞིབ་བཤེར་བྱེད་དུས་བཤུ་འབྲི་བྱས་པ་ནོར་ཡོད་པ་ཤེས། དེ་ནས་རྒྱུགས་ལེན་གཙོ་གཉེར་མཁན་གཞན་ཞིག་གིས་གདམ་བྱ་རྒྱུགས་ཤོག་བླངས་ནས་ཁ་གསབ་བྱས་པ་ན། རྒྱུགས་ལེན་ལྷ་སྐུལ་པ་ཐམས་ཅད་ཀྱིས་མཉམ་དུ་འགྲིག་ཟེར། རྒྱུགས་ལེན་གཙོ་གཉེར་དཔོན་པོ་ཧྭང་གིས་རྒྱུགས་དེའི་ཁ་ཕྱེས་པ་ན། ངོས་སུ"ཨན་ཙུས"ཞེས་ཡི་གེ་གཉིས་བྲིས་ཡོད།

དཔོན་གཞུང་ཁང་ནས་ཨན་ཙུས་ཏེ། སྐུ་སྲས་ཨན་ལགས་རྒྱུགས་སྤྲོད་ཐེངས་འདིའི་ཨང་དྲུག་པའི་ཙུས་རིན་ཡོན་ཏན་པར་འཕྲོད། མིང་བསྒྲགས་གཞུང་གཡོག་པས་བཟ་ཡིག་ལག་ཏུ་མཐོན་པོར་བཀུགས་ཏེ། ཚོམས་ཁང་དཀྱིལ་དུ་ལངས། སྐད་གསེང་མཐོན་པོས"ཨང་དྲུག་པ་ཨན་ཙུས། སེར་ཀྲུང་ཤོག་པའི་རྒྱ་དམག་ཚོ་བའི་སློབ་གྲྭའི་སློབ་མ"ཞེས་གྱེར་ནས་བསྒྲགས། སྐར་ཡང་རྒྱུགས་ལེན་གཙོ་གཉེར་དཔོན་པོའི་མདུན་ནས་མགོ་བཙམས་ཏེ། རྒྱུགས་ལེན་ལྷ་སྐུལ་པ་བཅོ་བརྒྱད་པའི་མདུན་དུ་རེ་རེ་བཞིན་བསྟན། ཐམས་ཅད་ལ་བལྟ་རུ་བཅུག མཐར་ཐོ་འགོད་ལྷ་སྐུལ་པའི་དཔོན་པོའི་ལག་ཏུ་སྤྲད། སྐར་

ཡང་ཨང་རིམ་ཐོ་འགོད་བྱེད་པའི་བྱང་ཡིག་པས་ཕོར་བའི་ཁ་ཆེ་ཚང་གི་ཡི་གེ་མིང་ཐོའི་སྟེང་དུ་བཀོད་དོ།།

ལེའུ་ཉེར་དྲུག་པ། རྒྱུགས་འབྲས་ཀ་པའི་གསུམ་པ་ལྷངས་ཕྱུར་ཏེ།། ཟམ་ཟམ་བཟེད་བཟེད་པ་ཡུལ་ཕྱོགས་སུ་སླེབས།།

ཨན་སྐྱུ་ཊོའི་ཁྲིམ་ཚང་གང་བོས་བཟ་སྒྱུར་ལ་སྒྲུག་པའི་སྐབས་སུ། དུས་ཚོད་ཕར་བསྐྱལ་ཆེད་ཧྭ་ཤང་དང་འགྲིག་བཏབ། སྐྱུ་ཊོ་ཨན་ལ་དོན་ཊོ་མར་འགྲིག་འདེབས་པའི་བསམ་པ་མེད་པས། འགྲིག་འདེབས་མཁན་ཕལ་བ་ཞིག་གི་སྦོན་ནས་ཕམ་ཁ་ཉོས། ཕོ་གོམ་པ་དལ་མོར་དཔེ་ཁང་དུ་སོང་ནས། རྩེད་མཚར་སྣོན་ངག་ཤོ་ལོ་ཀ་གཅིག་བྲིས་པ་འདི་ལྟ་སྟེ།

སྐྱེས་པ་ཉིད་ནས་བརྩེ་བའི་རྒྱུ་རུ་ཚུད།།
དགའ་བའི་འགྲིག་འདེབས་ཕྱེངས་མ་གཅིག་ཏུ་བྱུས།།
བསྐོར་འགྲིག་རྒྱུང་ནས་བལྟས་པ་མ་ཡིན་ཏེ།།
ཊེའུ་དཀར་ནག་ཆགས་སྣང་རིས་སུ་ཐོན།།

ཕོའི་ཡོན་ཏན་དང་ཀུན་སྤྱོད་མཚོན་ན། འདི་ནི་རང་

གིས་རང་ལ་ཀུ་རེ་བྱས་ནས་སྐྱོ་སངས་པའོ།།

ཨན་ཚང་གི་མི་ཐམས་ཅད་ཀྱིས་སེམས་འཚབ་ནས་སྒུག་ཡོད་པའི་སྐབས་དེར། ཧེ་ཆེན་དབུགས་འཚབ་འཚུབ་ཀྱིས་ནང་དུ་རྒྱུགས་འོངས། ག་ས་གར་མི་བཙལ་ཏེ། སྐད་མགོ་མཐོན་པོས“སྐུ་སྲས་ཀྱིས་རྒྱུགས་འཁྲིད་སོང་། སྐུ་སྲས་ཀྱིས་རྒྱུགས་འཁྲིད་སོང་།”ཞེས་ཞུར་བརྒྱབ། སྒོ་ཁའི་བརྡ་རྒྱག་མཁན་དང་པོ་མ་སླེབས་སྔོན། གཉིས་པ་ཡང་ནང་དུ་སླེབས། ར་བསྐོར་ནང་ཞུར་གྱིས་བཀང་། སྐུ་ངོ་ཨན་གྱི་གཟིངས་བསྐྱོད་བྱ་དགའི་དངུལ་བླངས་ནས་ད་གཟོད་གྱིས། སེམས་ཡོན་ཨར་མགྱོགས་པོར་སྐུ་སྲས་ཨན་སྟེ་ལེན་བྱེད་དུ་རྒྱུགས། བཟའ་མི་གང་པོ་གཅིག་ཏུ་འཛོམས་ནས། དགའ་སྤྲོའི་རྣམ་པ་རབ་ཏུ་འཁོལ།

ཕྱི་ཉིན། སྐུ་ངོ་ཨན་གྱིས་སྐུ་སྲས་གྲོང་ཁྱེར་དུ་རྒྱུགས་ལྷ་མཁན་དགེ་རྒན་ལ་བཀའ་དྲིན་ཞུ་རུ་མངགས། སྐུ་སྲས་ཨན་གྱི་རྒྱུགས་བཤེར་དགེ་རྒན་ནི་སུའུ་ཡུང་གྲེན་ཡིན། ཁོས་ད་དུང་རྒྱུགས་ཐོག་ལ་བལྟ་སྐབས་སུ་རྨིས་པའི་རྨི་ལམ་ཡ་མཚན་པར་བརྗོད་མེད། དེ་བས་ཨང་དྲུག་པའི་སློབ་མ་ཨན་ཙུས་ཟེར་བར་འཕྲད་རྒྱུ་བྲེལ་བ་ལངས་བཞིན་ཡོད། སྟབས་ལེགས་པར་སྐུ་སྲས་ཨན་ཐོག་མར་མཇལ་ཕྱག་འབུལ་དུ་ཡོང་། ཁོས་སྐུ་སྲས་ཨན་བློ་རིག་བཀྲ་ལ་ཕོ་རྩོད་ཡིན་ཐོག མི་ནི་རྩོམ་དང་འདྲ་བ་ཡོད་པར་མཐོང་ནས། ངོ་མཚར་ནས་ཨན་ཚང་གི་སྐུ་སྲས་ལ་ཉེ་ལམ་ཁྱོད་ཀྱིས་བསོད་ནམས་ཅི་ཞིག་བསགས་སམ་ཞེས་དྲིས་

བྱུང་། སྐུ་ཤྲས་ཨན་གྱིས་སློབ་ཕྲུག་ངས་ཁྱིམ་ལ་བསྡད་དེ་དཔེ་ཆར་ལྟ་བ་དང་། ཨ་ཕའི་ངག་བཞིན་སྒྲུབ་པ“ བརྩི་བཀུར་ལས་ཡོན་ཏན་འགྱུར” ཟེར་བའི་བསླབ་བྱ་ཡིད་ནས་མ་བོར་བ་ཙམ་རེད། བསོད་ནམས་ཤིག་ག་ལ་བསགས་ཡོད་ཅེས་ལན་བཏབ། སྐུ་ཤྲས་ཨན་གྱིས་རྒྱུགས་བཤེར་དགེ་རྒན་འདིས་རྒྱུགས་ལེན་སར་རང་གི་ཨ་ཞང་མེས་པོ་དང་སྒྲུག་པོ་ལ་མཇལ་ཡོད་པ་ཇི་ལྟར་ཤེས།

སོའུ་ཡླང་ཀྲིན་གྱིས་རྒྱུགས་ལ་ལྟ་དུས་སྐུ་ཤྲས་ཨན་གྱི་རྒྱུགས་ཤོག་གི་དེབ་དེ་མཐོང་དང་། ཐོག་མར་གཡུག་པ་དང་རྗེས་ནས་ཕྱིར་བླངས་པའི་གནས་ཚུལ་མགོ་ནས་མཇུག་བར་དུ་ཡང་བསྐྱར་གསལ་པོར་བཤད། སྐུ་ཤྲས་ཨན་གྱིས་ཕོ་ནི་རྒྱུགས་བཤེར་དགེ་རྒན་ཞིག་ཡིན་མོད། སེམས་རྒྱ་ཆེ་ལ་དྲང་མོ་དྲང་བདེན་ཡིན་པས། ཧ་ཅང་སེམས་འགྲུལ་ཐེབས། གུས་གུས་ཞུམ་ཞུམ་གྱིས་བཀུར་ཏེ་ལན་བཏབ་སྟེ་ན་རེ། དེ་འདྲ་ཞིག་ཡིན་ཀྱང་། དོན་དངོས་ནི་དགེ་རྒན་གྱིས་མཚམས་སྦྱོར་ངོ་སྤྲོད་བྱས་པ་རེད། ད་གཟོད་རྒྱུགས་འཕྲོད་པ་ཡིན་ལུགས་ཟེར། རྒྱུགས་བཤེར་དགེ་རྒན་སོའུ་ལགས་ཀྱིས་སྐད་ཆ་དེ་ཐོས་ནས། དེ་ལས་ལྷག་པར་ལྟ་སྟངས་ཡག་པོ་བྱུང་། གསོལ་ཇ་ཐེངས་གཉིས་པ་དྲངས་རྗེས། སྐུ་ཤྲས་ཨན་གྱི་སྔོན་ངག་སློང་ཞིང་སྐུ་ངོ་ཨན་གྱི་དཔོན་པོའི་གོ་གནས་དང་ལོ་ཚོད་ཀྱང་ཞིབ་ཏུ་དྲིས། དེ་ནས་ད་གཟོད་སྐྱེལ་མ་བྱས།

སྐུ་སྲས་ཨན་གྱིས་བཀའ་དྲིན་ཞུས་ཚར་ཏེ་ཕྱིར་རང་ཁྱིམ་དུ་ལོག ཆུགས་བཤེར་དགེ་རྒན་གྱི་གཏམ་དེ་ཕ་མ་དང་ཧྲི་དང་ཀྲང་བཙས་ལ་དེ་ལྟར་བཤད། ཧྲི་ཡུས་རྦིན་གྱིས་སེམས་ལ་ཚོར་བ་ཟབ་མོ་ཡོད་དེ། སྐབས་དེར་རང་གི་ཨ་ཕ་དྲན། སེམས་པ་སྡུག་གིས་བཀང་། མིག་མཐར་མཆི་མ་འཁོར། སྒྱུག་པོ་སྒྱུག་མོའི་སྟེང་ནས་ངུ་རྒྱུར་འཛེམ། སྐུ་ངོ་ཨན་གྱི་གདོང་ལ་མིག་ཆུའི་བཀང་། མིག་ཆུ་ཕྱིད་བཞིན་རྗེས་ནས་བསླབ་བྱ་འདི་དག་ཡིད་ལ་དམ་པོར་བཟུང་སྟེ་ཡར་ཐོན་བསྐྱེད་དགོས་སོ་ཟེར། དེའི་རྗེས་སུ་ཆོས་དཔེ་ཁྲིད་ཀྱི་བསླབ་བྱ་ཞིག་དྲངས་པ་སྟེ། "དགེ་རྩ་བསགས་པའི་ཁྱིམ་དུ། དགའ་སྤྲོའི་བྱ་བ་ངེས་པར་འབྱུང་། དགེ་བ་མི་སྒྲུབ་པའི་ཁྱིམ་དུ་ནི། གོད་ཆགས་ངེས་པར་འབྱུང་།" ཞེས་པ་དེའི་བསླབ་བྱ་ནན་མོ་བཏང་། སྐུ་སྲས་ཨན་གྱིས་ཀྱང་སེམས་ཞིབ་མོས་ཉན།

སྐུ་སྲས་ཨན་ནི་བརྩོན་སྐྱེད་གི་ལམ་ཕྱིད་ཙམ་ལས་སོང་མེད། ཕྱི་ལོ་མཉམ་འདུས་རྒྱུགས་སྤྲོད་ལ་ཞུགས་དགོས་པ་དྲན་ཏེ། ཉིན་འགའ་ལས་ངལ་གསོ་མ་བྱས་པར། སེམས་སྤྲོད་ལ་བབས་ནས་དཔེ་ཆར་བལྟ་བ་དང་རྩོམ་འབྲི་རྒྱུར་སྦྱང་བ་བྱས། སྐུ་ངོ་ཨན་གྱིས་མཛུབ་སྟོན་འོག སྐུ་སྲས་ཨན་ལ་ཟླ་རེར་སློབ་ཁྲིད་དགུ་རེ་སྟེ། དྲུག་ནི་རྩོམ་ཡིག་འབྲི་སྦྱོང་དང་། གསུམ་ནི་སྲིད་དོན་དཔྱད་གླེང་ཡིན། སྲིད་དོན་དཔྱད་གླེང་ནི་གཙོ་གནད་དང་དཀའ་གནད་ཡིན། ནན་ཏན་གྱིས་དོན་སྙིང་ཡོད་པའི་

སྐད་ཆ་ཚིག་འགའ་བཤད་དགོས། གཞན་ཡང་རྒྱུགས་ཤོག་འབྲི་བ་སྦྱོང་བརྡར་བྱས་ཏེ། སྨྱུག་ཁ་བསྐོར་ཚུལ་རེ་རེ་ལ་ཞིབ་ཏུ་སྦྱངས།

མིག་རྗེབ་པ་ཙམ་གྱིས་ལོ་གཅིག་འདས་ཏེ་རྒྱུགས་ལེན་པའི་དུས་ལ་སླེབས། སྐུ་སྲས་ཨན་གྱིས་བདེ་བདེ་ལྷག་ལྷག་གིས་རྒྱུགས་སྤྲོད། ཕྱུལ་བྱུང་ཅན་ནི་སྔོན་གྱི་མི་བཅོ་བརྒྱད་ནང་འདུས། རྒྱལ་རྒྱུགས་འཕྲོད་དེ། སླར་ཡང་ཚོམས་རྒྱུགས་སྤྲོད་པར་སོང་། ཚོམས་རྒྱུགས་ཀྱི་སྲིད་དོན་དཔྱད་གླེང་གི་འདྲི་ཚིག་ནི་དཔལ་འབྱོར་རིག་པ་དང་ལོ་རྒྱུས་རིག་པ། གཟན་ཆས་དང་ཉེན་དཔྱོད་སྲིད་དོན་བཞི་པོ་ཡིན། ཕྱོགས་འདི་བཞི་པོ་ནི། སྐུ་ངོ་ཨན་གྱི་གཤར་སྦྱང་འདྲི་གཞིའི་ཁོངས་གཏོགས་སུ་འདུ། སྐུ་སྲས་ཨན་གྱིས་རྒྱུགས་ཤོག་བྲིས་པ་ཡིག་གཟུགས་ལེགས་ལ་ཚིག་སྦྱོར་གྱི་ཚགས་དམ་པས། རྒྱུགས་བཤེར་བློན་ཆེན་གྱིས་ཨང་རིམ་བཅུ་བའི་ནང་དུ་བཅུག སྐབས་དེར་བུའུ་མིན་ཨས་གོ་གནས་འཕར་ཏེ་དམག་ཕུའུ་ཧྲང་ཧྲུའུ་རོགས་ལས་སློབ་རམས་པ་ཆེན་པོའི་འགན་དང་ནང་སྲིད་བློན་ཆེན་གཉིས་འགན་གཅིག་ཕྱོགས་སུ་འཁུར་ཡོད། སྐུ་སྲས་ཨན་གྱི་མདུན་ལམ་ལ་སེམས་ཁུར་བྱེད་ཀྱིན་ཡོད། སྐུ་ངོ་ཨན་ལ་སྐོག་ནས་ཡིད་དགའ་བའི་འཕྲིན་བཟང་བསྐུལ། སྔོན་གྱི་མི་བཅུའི་ནང་དུ་ཚུད་ན། མིང་རིམ་ཅི་ཡིན་ཀྱང་། ཞི་བློན་གྱི་གོ་ས་ལེན་ཐུབ་པ་གདེང་ཚོད་ཡོད། རྒྱུགས་འབྲས་ཁྲབ་བསྒྲགས་བྱེད་པའི་ཉིན་སྔོན་

མར། རྒྱུགས་བཤེར་སློབ་ཆེན་གྱིས་ཨང་བཅུ་བའི་ཡན་གྱི་དེབ་ཚང་མ་ཡར་བསྐྱལ། གོང་མས་ཨང་དང་པོའི་ཀ་པ་དང་། ཁ་པ། ག་པ་དང་། ཨང་གཉིས་པའི་ཀ་པ། དེའི་མཇུག་གི་ཨང་དྲུག་པ་རྣམས་ཀྱི་གོ་རིམ་བསྒྲིགས་པར་གཏན་འཁེལ་བྱེད་པར་སྒྲུག ཉིན་གུང་སྐབས་ལ་ཉེ་དུས། ད་གཟོད་གོང་མའི་གསེར་ཡིག་སྒྲིག་སྒྲུང་ཞུག་རུམ་དཔོན་པོས་ཁྱེར་འོངས། རྩེར་ཡོད་ཨང་དང་པོའི་ཀ་པ་དང་ཁ་པ། ག་པ། ཨང་གཉིས་པའི་ཀ་པའི་མིང་བསྒྲགས། ཨང་དང་པོའི་ཀ་པའི་རུས་ལ་ཞུས་ཟེར། ཅང་སུའུ་ནས་ཡིན། མིང་ལ་ཞུས་ཀྲིན་ཀྲོང་ཟེར། ཨང་དང་པོའི་ཁ་པའི་རུས་ལ་ཧྲོང་ཟེར། ཀྲེ་ཅང་གི་ཡིན། མིང་ལ་ཧྲོང་ཏའེ་ཡན་ཟེར། ཨང་དང་པོའི་ག་པའི་རུས་ལ་ཨན་ཟེར། སེར་རྒྱང་ནོག་པའི་རྒྱ་དམག་ཚོ་བའི་ཡིན། མིང་ལ་ཨན་ཟུས་ཟེར། ཨང་གཉིས་པའི་ཀ་པའི་རུས་ལ་སྨྲ་ཟེར། མིང་ལ་སྨྲ་ཞིན་ཞན་ཟེར། ཁོང་ཚོའི་གཉེན་ཉེ་རྣམས་སྤྲོ་བ་རབ་ཏུ་རྒྱས། ད་ཐེངས་རྒྱུགས་ལེན་ཁྲིད་ཨང་དང་པོའི་ག་པར་དར་ནོག་པ་ཞིག་ཚུད་པ་འདིར། མི་ཐམས་ཅད་ངོ་མཚར། དངོས་གནས་འདི་ནི་རྒྱལ་རབས་འདིའི་སྔར་མེད་གསར་བྱུང་གི་མི་གཅིག་པུ་རང་རེད།

གོང་མས་ཡར་བསྐྱལ་བའི་དེབ་བཅུ་པོའི་རྒྱུགས་ཤོག་ཡར་སློག་མར་སློག་བྱས་ཏེ། དེབ་གསུམ་པར་བལྟས་པ་ན། རྩོམ་རྩལ་ཧ་ཅང་ལེགས་མོད། རྟས་འདོན་རྩོམ་ཡིག་ཚིག་རྒྱུན་སྤྱད་ཆེ་ལ་དོན་སྙིང་གིས་སྟོངས། ཡིག་གཟུགས་འཁྱོར་ཉམས་

ལྡན་ཀྱང་སྐྱོབས་པས་དབེན། ཕོངས་རྒྱ་ཡངས་པ་ཞིག་མིན་པ་ཤེས། དེ་ནས་ཨང་བརྒྱད་པའི་ཨན་ཙུས་རྒྱུགས་སྙོག་ལ་བལྟས་པ་ན། ཁྲིམས་ལེགས་ལ་ཞིབ་ཆ་ལྡན་པ་མ་ཟད། ད་དུང་ཧྲུས་འདོན་རྩོམ་ཡིག་གི་དཔལ་འབྱོར་རིག་པ་དང་ལོ་རྒྱུས་རིག་པ་གཉིས་ཀྱི་དཔྱད་གླེང་ལ་གནས་ལུགས་དང་ལུང་འདྲེན་རིགས་པས་སྐྱབ་པ་བཟང་། གཟན་ཆས་དང་ཉེན་དཔྱོད་སྲིད་དོན་གཉིས་ཀྱི་སྐོར་ནས་ཁེ་ཕན་དང་མི་འདང་ས་དཔྱད་པར་དེ་བས་ཀྱང་གནས་ལུགས་ལྡན། གོང་མ་དགའ་སྟེ། ཨང་བརྒྱད་པ་དེ་ཨང་གསུམ་པར་བཞག་པ་དང་། སྔོན་ལ་གཏན་འཁེལ་བྱུས་ཡོད་པའི་ཨང་གསུམ་པ་དེ་ཨང་བརྒྱད་པར་བཞག དེ་བས་སྐུ་སྲུས་ཨན་ཨང་དང་པོའི་ག་པར་གདམ་ཐོན་བྱུང་བ་རེད། སྐུ་སྲུས་ཨན་དེ་དུས་ཡ་མཚན་དང་དགའ་བ་མཉམ་དུ་སྐྱེས། རྨི་ལམ་ལྟ་བུ་རེད་འདོད། དེ་ནས་དཔོན་པོས་འཁྲིད་ནས་གོང་མར་མཇལ་ཁ་ཞུ་རུ་སོང་། གཞན་པ་དགུ་པོ་དང་མཉམ་དུ་མཇལ་ཕྱག་ཕུལ་ཏུ་ཕྱིན།

དེའི་རྗེས་སུ་ཤུག་ཙམ་པའི་དཔོན་པོ་དེ་རྗོ་སྐབས་སྟེང་དུ་འགྲེང་སྟེ“མཇལ་དུ་སྙོག”ཅེས་ཟེར། མི་བཅུ་པོ་ཁྲིགས་ཆགས་སུ་བསྒྲིགས་ནས་ནང་དུ་སོང་། གོང་མ་ལ་མཇལ་རྗེས་སྐུ་སྲུས་ཨན་པོ་བྲང་ནས་ཐོན་ཏེ་གཡོག་པོ་ཞིག་རང་ཁྱིམ་དུ་གོང་མས་མཇལ་ཁ་གནང་ཟིན་པ་དེ་སྐད་སེང་བྱེད་དུ་མངགས།

སྐུ་ཇོ་ཨན་གྱིས་གོང་མར་མཇལ་བའི་ཉིན་དེར། ད་དུང་

སེམས་བདེ་པོ་མ་བྱུང་། དངོས་སུ་དཔེ་སྒྲོམ་ནས《གྲིག་ཡུས》ཀྱི་མོ་དཔེ་དང་། མོ་རྩིས་བྱེད་པའི་ཧྲི་རྟ་ཕྱིར་བླངས་ནས། ཅིག་ཅིའི་སྟེང་དུ་བཞག སྐུ་སྲས་ཀྱིས་རྒྱུགས་འབྲས་ཨང་ག་ཚོད་ལེན་ཐུབ་པར་རྩིས་བཏབ། རྩིས་བརྒྱབ་ཚར་བ་ན“ཉིན་དཀར་གསུམ་སྤྲེལ”ཞེས་པ་བབས། “ཉིན་དཀར་སུམ་སྤྲེལ”ཟེར་བ་འདི། གོང་མའི་དྲིན་གྱིས་བསྐྱངས་པའི་དོན་ཡོད་པ་སྟེ། འོ་ན་ཨང་གསུམ་པ་ཡིན་ནམ། དར་ཞོག་པ་ཞིག་གིས་ཨང་གསུམ་པ་ཐོབ་པའི་གནས་ལུགས་གང་ནས་ཡོད། འགྲེལ་བཤད་བྱ་ཚུལ་དེ་ལྟར་མ་རེད། འོ་ན་ཨང་གསུམ་པར་བསྒྱུར་བ་ཡིན་ནམ། ཡང་མགོ་པོ་ཐད་དུ་གཡུགས། སྔོན་ནས་ད་ལྟའི་བར་ཨང་གསུམ་པར་བསྒྱུར་སྐྱོང་བ་གཏན་ནས་མེད། ཡིན་ནའང་འཇིག་རྟེན་གྱི་དོན་དག་ཚོད་དཔག་བྱེད་ཐུབ་པ་ཞིག་ག་ན་ཡིན། ཕོ་བྲང་ནས་དོན་ཅི་ཞིག་མ་བྱུང་ངམ། ལོ་ལྔ་བཅུ་སོན་པའི་རྒད་པོ་དེ། ཅི་ཡིན་མ་རྟོགས་པར་བསམ་བློ་ཞིབ་ཏུ་བཏང་། ཉིན་གུང་ལ་སླེབས་ཀྱང་འབྲུ་རྡོག་གཅིག་ཀྱང་མ་བཞེས། འཕྲིན་དངོས་སུ་འགྱུར་ནས། ད་གཟོད“ཉིན་དཀར་སུམ་སྤྲེལ”ཞེས་པའི་གསང་ཚིག་གྲོལ་ལོ།། བློ་བུར་དུ་བར་སྣང་ནས་ལྷ་བབས་པ་ལྟར། དགའ་བའི་འཛུམ་མདངས་ཇམ་པར་བཞད། ཞང་བཟའ་ཡིས་ཀྱང“ཁྲིམ་བསྒྲགས་བྱས་ནས་གཟེངས་སུ་བསྟོད་དགོས”ཞེས་བསམ་འཆར་བཏོན་བྱུང་བའང་ཁས་བླངས་སོ།།

ཡིན་ནའང་སྐུ་ངོ་ཨན་ནི་དོན་དག་སྒྲུབ་དུས་འཛོམ་

རྡོགས་མང་པོ་བྱེད་པ་ཞིག་སྟེ། རྗེས་ནས《ཚོགས་སྟོན》ནང་གི་ཐོ་འགོད་སྒྲིག་ལམ་ལྟར་བསྒྲུབ་རྒྱུ་བྱས། རྒྱས་སྤྲོས་མི་ཆེ་ལ་སེར་སྣ་ཆེན་པོ་མ་བྱས་པར་ཕྲེང་བསྒྲིགས་ཏུ་ཁག་ཅིག་གི་སྟོན་ནས་བསུས། སྐུ་སྲས་རྟ་ལ་བཅིབ་ནས་ཕེབས་རྒྱུ་བྱས་སོ།། སྐུ་སྲས་ཨན་གྱིས་ཕྱི་ནས་འབྲེལ་བ་བྱེད་པའི་ལས་ཚར་ཧེ་སྐུ་ཇོ་ཨན་གྱིས་བཀྲ་ཤིས་དུས་བཟང་གཏན་འཁེལ་བྱས་པའི་དུས་ལྟར། རང་ཁྱིམ་དུ་ཕ་མར་མཇལ་ཕྱག་ཕུལ་ཏུ་སོག ཕོ་རང་ཡུལ་དུ་མ་སླེབས་པའི་སྟོན་ལ། གོང་མས་གནང་བའི་གཟེངས་བསྟོད་ཐེམ་ཡིག་དང་དངུལ་བཅས་གཞིས་ཀ་ཏུ་བསྐྱལ་འོངས། སྐུ་ཇོ་ཨན་གྱིས་གཞིས་ཀའི་སྒོ་ནས་ཀྱང་བཀོད་སྒྲིག་ལེགས་པོ་བྱས། བཀྲ་ཤིས་དུས་བཟང་གི་ཉིན་དེར། གཉེན་ཚང་གི་སྐུ་ཇོ་ཀྲང་གིས་ཧེ་ཆེན་ དང་ སེས་ ཡོན་ ཨར་ བཅས་ ཁྱིམ་ མི་ ཐམས་ ཅད་ དང་། གཟབ་ཕྲེང་ཏུ་ཁག་འཁྲིད་དེ། ཐག་རིང་པོ་སྟེ་ཧྲུང་ཏྲིན་སྟེ་བ་ནས་ལེ་དབར་ཉེ་ཤུ་ཡོད་པའི་ཙོ་ཐོང་དགོན་པ་ནས་སྐུ་སྲས་ཨན་ལ་སྒྲུག སྟོན་ནས་འཁར་ཛ་ཆ་གཅིག་དང་། ཁ་གདང་གཉིས་ན“ཅིན་ཧྲིའི་སྐྱེས་ཕོངས་ལ་གནང་བ” ཞེས་པ་དང“ རྒྱུགས་སྤྲོད་ཨང་གསུམ་པ་ཐོབ” ཅེས་པའི་མཚལ་དམར་གསེར་བྱུགས་གི་ཐེམ་ཡིག་གཉིས་བཟུང་། ཁ་སྤྲོད་དུ་ལམ་འཕྱུག་དར་གཅིག་རེ་དང་། རྒྱ་ཚོས་དམར་པོའི་དར་གཅིག་རེ། ཅིན་བཀྱའ་ཆ་གཅིག གདུགས་སྟོན་པོ་གཅིག་བཅས་ཡོད། ལམ་བར་དུ་འཁར་ཛ་ཛུང་ནས་དར་འཕྱུར། གཟབ་རྒྱས་དང་ཚུར་སླེབས།

སྐྱ་སྲུས་ཨན་གྱི་མགོ་ལ་མེ་ཏོག་སེར་པོ་གཉིས་གསེབ། ལུས་སྟོད་དུ་དར་ཆེན་དམར་པོ་བསྒོལ་ཏེ་བཅིངས། ཆིབས་རྟ་དཀར་པོ་ཞིག་ལ་ཞོན། རྟུང་རྐྱིན་སྟེ་བར་དལ་བུ་སླེབས་འོངས། ལམ་བར་དུ་ཐམ་ཐམ་བརྗིད་བརྗིད་ཅིག་བྱུང་།

སྐྱ་སྲུས་ཨན་གྱི་ཆིབས་རྟ་གཞིས་ཁྱིམ་གྱི་སྒོར་སླེབས་པ་ན། རྟ་ལས་བབས་ཏེ་ནང་དུ་སོང་། གནམ་ས་ལ་ཕྱག་གསུམ་རེ་འཚལ། ཁྱིམ་གྱི་མེས་པོའི་མཆོད་ཁང་དང་། ལྷ་ཁང་། ཏེ་ཚང་གི་མེས་པོའི་མཆོད་ཁང་ལ་མཆོད་མེ་བཀར། གདུག་སྤྲོས་བསྒྲོན། གུས་ཕྱག་འཚལ། ཕྱིར་ཐོག་ཁང་དུ་སོང་ནས་ཕ་མར་གུས་ཕྱག་ཕུལ། དེའི་རྗེས་ནས་གཉེན་ཚང་ཀྲང་ཚང་ལ་གསོལ་ཇ་དྲངས། གུས་ཕྱག་མང་པོ་བྱས་ཚར་བ་ན། ལས་ལྷན་གྱི་བུ་དེ་ངལ་གསོ་རུ་སོང་ངོ་།།

ལེའུ་ཉེར་བདུན་པ། ངོ་ཙའོ་ཆོས་པས་མགུར་གླུ་དག་ཏུ་གྱེར།། འཇིག་རྟེན་མི་རྟག་སྒྱུ་མའི་དཔེ་རུ་བཞག།

སྐུ་སྲུས་ཨན་གྱིས་གོང་མའི་ཡིག་ཚང་རྩོམ་སྒྲིག་བྱེད་པའི་འགན་ཁུར་ནས་ཐུང་མ་འགོར་བར། ཨ་ཕའི་དགེ་ཕྲུག་བུའུ་མེན་ཨས་རོགས་རམ་དང་རང་ཉིད་ཀྱི་ཧུར་བརྩོན་བྱས་པས་སྒུགས་ཆེན་གྱི་ཨང་དང་པོའི་གྲས་སུ་ཚུད། ཉིན་དེ་ནས་པོ་གནས་རིམ་པ་ལྔ་འཕར། གོང་མའི་ཡིག་ཚང་གི་སློབ་རམས་པའི་འཆད་འཁྲིད་པ་ནས་ཐུང་མ་འགོར་བར་སློབ་གསོའི་ངོ་དམ་ཁང་གི་དཔོན་གནས་སུ་འཕར། དེའི་རྗེས་ནས་ཅིན་ཧྲི་གསར་བ་དང་། ཡོ་ཞིག་གི་རྒྱུགས་འབྲས་ཨང་དང་པོ་ཐོབ་མཁན་ཞིག་ཀྱང་སློབ་མར་བསྡུས། གཞུང་དོན་བསྒྲུབས་ཚར་ཏེ། སྐུ་སྲུས་ཨན་རང་ཤག་ཏུ་ལོག འདས་ཟིན་པའི་ལུག་མིག་མེ་ཏོག་གི་དགའ་སྟོན་དེ་ཕྱིར་དྲན་བྱས་པ་ན། ད་ལྟ་མིང་སྙན་གྲགས་རྒྱས་ཡོད། ཕམ་གཉིས་པོར་སེམས་གསོ་ཡང་བྱས། ད་

ལྷ་ད་དུང་སློབ་གསོ་སྲིད་དོན་དང་རྒྱུགས་ལེན་གཙོ་གཉེར་དཔོན་པོའི་གོ་གནས་མེད་ཙུང་། སློབ་གསོ་དོ་དམ་ཁང་གི་ཡ་མོན་འདེད་ནི་གནམ་འོག་ཞིང་ཆེན་བཅུ་བདུན་གྱི་བཟང་ངན་མཉམ་བསྲེས་བྱས་པའི་རྒྱུགས་སྤྲོད་སློབ་མར་ལྷ་སྐྱལ་དོ་དམ་བྱེད་བཞིན་ཡོད། ད་དུང་ཡང་ཨང་དང་པོའི་དགེ་ཕྲུག་ཅིག་དང་ཅེན་ཧྲི་གསར་བ་ཞིག་ཀྱང་བསྟུས་ཡོད། དེ་བས“ སྐྱེས་བུ་དམ་པའི་དགའ་བ་གསུམ” རང་ལ་ཐོབ་ཡོད། རང་ཤག་ཏུ་འགྱུར་རྗེས་ཚུང་མ་ཧེ་དང་ཀྲང་གཉིས་ལ་རྩེད་མཚར་གྱིས་རང་ཉིད་ལ་ཆང་ཕོར་བ་གང་དྲངས་ན་ཨེ་ཆོག་ཅེས་པ་དང་། “ དགའ་བཞི་ཁང” ཞེས་པའི་ཐོ་ཡིག་བཀལ་ཆོག་མིན་འདྲི་བསམས་ཀྱང་། རང་ཁྱིམ་དུ་འགྱུར་མ་ཐག་ཚུང་མ་གཉིས་ཀས་མགྲིན་གཅིག་ཏུ“ སྨྱུ་གུ་བཟུང་སྟེ། ‘ དགའ་བཞི་ཁང ’ ཞེས་པའི་ཡིག་ཆེན་གསུམ་པོ་ཕྲིས་ཤིག” ཟེར། དེ་ནི་སྐུ་སྲས་ཨན་གྱི་བློ་ཡུལ་འདས་པའི་དོན་ཞིག་རེད། ཕོས་སེམས་དོན་ནི་ནང་དུ་འཛུལ་མ་གཞན་གྱིས་ཁེད་དོ།

སྐུ་ངོ་ཨན་གྱིས་བུ་ཡི་མིང་སྙན་གྲགས་ཀྱང་རྒྱས། དཔོན་གནས་ཀྱང་ཐོབ། དཔེ་ཆ་པའི་ཁྱིམ་རྒྱུད་དེ་མར་བརྒྱུད་ཐུབ་སོང་། ཁྱིམ་དུ་སེམས་ཁུར་བྱེད་དགོས་ས་མེད། ཡིན་ནའང་ཉིན་ཅིག་ཀོང་གི་དགུ་བཅུ་གོ་སྟོན་སྐབས་ལ་ཉེ། དེ་བས་རྒྱང་རིང་པོ་ཞིག་ཏུ་ཡུལ་བསྐོར་དུ་འགྲོ་འདོད་སྐྱེས། ལམ་གྱི་ཡུལ་ལྗོངས་གྲགས་ཅན་ལ་ལྟ་སྐོར་དུ་བསྐྱོད་དོ།། ལམ་དུ་ཆས་ཁར་

ལེགས་སྐྱེས་གཉིས་འཁྱེར། གཅིག་ནི་ཏིན་ཅིག་ཀོང་ལ་དགོས་པའི་སྟོན་ཚང་རེད། དེ་གྲུ་ཐོག་བརྒྱུད་ནས་སྐྱེལ་འདྲེན་བྱས་སོང་། གཞན་ཞིག་ནི་ཕོ་ལ་བྲིས་པའི་གོ་སྟོན་ཡི་གེ་དེ་རེད། སྐྱུ་ཇོ་ཨན་གྱིས་དུས་བཟང་སྐར་བཟང་ཞིག་ལ་རྩིས་བརྒྱབ་སྟེ། ཧྭ་ཀྲུང་སོགས་ཁྱིམ་མི་རྣམས་དང་སྦྲིན་ནག་ཁེངས་འགེབས་ཞེས་པའི་དྲེལ་རྟ་འཁྲིད་དེ། སོས་དཔལ་བག་ཐེབས་ཀྱིས་ལམ་དུ་བཞུད།

ལམ་དུ་ཀྲུའོ་ཀྲིག་གྲོང་བརྒྱུད། གྲོང་དེའི་མིང་གཞན་ལ"ས་མཐའི་འགྲན་ཟླ་མེད་པའི་འགག། གནམ་འོག་དཀའ་ཁག་ཨང་དང་པོ།།"ཟེར། ཞབས་ཕྱི་པས་གནས་འདིར"ཡ་མཚན་ཅན"ཞིག་ཡོད་ཟེར། བརྗོད་པ་ལྟར་ན་ཁྲུང་ཆེན་ཆ་གཅིག་ཡིན་ཟེར། ཞབས་ཕྱི་པས་བརྗོད་པའི"ཡ་མཚན་ཅན"དེ་སྐྱུ་ཇོ་ཨན་གྱི་འདོད་བློ་དང་མཐུན་པར་གྱུར། ངེས་པར་དུ་བལྟ་དགོས་ཟེར། རྗེས་སུ"ཡ་མཚན་ཅན"དེ་ནི་རྨ་བྱ་ཆ་གཅིག་རེད། སྐྱུ་ཇོ་ཨན་གྱིས་ཁྲུང་ཆེན་མ་མཐོང་བས། སྤྲོ་བ་ཉམས། ར་སྐོར་ནང་དུ་འདུག་གནས་ཤིག་ཀྱང་མེད། གོམ་པ་དལ་མོར་ལྟོ་ཕྱོགས་ཀྱི་རས་གུར་དུ་སྤྱོས། དེ་ན་ཏའོ་ཅའོ་ཡི་ཆོས་པ་ཞིག་གིས་ཆོས་འཆད་བཞིན་ཡོད། སྐྱུ་ཇོ་ཨན་ནང་དུ་འཛུལ་འོངས་པ་མཐོང་སྟེ། སྨྱུག་ཞྭ་མར་མནན་ཙམ་བྱས་ནས། དབྱངས་ཚོགས་སྟོན་བྱེད་ཀྱི་བྱང་བུ་སྟེང་ལག་པ་བཞག་སྟེ་འདི་ལྟར་མགོ་བརྩམས་སོ།།

མི་རྟག་ལོ་ཟླ་ཆུ་བོ་བཞིན་དུ་བཞུར།། སྐྱིད་སྡུག་འཁོར་བར་དུས་དང་བསྟུན་ནས་ཟད།། འཇིག་རྟེན་གློ་བུར་རྨི་ལམ་རྨིས་འདྲ་བ།། མི་ཡུལ་ཐམས་ཅད་སྒྱུམའི་ལང་ཚོ་འདྲ།། ང་ནི་གར་ཡང་ཕྱིན་སྐྱོངས། རུས་དང་མིང་མི་བཤད། ཚེ་ལོ་ཕྱེད་ཙམ་ལ་ཅི་ཡང་མི་ཤེས་པའི་གླེན་པ་ཞིག་ཏུ་གྱུར་པས། རྨི་ལམ་ལས་སད་པ་ན་དངོས་གནས་སྙིང་པོ་ཅི་ཡང་མེད་པ་ཤེས། བསམ་ན་སྙིང་པོ་མེད། བཤད་ན་སྙིང་རེ་རྗེ། ངག་ནས་ཆོས་ཀྱི་ཚིག་འགའ་བསྒྲིགས། དེ་ནི་གླེན་ལྐུགས་གཉིད་ལས་བསླངས་ཏེ། སྡུག་བསྔལ་སེལ་འདོད། འདི་ལའང“དེ་ནི་དེ་ལྟར་ཏེ། ཐབས་ཅི་ཡང་མེད་དོ།།”ཟེར། དཔོན་པོ་རྣམ་པར་དགོད་ཁ་སྒྲོང་ངོ།།

ཁོས་ཚིག་འདི་བཤད་ནས། ཡང་བྱུང་བུ་རྡུང་ངོ།། སྒྱུ་ངོ་ཨན་ལ་དོན་དངོས་སུ་འདི་ལ་སྤྲོ་བ་མེད་མོད། མ་བསམ་ས་ནས་སྐད་ངག་ཤོ་ལོ་ཀ་འདིས་ཡིད་དྲངས། ཚན་པ་འདི་སྐད་ངག་ཕལ་བ་ཞིག་མིན། སེམས་ཞིབ་མོས་གཤམ་ནས་ཅི་ཞིག་དབྱངས་སུ་གྱེར་རྒྱུ་ལ་ཉན། ཏའོ་ཙའོ་ཚོས་པ་དེས་འདི་ལྟར་གླངས་བྱུང་སྟེ། ཛ་སེང་སེང་།། ཐོག་མའི་སྐད།། ཞུར་མ་རྒྱུག། ཞིབ་ཏུ་ཉོན། । འཇིག་རྟེན་མི་ཚེ་རྨི་ལམ་ལྟར།། དཔྱིད་ཀྱི་མེ་ཏོག་སྟོན་ཟླ་ཟད།། སྤྲིན་དཀར་འདུ་འཛེར་ལང་ལོང་དེ།། དར་གོས་བསྐྱོད་འདྲ་ངེས་པ་མེད།། ཚིག་འགའི་གཏམ་གྱི་གདམ་པ་འདི།། ནངས་ཅོང་དགུང་ཛ་བཞིན་དུ་གྱིས།།

སྒྲུ་ངོ་ཨན་གྱིས་མགོ་ལྷེམ་ལྷེམ་བྱེད། ཚན་པ་འདི་སྤྱིའི་མགོ་འདྲེན་ཡིན། མི་དེས་སྨྲར་བླངས་པ་འདི་ལྟར། དཔོན་པོར་བཤད།། གོང་མར་སྒྲོང་།། འཐབ་ལ་འབད།། གྲུས་པར་བྲེལ།། རྗེ་ངན་ཆེན་ཡན་ཏན་གྱི་རྩིས་ཐོ་ཉོག། རྒྱལ་རབས་དྲུག་པོའི་ཞབས་རྗེས་ཅི་ཡང་མེད།། རྒྱལ་རབས་ལྔ་པོའི་དམག་འཁྲུག་གཡུལ་ས་ན།། ཡིས་ཐང་གྲོའི་སྲུང་རྣུང་གི་རླབས་ཕྲེང་གཡོ།། བརྗོད་བརྗོད་ཕོ་བྲང་གང་མང་བཞེངས་པ་དེ།། ལོ་རྒྱུས་དེབ་ཐེར་ངོས་སུ་ཐིམས་པར་གྱུར།།

བརྒྱལ་དཀའ་དཀའ།། རྙེད་བཀུར་འགག། དྲུང་རིར་དབང་།། ལྔགས་བྱང་བརྒྱུད།། མཛོད་རྗེས་རྗོ་རིང་གནའ་ནས་རལ་གྲིས་གཤགས།། དཔའ་བོའི་བང་སོ་སྤྱར་ནས་མདའ་མོས་ཕྱུག། བཙན་པོའི་དབང་ཐང་ཉམས་ཀྱང་ཆང་མ་འཁྲུག། དཔའ་བོ་གཉིད་སད་མིག་ཆུ་རླམ་ཐབས་མེད།། སྙིད་པུ་གསུམ་ལྟར་འགྱུར་རྒྱུ་སྔོན་ཤེས་ན།། ཆིས་ཧྲན་རི་ལ་ཐེངས་དྲུག་འཐབ་འདི་སྐྱོ།།

ཆོས་པ་དེས་དབྱངས་ཚིགས་བྱང་བུ་ལག་པས་མནན། སྐད་མགོ་གདངས་གཅིག་ལ་ཛེ་མཐོར་བཏང་སྟེ། སླར་ཡང་གྱེར་བྱུང་། “ཞིང་དང་འཐག། ག་ལ་དོ།།” ཞེས་པར་སྒྲུ་ངོ་ཨན་གྱིས “འདིར་འོངས་པ་ངོ་མཚར་ཆེ” ཟེར། མི་དེས་མུ་མཐུད་དུ་གྱེར་ཏེ།

ཞིང་དང་འཐག། ག་ལ་དོ།། ཚོམ་འཁོར་གཅིག།

འཛོར་སྟ་ཞིག། ཕོས་འདེབས་མོས་འཚོམ་གདུག་སྤྱོས་གསུམ།། དཔྱིད་བཏབ་སྟོན་སྨུད་ལོ་ངོ་གཅིག། ལོ་བསུ་ཇ་རྟུང་བུ་ཕྲུག་དགའ་བས་སྨྱོས།། ལས་དལ་བག་ཕེབས་ཆང་འཕང་ཕྱེད་ཀ་ཙམ།། བཟའ་མི་གང་པོ་དགོད་སྒྲ་ལྷང་ལྷང་སྒྲོག། ཚང་མས "དཔོན་གྱི་དཔྱ་ཁྲལ་འཇལ་ཚར" སྨྲ།།

སོས་དལ་སྐྱིད།། ཉ་པ་སོགས།། རི་བོར་བརྟེན།། རྫིང་བུའི་འགྲམ།། བཟུང་བའི་ཉ་དང་ཇ་ལྷ་མཉམ་དུ་འཚོད།། གསོམ་སྔོང་ཡལ་ག་ལོ་མ་བཅད་དེ་འབུད།། ལག་ཏུ་འཁྱེར་བ་ཕྲུག་ཏུ་འཁུར་བ་འཚོང་།། སྣུམ་དང་ཚྭ་ཁུར་བརྗེས་ནས་ཁྱིམ་དུ་ལོག། ར་རོ་གྱུར་དུས་སྒྲུ་གཞས་ལྷང་ལྷང་ལེན།། སྒྲོ་བུར་མཁའ་རུ་བལྡས་ཚེ་ཉ་གང་ཆུ།།

ཕྱུགས་རྫི་བུ།། ལུས་དལ་བདེ།། ཟམ་བརྒལ་ནས།། སྤོང་བསིལ་ཉལ།། ཆར་ལྷ་ཐུང་ཐུང་གསེག་སྟེ་དཔུང་རྒྱན་བྱས།། ཁམ་བུའི་སྐྱེས་ཚལ་གང་དགར་རྩེད་མོར་རྒྱུ།། བྱིས་པའི་རྩེད་འཛོ་བ་གླང་ཞོན་པར་བྲེལ།། སྦྲང་ཆར་སིམ་སིམ་གླིང་བུ་སྙན་སྙན་འཛམས།། ཁྲི་གདུགས་ཉུབ་རིར་བཞུད་དུས་རང་ཡུལ་ལོག། གཉིད་ཐེངས་གཅིག་གིས་སྐྱ་རེངས་ནམ་མཁའ་ལངས།།

ཉན་བཞིན་པའི་སྐབས་དེར། ཧྭ་ཀྲུང་བཙལ་དུ་འོངས། སྐྱ་ངོ་ཨན་དེ་དུས་ཕྱིར་འགྲོ་འདོད་མ་སྐྱེས། ཡང་ཏའོ་ལུགས་ཚོས་པ་དེས་དབྱངས་ཚིགས་བྱང་བུ་རྟུང་ནས་འདི་ལྟར་བླངས་བྱུང་ངོ་།།

ཀུན་སྤྱོད་སྨོན།། མིང་གྲགས་རྒྱལ།། རི་ཁྲིད་འགྲིམ།། ཕོ་འཕང་འཛོམ།། སྲ་དང་ཁྲུང་ཁྲུང་ང་ཡི་གྲོགས་སུ་བཀུག། སྙན་ངག་དབང་འགྱུར་རྒྱལ་སློན་ལ་འཁྲེལ་བ།། སྲིན་པ་མང་ཡང་དཔྱིད་འགོའི་མེ་ཏོག་བཞད།། རང་སེམས་རང་གིས་གསོས་ཏེ་ལོ་ཟླ་བསྐྱལ།། ད་ལྟའི་དུས་འགྱུར་དར་རྒྱུད་ངས་མི་འདྲི།། འདས་པའི་ཀྲན་གོ་ཁྲུན་ཆུའུ་གཏན་མི་སློང་།།

སྐུག་སེལ་གྲོང་།། ཆང་ཕོར་གང་།། ཆང་ཁང་སྐྱུལ།། སྐྱེས་བུ་བཙལ།། ངོ་མཚར་མཇལ་འཕྲད་འཇིག་རྟེན་འདི་ན་དཀོན།། སྐད་ཅིག་ཉིད་དུ་འགྱུར་བ་ཅི་ཙམ་ཟད།། སྔར་ནས་ཁ་ཕྱོགས་བསྒྱུར་བ་ཅིས་མི་བཟང་།། ཆང་འཐུང་ཐེངས་མང་བྱས་ནས་བཟི་ན་སྐྱིད།། ཁྱོད་ལ་དོན་དག་ཆེ་ཆུང་ཅི་བྱུང་རུང་།། ང་རང་སྐྱིད་ཀྱི་སྟེར་བ་ཡང་ཡང་འཐེན།།

གྭ་པ་དེ།། ཅི་མི་བཟང་།། སྐྲ་གངས་དཀར།། གདོང་གཞོན་ཕྲུག། བྱང་ཆུབ་སེམས་སྐྱེས་ལྗོན་ཤིང་གཏན་མ་ཡིན།། མཁར་བརྟེགས་མེ་ལོང་སྟེགས་བུ་ཡོད་མ་རེད།། སྐྲ་ལོ་བཞར་ཏེ་སེམས་བསྐྱེད་དེ་ལྟར་བྱས།། གནའ་དེང་གསང་རྒྱ་ནམ་ཡང་བརྗོལ་བ་མེད།། སྐུག་གི་ཁུར་པོ་ས་ལ་འཕེན་པར་རེམས།། དེ་བཞིན་གཤེགས་པ་ཞེས་པ་མཐོང་མ་བྱུང་།།

ལྷ་ལ་བསླབ།། ཏའོ་ལུགས་སྒྲུབ།། རྩ་ལྷམ་གྱོན།། ས་མཐར་སྐྱུལ།། ཚེ་རིང་སྨན་མི་འཚོང་།། ཁ་ནས་སྐད་ཅིག་སློང་།། ཀ་པེད་གཅིག་པོ་རང་གི་ཕྲག་ཏུ་འཁུར།། ལས་དང་

བསྟུན་པ་ཚེ་ཐག་རིང་བའི་མཆོག། འགྲོ་འདུག་ངེས་པ་མེད།། འདུག་གནས་ཅི་ལྟར་འཚོལ།།

མཁར་ཇ་རྫུང་།། སྒྲ་མགོ་དམའ།། མགུར་སླངས་ཚར།། ཇ་སྐད་ཉམས།། 《འོད་ཟེར་སུམ་བརྩེགས》སྨུག་གི་དབྱངས།། རྒྱུད་པོ་ཏུའུ་ཡིས《སྐྱོ་བདུན》བརྩམས།། སྔོང་ལོ་སར་ལྷུང་ནུབ་རླུང་མཐའ་ནས་གཡུགས།། མཁའ་རུ་སྤྲིན་འཁྲུགས་ནམ་ཞིག་ཕྱི་རུ་ལོག། དོན་སྙིང་མེད་པའི་ཁ་བརྗ་མཚམས་བཅད་ནས།། ཚིག་སྦྱོར་གསར་བ་དབྱངས་ལ་གྱེར་ནས་བརྗེས།།

སྐྱ་ངོ་ཨན་གྱིས་ཉན་ཚར། མི་དེས་སླར་ཡང་མཇུག་བསྡོམས་ཀྱི་དབྱངས་གྱེར་བྱུང་།

གཏམ་བཤད་དག། ཁྱེད་ཀྱིས་གསོན།། བསྐོར་བཤད་མིན།། འདབ་ཆགས་རང་རང་ནགས་སུ་འཕུར་ནས་འགྲོ།། ལ་ཁའི་ཉི་ཟེར་སྨུག་རིམ་སྨུག་པོས་བཀབ།། དེ་ལྟར་ཏའོ་ཆོས་མགུར་གླུ་ལེན་བཞིན་དུ།། མི་མེད་ནགས་ཚལ་རི་ཁྲོད་འགྲིམ་དུ་འགྲོ།།

སླངས་ཚར་རྗེས་ཧྥ་ཀྲུང་གིས་དུང་ཅེ་ཕྲེང་ཐག་ནས་དུང་ཅེ་བཅུ་བླངས་ཏེ་ཁྱེན་ནས་བདག་པོ་ལ་ངོ་སོ་ཆེན་པོ་ཞིག་བྱིན།

སྐྱ་ངོ་ཨན་གྱི་སེམས་སུ་ཏའོ་མགུར་འདིའི་དབྱངས་ཧ་ཡག་པ་མ་ཟད་ཚིག་སྦྱོར་ཡང་ལེགས་པས། འདི་ནི་ཆོས་པ་ཁ་བདེ་ཙམ་ཞིག་གིས་ནུས་པ་མི་སྲིད། མཇུག་ཏུ་ད་གཟོད་ཏའོ་ཙའོ་ཆོས་པ་འདི་དང་རང་ཉིད་ལ་འབྲེལ་བ་ཞིག་ཡོད་པ་ཤེས་སོ།།

ལེའུ་ཉེར་བརྒྱད་པ། གོང་མས་གསེར་ཡིག་མིང་ཐོ་བཀོད་བྱས་ཏེ།། རྒྱལ་པོའི་ཁབ་ཀྱི་ཞི་བློན་ཆེན་པོར་བསྐོས།།

སྐུ་ངོ་ཨན་ལ་ཁྲིམ་མིས་མི་ཞིག་སླེབས་བྱུང་ཞེས་ཞུས་པར་སོང་ནས་ཏའོ་ཙའོ་ཡི་ཚོས་པ་དེ་རེད། ཏའོ་ཙའོ་ཚོས་པ་དེས "སྐུ་ཞབས་རྗེས་ཞིན། ཁྱོད་ཀྱིས་ལོ་དེར་རོལ་དཀྱིལ་གཞིས་གཏོང་བ། ད་ལྟ་སྲུང་ལམ་དུ་དབྱངས་བྱུང་རྟུང་བའི་ཧོས་ཨན་གྱི་གྲོགས་པོ་རྙིང་པ་དེ་ཨེ་དྲན།" ཟེར། སྐུ་ངོ་ཨན་ཏ་ལས་ཚོད་མེད་སྐྱེས་ནས། ཞིབ་ཏུ་བལྟས་པ་ན་སྐུ་ངོ་ཨན་ལ "ཐུགས་སྐྱོང་" གནང་སྐྱོང་བའི་ཐན་ཨར་དབྱིན་ཡིན་པ་ཤེས། ཁོང་གཉིས་ཀྲུའུ་ཀྲིག་ནས་མཇལ་འཛོམས་བྱུང་བ་ནི། གཅིག་གི་ཁྲིམ་ཚང་སྐྱིད་ལ་ཕྱུག གཅིག་ནི་ཐབས་ཟད་འུ་ཐུག་ནས་འགྲོ་ལམ་མེད་པར་གྱུར། གནས་ཚུལ་སྔར་ལས་མགོ་རྗེང་སློག་ཡོད། ལོ་དེར་ཁྲིམས་ཐག་བཅད་པ་ནས། ཐན་གྱི་འཚོ་བ་ཏ་ཙང་

ཐབས་སྡུག་ཏུ་གྱུར། ཏའོ་ཙའོ་ཚོས་པར་བརྫུས་པ་འདིའང་ཐབས་ཟད་པས་རེད། ཡིན་ནའང་འདི་ནས་སྐུ་ཞབས་རྫོས་ཞིན་ལ་མཛལ་ཐུབ་པ་སྨི་ལམ་དུའང་མ་ཤར། དངུལ་སྲང་ལྔ་གནང་བས། ཆེད་དུ་བཀའ་དྲིན་ཞུ་རུ་འོངས།

ཁོ་གཉིས་ཀྱི་ཁ་བརྡའི་ཁྲོད། ཐན་ཨར་དབྱིན་གྱིས་མོ་དེའི་རང་ཉིད་ཀྱི་སྤྱོད་པ་ལ་འགྱོད་པ་སྐྱེས་བཞིན་ཡོད་པ་ཤེས། སྐུ་ཇོ་ཨན་ནི་སེམས་རྒྱ་ཆེ་ལ་གཞུང་དྲང་ཡིན་པས། མི་འདིར་ད་དུང་རྒྱུ་འབྲས་གཏན་ནས་མི་བརྩི་བ་ཞིག་ཏུ་གྱུར་མེད་འདོད། ཁོར་ཕྱིར་འགྲོ་བའི་ལྡོག་ལམ་ཞིག་བཙལ་དགོས་པར་བཤད། ཕ་ཡུལ་དུ་ལོག་ནས། ཐོག་མར་གཉེན་ཉེ་ཇོ་འཕྲད་འདུ་འཛོམས་བྱས་དང་། སྐབས་ལེགས་ན་གོང་མས་དྲིན་གྱིས་མ་འོངས་པར་གོ་སྐབས་སླར་བྱུང་ན། ཤར་རིའི་རྩེ་ནས་ཉེ་གཞོན་ལྷ་ར་ཡར་འཕགས་ཚོག གནས་འདི་ནས་བསྡད་ན། ཡུན་རིང་གི་རྗེས་བཟང་ཞིག་མེད། མི་ཚེ་ནི་ཐུང་། འདི་འདྲ་བྱས་ན་མི་ལེགས་ཞེས་གྲོས་བཏོན། ཐན་ཨར་དབྱིན་གྱིས་མགོ་གཡུག་ལག་གཡུག་བྱས་ཏེ། སྐུ་ཇོ་ཨན་ལ་རང་གིས་སྡུག་ལ་སྦྱར་བའི་གནས་ཚུལ་བཤད་བྱུང་། སྐུ་ཇོ་ཨན་གྱིས་ད་གཟོད་ཁོ་ལ་དངུལ་སྲང་འགའ་དགོས་ཀྱང་ཁ་ནས་བཤད་མ་ཐུབ་པ་ཤེས། དེ་ཕྱིར་དབུགས་རིང་ཕྱུང་ནས་སྐད་ཆ་མི་བཤད་པར་ཁོ་ལ་ཇ་དྲངས།

སྐུ་ཇོ་ཨན་ནི་ལྷག་བསམ་ལྡན་པ་ཞིག་ཡིན་པས། ད་ལྟ་ཐད་ཀར་ལག་ཏུ་ཕྱིན་ན་ཁ་སྐྱེངས་རྒྱུ་རེད་སྙམ། དེ་བས་ཇ་

ཕོར་ཡར་བླངས་ནས། ཐན་ཨར་དབྱིན་དང་མཉམ་དུ་འཐུང་ཞོར་དུ་ཇི་ལྟར་སྟེར་དགོས་པར་བསམ་བློ་བཏང་། ཐན་གྱིས་ཇ་ཕོར་མར་བཞག་པ་ན། སྐྱ་ངོ་ཨན་གྱིས་ད་དུང་ཇ་ཕོར་ལག་ཏུ་བླངས་ཏེ། ཧོན་ཐོར་ནས་བསྟོད་པ་མཐོང་པ་ན་རེ་ལྟོས་བྱེད་ས་མེད་དོ་འདོད་དེ། ཡུན་རིང་ལ་འདུག་མ་ཐུབ་པར་ཕན་ཚུན་གྱིས། སྐྱ་ངོ་ཨན་ཕྱིར་འོངས་ནས་ཡུན་ཞིག་ལ་བསམ་བློ་བཏང་། ཧྥ་ཀྲུང་པོས་ཏེ་ལྷམ་མོའི་ལམ་རྒྱུགས་ཀྱི་དངུལ་དེ་དག་ཁོ་ལ་སྟེར་དུ་བཅུག ཁྲིམ་མིས་མི་འདིས་སྐྱ་ངོ་སྡུག་གི་མེ་འོབས་སུ་འཕེན་མཁན་རྒྱུ་བཟོ་དཔོན་ངན་དེ་ཡིན་པ་ཤེས་རྗེས་མཐའ་གཅིག་ཏུ་ངོ་རྒོལ་བྱས་སོ།། སྐྱ་ངོ་ཨན་གྱིས་ཁྲིམ་མི་ཐམས་ཅད་ལ“ དྲིན་ལན་དྲིན་གྱིས་འཇལ་དགོས་པ” བཤད། གལ་ཏེ་རྒྱ་ཡུར་གྱོད་དོན་དེ་མ་བྱུང་བ་དང་། ཧོས་ཨན་དུའང་ཐེངས་གཅིག་ལ་མ་སོང་ན། མནའ་མ་མཛངས་མ་གཉིས་པོ་ལས་དབང་གིས་ཇི་ལྟར་བསྒྱུ། ལས་དོན་ཆེན་པོ་ཞིག་ཀྱང་ཇི་ལྟར་འཛུགས། རང་ཉིད་ཀྱང་བར་ཆད་མ་བྱུང་བ་དང་དཔོན་གནས་ལས་མ་བྲལ་ན། རང་གི་ནུས་ཤུགས་ཡོད་ཚད་ཀྱིས་སྐྱ་སྲུས་ལ་སློབ་གསོ་ཇི་ལྟར་བྱ། ཁྲིམ་ཚང་གི་རླུང་རྟ་ཇི་ལྟར་དར། ཚང་མས་བསམ་བློ་ཐོངས་དང་། འདི་ཐམས་ཅད་སྐྱ་ངོ་ཐན་གྱིས་དྲིན་མ་ཡིན་ནམ། ཅིའི་ཕྱིར་ཁོ་ལ་ལས་འདེད་བྱས་ཀྱིན་ཡོད། འདི་ཐམས་ཅད་ནི“ལས་རེད། མིའི་ནུས་པས་སྒྲུབ་ཐུབ་པ་ཞིག་གཏན་ནས་མ་ཡིན།” ཞེས་དང་ཁོ་ལ་གནམ་གྱིས་ཐག་སྐྱུད་ཅིག་གིས་འཐེན་པ་

བཞིན་ཨན་ཚང་གི་ཚབ་ཏུ་སྟུག་ལས་གང་མང་བྱེད་དུ་བཅུག དེ་ལྟ་ན་ཁོའི་ལག་རྗེས་ཡོད་ལ་འཛིན་དགོས། དངུལ་རྫོག་སྟེར་བ་ནི། དྲིན་ལན་དྲིན་གྱིས་འཇལ་བ་ཡིན་ནོ་ཟེར།།

ཧྭ་ཀྲུང་ལ་སྐྱུ་ངོ་ཨན་གྱིས་བཤད་རྒྱུ་ཅི་ཡང་མེད་པར་བཏང་། ཐེ་ཚོམ་གྱིས་སྒོམ་གཅིག་སྟེ་དངུལ་སྲང་སུམ་བརྒྱ་ཁྱེར་འོངས། སྐྱུ་ངོ་ཨན་གྱིས་དེ་ལས་དངུལ་སྲང་ཉིས་བརྒྱ་བཞི་བཅུ་དག་དག་ལ་ཐམ་རྒྱག་ཏུ་བཅུག ཧྭ་ཀྲུང་གིས་མ་བཟོད་པར་འདྲི་རྒྱུར"སྐྱུ་ངོའི་བསམ་པ་བཟང་པོ་ལྟར་ན། དངུལ་སྲང་སུམ་བརྒྱ་ཕྱིན་ཀྱང་མང་ཡོད་པ་མ་རེད། ཅིའི་ཕྱིར་སྒོམ་གཅིག་པོ་བཤིགས་ནས་ཁོ་ལ་དངུལ་སྲང་ཉིས་བརྒྱ་བཞི་བཅུ་སྟེར་དགོས་སམ།" ཟེར། སྐྱུ་ངོ་ཨན་གྱིས་གཏམ་ཁ་ཏུ་ཐོན་ཀྱང་མ་བཤད། ཐན་ཨར་དབྱིན་ལ་མཇལ་བར་བྲེལ་ཡོད། གཏམ་མང་པོ་བཤད་རྒྱུའི་ཁོམ་པ་མེད་པས། གནས་ལུགས་ཆེན་པོ་ཞིག་རེད་ཅེས་པ་ལས་གཞན་ཅི་ཡང་མ་བཤད།

སྐྱུ་ངོ་ཨན་གྱིས་ཧྭ་ཀྲུང་ལ་མིང་བྱང་ཁྱེར་འོངས་སུ་བཅུག་ནས་རང་གིས་དངོས་སུ་དངུལ་སྲང་བཞག་ཡོད་པའི་སྒམ་ཆུང་བཟུང་སྟེ། ཐན་ཨར་དབྱིན་ལ་ཕྱིན། ཐན་ཨར་དབྱིན་གྱིས་ཡང་ཡང་བཀའ་དྲིན་ཞུས། ད་དུང"ཕྱི་ཉིན་གོན་པ་གྲ་སྒྲིག་ནས། ཕྱིར་མཇལ་དུ་འོངས།" ཞེས་བཤད། སྐྱུ་ངོ་ཨན་གྱིས་སྐད་ཆ་གསལ་ལ་མི་གསལ་བར་ལན་བཏབ། ཁ་ཕྱིར་འཁོར་ཏེ་མྱུར་ཏུ་ཕྱིར་ཤོག ཉིན་གཉིས་པར་ཐན་ཨར་དབྱིན་གྱིས་རྒྱན

གོས་གཟབ་འཚོར་བྱས་ནས་བཀའ་དྲིན་ཞུ་བར་འོངས་ན་རང་ཉིད་བདེ་པོ་མི་ཡོང་བསམས་ནས་དཔོན་གཡོག་འཁོར་དང་བཅས་པ་ནམ་མ་ལངས་གོང་ལམ་དུ་ཆས། འགྲོ་ཁར་གྱིས་བྲལ་གྱི་མིང་བྱང་ཞིག་བཞག་སྟེ། མགྲོན་ཁང་སྤྱིན་བདག་གིས་སྐུ་ངོ་ཐན་ལ་སྤྲོད་རྒྱུར་བཅོལ་ཏོ།།

ཐེངས་འདིའི་དོན་བརྒྱུད་པས། སྐུ་ངོ་ཨན་ལམ་བར་དུ་འགོར་འགྱངས་ཀྱང་ཇེ་ཉུང་དུ་སོང་། དེ་བས་སྔར་གྱི་འཆར་གཞི་ལས་ཟླ་ཕྱེད་ཙམ་གྱིས་སྔ་བར་ཧིན་ཐཱ་སྡེ་བར་འབྱོར། སྐུ་ངོ་ཨན་གྱིས་ཉིན་དེའི་ཚོགས་སྡོན་སྟེང་། གྲ་སྒྲིག་བྱས་པའི་མ་ཡིག་ལྷར་མགྱོགས་པོར་བྲིས། སྨྱུ་གུ་ཐང་ལ་བཞག སྙན་རྩོམ་ལག་ཏུ་བཟུང་། དྲང་བདེན་སྐྱོང་མཁན་ཏད་པོ་ཧིན་ནི“དཔེ་ཆ་མ་བཏོན་ཀྱང་བློ་རིག་རྒོད་པ། དམ་ཚིག་མ་བཞག་ཀྱང་ཞབས་རྗེས་འཇོག་ཐུབ་པའི”དཔའ་བོའི་ལོ་རྒྱུས་བསྒྲགས། ཡིག་སྟེང་ནས་སྐད་མགོ་མཐོན་པོས་ཀྱིར་འདོན་བྱས། ཚིག་འགའ་ལ་ཉན་རྗེས། ལན་རེ་འདེབས། ཉན་ཚར་རྗེས། ཐམས་ཅད་ཀྱིས་ཡག་པོ་འདུག་གོ་ཟེར། ཧིན་ཅིག་གོང་དགའ་སྟེ་གདོང་ལ་འཛུམ་གྱིས་ཁེངས། སྐུ་ངོ་ཨན་ལ་བཤད་རྒྱུར“ཕྱུན་ཆུང་ཡ། སྔར་གྱི་སྐད་ཆ་སྟེ། ངའི་ལུས་པོ་ཕ་མས་གནང་། མིང་གྲགས་འདི་ཁྱོད་ཀྱིས་ཕྱིན་པ་ཡིན། འདི་ཡོད་པ་ན། ཚེ་རིང་མི་འཆི་ཞེ་ན་སློན་གཏམ་རེད་མོད། ང་ཚོའི་མན་ཆེན་རྒྱལ་རབས་ཁྲི་ལོར་ལྡན་ན། ང་ཧིན་ཀྲུན་པའོ་ཡང་ཁྲི་ལོར་ལྡན་པ་ཡིན།”ཞེས་

བཤད། སྐུ་ངོ་ཨན་ལ་ཆང་བླུགས་ སོ་རང་ཉིད་ཀྱིས་ཀྱང་ཆང་ཕོར་ཆེ་བ་ཞིག་ཏུ་འཐུང་། སྐུ་ངོ་ཨན་གྱིས་ཀྱང་སྐབས་དེར་རྩོམ་བྲིས་ཚར། སྔན་རྩོམ་དེ་ལེགས་སྐྱེས་སུ་བྱས། ཆང་འཐུང་བའི་མགོ་བརྩམས། ཆང་ཕོར་ཆེ་བ་ཞིག་བཏེགས་ཞབས་དག་བྱས། ཧིན་ཙིག་ཀོང་གི་དགུ་བཅུ་གོ་སྟོན་གྱི་ཉིན་དེར། ལས་དང་མགྲོན་བསུ་མང་བས་ལས་ཀ་ཧ་ཅང་མང་།

ཧིན་ཙིག་ཀོང་གི་དགུ་བཅུ་གོ་སྟོན་ཉིན་གསུམ་ལ་བྱས། སྟོན་མོ་བྱས་ཚར་ནས། ཧིན་ཙིག་ཀོང་གིས་སྐུ་ངོ་ཨན་འཁྲིད་དེ་རང་སྡེ་བའི་མི་ཞིག་དང་ངོ་ཤེས་སུ་བཅུག བཤད་ཚུལ་ལྟར་ན་ཁྱུང་ཧོའི་གདུང་རྒྱུད་ཞིག་ཡིན་ཟེར། དེའི་རྗེས་ནས་སྐུ་ངོ་ཨན་ལ་ནི་བདེན་རྫུན་མི་ཤེས་པའི་འཕགས་པའི་བུ་རབས་ཚ་རྒྱུད་ཆེ་འགྲོགས་ནས་བསྡད་དོ།། ཧ་ཅང་སྤྲོ་པོ་བྱུང་། དེ་ནས་ལམ་ཆས་རྫོག་ཁྲིས་བསྡུས། ཁྱིམ་མི་འཁྲིད་དེ་པེ་ཅིན་གྲོང་དུ་ལོག་པ་བྱའོ།།

སྐུ་ངོ་ཨན་རྟོང་ཧྲིན་གཞིས་ཀར་འབྱོར་བ་ན། སྐུ་སྲས་ལ་ཏུའུ་ཐོང་གཞོན་པའི་གོ་གནས་གནང་བ་དང་། དེའི་ཐོག་བུའུ་ལི་ཡྺ་སུའུ་ཁང་གི་ཚན་ཅན་སློབ་ཆེན་དུ་བསྐོས། རྩ་བྱའི་སྒྲོ་མདོང་ཅན་གྱི་དབུ་ཞྭ་གནང་ཡོད་པ་ཆོར། སློ་བུར་དུ་གོ་བའི་འཕྲིན་འདིས། སོའི་དགའ་བ་སྐད་ཅིག་ཉིད་དུ་སྟོངས་པར་གྱུར། དཔེ་ཁང་དུ་འཛུལ་ནས་ཧོན་ཐོར་བར་གྱུར།

སྐུ་ངོ་ཨན་གྱི་སེམས་སྡུག་དེ། གཞན་ཞིག་གིས་བལྟས་

ན་ཧྲ་གོ་དཀའ། སྐྱུ་ཪྂ་ཨན་ནི་འདོད་ཆུང་ཚོག་ཤེས་ཅན་ཞིག་ཡིན་པས། སྐྱུ་སྲུས་སོས་དལ་ལས་ཡང་གི་ཡ་མོན་སྲུང་ནས་འདུག་ཐུབ་ཅེས་པ་ལས་གཞན་བསམ་གྱིན་མེད། རིམ་པ་ལྟར་དཔོན་ཆེན་ལ་འདུག་ཐུབ་པས། མདའ་གྲི་མདུང་གསུམ་བཀོལ་ནས་སྨན་གྲགས་དང་ཁེ་ཕན་གཉེར་མི་དགོས་ལ། ཤེ་གསོན་གྱི་འཐབ་འཁྲུག་ཀྱང་བྱེད་མི་དགོས། དེ་བས་སྐབས་དེར་སྐྱུ་སྲུས་ཀྱིས་ཐྲུ་ཏུའི་དཔུ་རྒྱན་དང་། རྨ་བྱའི་སྒྲོ་མདོངས། གཟབ་ཆས་ཀྱིས་བརྒྱན་ཏེ་མིང་དོན་མཚུངས་པའི་ལས་ཀ་སྒྲུབ་དུས། ཁོས་རང་འདོད་ཆུང་དེས་བུའི་སྤྱོབས་པ་ལས་རྒྱལ་མི་ཐུབ་པ་ཚོར། ནམ་ཞིག་ཏུ་མདུན་ལམ་བརྟག་འགྲོ་ལ། ཁོ་རང་ཉིད་ལའང་དལ་འགོར་བྱེད་སྲིད་ཅེས་སེམས་ཁྲལ་བྱེད། ཡིན་ནའང་དོན་དག་མགོ་ལ་བབས་པས་ཕྱིར་ལྡོག་རྒྱུ་མེད། ཁོ་ནི་ཁྱིམ་གྱི་བདག་པོ་གཅིག་པོ་ཡིན་པས། བློ་རིག་ཤེད་ཀྱིས་སྒྲིམ་དགོས་བྱུང་། ཨུམ་མོ་དང་མནའ་མ་གཉིས་པོ་ལ་སེམས་གསོ་བྱས་པ་མ་ཟད། ད་དུང་སྐྱུ་སྲུས་ལ་གདམས་པ་སློབ་གསོ་བཏང་། བུ་རྗོད་པོས་ལས་ལག་རྫེས་འཛོག་ན། ད་ནི་དུས་ལ་བབས་ཡོད་དོ་ཞེས་བཤད།

སྐྱུ་ཪྂ་ཨན་གྱིས་ཁྱིམ་བཟའ་ཚང་ཐམས་ཅད་ལ་བཀོད་སྒྲིག་བྱས་ཏེ། གྲ་སྒྲིག་བྱེད་པར་བྲེལ། ན་གཅིག་དག་དག་ལ་བྲེལ་བས། དུས་ཀྱང་སླེབས་ལ་ཉེ། སྐབས་དེར་སློ་བུར་དུ་བུཙུ་མེན་ཨས་ཕྱོགས་ཀྱི་འཕྲིན་འགྱུར་བ་ལྟར་ན། སྐྱུ་སྲུས་ཨན་ནི་

ནང་སློན་སློབ་རམས་པའི་གོ་གནས་སུ་འཕར་བ་དང་། ལི་ཕུའུ་ཧྲི་ལང་གི་འགན་ཡང་གཅིག་ཕྱོགས་སུ་འཁྱེར། ཧྲུན་ཧྲུང་སློབ་གྲིད་དུ་བསྐོས་ཐོག གཡས་ཀྱི་ཧྲུའུ་ཡུས་ཧྲི་གཞོན་པར་བསྐོས་ཏེ། གོམས་སྦྱོང་ལེགས་བསྒྱུར་བྱེད་མཁན་དུ་བཞག་ཡོད། སྐྱུ་གྲུས་ཨན་ནི་གོང་མས་དམིགས་བསལ་གྱིས་རྒྱུགས་འབྲས་ཀ་པའི་ཨང་གསུམ་པར་བདམས། དོན་དངོས་མར་མཐའ་མཚམས་སུ་མངགས་ནས་ལོ་འགར་སྦྱོང་བརྡར་བྱེད་དུ་བཅུག་སྟེ། དཀའ་སྡུག་གི་ལོ་རྒྱུས་མང་ཙམ་བསགས་རྗེས། དེ་ལས་ལྷག་པར་དྲིན་གྱིས་བསྐྱངས་ནས། མི་སྣ་ཆེན་པོ་ཞིག་ཏུ་སྐྱེད་སྲིང་བྱེད་འདོད་པ་དེ་རེད། འདི་ནི་གནམ་བསྐོས་གོང་མས་སྙིང་བསྟུན་སློབ་སྟོན་གནང་བའི་ནང་དོན་ཟབ་མོ་ཡོད། གཏམ་དེ་ལྟར་བཤད་ཅོག་ཀྱང་། གལ་ཏེ་ད་ནས་བུའུ་ལི་ཡཱ་སུའུ་ཁང་གི་དཔོན་གནས་སུ་སོང་ན། དཀའ་སྡུག་མི་མྱོང་བའི་ངེས་པ་ག་ལ་ཡོད། ལས་དབང་ཡག་པོ་ཞིག་ལ་བུའུ་མེན་ཨ་ས་དེ་རུ་ཡོད་པས་སྐྱག་ནས་རོགས་བྱས་ཏེ། དོན་འདིའི་ཁ་ལོ་བསྒྱུར་བསམས་ཀྱང་གོང་མའི་བཀའ་བསྒྲགས་ཟིན་པས། ད་ལྟ་ཏ་ཅང་ཁག་པོ་ཡོད། གནད་འགག་འདིའི་སྐབས་སུ། གོང་མས་གོམས་སྦྱོང་ལེགས་བསྒྱུར་བྱེད་མཁན་མངགས་རྒྱུའི་གོ་སྐབས་བཟང་པོ་ལ་ཁེལ།

མན་ཆེན་གོང་མ་ཁང་ཞིས་ཀྱི་ཁྲི་ལོ་རེ་དྲུག་ལོར། རྒྱལ་ཁབ་ལ་བདེ་འཛུགས་བྱུང་བས་ཁྲིམས་ལུགས་ལྷོད་དུ་ཕྱུར། མི་

སེམས་ཞི་འཇགས་ཀྱི་ཁྲོད་དུ་བསམ་ཚུལ་མང་པོ་གདའ། ཧུའུ་ནན་དང་ཀྲེ་ཅང་ནས་སྤྱི་གཞུག་ཏུ་རྒྱལ་རབས་མགོ་རྗེང་སློག་རྒྱུའི་སྒྱུད་དོན་ཆེན་པོ་བྱུང་། ཀན་སུའུ་ནས་ཀྱང་མི་སེར་གྱེན་ལོག་གི་དོན་རྐྱེན་བྱུང་། ཧྲན་ཏུང་ནས་འབྲུ་མཛོད་བཅོམ་པའི་དོན་རྐྱེན་བྱུང་། གོང་མས་ཀྱང་ཐེངས་གང་མང་ལ་བློན་ཆེན་མངགས་ནས་བརྟག་ཞིབ་བྱས། དེའང“ཁྲིམས་ཉིད་གསུམ་ལ་བཙན་པ་མེད། རྫུ་ནི་ལོ་རེར་སྐྱེ།”ཟེར་བ་མ་ཡིན་ནམ། གོང་མས་གོམས་སྲོལ་བསྒྱུར་དགོས་ན་ཐོག་མར་མི་སེམས་དྲང་དུ་འཇུག་དགོས། མི་སེམས་དྲང་པར་བྱ་ན། མི་སྣ་གྲགས་ཅན་དགོས། རྒྱལ་གཞུང་ནས་སྦྱོབས་པ་དང་ཡོན་ཏན་ལྡན་པའི་ཧུའུ་ལུགས་བློན་པོའི་ཁྲོད་ནས། གསང་བའི་ངང་མི་སྣ་འགའ་བསྡུས་ཏེ་ཞིང་ཆེན་སོ་སོར་མངགས། སྐྲིག་ཁྲིམས་གཙང་བཤེར་དང་། དམངས་སྲོལ་ལེགས་བསྒྱུར་བྱེད་པའི་འགན་ཁུར་དུ་བཅུག དེ་བས་དཔོན་གནས་འདི་ལ་མིང་གསར་བ་འདི་བཏགས་ཏེ། དམངས་སྲོལ་ལེགས་བསྒྱུར་བྱེད་མཁན་ཞེས་སོ།།

མི་གྲངས་སྟོད་ནས་གཏན་འཁེལ་བྱས་ཡོད། ཐུའུ་མེན་ཨ་ཡིས་སྐར་ཡང་མིང་ཐོ་ཡར་ཞུ་བྱེད་དུས། བློན་ཆེན་ཞིག་གི་ཁྱིམ་ལ་ནང་འཁྲུག་བྱུང་བས་གོམས་སྲོལ་ལེགས་བསྒྱུར་བྱེད་པའི་ལྡོག་ཕྱོགས་ཀྱི་མ་དཔེ་རུ་གྱུར། དེ་བས་གོང་མས་བཀའ་གསར་པ་ཞིག་བསྒྲགས་ཏེ། ནང་བློན་སློབ་རམས་པའི་གོ་གནས་དེ་ཨན་ཐུས་ལ་གནངས། དེའི་ཐོག་ཧྲན་ཏུང་སློབ་སྲིད་དང་

གོམས་སྦྱོལ་ལེགས་བསྒྱུར་བྱེད་མཁན་གྱི་གོ་གནས་གཅིག་ཐོག་ཙམ་ལས་ཐབས་ཤེས་ཀྱི་སྣང་བ་བཟང་པོ་...

གོམས་སྦྱོལ་ལེགས་བསྒྱུར་བྱེད་མཁན་གྱི་གོ་གནས་གཅིག་ཕྱོགས་སུ་འཁྱེར་བསྐྱུར་པ་དང་། ཏུའུ་ཡུས་ཧྲི་གཙོན་པའི་འགན་ཡང་ཁུར་ཏུ་བཅུག

སྐུ་ངོ་ཨན་གྱིས་འཕྲིན་དེ་ཐོས་ནས། དགའ་དྲགས་ཏེ་ཧུས། རང་གིས་རང་གཙུན་བྱ་མ་ཐུབ། འཕྲིན་བཟང་འདི་ཧྲན་ཧུང་ཧྲི་ཕེན་ཏུ་བསྒྲགས། ཏིན་ཅིག་གོང་གིས་ཁྲུའུ་ཡིས་ཀོན་ལ་སྔོན་གྱི་རང་དང་མཉམ་དུ་སྲུང་དམག་ལ་སོང་མྱོང་བའི་དགེ་ཕྲུག་གསུམ་དང་བཅས་པ་དྲིན་ལན་གྱུས་མཇལ་བྱེད་པར་བཏང་། ཐུའུ་མེན་ཨ་ཡིས་ཐེངས་འདིར་སོང་ནས་རང་གི་དཔོན་གྲོགས་གཉིས་ལ་མཇལ་རྒྱུའི་གྲོས་བཏོན། མཇུག་མཐར་སྐུ་ངོ་ཨན་གྱིས་ཀྱང་བཅོལ་གདམས་ཡང་ཡང་བྱས།

ཐག་རིང་ལ་བསྐྱོད་པའི་ཉིན་དེར་སླེབས་པ་ན། སྐུ་སྲས་ཨན་གྱིས་མེས་པོའི་མཆོད་ཁང་དང་ཕ་མར་གུས་ཕྱག་འཚལ། ཏིན་ཐྲ་སེ་བའི་གསར་ཆོད་བཞི་འཁྲིད་དེ། ས་ཚིགས་ལྷར་སྐམ་ལམ་བརྒྱུད་ནས་ལས་གནས་སུ་བསྐྱོད། ཉིན་གཉིས་ན་གྲུ་གྲ་སྒྲིག་བྱས་ནས་ཚགས། ཁྲིམ་མི་དང་མཉམ་དུ་བཞུད། ཏེ་ཡུས་ཧྲིན་གྱིས་ཆུ་ལམ་བརྒྱུད་ནས་ཧྲན་ཧུང་ལ་སྲུང་སྐྱེལ་བྱེད་པ་དང་། ཀྲང་ཅིན་ཧྲིན་གནས་སྐབས་སུ་ཨན་ཚང་གི་གཞིས་ཀ་ནས་སྒྱུག་པོ་སྒྱུག་མོ་གཉིས་ལ་ཞབས་ཕྱི་བྱས་ནས་འདུག་རྒྱུ་བྱས། སྐུ་སྲས་ཨན་དཔོན་གནས་སུ་འཁྱོར་རྗེས། ནུས་པ་ཡོད་ཚད་ཀྱིས་གོམས་སྦྱོལ་ལེགས་བསྒྱུར་བྱས། ཏེ་ཡུས་ཧྲིན་དང་ཏིན་ཐྲ་སེ་

བའི་གསར་རྙེད་བཞི་པོས་ད་དུང་ཕོ་ལ་རོགས་བྱས་ཏེ་སྐྱིད་དོན་ཆེན་པོ་འགའ་བསལ། ཨན་ལགས་ཀྱི་སློབ་ཁྲིད་ཀྱི་སྐྱན་པའི་གྲགས་པ་དེ་བས་ས་སྟེང་དུ་ཁྱབ། སྣོན་ཆེན་གྱི་གོ་གནས་སུ་ཡོད་པས། གསལ་ཞིང་ཞིབ་མོ་བརྗོད་མི་རུང་། རྗེས་ནས་ཆུང་མ་ཧྥེ་དང་ཀྲང་གཉིས་ལ་བུ་རེ་སྐྱེས། དཔེར་དུ་དཔེ་ཚབ་རྒྱུན་མ་ཆད་དོ།།

第一章　中五魁垂老放外任

《儿女英雄传》这部书近不说残唐五代，远不讲汉魏六朝，讲的是清朝康熙末年、雍正初年的一桩公案。

这桩公案缘起于京城的一户安姓满人世家。这位安老爷唯一的哥哥早年去世，只剩他一人，双名学海，表字水心，人都称他安二老爷。因他祖上曾立过汗马功劳，挣了一个世职，也较为富足。但这安二老爷，世职袭完，靠着读书上进，二十岁上就进学中举。虽然他天资聪颖，但是会试了几次，竟考不上一名进士。到了四十岁开外，还依然是个老孝廉。安夫人佟氏，也是出身世家的闺秀，性情贤惠，端庄。

安老爷夫妻直到三十以后才得了一位公子。这公子自幼伶俐聪明，生得白净，乳名儿就叫做玉格，单名一个骥字，表字千里，别号龙媒。五岁便开始认字，十三岁时熟读“四书”“五经”，开笔做文章做诗。过了两年，正逢科考竟中了个本旗榜首。于是又埋头做起举业的功夫来。那时候公子已渐渐长成，出落得目秀眉清，温文儒雅。只是平日深居家中，少外出，竟像个小姑娘般娇羞。

安老爷祖上遗留的房子交给远房亲戚，自家搬到坟园上去居住。他家这坟园与别家不同，就在靠近城外西山一带的双凤村。这地原是安家的老圈地，到了安老太爷手里，就在这地里选了一块风水吉地，做了坟园，盖了阴阳两宅。又在东南角盖了一座庄子。附近又有几座名山大刹，围着庄子都是自己的田园，由佃户承种交租。

安老爷天性恬淡，更兼功名不顺，便意懒心灰地守定了这座庄园。平日只批改文章，苦读诗书。偶然闲来，不过饮酒看花，消遣岁月，等闲不肯进城。安公子更是早晚用功，不干外事。只有几个老成家人支应门户。其中一人是公子奶妈的丈夫，公子叫他嬷嬷爹，姓华名忠，年纪五十岁光景，尽心尽力照顾安家。这安老爷家，内外上下也有二三十口人，过得亲亲热热，安安静静，与人无患，与世无争，也算得个人生乐境了。

这年正逢会试。到了三月初六日，公子带了家人便跟随老爷进城参加考试。三场已毕，安老爷出场后不肯稍做停留，竟坐上车直接返回庄园来。连三场的文章草稿都没存。

日月迅速，转眼就是四月。到放榜的头一天晚上，安太太弄了几样果子酒菜，预备老爷候榜，好听那高中的喜信。但一家人等到夜静更深仍无消息，大家都觉得是无望了，正要打点休息，忽然听见门外传来捷报：“安老爷中了第三名进士!”

众人欣喜，此后安家人来人往，热闹非凡。转眼复试考期已过，紧接着殿试。安老爷的策文颇有些经济议论，与那抄书本填对句的不同。怎奈安老爷是个走方步的人，凡那些送字样子、送诗篇儿的门路，都不晓得去做。自己又年届五旬，那殿试卷子虽然议论恢弘，写的字却不能精神饱满，因此上点了一个三甲。及至引见，到了安老爷这排，奏完履历，皇上往下一看，见他正是做官从政的年纪，脸上一团正气，正好外放一个地方官，就在排单里“安学海”三个字头上，点了一个朱点，用了榜下知县。

家人们听见老爷得了外任，个个喜出望外。只有太太和公子见老爷进门来愁眉不展，面带忧容，便知是因为外用的缘故，一时不好安慰，打起着精神谈了些没要紧的闲话。谁想有了年纪的人，外面受了辛苦劳碌，心里又加上烦恼忧思，次日便觉得有些鼻塞声重，胸闷头晕，患上了一个外感内伤的病。请医调治，好容易出了汗。寒热往来，又转了疟疾。疟疾才止，又得了秋后痢疾。无法可想，只得在吏部递了呈文，告假养病。直到秋尽冬初，安老爷才病退身安，起居如旧。

安老爷原本打算不出山，无奈那些的师友亲戚，都以天恩祖德、报国勤民的大义劝勉。安老爷又是位循规蹈矩，听天任命，不肯苟且的人，只得呈文销假。这时正遇着南河高家堰一带黄河决口。这次水灾，也不知损伤了多少民田民命。地方大吏飞章入奏请求拨款，并请选派知县十二员到河工上差遣委用。这一下又把安老爷划在候补候选的里头挑上了。

安老爷这样一个有学问的人，难道连一个知县都做不来？只因安老爷明白仕途的冷暖艰辛，为官清廉又苦于众人皆醉，不容一人独醒，得了百姓的心，又不能合上司的意。如今索性挑了个河工。这河工更是个有名的虚报工段，侵吞钱粮，逢迎奔走，吃喝搅扰的地方，比地方官尤其难做。后来安老爷自己想透了，天命难违，倒不如听天由命。安老爷存了这个念头，倒打起精神，去一一过堂引见，拜客辞行。一应琐屑事情都已完毕，才回到庄园与家人计划怎样起行。

第二章　触河台蒙冤困淮安

一家上下议论着安老爷怎样上路，哪知他已打了个“雇来回车”的主意，安老爷是个拘泥人，不喜繁华，不善应酬，最怕做外官，偏偏走了这条路。也不知官路走不走得通，暂且不带家眷，先去看看路数。安太太担心老爷也五十岁的人了，无人照料，而且衙门里，要不分出个内外来也乱了套。

安公子也劝说父母只管同去，家里再留下两个能干家人支应门户便好。等乡试之后，再随后赶了去，也不过半年多的光景。安老爷听了公子的这番话，觉得有理，就把华忠给玉格留下照顾他。平日里托自己的得意门生乌明阿来帮忙照顾。又把自己从前拜过的一位业师跟前的世兄弟程师爷请来，留在家中照料公子温习学业，帮着支应外客。

一切打理妥当，加上婆子丫鬟，一行二十余人择了个长行吉日起身南下。

自从安公子送走家人后就闭门不出，每日攻书。

且说那安老爷同家眷一路长行，到了所在淮安。在公馆住下后，安老爷拜过首县山阳县各厅同寅，见过府道，然后才上院投递手本。那河台河工佐杂微员出身，靠逢迎钻营赚了不少黑心钱。因此历署两河事务不久，他就当上南河河道总督。此人傲慢骄奢，居心阴险。那时同安老爷一班儿选派的十二人，早有一大半各自找了门路，抢着钻营个差委。及至安老爷到来，投递了手本，又没有一个当道大老写信前来委托照应，河台看了，认为他怠慢来迟，有心傲上。又见安老爷带来的礼品不过是些京靴、杏仁、冬菜等件，河台心里又加上了三分不受用。

次日正是见官日子，安老爷随众投了手本。少时传见，河台先算才知他是由进士出身。又见他举止安详，言辞慷慨，心里便疑他是有心怠慢。因此动了个忌才之意，淡淡地问了几句话，就端茶送客了。安老爷也不在意。从此就在淮安地方听差候补，除了每旬三八上院点名，倒也落得安闲无事。

河台一日接得邳州禀报，报称邳州管河州判病故出缺。这缺本是个工段最简短的冷静地方。河台委了安老爷前往署事。淮安府和山阳县令分别向安老爷推荐了钱如甫和霍士端两人。安老爷不好推辞，只得应允下来。

次日，安老爷带了家眷及钱如甫、霍士端等人上路。安老爷到任后一日，接到邳州值河巡检的禀报，报称沿河碎石坦坡一段被水冲刷，土岸陷塌，急需兴修。安老爷亲自带了工书吏役到现场查看，不过有十来丈工程，完工下来大约也不过百十金的事。回来便吩咐签押房办稿，就在岁修银两项下计划开支。

次日，签押房里送进稿来，安老爷见文稿上工段的长度，购料的堆垛，钱粮的多少，却空着没填，旁边粘着一个小红签，上写着“请内批”三个字，那核办的师爷钱如甫也不曾填写。安老爷料定是钱师爷漏了，叫来签押去问，未果。安老爷亲自询问，钱师爷才道出实情：“我们这些河工衙门，这‘据实’两个字用不着，也行不通。即如东家从北京到此，盘费日用，府上衙门，内外上下，哪一处不用钱？况且京中各级官僚都要应酬到。而且衙门内面各个杂役也等着开个口子弄些工程吃饭，再加那工程一出来，层层面面，哪里不要若干的钱？就凭此‘据实’两个字交代得了的？”安老爷听了这话，向师爷说道：“据先生你讲起来，这外费是没法省的。至于我的家人和我本人决不敢这样胡来。”钱师爷见话不投机，不愿再深说，只得含含糊糊地核了二三百金的钱粮，报了出去。

却说一日忽然院上发下一角公文，调安老爷任高堰外河通判。霍士端却赶来道喜，并且献计说趁下月是河台的正寿，让安老爷多出点血。安老爷并不听劝，霍士端料定说不进去，讪讪地退了下来，另做他自己的打算去了。

安老爷自从接了调署的札文，到了淮安，正遇河台寿期将近。众人的礼物都是你赌我赛，仿佛临潼斗宝一般。唯独安老爷除了五十两公份之外，就是磕了三个头，吃了一碗面，便匆匆地谢委上任而去。到了高堰，只见那里人烟辐辏，地道繁华。更兼工段绵长，钱粮浩大，公事纷繁，加上安顿家眷，把安老爷忙得茶饭无心，坐卧不定。

安老爷为何落得这样一个“美缺”？原来高堰外河地方，正是高家堰的下游受水处。前任的通判官儿偷工减料吃饱了，捞够了，好容易挨过了三月桃汛，趁这个当儿脱掉干系，由别人去当替罪羊。

安老爷到任后，正是春尽夏初涨水的时候。洪泽湖连日连夜涨水，把高家堰口子冲开一百余丈，连那民间的田园房屋都冲得东倒西歪，七零八落。安老爷一面集夫购料，一面禀告动款兴修。河台批示限一月修复。安老爷看了批文，即日上工，会同营员，督率那些吏役、兵丁、民夫，认真地修筑起来。果然在一月内完工。虽说不能处处工归实用，比起前任并各厅的工程，也就算加倍的工坚料实，大不相同了。一面完工，一面通报上去，禀请派员查收。

偏偏从工完这日起，一连下了半个月的倾盆大雨，又碰上四川、湖北一带江水暴涨，那水势顺流而下，将河面抬高了一丈有余。派来的查收委员估计安老爷的那笔查收费未必出手，便不肯克日到工查收。这个当儿越耗，雨越不住，水越加涨。又从别人的工段上开了个小口子，那水直窜过来，把不曾查收的新工段重新冲垮。安老爷急得目瞪口呆，只得连夜禀报。河台闻讯，立即派人前来摘印接署，并提安老爷到淮安候审。安老爷见了接任的委员，才看到河台奏稿上参的是“革职拿问，戴罪赔修”。

安老爷到淮安候审，交在山阳县衙门收管，追缴赔修银两。还亏那山阳县因他是个官犯，不曾下在监里，就安顿在监门里一个土地祠居住。安太太暂且在东关饭店安身。一时间，钱如甫、霍士端等人早已散尽，只剩下从老家带来的仆妇丫鬟无处可去。可怜安老爷从上年冬出任外官，算到如今，不过半年，就做了一场黄粱大梦！

第三章　行路难主仆暂分手

安老爷住的那庙里通共两间小房子还可度日。只是那赔修的官项，计需五千余金，安老爷两袖清风，一时哪里交得上？只得写了家信，打算将房地田园折价变卖。平日自己的学生里头，也分头写信，托他们资助银两，好拼凑着交这赔项。

却说河台将参奏安老爷的折子，由快马飞递到京城。皇上一见河水决堤，民田受害，龙颜大怒，照折拟了一道圣旨，将安学海“革职拿问，戴罪赔修”。这个旨意从内阁抄了出来，几天工夫就上了京报。安公子虽是闭门读书，不闻外事，早有关切此事的亲友得了信，遣人前来探听。这日有位安老爷的学生梅公子前来问，安公子才知道父亲蒙冤入狱。安公子急忙差人到乌明阿家打听，偏偏他新近得了阁学钦差，到浙江查办事件去了。幸好程师爷吏部有个同乡，正在考工司，可以问问。直到次日晌午，程师爷才回来。从怀里把抄来的原奏掏出来，递给公子看。只见上面写的是：

“请旨革职拿问，戴罪赔修，如该员能于限内照数赔缴，如式修齐，再行奏闻请旨。”

安公子看完，程师爷劝慰：“据部里说，只要银子赔完，工程报竣，还可以送部引见。照这案情，大约没有个不官复原职的。”安家此时必然没有剩余的钱，安公子此时方寸已乱，众人只好一起商议如何处理。

安老爷留在家中照料家务的，还有个老家人，姓张，名叫进宝，年纪有七十余岁。他从旁向程师爷献计：“咱们西山不是有座宝珠洞吗？那庙里当家的不空和尚，手里有点银子，常拿来放债。他与老爷也有些往来。如今就找他去。那和尚可是个贪利的，大约与他空口说白话也不得行。我们围着庄子的这几块地，年终不是有二百多银两的地租吗？就把这个抵押给他，借多少是多少，下余的再想法子。”

程师爷说听了，觉得可行便应允，决定走一趟。张进宝却以程师爷要照顾公子为由，毛遂自荐。两个倔老头子你一言、我一语，争个不了。

安公子见两人争执不休，又想到了太太必定现在心急如焚，便打定主意自己去见见，省得放心。如果有了银子，就加上嬷嬷爹跟去，至多再带上一个人，明日就起身。众人苦苦相拦。怎奈公子的主意已定，口气十分坚决。

说话间，又来了两人，名叫管曰、何之润，都是安老爷造就出来的学生。两人也因知晓了安老爷的信息，齐来安慰公子。他俩先把各同窗的朋友集的钱数拿出来。又另备了百金，是兄弟的老人家同何老伯的。昨日老人家已经写了一封恳切信给乌明阿。

紧接着，从淮安送信回京的家人已赶到报告了老爷的处境和将田地折价变卖或抵押的意见。另外还有一些亲友们来看望。众人谈了几句，纷纷起身告辞。公子才送了出去，舅太太又来了。舅太太是安夫人娘家的嫂子，早年孀居，无儿无女。安夫人一进门，见了公子就掏小手巾儿擦眼泪。

舅太太正在百般安慰公子时，前去借钱的张进宝已从庙里回来。原来那不空和尚听见老爷这事有田地做抵押，才肯拿出二千银子，银子得明日安少爷立了字据，才可以拿来。

第二天，张进宝请安公子在那借约上画了押，把银子兑了回来。外带亲友资助的在内，总计凑了二千四五百两。华忠、一个粗使小子刘住儿跟安公子同去，好路上照应。雇了四头长行骡子：主仆三人骑了三头，一头驮载行李银两。三人忙忙慌慌上了路，由两个骡夫跟着，顺着西南大道，奔长辛店而来。

到了长辛店，已是日落时分。华忠、刘住儿服侍安公子吃了晚饭，及时休息。次日起来，正待动身，家里的一个打杂更夫叫鲍老的，闯了进来，却说何事，这般匆忙，原来是刘住儿的妈妈死了！鲍老赶过来告诉他回去安葬他妈。安公子觉得孝道难违，便让华忠给他五两银子，放他回去，把赶露儿换了来。这赶露儿也是个家仆生的儿子。他本姓白，又是赶上白露这天养的，原叫白露儿，后来安老爷嫌他这名字拗口，就改叫他赶露儿。刘住儿急急忙忙与鲍老起身往回赶。

华忠随着安公子到了尖站，从这晚上起，就盼望赶露儿来，谁想到了次日早上，等到日出，也不见赶露儿。华忠同安公子按程前行，不想一连走了两站，那赶露儿也没赶来。

却说怎么回事？原来刘住儿的妈在外头住着，刘住儿回家就奔着哭他妈去了，接连忙乱中把叫赶露儿这件事忘得踪影全无。直等三天以后，他才忽然想起，耽误了行程。

华忠一人服侍安公子南来，格外地加倍小心，既要调停安公子的饥饱寒暖，还要不时催着两个骡夫早走早住。一日，到了茌平的上站。这站道本大，安公子也着实困倦，打开铺盖要早些睡，谁知华忠想是喝多了，有些水泻。进进出出，一连就是十来次。先前还出院子去，到后来就在外间屋里走动，呻吟不止。只见他脸上发青，摸了摸，手足冰冷，连说话都没气力，过了一会儿又手足乱动，直着脖子喊叫。恰好走更的听见了，忙去告诉店主人。店主人懂一点医术，赶紧取了一个青铜钱，一把麻秸，连刮带打，直弄得周身烂紫浑青，华忠的手脚才渐渐发热。又到柜房里拿了针来，找着穴道打了四针，华忠头上微微出了一点儿汗，才说出话来。

一宿醒来，华忠虽病情缓减，仍是动弹不得，连那脸面也不成人样了。等过二十天起了炕，就算不错了。华忠向安公子说："我害了这场大病，不能陪你前去。这里过了茌平，从大路上岔道往南二十里外，有个叫二十八棵红柳树的地方。那里的邓家庄上有我一个妹夫，人称他褚一官。他是一个保镖，跟着师傅住。现在你就给他写一封信，讲明缘故，就说我求他一直把你送到淮安，老爷自然会酬谢他。等我托店家找一个妥当人，明天就同你起身，只走半站到茌平那座悦来老店落脚住下，再给骡夫几百钱，把这书信送到二十八棵红柳树，叫褚一官到悦来店来。他长的是个大身量，黄净子脸上留着两撇小胡子，左手是个六指儿，千万把人认准。倘若他不在家，你这书信里写上，就叫我妹妹到店里来，该当叫什么人送了你去，她会安排。我这妹子豁了一只右耳朵。我只要能下炕，随后就赶了来。"

安公子要见父母心急，除了这样，也再无别法，就照着华忠的话，给褚一官写了一封信。又给华忠留了二十两做盘缠养病。到了五更，安公子便跟着两个骡夫和一个店伙计，戴月披星，顶风冒雨地上路了。

第四章　悦来店姑娘寻因由

那时正是将近仲秋天气，公子只随了一个店伙计和两个骡夫，走了一程，约莫两个时辰，就到了茌平。果然好一座大镇市。直走到那镇市中间，路北已是悦来老店。三人决定在此歇息。店门内左右两边都是马棚更房，正北一带腰厅，中间也是一个穿堂大门，门里一座照壁，对着照壁，正中一带正房，东西两路配房。安公子看了看，只有尽南头东西对面是两个单间，他便在东边这个单间歇下。那跟来的店伙计在店门口要了两张饼吃了就要回去。公子给了他一串钱，又给华忠写了字条儿，说是已经到了茌平。安公子也不梳洗，只胡吃了半碗。两个骡夫也在店门口找了点吃的，随即走了进来。

这两个骡夫，一个姓苟，人称“傻狗”，只要给他几个钱，不论什么事他都肯去做。一个姓郎，是个猾贼，长了一脸的白癜风，人称“白脸儿狼”。安公子取出那封信，又拿了三吊钱给他们，让他们把褚一官夫妇请来。

两个骡夫上路不久，见路旁有一座二十来丈高的大土山，山上长着些高高矮矮的丛杂树木。这个地方叫做岔道口，有两条道：从山前小道穿出去，奔二十八棵红柳树后，就是进入山东的大道；从山后小道穿过去，能绕道河南。白脸儿狼赖在了不愿多走，这里原来白脸儿狼见华忠不在，便有意欺骗安公子年轻，想回到店里，就说见着姓褚的了，他没空儿来，把安公子诳去，然后不往南奔二十八棵红柳树，改成往北奔黑风岗。那黑风岗是条背道，赶到那里，大约天也晚了，等走到岗上头，把安公子诳下牲口来，往那没底儿的山涧里一推，然后私吞那银子行李。白脸儿狼正说到这句话，只见一个人骑着一头乌云盖雪的黑驴儿，从路南一步步走了过去。这人是谁，还是后话。傻狗本是个见钱如命的糊涂东西，听了这话，便欣然应允。当下两人商定后，就起身摇头晃脑地走了。

安公子本来就心烦，但店里人声鼎沸，各式各样的人往来不断。安公子经了这番吵扰，又急又气，只有盼两个骡夫早些找了褚一官来，自己好有个依靠，有个商量。正在盼望，外面忽然传来一阵牲口蹄儿声，以为是骡夫回来了。出门一看原来是个骑着匹乌云盖雪小黑驴儿的女子。这女子一表人才，艳如桃李，却又凛如霜雪，晃得人胆气生寒，眼光不定。

那女子下了驴儿被安置在公子对面的那间房里。那女子进房去，将门上的布帘儿高高吊起，把那张柳木圈椅挪到当门，就在椅儿上坐定，不茶不烟，一言不发，双眼紧盯着对面安公子这间客房。安公子躲开布帘，在屋内徘徊不定，走了一阵，忍不住又回到帘缝处偷看，见那女子还在目不转睛地向这边呆望，一连偷看了几次，都是如此。安公子疑心是华忠说的那个给强盗做眼线、看道路的什么婊子。赶忙上前把那扇门关上，谁知那门的插关儿早掉了，门又走了样，才关好，吱喽一声又开了。再去关时，从帘缝儿里见那女子，对着这边不住地冷笑。安公子左思右想，一眼看见门外靠南墙放着碾粮食的一个大石头碌碡，想把它弄进来顶住门。一面想，一面找来更夫，那两个更夫，一个生得顶高细长，叫杉槁尖子张三；一个生得壮大黑粗，叫压油墩子李四。这张三、李四二人折腾了一番也没挪动石碌碡半步。拿镢头、绳杠又一番折腾。

两个更夫脱衣裳，绾辫子，摩拳擦掌地才要下镢头，对门的那个女子已抬身迈步知道是安公子派人来搬石头。她端详了一番后，也不答言，挽了挽袖子，把那佛青粗布衫子的下摆往上一卷，两只脚往两下里一分，站稳桩儿，挺着腰板，身北面南，用两只手靠定碌碡，只一摇撼，碌碡周围的土儿就拱了起来。那女子重新转过身去，又一摇撼，就把碌碡轻轻翻了个身。这一招，直看得众人齐声喝彩，齐声惊叹。

独有安公子心里反倒加上一层为难了。他本是怕那女子进这屋里来，才要关门；怕关门不牢，才要用碌碡顶；及至搬这块碌碡，倒把她招了来了。这碌碡，两个笨汉尚且弄它不转，她轻轻松松地就把它撂倒了，这个人的本领，也就可想而知。那女子一手提了碌碡，上了台阶，用另一只手撩起布帘，跨进门去，轻轻地把它放在屋里南墙根儿底下，回转头来，气不喘，面不红，心不跳。众人伸头探脑地向屋里看了一阵，无不诧异。

不说看热闹的这些人三三两两你一言我一语地猜疑讲究。却说安公子见那女子进了屋，便走向前去把那门上的布帘儿挂起，自己闪在一旁，想着好让她出来。谁想那女子放下碌碡后，一回身就在靠桌儿的那张椅子上坐下了。安公子一时竟不知如何是好。

第五章　遭暗算公子宿古庙

安公子拿出两吊钱，想赶紧给了女子。谁知那女子笑了一笑，把钱分给堂倌三人。其实那女子早已对安公子的行踪了如指掌，见他吞吞吐吐，有些不悦，训斥了他一番。见没法隐藏，安公子这才把他父亲的事对那女子哭诉了一遍。那女子其实是个侠骨柔肠，听到世间这不公平待遇，当下决定保护公子上路，只是因为还有一件事情尚未处理好，叮咛完毕，道了别，便疾驰而去。

谁料店主人老于世故，他见那女子行迹有些古怪，公子又年轻不知庶务，生恐弄出些什么事来惹自己麻烦，便出主意要安公子莫等那女子回来。

恰好自己的两个骡夫回来了，两厮把先前编的又说了一遍，说褚一官家里的事情撂不开，请你亲自去。安公子本是没有主心骨的人，听了店家和骡夫的话，赶紧收拾起行李，随着两个骡夫去了。

那女子到底是个什么人？原来这人天生的英雄气概，喜欢路见不平，拔刀相助。两个骡夫在岔道口看见的那个骑驴女子，正是此人。她从山下经过时，把白脸儿狼、傻狗二人商量的伤天害理的这段阴谋，听了个详细。及至到悦来老店访着了，见安公子那一番举动，早知他是个不通世路艰难、人情厉害的公子哥儿，既可笑又是可怜。因此借那碌碡做了一个见面搭话的由头。谁想安公子面嫩心虚，又吞吞吐吐，好不容易才问出实话。安公子的孝行，又恰巧碰上了她自己那一腔酸心恨事，动了个同病相怜的心意，想解救这场大难，因此把这桩不相干的事儿一肩担了起来。听到戴罪赔修、亏空银两一事，又心生一念，急着马上去办，所以才告诫安公子，无论骡夫怎样个说法，务必等她回来见面再行。

两个骡夫引着安公子出了店门，按着先前两人的计划，往北岔道黑风岗走。行了一程，安公子见路渐渐地崎岖不平，乱石荒草，又无村落人烟，心中有些害怕，只催着牲口赶向前去。行了一程，来到黑风岗的山脚下，白脸儿狼向傻狗使了个眼色，加上一鞭子，那骡子便点着脑袋使着劲奔上坡去。不料上坡不过一箭多远，又碰到了老枭，大江以南叫做“猫头鹰”，大江以北叫做“夜猫子”。夜猫子白日里又不出窝，忽然听到响声，以为有人掏窝来了，竟横冲了出来，一翅膀正扇在那骡了的眼睛上。那骡了忽然受惊跳动，向前猛蹿，脑袋一甩，顺着坡道满地乱滚，向黑风岗的山根儿跑了下去。驮骡又是恋群的，头骡一跑，后面的三头也跟了下来。白脸儿狼幸而不曾摔重，一骨碌爬起身来撒开腿就赶。如今要一个人跟着四头骡子跑，哪里顾得着呢？一路紧赶紧走，慢赶慢走，一直赶至一座大庙。庙门前有个饮马槽，骡子奔了水去，这才都站住了。

那是一座破败的大庙。山门上“能仁古刹”四个大字，还依稀看得出来。正中山门外面，用乱砖砌着；东边角门墙上却挂着一个木牌，上写“本庙安寓过往行客”。

三人见太阳已经衔山，眼看就要落下去，无法，只好今晚在庙里住下，明日早起再过岗子。接着左边的那座角门哗啦一响，走出两个和尚，一个是个高身量，生得浑身精瘦；一个是个秃子，将就材料当了和尚。二人带安公子和两个骡夫进了庙，原来里面是三间正殿，东西六间配殿，东南角上一个随墙门。西南角上一个栅栏，门里面马棚槽道俱全。佛殿门窗脱落，满地鸽翎蝠粪，败叶枯枝。只有三间西殿还糊着窗纸，可以住人。两个和尚把安公子引到西配殿后，又忙着抬行李。去不多时，又从东南角门里走出一个胖大和尚。那和尚生得浓眉大眼，赤红脸，酒糟鼻子，络腮胡，脖上带着几道血口子。他说道："施主辛苦了。这里不洁净，请到禅堂里歇罢。那里诸事方便，也严紧些。"安公子便同胖和尚往东院而来。胖和尚让公子在堂屋正面东首坐下，自己在下相陪。此时已是上灯的时候了。

那时正是八月初旬天气，一轮皓月渐渐东升，照得院子里如同白昼。胖和尚对抬行李进来的两个和尚说："那两个赶骡儿的伙计，由你们招呼吧。"两个和尚笑嘻嘻答应着退了出去。一个十五六岁的小和尚名叫三儿的点了蜡烛来，又忙着张罗茶水。门外化缘的老和尚也来帮着服侍公子。一时茶罢，端上四碟两碗，无非豆腐、面筋、青菜之类。那盘里还有两个盅子，一把酒壶。随后又送上来一壶酒，壶梁上拴着一根红头绳儿。胖和尚赔着笑要安公子饮酒，谁知胖和尚接连请了多遍，安公子总不肯沾唇。安公子天性不饮。一再推让，一时匆忙，手里不曾接住，盅子掉在地下碰了个粉碎。不料那洒在地上的酒，顿时化为火焰。胖和尚大骂公子不懂交情，伸过手来把公子的手腕抓住，往后一拧。将他推到廊下梁柱前，绕柱反剪双膊，从僧衣里抽出一根麻绳，十字交叉，捆了个结结实实。又命三儿立即端进来一个红铜盆子，盆里盛着凉水，盆上搁着一把一尺来长的牛耳尖刀。公子一见，只有两眼流泪，气喘声嘶的份儿。却说这胖和尚是有名的赤面虎黑风大王。因为看破红尘，削了头发，见这座能仁古刹正对着黑风岗的中峰，有些风水，故此在这里出家，做这桩慈悲勾当。本想给公子口药酒儿喝，杀人灭口。没想到安公子抵死不喝。这才惹恼了他。当即剥开安公子衣服，手执牛耳尖刀当心就刺。

第六章　杀恶僧侠女破山门

胖和尚手执尖刀，往安公子的心窝儿才要下手，只见一道白光儿从半空里飞来。没等胖和尚招架，那白光已化作一个银色铁弹子从左眼进去，直穿后脑骨，胖和尚倒地身亡。可怜三儿在旁边呆呆地不知何事时，又是一个铁弹子飞来，从他左耳朵眼儿里进去，从右耳朵眼儿里钻出，一直飞到东边那个厅柱上，嵌在木头里边有一寸来深。三儿只叫得一声："我的妈呀！"也倒地毙命。

安公子此时已是魂飞魄散，睁眼见自己依然绑在柱上，两个和尚横躺竖卧、血流满面地倒在地上。正恍惚着，一个红衣女子飞了过来。那人芙蓉脸上挂一层严霜，杨柳腰间带一团杀气，一言不发，闯进房去，搜寻了一遍，回身出来，把尸首扔到了墙角，等清出地面后，才弯腰拾起那把牛耳尖刀。安公子直等红衣女做完这一切，挑断自己身上的绳子，才渐渐回过神来，不知这女子是谁，为何出手相救。

安公子此时松了绑，浑身麻木过了，才觉得酸痛无比。红衣女子让她走到屋里再商议细则。谁知安公子刚才一惊吓，一步也走不动了！红衣女子才要伸手去搀，又缩了回来，反手取下左肩上的那张弹弓，弓背向地，弓弦朝天，一手托住弓靶，一手按住弓梢，安公子用手攀住了那弓面，红衣女左手把弓靶一托，右手将弓梢一按，钓鱼儿一般轻轻地就把安公子钓了起来。等安公子终于站定后，才跟着红衣女子一步步蹭进房来。进门行了两步，他便双膝跪地，向红衣女子拜谢。这时他才敢留神看这女子，原来正式店里遇见的那人！红衣女子嘱咐安公子看好包袱，便吹灭了灯，掩上了门，却倚在门旁，侧耳倾听。转眼之间，就听两个人说说笑笑地从墙外走来：窗外是那个瘦和尚和秃和尚。他两个正算计着师傅劫杀安公子的事情，瘦子却先发现墙角堆着师傅和三儿的尸体。两人一急，踹开房门就进去。

两个和尚才要向前走，只听房门响处，早蹿出一个人来，站在院子里。二人冷不防吓了一跳，一看是个女子，才定了定神。三人一番争执，瘦子心知碰上了对头，挥手就扑了过去。红衣女子不慌不忙，把右手从下往上一翻，用了个“叶底藏花”的架势，只一个反掌，已打在瘦子手腕上。两人摆开架势，打了一通，瘦子还没来得及还手，红衣女子已收回左脚，抡起右腿，对准瘦子的左太阳穴狠狠一踢，瘦子侧身倒地，一命呜呼！

秃子见瘦子丢了性命，转身跑到厨房，拿出一把三尺来长的铁火钳，抡得风车儿般向红衣女子头上打来。红衣女子闪开身，拔出刀来，单臂抡开，从上往下只一盖，未听声响那火钳已从中腰削成两段。秃子回头想跑，被红衣女子赶上一步，在背后举起刀，照他的右肩膀一劈，刀锋从右肩进，左肋出，把个和尚弄成了“黄瓜腌葱”，剩了个斜岔儿。红衣女子回手又把那瘦子的头砍了这才罢休。

正说着，只见一个老和尚用大袖子捂着脖子，从厨房里跑出来，想要溜走报信。红衣女子也没拦阻。不一会，外面果然闹闹吵吵拥进来四五个七长八短、手拿锹镢棍棒的和尚。可惜这些和尚一阵功夫，便被打了个落花流水，东倒西歪，一个个翻着白眼断气儿。

红衣女子回屋安顿好公子又四周看了看有无活口，却是在岔道口见过的那两个骡夫，上身剥得精光，心肝五脏都被掏去了。正房推门进去，只见方才溜了的那个老和尚，守着一堆炭火，正在那里烧两个骡夫的狼心狗肺配酒吃呢！红衣女子手重，把光溜溜的一个和尚头，连带颈脖子，一并按进胸腔里去了。随手把桌子上的灯拿起来，里外一照，只见炕上堆着两个骡夫的衣裳行李，行李堆上放着一封信，上写着“褚宅家信”。回手揣在怀里，回到了安公子在的大殿。

安公子见红衣女子来了才稍稍安下心来。红衣女子正要说话，又传来“皇天菩萨救命”的哭声，哭得来十分悲惨！

第七章 探地穴张金凤脱险

红衣女子听见呼救声，十分诧异，起身顺着声音来到那月光门前，只听得哭声越近，竟是在堆柴炭的那房里。靠近窗户往里看，房中空无一人，门却锁着。红衣女子扭断了锁进去，只见挨北墙靠西，也有个小门关着，靠东柴垛后面装煤的大荆条筐上扣着一口水缸般大小的破钟。连忙把那破钟揭起，再掀开筐一看，下面果然蹲着一个人约莫五十余岁的乡下人，直说他们一家被胖和尚捋来，现在自己的妻子和女儿不知所踪。

却说安公子正在那里听到这隔壁有响声，告诉了红衣女子。红衣女子侧耳凝神听了一会儿，那声音竟是从里间屋里传来。屋里放着两个平顶柜，北边一个搭着锁，南边一个柜门虚掩；顺手开了那虚掩的柜门，见里面的衣物上满是尘土。又到北边柜前，把锁头扭开一看，这柜子里面，中腰不安抽屉，下面也没榻板，后面的背板一扇到底，抹得油光水滑，像是常有人出入的样子。那柜门一开，就听到背板后有妇人声音。红衣女子一面把刀掖在背后，一面伸手就把柜子背板一拍。只这一拍，就有人连声说：“来了。你老人家别忙啊！这个夹道漆黑，还得一步步上啊。”一阵锁链响后，那扇背板从里边打开了。

红衣女子对面一看，门里站着一个中年妇人。那妇人一双肉泡眼，两道扫帚眉，鼻孔朝天，包牙外露，妖气妖声。原来是胖和尚看上了这姑娘，要这妖妇劝说她留下的。

红衣女子假装是胖和尚请来的说客进了去。里面原来是个夹墙地穴，约莫二尺来宽，从北头砌就楼梯台阶下行。走到台阶尽处，进了小门，晃眼就看见个村姑打扮的年轻女子坐在条凳上，低头垂泪；旁边坐着个老婆子，也是农家装束。当那村姑抬起头来时，红衣女子心中一惊，此人大约十七八岁，长得和自己有些相像。

红衣女子见那村姑一脸泪痕，顿时心生怜悯，本意想劝劝，再议后法。没曾想村姑误会她了，以为她和胖和尚是一丘之貉，当面就把红衣女子骂了一番。红衣女子见村姑如此刚烈，心里越加敬爱，换了语气要村姑陪她一起出去透透气，站起来就走。红衣女子随即拿了灯，抢先一步出了地穴，将她们带到外面那间房里坐下，暂时不让西屋的安公子与她们见面。红衣女子拉起那妖妇，进了北边那隔断门。

两人请来了一人，正是那位老头儿。亲人相见，自是一阵欷歔。乱过了这一阵，那老头儿才望着红衣女子讲开了身世，原来他叫张老实，河南彰德府人，在东关外落乡居住。兄弟张乐天是学里的秀才，去年死了，剩了老伴带着女儿过日子。那女叫张金凤，今年十八岁了，从小跟着她叔叔念书认字，知书达理。只因河南一连三年旱涝不收，一家人本打算拿变卖得来的百十两银子到京东去投奔老婆子的亲戚，做个小买卖。不想走岔了路，被胖和尚掳走了女儿。那妇人也是帮凶。幸而那村姑秉性刚烈，誓死不从，才保住了冰清玉洁。

那妇人姓王，本有丈夫，却贪图大师傅一个月贴补的三吊五吊钱财。老公死了后，她就跟了这庙里的大师傅。

红衣女子哪里还忍耐得住这等妖妇，一言不发，回手拔出那把刀来，从那妇人的下巴底下往上一掠，那妇人便仰身后倒，前脸子削了下来。张家老两口吓得体似筛糠。倒是那张金凤连声称快。红衣女子又带着他们到了院子里，看了那胖和尚的尸体。一家人知道是红衣女子所为，不禁感恩戴德，叩谢不已。红衣女子此时将身子往西一探，向西间的南炕叫了一声："安公子！"

第八章　说身世十三妹隐名

安公子早被外面的事搞迷糊了，忽然听见喊“安公子”，忙应了一声。只是一身的纽扣都被和尚撕了个稀烂，敞胸开怀，赤身露体，不成体统。直到他把带子解开，衣裳一件一件地掩上，再系上带子，套上马褂儿，这才出来。他先跪谢了红衣女子，又和张老头一家拜见了一番。忙过一阵，众人才坐下来说话。张金凤和安公子都想知道红衣女子的身世经历，想着日后回报之日。却无奈红衣女子只说自己叫十三妹，本是官宦人家的女儿，父亲做过朝廷的二品大员。谁料时运不济，父亲曾任副将，得罪了上司。上司便捏造个罪名，向朝廷参了一本，将她父亲革职拿问，下在监里，一气身亡。十三妹不想因一家的私仇，坏了国家的大事。也不想牵连亲人，更不想母亲无人赡养。因此忍了一口恶气。又恐那贼子还放不下她们母女，就带了母亲，避到此地五十里开外的一个地方，投奔一位老英雄。这英雄因为感激十三妹的拔刀相助，想把把她们母女请到家中奉养。但十三妹只收了他一匹驴儿，此外请他在上不沾天、下不着地的地方，修了几间茅屋，给她们母女居住。自己平就靠着那把刀，那张弓，寻那些贪官污吏，劣幕豪奴等人的不义之财，也就是所谓“没主的银钱”。

十三妹家原是历代书香，自幼也曾读书识字。自从她祖父手里就了武职，父亲也得了家学真传。因为父亲膝下无儿，就把十三妹当个男孩儿教养，闲来也指点刀剑枪法，久而久之，渐渐上路。父亲精心指点，口传心授。把个红粉的家风，做成了绿林的变相。

十三妹问安公子为何不等自己回来再离开悦来客栈。安公子便把自己当时的将信将疑，一路上的坎坷还有两个骡夫的悉心照顾说了一遍。十三妹暗笑安公子的不历世事，接着把两个骡夫商量的截留信件、杀人拐财的计谋说了一遍，又把自己与安公子在悦来店的见面经过说了一番。

张金凤一家这才弄明白始末根由。安公子此时如梦方醒，十三妹又把自己在车棚看到了两人尸首的事情说了一遍。从怀里掏出那封信，递了过去。十三妹继续说："我料到那两厮一定是赚你上黑风岗了。我就顺着这条路赶了下来。才上山坡，月光之下，看见路旁丢着一个牲口脖子上拴的铃铛，再顺着牲口的脚印，我就一直赶到了庙前，方才救了你。安公子，如今你大约该信得过我不是为打你这几千两银子的主意而来？"

十三妹又说道："假如你是个有胆有识的人，我说了这话，你自然就会加些防范。可惜你无胆无识。我那样叮咛嘱咐，你还自寻苦恼弄到这步田地，再告诉你这话，不知又该吓成什么模样！甚至于更加怀疑我，倒误把狼心狗肺的东西当做好人，把我说的话也讲给那两个家伙听，岂不误了大事？"安公子听了，连连点头，又拜了下去。十三妹把身子闪在一旁，也不来拉，也不还礼，只说了一句："不敢当此大礼。"张老头在旁也不停答谢。

十三妹把手一摆说："众人不用谢我，自是命中注定的缘分。‘千里搭长棚，没个不散的筵席’。你我‘将军不下马，各自奔前程’。恕我失陪。”说罢，往外就走。

第九章　当月老红丝变白刃

四人见十三妹要走，一同上前围着不放。十三妹笑道：“你们真以为我要去么？深更半夜，古庙荒山，就这样撂下走了，叫你们两家四口无依无靠怎么处呢？何况炕上还放着我那个包袱没拿呢！”安公子经过这一番喧闹，又听了半日长谈，早把那黄布包袱忘在九霄云外。如今因十三妹提起，他才连忙爬到炕上，双手将那沉甸甸的包袱抱起来放在桌上说：“姑娘，这是你交给我看守着的那个包袱。”十三妹说：“这东西与我无干，却是你的。”安公子诧异。原来包里根本不是什么兵器，而是黄金二百两。十三妹听说安老爷要用五千余金才能无事，如今只筹到了二千数百两。就是为此，十三妹到二十八棵红柳树找着那位老英雄，暂借他三千金。安公子又是欢欣，又是感激，抽抽噎噎地道谢。

十三妹解囊赠金，又了却一桩心事，便要商议各自上路的话，可是这两家四口，一边是瘦弱书生带着黄金锱重，一边是乡下老者伴着红粉娇娃，势必有人护送，护送之人也只能是自己。若由自己护送，又放不下家有老母；而且两家一南一北，岂能分程兼顾？如将两家合成一路，又是一个孤男，一个少女，诸多不便怎好同路。不如借此给他们合成一段良缘。如此一转念头，便支张老夫妇和安公子到厨房里去准备饭菜。自己拉着张金凤的手来到西间炕上坐下，两姐妹闲扯家常。一番打听，得知张金凤还未许配人家。十三妹就索性明明白白地告诉她要给撮合她和安公子二人。张金凤觉得安公子门户儿，模样儿，人品儿，心地儿都不错，如今十三妹一提，也觉得合意，便羞答答地答应了，只等问过父母再确定。

张金凤心里不明白为什么十三妹不跟安公子，十三妹只是说："做姐姐的心事与常人不同，总而言之一句话：慢说眼前，大约这人世上的'姻缘'两字，今生都与我无份。"

张金凤听了这段话更加疑惑，还要往下问，张老夫妇和安公子已将吃食端了进来。此时也无礼可拘，各自吃了一些，又商量上路的事。

十三妹说："上路的主意我有了，就是得先和你两家商量。你两家一边是到下路去的，一边是到上路去的。两头都得我护送，我先护送你们哪一头好？"安公子说："姑娘先许的送我。"十三妹道："这是你的主意？人家是三口人呢，在这庙里坐等人命官司？"一顿数落后，又回头问张老夫妻："二位老人家的意思怎么样？"

张老夫妻还未及答言，张金凤便先把正话反说要姐姐护送安公子回去。安公子在一边诺诺连声，不敢回答。

十三妹欠身离座，向张老夫妻说："这桩事却须二位老人家做主。要得安然无事，除非把你两家合成一家，我就好照顾了。"又把自己想撮合安公子和张玉凤的计划说了一番。张老夫妻觉得可以，只看安公子答复。

谁知安公子却一个劲的摇头："姑娘，这事断断不可！我安骥此番抛弃功名，折变产业，离乡背井，冒风顶雨，为的是父亲身在牢中。哪里还有闲工夫说亲事？况且父亲待我虽然百般爱惜，教训起来却是十分严厉，今日这桩事，要不禀明而行，既是不孝，有对不住恩人你和张姑娘。这事断断不可!”

十三妹听安公子的话说得近情近理，无奈此时自己是“骑着老虎过海”下不来了，只得勉强冷笑一声，说：“安少爷，你要赶去办老人家的事，我既说过保你人财无恙，骨肉重逢，这话自然要说到做到。至于订亲，首先要讲缘分，你要再找我妹妹这么一个人儿，只怕走遍天下，打着灯笼也没法找。事情到了这个地步，只有成的理，没有破的理。你以为可，也是这样定了，你以来不可，也是这样定了！你要识好歹，知进退。”

张老夫妻自然不好搭话。张金凤更是万分难堪。不料安公子拒绝之意已定，不肯松嘴。十三妹满脸怒容，一伸手往桌子上拿起那把雁翎倭刀，在灯前一摆说：“我这把刀倒要问问你，这事到底是可、是‘不可’、还是‘断断不可’?”说着说着将刀往上一举，对准安公子的头砍了过来。

第十章　吟新词宝砚换雕弓

安公子见十三妹扬刀砍来，吓得双手抱着脖子，往门外就跑。张金凤更加着急，再也顾不得避嫌害羞，上前把十三妹擎刀的手抱住往下一坠，乘势跪下，叫声："姐姐请息怒，妹子有话要说。事情闹到这个地步，依我说先把这'婚姻'两字搁起，也不必问安公子到底可与不可，我就遵照姐姐的话，跟着爹妈一直送安公子到淮安。一路行则分车，住则异室，也没什么不方便。到了淮安，他家老爷太太以为可，妹子就遵照姐姐的话，做他安家的媳妇；以为不可，我依然做我张家的女儿，只是得借重他家这个'安'字儿，虚挂个招牌长斋绣佛，奉养爹妈一世。姐姐此时何必和他惹这闲气?"

张金凤这几句话说得软中带硬，八面儿见光，把个铁铮铮的十三妹倒弄在那里为难起来了，安公子在窗外听张金凤这几句话，一举三得，哪有不应之理？向十三妹说道："如今就求姑娘主婚，把我二人联成匹偶，一同上路。到了淮安，我把这段下情，先向父母亲说明。父母如果准行，却是天从人愿；如果不准，我豁着受一场教训，挨一顿板子，据理力争。到了万万无可挽回，张姑娘说她要长斋绣佛，我也情愿一世不娶！姑娘，你以为如何?"

十三妹见安公子这番表白出于至诚，不觉变嗔为喜，道："今夜正是圆月当空，三星在户，不如趁此机会拜了天地。"拜完天地，众人又将几个衣箱内的散碎银两和张老汉自家的衣服财帛，一并搬了上来。通共也有千把两银子，十三妹随手拣了一包碎的，约略不足百两，撂在一边，然后指着其余的向安公子说道："我图个便利，你把这一千两银子拿去，换给我一百两金子。"安公子忙去拿了一包金子过来，十三妹接在手里向张金凤说道："妹妹，咱们可不是空身儿投到他家去的，这金子算姐姐给你垫个箱底儿吧。"十三妹又催安公子收起银子，自己只留了那一包碎的。

十三妹又问张老汉："我在马圈里看见一辆席篷车儿，是你老人家赶来的呀?"张老汉连说"是"。十三妹道："那咱们大家就趁着天不亮就动身，正好还有那车儿，我一直送你们过了县城东关，那里自然有人接着护送下去，管保一路安然无事。"

诸事已毕，十三妹叫安公子去屋里找笔砚来用。安公子说："我这里现成。"从怀里掏出一个小小布包，里面用檀木盒儿装着一块圆形砚台。安公子又取出笔墨，随同砚台递了过去。十三妹左手托了砚台，右手把笔，跳上桌子，在正中房门的北墙上，笔墨淋漓地写了二行大字。"财色劫杀四重关，这和尚重重都犯。他杀人污佛地，我救苦下云端，铲恶锄奸。觅我时，和你云中相见。"

安公子没曾想十三妹笔墨这么好，不禁拍腿打掌地赞叹起来。还不断揣摩"云中相见"这句话意思。十三妹下了桌子，放下笔砚，把倭刀插在腰间，向墙上取下弹弓，揣上那包银子，一口把灯吹灭，催促道："别耽延了，走吧。"迈步出门，朝外先走。张老汉一家和安公子也随了出来。

十三妹出了院门，趁着斜月残星，护送着一行人逍遥自在地往东去了。走到岔道口，就从那里上了大道，一直向茌平县的北门城外一路绕向东门而来。出了东关厢，十三妹见人烟渐渐稀少，向安公子说道："我先去找护送你们的那个人，你们随后赶来。"独自跨着驴儿，如飞而去。

安公子一行人走了约莫半个多时辰，来到一带柳树林子，见了十三妹。十三妹把身上的弹弓借给了安公子，要他防身，日后再还送回来。却不肯说个实在姓名住处，只说交给褚一官，再由褚一官转给邓九公。邓九公就是那位老英雄。褚一官正是他的亲戚。交待妥帖，十三妹走到树前解下那头驴儿，正准备骑上要走，安公子突然双手把两腿一拍，直跳起来说："了不得了！这事可不好了！"

大家吓了一跳。安公子指手画脚地说了一番，大家才明白过来。原来他一时大意，慌乱中把那块砚台遗落在庙里了。这是祖父留下的一块宝砚。安老爷视若珍宝。此去淮安后，还要交还他。况且砚台上镌着父亲的名号，万一被人勘破，追究起来，如何得了？

大家听了，都说这桩东西失落不得！十三妹沉吟了半晌才说："这桩东西诚然不可失落，但是眼下我们这一群人没个回去的理。这件事你也交给我了结好了。就把弹弓算个凭据，咱们以砚台换弹弓。那时两件东西各归本主，岂不是一桩大好事么？"安公子还在那里犹疑，张金凤已喜上心头，这句话正好扣上了她在想着却不知如何办理的一桩事情，因此连忙说道："姐姐说得有理，一言为定，不可再改。"反倒催着十三妹快走。十三妹带过那头驴儿，飞身上去，霎时间电掣星驰，不见身影。

第十一章　胡县官糊涂销巨案

十三妹同安公子、张金凤并张老夫妻柳林话别后，安公子一行人也就上了车辆牲口，投奔河南大路而去。折回来再讲黑风岗能仁寺。

能仁寺原是一座败落古庙，自从赤面虎占了这地面，又陆续招来一些为非作歹之徒，更罕有人至，因此庙里尸横遍地，外人竟一点消息也不知道。不想这茌平县的西北乡偏偏出了一案，地保报到县里。这县官姓胡，卖面茶出身，后捐了一个知县，选在茌平，人称“糊太爷”。

第二天，胡知县到了乡下，不过是两人口角彼此揪扭因伤致死的一桩寻常命案，照例填了尸格，打道回城。地保送县官过界。能仁寺正在他的地界上，来回都要从那里经过。恰巧走到离庙不远，胡知县要找个地方歇歇弄口姜汤喝。地保飞跑到庙前，高呼和尚出来接大老爷。但见空落落的院子里静悄无人，只有院里两条大狗抢着一个血淋淋的东西在那里打架。大家喝开了狗一看，原来是个和尚脑袋。众人一齐在庙里搜了半天，只搜出横七竖八躺着一地的尸体也没找到凶手。

只见正房墙上，写着碗口来大的两行字，胡知县不明其意，只想把这些尸首先相验明白得了。这时书办使了个眼色，暗暗地向他摇手。

胡知县回避开众人，问他个中意思。书办解释说：“据书办的风闻，这些和尚平日就不是善男信女。至于这个杀人的，看起来竟是一个奇才异能之辈路见不平做出来的。只看这两行字就知道了。头两句说：‘财色劫杀四重关，这和尚重重都犯。’分明是这班和尚平日坏事做尽。底下几句说：‘他杀人污佛地，我仗剑下云端，铲恶锄奸。’分明是路见不平，替民除害。末了一句说：‘觅我时，和你云中相见。’意思说你们要来找，我就在云中等着见你们。看这几句的口气，此人的胆量智谋也就非同小可。即使见了他又如何敢动呢？那个时候，怎么结这个案？”书办又献计：“据书办的主意，这一堆尸身，只好拣出三个来：一个是那胖大和尚，一个是那带发头陀，一个就是没脸的妇人。请大老爷吩咐地保递上一张报单，就报说本庙僧人窝留妇女，彼此妒奸，那头陀一时气忿，把妇人用刀砍死，胖大和尚见砍了妇人，两下竞争，用棍将头陀脑门打伤，致命气绝；他自己畏罪，情急自戕。如此一办，便可百无一失。其余的尸身费些事刨个坑儿把他们一埋便可了事。”胡知县连连称是。

一桩惊风骇浪的大案，就这样被胡知县办得来云过天青！

话说安公子一行人别了十三妹迤逦行来。此时后半夜月色正亮。一行人出了店门，趁着月色行了一程，远远地望见了那座牛山：黑压压的树木丛杂，烟雾弥漫，气象十分凶恶。张老汉提醒说：“姑爷留神，快到了。”话音未落，山腰里射出一支响箭，箭响过处，一群人簇拥着三个骑马的好汉，拍喇喇从半山里跑下来，一字儿摆开，拦住去路。为头的那个好汉大声吆喝“站住！”安公子早有准备，于是把昨晚心记口诵的话一板一眼地讲了出来，并将弹弓双手奉上。为首的好汉把手中的竹节虎尾钢鞭伸过来一挑，将弹弓接在手中，在月光之下反复一看，掖起钢鞭，拿了弹弓，滚鞍下马问道：“尊客是从青云峰十三妹姑娘那里来么?”安公子心中疑惑，明明是黑风岗，怎么又成了青云峰？但是惟恐节外生枝，不敢反问，只好随口敷衍：“我正是从十三妹那里来。”好汉问：“十三妹姑娘有什么交代?”安公子说：“请列位看在这张弹弓份上，借给我两头牲口，还请两位壮士，一直护送我们到淮安地面。”为首的好汉还了弹弓，一一照办。

众人接下来才你一言、我一语地相互道了姓名。为首的好汉名叫周得胜，本是江洋大盗，善于使船，专能抢上风，趕顺水，水面交起锋来，他那只船如快马一般，因此世人送他一个绰号，叫他海马周三。刚才遵命上山打点行李的两位头领，是李老和韩七。李老名叫李茂，韩七名叫韩勇，两人在水底都伏得三日三夜。功夫都了得。这三个人后来遇着重兵围剿，才弃水上岸，会合他们旱路上一班好朋友黑金刚郝武、一篓油谢标、草上飞吕万程、叫五更董方亮四个人伙。那郝武使一根金刚降魔杵，一篓油使一把双刃，草上飞使一把鸡爪飞抓，叫五更不使兵器，只挽一面遮身牌，专一藏在牌后面，用飞石打人，百发石中。这几位好汉，分占了牛山、癞象岭、野猪林、雄鸡渡四座山头，打家劫舍，保境安民，专与朝廷对着干。

说话间，回山寨的两位好汉已将骡子、器械、行李等上路的东西带下山来，周三又叮嘱了两位好汉一番。一众人等便各自上路去了。

李老、韩七两位好汉一路上真够小心谨慎，不辞劳苦，不但安公子省了多少心神，连张老汉也省了多少辛勤。一路果然不见个风吹草动。晓行夜宿，车马劳顿，渐渐走近淮安地界。那截江獭、避水两位好汉拢住牲口，向安公子告辞，各镫跨上骡子，头也不回地一直向北去了。

剩下翁婿两个一路闲谈，已绕到东门。张老汉同安公子找了一座小店安顿家眷行李。张家母女二人进店下车，先张罗着洗脸梳头，预备会见新亲家。安公子让张老汉张罗行李。自己则去打听母亲的公馆。

安公子随即出来到了柜房。掌柜是个极善相的半老头儿，正在柜房坐着。见安公子进来，忙招呼。安公子拱了拱手："借问一声，有位安老爷家眷的公馆在哪条街上？"掌柜把安公子上下一打量："客官，你问的是承办堤工被参的安老爷的家眷么？"安公子点头："正是。"不料掌柜神情陡然一变："你还要问他什么公馆！这话说来叫人怒发冲冠，泪珠满面！"一句话把安公子吓得魂飞魄散，掌柜拍着板凳："客官，你坐下，等我慢慢地对你讲。"

第十二章　安公子安然慰双亲

安公子一行人到了淮安，找旅店住下后，急于打听母亲住在何处。掌柜请安公子坐下后，才嗦嗦地把安老爷被奸人所害，安夫人孤苦无靠说了一通。安公子一听并无他事，这才安下心来。急忙去找母亲。

安公子也不等通报，一直往里走进后院，看见只是窄巴巴的三间小屋子，掀起里间帘子进去，一眼就看见母亲坐在挨窗户那里盘腿低头做针线。连忙跪下。安太太认出了眼前跪着的是儿子，反倒吓了一跳，连声问："我的孩子！你从哪里来？你来做什么？"一把扶起安公子，那眼泪往下直流。安公子心中十分伤惨，哽咽难言。后安公子稳住情绪，从头把他在家听见父亲遭祸的消息，一心悬念，不及下场；赶紧措办银两，带了华忠并刘住儿出来；到了长辛店，刘住儿丁忧回去，改换赶露儿，赶露儿至今不曾赶到；到了茌平，华忠一病几死，不能行路，打算找褚一官来送自己到淮安的经过讲了一番。又把到了店里打发骡夫去找褚一官的过程，和与十三妹在店里的奇遇讲了一遍。安太太越听越惊心，又急着打听十三妹是不是个正道人。安公子说："当时儿子也是如此想。谁想大不然，她不但是个正道人，还有一副儿女情肠，英雄本领，若不亏此人，孩儿今日也见不着母亲了！"

于是又接着讲与骡夫上路直到误入能仁寺的经过。又把自进庙门，直到被和尚绑在柱上，要剖出心肝的骇人听闻的情形，简略说了一遍。安太太不听犹可，听了这话，毛骨悚然，差点背过气去。有的丫头已用双手捂住了耳朵。安公子一再劝解道："母亲不要伤心，儿子现在是好端端地来了。母亲请想，假如那时候竟无救星，此时又当如何？"安公子往下又把十三妹诛杀恶僧、验明骡夫尸首、搜着了书信、赠金、送别、借弓、过牛山、由两位壮士护送到淮安地界的情节讲了一遍。

直到最后，安公子又把十三妹解救张金凤一家三口，此后怎样硬当月老，强行说合，自己怎样苦辞，张家姑娘怎样俯就，从头至尾说了一遍，并说："此时这张老汉夫妻和张金凤就住在离此不远的一家店里。请示母亲，这事该当怎样才好？儿子讨个主意。"

安太太听完急忙叫晋升家的、随缘儿媳妇去请张太太与张姑娘；又派晋升和一个男仆去请张老爷，连行李一并搬过来。从此张老汉、张老婆子，就改称"老爷"、"太太"了。

安太太趁这个当儿，收了活计，吩咐备饭，腾挪屋子。晋升家的和随缘儿媳妇也换了件干干净净的衣裳，同时带话给外面的晋升等人，先跟了少爷过去。

安公子返回小店，把自己母亲要认亲家的话告诉了岳父。张老爷自己要留下看行李。晋升雇了两乘小官轿张太太、张姑娘上轿，大家跟着，抬到聚合店里来。安太太与张老太一阵姐妹寒暄，安太太口里虽然在与张太太说话，那眼光早注意到张姑娘，见她眉宇开展，气度幽娴，满脸春风，周身大雅，心中悬着的那点担忧已放了下来。张金凤见安太太在看自己，就上前两步，大方安详地行了礼。期间张玉凤的言行举止颇得安太太的欢心，也等于是接纳了这个儿媳。

正热闹着，外边家人已将银子、行李，一起一起地搬来，交代明白。那车辆并牲口就交给店里照看喂养。晋升已在前屋收拾了两间洁净店房，预备张亲家老爷住。

安老爷自从住在土地祠里，这日饭后，正拿了一本《周易》在那里破闷，随缘儿慌张张地跑了进来报告："少爷来了。"父子异地相逢，也不免落泪。安老爷问起儿子是否下场应试，因何而来和折变家财凑了多少银两等情况，安公子此时事到其间也不得不说了，便把从家中得信起身，一直到今日为止的过程一字不落据实地交代清楚。安老爷静坐了许久，才徐徐向儿子说道："十三妹这个女子，分明是豪杰剑侠一流人物，才敢有这场掀天风浪。可是好些地方，你还说得不够清楚，我也一时想不明白。明天你抽空来，我还要再问你。现在你还是回你母亲那里去吧。你丈人那里，也要安排人陪着，一定要尽到做女婿的礼数。"安公子领命退出，坐了一乘小轿，笑嘻嘻地回店见母亲和岳父岳母报喜信去了。

第二天安公子一早起床，向母亲和岳父母问过安后，匆匆用了点心，就赶到父亲住地，接受问话。安老爷说："昨晚我思量了一宵你谈到的路上情景。只是顾虑地方上弄了一桩大案，如果遇见个廉明官儿查究起来，倒是一桩未完的心事。"安公子说："这事大约无妨。前日在路上听见各店里沸沸扬扬，传说在平县黑风岗里一个和尚、一个头陀、一个女子，因为妒奸，彼此自相残害，经本县的一位胡县官访查出来。"安老爷不禁放心了。

安公子把丢失砚台的话说了出来。说自己因为考量"云中"而疏忽掉了砚台。安老爷只是摇头，口里把"云中相见”四个字，翻来覆去不住地念，又用手把“十三妹”三个字，在桌上一笔一画不住地写。默然良久，忽然把桌子一拍，喜形于色道：“得之矣！我知之矣！这侠女是不是左右鬓角儿上有米心大的两颗朱砂痣?”安公子实在不曾留心，一时答不上来。安老爷又问：“那相貌呢?”安公子回答：“与儿子媳妇的相貌一样，像是个同胞姊妹。”安老爷说：“这又是梦话了。我何曾看见你这新媳妇是怎样一个相貌呢?”安公子臊了个绯红。安公子见父亲心开色喜，便问道：“父亲说得之矣知之矣这句话，儿子不明白是什么意思?”安老爷说：“此事你哪里会明白，连你母亲大约也未必想得到。此时不必谈，等我事毕身闲再慢慢地说明，我自然还有个道理。”安公子不好再问，只是未免怀疑。

安公子见父亲已无话可问，正打算要走，晋升过来说：“传说河台大人到码头接钦差，说是一位兵部的什么吴大人。这位钦差来得严密得很，只带着两个家人，坐了一只小船儿，昨夜五更到了码头，天不亮就传码头差官到船上交下两角文书，一角叫山阳县预备轿马，一角知照河台。山阳县令已赶到码头接差去了。”安老爷心想：“什么吴大人？莫非吴侍郎出来了？他是礼部啊！此地也不曾听见有什么大案，这钦差因何而来呢？也不至于用钦差来催我的这点官项呀！”

第十三章　乌钦差巡按淮安府

安家父子谈了一番话，安公子正准备告辞父亲回客店，忽然听说一位钦差已驾到淮安。这位钦差是谁？原来就是那别号克斋的乌明阿乌学士。他在浙江就接到吏部公文，得知自己由阁学升了兵部侍郎。在回京复命谢恩的水路上才走出一程，又奉到公文，命他到南河查办事件。这正是回程进京必由之路，他把官船留在后面，自己却乔装打扮，雇了一只小船，带了两个家丁，沿路私访而来，直等靠了码头才知照地方官。

大小官员齐集码头，紧接着河台到船拜会。乌学士顶冠束带，满脸春风地迎出舱来。河台把自己新得的一乘八人大轿送来，又派了武巡捕，带了全副仪仗来码头迎接钦差。众差官浩浩荡荡向淮安东门而来。一进城门，武巡捕轿旁请示：“大人，先到公馆？先到河院？”乌学士回答：“先到山阳县。”武巡捕忙传话下去，心里却是惊异：“怎么先到县衙呢？”

原来乌学士是来拜会安老爷的。那时正近重阳，南闱乡试放榜。安老爷拿了一本《江南新科闱墨》在那里看，听见县衙前一片喧哗，旋即不闻声息，却也不以为意。戴勤匆匆地跑进来报告：“钦差来拜。”安老爷见是乌学士便放松了许多。乌学士给老师带了万金来，在后面大船上，船一到就送到公馆去。门生即刻给同门受过师恩的弟子分头写了信去，派了个集成，叫他们量力尽心。这万金一半是门生孝敬，一半是众弟子的集成。我开了个单子在这里。他们稍后还会有问安信来，乌学士把人支开后，低声向安老爷说道："门生此来却不专为老师官项，还要奉旨访察一桩公事。一路也访得些情形，未敢为据，所以来请示老师。此地河台被御史参了一本，说他待下属以趋奉为贤员、以诚朴为无用，演戏做寿，受贿贪赃，侵冒钱粮，偷工减料，以致官场短气，习俗靡颓。这事关系甚大。门生初次奉差，有些不得主意，所以来请老师教导。"安老爷沉吟道："你既奉命而来，我以为国法不可不执，国礼也不可不顾，察事不可不精，存心却不可不厚。贤弟以为如何?"乌学士听了越加佩服老师的学识雅度，又说了几句闲话，就起身告辞。

乌学士回到公馆，将迎候在此的地方官请到一处见了面。稍事休息，会同坐官船赶来的司员议了议案由，发下一纸文书提河台的文武巡捕、管门管账家丁。须臾拿到，便封了门，照着言官指参的款迹，连夜熬审起来。从来说："人情似铁，官法如炉。"那些司员都是些精明强干、久经参案的能员，未费多少工夫，就问出许多赃款来。乌学士一面行文上报，一面仍用名帖去请河台过来说话。

河台见身边多人被传唤后再无消息，已猜到此事可能不妙，知晓自己罪行败露，便把十万银子交库赎罪。这河台，号钰甫，乌学士名明阿。有位尖酸的文人指了新旧河台的名号编了一副对联："月向日边照，日月当空天有眼；玉镶金做钰，玉金满橐地无皮。"

谈尔音下去写具亲供，担心报效得少了罪名减不去打算良久，咬咬牙写了二十万两的报效。朝廷还算法外施仁，只是把他革职，发往军台效力。

这日安老爷收到乌学士的帮项，照例恢复了官职。却因此地官场正在变动人事，自已不好出去，便告了两个月病假，离了土地祠，来到聚合店。安老爷见了张玉凤，也是十分满意。大家正说到热闹关头，河台乌大人来拜。乌学士询问："门生看老师没什么大欠安，为何告起假来?"安老爷说："有些琐事。"把公子途中结亲一事略提了几句，只是略去了那番骇人听闻的话。乌学士连忙道喜，又说："此地总河的缺，已调了北河的同峻峰过来了，也是个熟人。老师完了私事，何不早些出去?门生既可多听两次教导，等同峻峰接任，也可当面做一番嘱托。"安老爷言不由衷地敷衍道："说得有理，我事情一清楚就出去。"乌学士长谈了半日，告辞而去。那些实任、候补的官员得知安老爷又是乌大人的老师，哪个不来周旋！不多几天就门庭若市，车来人往。安老爷满心想的是找两处公馆，及时完成一娶一嫁的大礼。后来找着一处，却是大小两所相连，内里通着外边，各开大门。自此以后，安、张两家都忙着搬公馆，办喜事。张亲家把十三妹的那百两金子，交给安老爷夫妇办理妆奁。到了吉期，把张金凤用乘彩轿迎娶过来，然后完成百年大礼。

转眼就是安老爷假期将满。安太太问安老爷："哪日出去销假?"安老爷却已经定了告退的主意，要寻着十三妹这个女孩儿。

第十四章　安老爷走访褚家庄

安老爷将告休文书交上去，择了个吉日，携家带口渡黄河北上。又从何处岔道往二十八棵红柳树去。话别后，安太太婆媳和张亲家，由家人护送依然北行，去到在平那座悦来老店落程住下。安老爷和安公子带了戴勤、随缘儿以及那张弹弓，向二十八棵红柳树进发。一路闲话间，已到邓家庄门首。那是一座大庄院，庄门却紧闭不开。谁知邓九太爷不在家里，大约还要个三五天回来。褚一官也已不在这里住，搬到东庄去了。

安老爷此番来访十三妹，原想着褚一官是华忠妹夫，邓九公是褚一官的师傅，二人与十三妹有师弟之谊，经由褚一官见邓九公，再通过邓九公见十三妹；如今褚邓二人都见不着，不免扫兴。

安老爷重新上车，一行人过了邓家庄，人烟渐少，一望无际处都是些蔓草荒烟。安公子沿路寻问东庄，终于到了一条街口，一连问了几处，都不知这个东庄在哪里。后来在路南一个小茶馆歇脚，听堂倌讲，此地小河北边的一带大瓦房，叫小邓家庄，原是二十八棵红柳树邓九公的房子，如今给了他女婿一个姓褚的住着，又叫做褚家庄。安公子忙放下茶碗也不骑牲口，带了随缘儿就去了。

一过北道，远远望见褚家庄，虽不比邓家庄气派，也有一番光景。桥边一个老头守着一个筐子，正是华忠。华忠本是个胖子，只因半百之年，经了这场大病，脸面消瘦，鬓发苍白，不但公子认不出他嬷嬷爹，连随缘儿晃眼都认不出他爸爸来了。彼此无心而相遇，喜出望外，问长问短。

到了茶店，主仆相见，安老爷将安公子在途中落难、淮安成亲和自己辞官不做、因何至此的事大约讲了讲。听完讲述，华忠也说了自己从悦来店到此的经过。他那一病原想十天八天就好了，不想躺了将近两个月才起炕。二十两银子的盘缠用完了，几件衣裳是当尽了，好容易挣扎起来，雇了头驴子，挨到这里，找了几件衣裳好上路。打算后日一早起身。也是天缘凑巧，不然一定错过去了。安老爷本来想去褚家等褚一官回来，没曾想华忠面露难色。原来华忠的妹妹几个月前去世，邓九公看着褚一官人还靠得住，本领也使得，便把女儿许给他做了填房。这老头子在西庄住家，把东庄的房子给了褚一官，一个月里倒有二十天在女儿家住。这老头靠着有了几岁年纪，又拙又横，不讲礼，不容人说话。褚一官是怕得神出鬼入。只有他女儿降得住他。安老爷也为难起来："我找褚一官，正为找这姓邓的说话。没想到这道门还如此不好进去。"华忠问："老爷找他有什么话说?"安老爷指着安公子身上背着的那张弹弓："我交还他这件东西，还访一个人。"此时，褚娘子正好在家，华忠回去告诉了一声，褚娘子赶忙让华忠带他们回家。安家父子随华忠进了庄门。稍事休息后，华忠又过来回话，说是褚娘子要出来叩见安老爷。安老爷踌躇着用什么话推辞，褚娘子已经过来。行过礼后，褚娘子说："我丈夫不在家，大约此时也该回来了。我听华大哥说，老爷带了一张弹弓到这里要访一个人。我大胆问老爷，这弹弓从何而来？要访的又是什么人呢？”

安老爷便把这弹弓和十三妹的事情说了一遍。褚娘子答道：“这事幸亏我先见着老爷，老爷假如问我家一官，他还摸不着头脑呢。可惜老爷来迟了一步。”老爷忙问缘故。褚娘子说：“提起十三妹来，真算个奇人！从三年前她奉了母亲到这里，谁也不得而知她的来路，她的根由。她只说是逃荒来的。后来和我父亲成了师徒。我父亲两次三番要接她母女来同住，她都执意不肯。只在这东南青云山上结了几间茅屋，平日轻易不出门。前几天她家老太太死了，我和父亲商量，等她事情完了，请她到家，将来就在此地给她嫁个好人家，又可当亲戚走着。谁知她哀也不举，灵也不守，孝也不穿，打算停灵七天，就在这山中埋葬。葬后她要远走高飞。至于远走高飞到哪里去，只有我父亲知道。刚才听华大哥讲老爷带着张弹弓来找一官，恰好老爷少爷都到了，求老爷想个方法，劝着她，留住了她，也是桩好事。”

这番话正合安老爷自己的心事，于是爽快应允了。大家主意拿定后，褚一官也回来了。褚娘子把安老爷的来意和刚才的这番话告诉了他。他口里答应着，心里却是忐忑不安。安老爷一腔的心事，不过同公子略为吃了些。正谈得热闹，外面突然传来喊声：“老爷子回来了！”褚一官抬脚往外就跑，华忠也有些不得主意。

第十五章　酒合欢演义十三妹

安老爷来到褚家庄，探着十三妹的消息，正逢邓九公回来，未见其人先闻其声："你们也太不听说！我早就嘱咐你们，我这几天有些心事，心里不自在，亲友们来，凭他是谁，都不能接待。你们到底弄得车辆牲口的围了一门口！姑爷！你住在这里，就是你的一亩三分地，我一个钱的主意都不算数了？"褚一官低声下气："老爷子，这话叫人怎么搭茬儿呢？你老人家是一家之主，说句话谁敢不听？今日来的不是外人，是我大舅面上来的。咱们怎么好不让人家进来喝碗茶呢？"邓九公不以为然："哦，舅爷面上来的！舅爷到这里，我邓九公没敬错啊？我说句分斤掰两的话，舅爷有什么高亲贵友该请到他华府上去，偏要趁这个当儿凑热闹是个什么讲究？"华忠赔笑："亲家爹，你老人家听我说，要是个寻常亲戚，我绝不肯请他进来；只因他是个主儿。"邓九公把眉毛一拧："什么主儿？谁是主儿啊？我邓九公是天地养活的，受的是父母的骨血，吃的是山川水土，我就是主儿！谁是主儿呀？那主儿卖几个钱一个？"褚一官赶紧拦住："你老人家这话可不要再说。"邓九公勃然大怒："哦！我错了。你也欺负我老迈无能！这么着，咱们较量较量！"说罢举拳就要动手。

安老爷不敢再迟疑，急步向前躬身一拜：“九公老人且莫动手，先听晚生一句话。”邓九公提着拳头问褚一官：“这又是谁?”华忠介绍：“这就是我们老爷。”安老爷呵斥：“你这个人好蠢！怎么还是这个说法?”接着又对邓九公解释：“晚生是从此路过，遇见我们这姓华的，因此才见着褚一官，摆谈中知道九公也在这里。晚生久闻大名，如雷贯耳，要想拜见拜见。他两个再三推辞不肯，却是晚生一时不知进退，定要候着瞻仰请教。如今既是九公不耐烦，晚生立刻告退。不可因我一个外人坏了你家的骨肉情分。”说罢，又是一躬。

邓九公变了口气：“不管你是个什么官儿，这么着，先通个姓名来我听听。”安老爷说：“不敢。晚生姓安，名字叫做学海。”邓九公两眼一怔：“你叫安学海。做过南河知县?被谈尔音那厮冤枉参了一本?”安老爷说：“晚生做过几天河工知县，如今辞官不做了。”邓九公转身把手一拍：“我说你们这班孩子不中用!”褚一官问：“又怎么了，老爷子?”邓九公瞪着眼睛道：“这位安老爷清如水，明如镜。是我们的父母官！今天安老爷到了咱们家，就好比那太阳照进屋子里来了！你们怎么连个大厅也不开！这都是你们干出来的糟心事!”褚一官顺坡下驴恭维：“我们不行哟，还得你老人家操心哪!”掉头与家人们挤眉弄眼，“走哇！咱们收拾大厅去!”

来到大厅邓九公向安老爷请安：“老父母，子民邓振彪叩见，恕我腰腿不济，不能全礼。”躬了一躬。安老爷见邓九公是个重交尚义、有口无心、年高好胜的人，已化解了不快，转而倾心相告：“九公，我安某今日初次登堂，见你这番英雄气概，又这样精神，真是名下无虚，大快平生。我这里有一拜。”借着还那一躬就拜了下去。邓九公趴下还礼说：“我的老父母，你可不要折了我邓振彪的草料!”还了礼，还把那大巴掌攥住安老爷的胳膊，顺势搀了起来。安老爷声明："我们先交代句话，这父母官和子民的称呼，原是官场的俗套儿。我又是个下场的人，九公你也不是身在公门，这样称呼起来反倒俗气。就论岁数，也比我长着三十余岁，如不见弃，我今日就认你做个老哥哥。"邓九公谦让："这可不恰当！老父母，你是什么样的根基？我虽然痴长几岁，算个什么？"安老爷说："你我丈夫行事，四海之内，皆兄弟也。"又拜了下去。邓九公磕了头，起来拉了安老爷的手，随即改了称呼："老弟，这实在是承你的错爱。劣兄今年活了八十七岁，天下十七省走了一大半，也交了无数的朋友，今天与你结识，真是无比畅快！"乐得手舞足蹈。褚一官等人在旁看了，也是眉开眼笑。邓九公吩咐褚一官："咱们恭敬不如从命，过节儿错不得。姑爷，你也过来见见你二叔。"褚一官重新行了礼。安老爷趁机叫华忠传公子进来拜见。邓九公更显兴奋："原来少爷也在这里？你们旗下门儿里都叫阿哥，快请！快请！"安公子带了戴勤、随缘儿过来。安老爷指着邓九公，向公子发话："这是九大爷。"安公子恭恭敬敬地请了个安。这时褚一官用漆木盘儿端上三碗茶来。安老爷说："不用这样费事。我向来不大喝茶。我生平别无所好，就是好喝口绍兴酒。"邓九公两手往桌上一按，身子往前一探："怎么说？老弟，你也好饮？说再不想我今日，遇见一个知己！愚兄也就喜好喝口酒。"于是安排褚一官上酒。

褚娘子在外候着，一传就到，装着与安老爷初识，重新见了礼，提议安二叔喝酒留宿。安老爷称谢道："如此费心甚好，只是打扰了。"

安家父子被请到堂屋坐定，因不饮酒，被安排到内室去了。邓九公同安老爷高谈畅饮。安老爷酒在肚里，事在心里，暗暗盘算："这老头儿虽说粗豪，却是个久经世故的，还须不露一毫芒角才能引出他的真话。"酒过三巡，恰好邓九公问起安老爷的官场故事，安老爷说做官不上半载就招来意外风波，还不如退归林下，遍走江湖，结识几个肝胆英雄，与他们杯酒谈心，倒是人生一桩快事。"

邓九公端起杯来一饮而尽，又伸了一个大拇指头："高！"安老爷把话题往下引说了安公子一行的事情，而且有幸与九兄相会，又一言订交，真是难得的一桩奇遇！邓九公表示歉意："老弟枉驾舍下，我未能迎候，很是失礼。"安老爷以退为进问提起一家有名的豪杰。邓九公把嘴一撇："什么？我们这地方有名的豪杰？老弟，那可是谣言。"

安老爷正色厉言说道："不是谣言，这位英雄，人称十三妹。"邓九公把酒杯往桌上一放："老弟！你从何知道她？她可是我的恩人呢！"于是邓九公从自己的身世说起："老弟，你问那十三妹，我咋会说她是我的恩人？因为你还不知道愚兄是个浪子回头金不换。我自幼不是念书的材料，却结识了一班不安分的人，走上了下坡路。亏几个老辈子劝告去考武秀才。考的这天，我马步箭全中。不料到了末场，默写《孙武子兵书》，我落了几个字。学院上的书办找来让我花银子买秀才，我没答应，一气之下，我跟朋友走镖了。走了多年，也作出一些名堂。收手那天在府城里叫了一班戏子，想热闹三天。头两天都平安无事，到了第三天，来的人更多。这个一杯，那个一盏，冷的热的轮流把我一灌，我就喝得有些飘飘然了。这时有几人滋惹事端，为首的那人走上厅来把手一拱，就挺着腰，叉着脚，扭过脸去，拢着拳头站着。我感到此人做事古怪，问他有何见教？他冷着脸说自己叫海马周三，你我牛山曾有一鞭的交情。这句话让我想起五年前，我路见不平，赶上那厮打了一鞭，结下了梁子。他因此怀恨，前来报仇，趁着我家有事，要在众人面前寒碜我一场。我趁此解释，今日既承下顾，咱们喝酒。你我就借着这杯酒解开这个扣儿，从此交个朋友，你说好不好？不少在座的头面人物都上前劝解。谁知他不识抬举，反而口吐狂言，非要和我比个高低，还要向我借个一万八千的盘缠，补还牛山那桩买卖。如果我不肯，则让我搽脂抹粉打扮好了，在台上走一圈。老弟，就算我是个泥佛儿吧，能听了不动气？”安老爷评判：“这是无赖小人的行径了！”

安老爷又催问：“后来怎么样呢？”邓九公道：“我们便交起手来，及至一交手，我才知道他早已不是五年前的海马周三了！之后，五年苦练武艺，武功大有进步！我两个来来回回正斗得难分难解时，突然从周围的人群里闪电般窜出一个女子，手握倭刀，把我两个的钢鞭用刀背往左右一挑，说二位住手！”

安老爷举杯：“这一定是十三妹。”邓九公拈着长髯笑道：“老弟，不是她还有谁？我同周三正要答话，一支镖却迎面向十三妹飞来。她三下五除二就把飞镖踢走了，然后周三与她交起手来。周三哪是十三妹的对手，几招下来周三就被十三妹降服了。这时从人群中来了一帮大汉。”安老爷问：“来者不善。这是些什么人呢？”邓九公回答：“这班人原来是海马周三预先混在戏子里的同伙。此时围观的人群一片嘘声，都替十三妹捏了把汗。十三妹却抓住周三断了钢鞭措手不及的那片刻，趁势抬腿将他踢趴在地，一脚踏住脊梁，用刀指着那二三十条大汉问，你们哪个上前，我就先宰了这匹海马做个榜样！要想保住你们头领性命，就请把那个红漆盒儿捧过来，给你们这位大王戴上花儿，抹上脂粉，好让他上台扭给大家看。老弟，周三这人也是能屈能伸的角色，他趴在地下，高叫弟兄们不要上前，这位英雄也莫动手。我海马周三也做了半生好汉，此时我不悔来得错，我只悔轻看了天下的英雄。今天当众出丑，我哪有脸再立人世？请女英雄痛痛快快赏我一刀，死在英雄刀下，做鬼也风流！老弟，你听听，十三妹这本领是不是脂粉队里的一个英雄，英雄队里的一个领袖？"

安老爷把桌子一拍："痛快！"拿起杯来一饮而尽。褚娘子不解："二叔怎么尽喝酒，也不用些菜？"安老爷笑道："姑奶奶，听你老人家这段话，还抵不上佐酒的美品么？何用再去吃菜？"邓九公见安老爷以话助酒，越发得意："老弟，这话还算不上佐酒的美品呢！十三妹打倒海马周三，叠起两个指头，又说出一番话来。待愚兄慢慢地说与你听，那才叫佐酒的山珍海味，保管叫你连吃十大杯，还痛快得不耐烦哩！"

第十六章　话投机巧计设连环

邓九公继续为安老爷讲后来发生的事。十三妹擎着那把倭刀，换了一副笑盈盈的脸儿对在场的人高声说：众位在此，我是个远方过路的人，平生惯打无礼硬汉，今天撞着这场是非，路见不平，拔刀相助，我与邓九爷非亲非故，也并非图这几两银子。说了这话，才回头对周三同伙讲：本想一刀了却这厮性命！既然你们都替他苦苦哀求，要我饶他，但是刀下留人也要有个条件，第一，要当着在场的众位给主人赔礼；第二，这邓家庄的周围百里以内不准前来骚扰；第三，认一认这把倭刀和背上这张弹弓，此后这两桩东西一到，无论何时何地都要照我的话行事。三件事件件照办，可以饶周三这场羞辱！要他们赶快商量回话。周三同伙不敢开口，周三自己却带头喊只要不戴花搽脂抹粉，都依，都依，再无翻悔！十三妹抬腿放起周三。周三带了同伙来到邓九公跟前尊了声邓九爷，磕了阵头就要告退。邓九公挽留周三，不打不相识，酒后成朋友，恭请十三妹上坐。十三妹推辞孝服在身，不便宴会，下阶出门走了。邓九公等酒席一散便去找寻，见到她不管是万金相赠，还是请她母女到家赡养，她又再三推辞。问起她姓名来由，她只说名叫十三妹，自远方避难而来，一家孤寡，人地生疏，知道邓九公有些声名，又有几岁年纪，特来投奔，给她家遮掩个门户。二人当即认了师徒，邓九公帮她在青云山高处选了一块地方，修了几间茅屋。她自己仗着那口倭刀，自食其力，赡养老母。

安老爷听完故事，开始点题：“看来十三妹还不全是那长枪大戟的英雄，竟是个挥金杀人的侠客！我也难得到此，九兄既与她有师徒之谊，可否帮个忙，让我会会她？”邓九公却摇头：“老弟，你们彼此都该一见，才不算世上一桩缺陷事。只可惜老弟来迟了一步，你见不着了。”安老爷故作惊疑：“为何说是来迟了一步？”邓九公表情沉重：“老弟，十三妹的这桩事，却不能泄漏机关，连你侄女面前我都不落半句话。你我两人一见如故，气味相投，肝胆相照，我不瞒你。四天前十三妹她母亲撒手西去，她便放心去报杀父之仇。她此时避人还避不及，我怎好引你去？我今天曾问她何时能重回青云山，她说这大事一了，便整归装。但这个事也要看个机会。老弟，这‘机会’二字谁料得定，是两月三月，一年半载？”

安老爷继续装糊涂：“哦！原来如此！还要请九兄讲一讲她父亲是什么人，因何事被仇家陷害？这仇人又是谁，现在什么地方？”邓九公摆手：“这些愚兄都一概不知。”安老爷诧异：“九兄这是欺人之谈了。她既把机密大事告诉了你，你岂有不问的理？”一句话把邓九公问急了，忙着要指天发誓。安老爷见他真情毕露，也就转过话头：“九兄既不知她仇家为何人，又不知报仇在何地，千山万水，单人独骑，就轻言去报仇，是不是有些草率孟浪？这十三妹任性不足深责，只是九兄与她既受恩情，又为师徒，也该阻止才是！”邓九公哈哈大笑：“老弟，自古父仇不共戴天，君子成人之美。就是个漠不相关的朋友，咱们还要劝她完成这件事，何况我还要尽几分以德报德之心，眼前助她上路还来不及呢，怎么会颠倒过来劝阻?”

安老爷的话一层逼进一层：“九兄，你这不叫以德报德，恰恰是以怨报德。十三妹的一条性命要活生生断送了。”邓九公骇然：“老弟这话怎讲?”安老爷侃侃而谈：“听九兄讲的那些事，十三妹这人大约是一团至性，一副奇才。至性人往往过于认真，奇才人往往过于好胜。凡事过则失中，只图一时快意恩仇，不留后路。”邓九公摇头：“老弟，你这话我就有些弄不懂了。”安老爷雄辩高论：“九兄，你只想这仇家，我们此时虽不知底里，大约不是个什么寻常人。如果是个寻常人，按十三妹的本领，早就把仇报了，也不必避难在此。这仇家一定有声有势、能生能杀。十三妹此去，未必有机会下手，那时大事不成，羞见江东父老，如何回头？就算得个机会下手，仇家手下有多少羽翼爪牙？一个走不脱，王法所在，如何收场？再算得手后能潜身远祸，凭她那冷心冷面的性情，已把生死关头看破，这大事已完，还有什么依恋？你只听‘大事一了，便整归装’这话，岂不是披发入山，托身道观么？果然如此，一个青春女子今后还指望什么?”

邓九公听罢默默无言，只瞧着那杯残酒发怔。褚娘子在一旁敲边鼓：“老爷子，听见了没有？你老人家总说我不懂。听听人家二叔这话说得透亮不透亮。”邓九公心里七上八下，万绪千头，望着安老爷抓耳挠腮：“老弟呀！我越想你这话越不错。她执意要去，这事怎么办才好?”安老爷欲擒故纵：“事情到了这一步，只好听天由命了，哪还有什么法儿?”褚娘子又插话：“我看到了明天，请二叔和老爷子一道，帮着再劝一劝吧!”邓九公越发不耐烦：“姑奶奶，你这又来了！

你二叔人生面不熟的，怎么去劝住?”安老爷说：“这话难说。只怕九兄用不着我，如果用得着，我就陪你走一趟。”邓九公果然中计：“老弟！你若真有办法，就不单是救了十三妹，连愚兄也松绑了!”安老爷亮出身份：“九兄这话重了。我此举也算为你，也算为我。十三妹是你的恩人，也是我的恩人哩!”

邓九公更加诧异：“怎么会是你的恩人?”安老爷这才把此番公子南来遇难被救，以及自己辞官寻访的话，从头至尾说了一遍。邓九公恍然大悟，连叫：“快热酒来!”安老爷制止：“酒够了。商量正事要紧。请九兄听我仔细安排。”

吃罢饭，安老爷把所有事情吩咐好后问：“庄上有没有办丧事的准备?”褚娘子回答：“都有了。”安老爷说：“有了更好办。我先告诉你们十三妹的身世，再讲那仇家是谁，为何此仇无须再去报，然后细说我想到的办法。要想让十三妹回心转意，各位不要打断我的话，听得越清楚越明白越好，办起来才不会出错。我不但明天要让十三妹穿孝尽礼，还要让她下一步扶柩还乡，双亲合葬，有个安身立命的地方。当完九兄的差，了结我的一条心愿。”邓九公摇头：“老弟，我说句外话，你过于夸张了吧!”安老爷笑道：“等我说明白，大家自然见信。但是话好说、事难办，定法不是法，我们今天还得先排演一番。”

邓九公听完安老爷的“从头道来”，又按安老爷的指示随着数人“如此如此，这般这般”，通前彻后贯穿一想，不断点头咂嘴、抚掌捻须，由衷赞叹：“安老弟呀，愚兄闯荡一辈子，难得服过人，今天遇见老弟你，我算孙大圣见了唐长老！你们念书的，心里真有弯弯绕呢!”褚娘子却默默出神。安老爷问：“姑奶奶怎么没话？十三妹还乡你该高兴呀!”褚娘子说:“扶柩还乡,双亲合葬,好比叶落归根,谁会不高兴?只是二叔说的给十三妹安身立命这话,究竟打算怎样安身?怎样立命?不妨说来听听,让大家放心。”安老爷笑道:“这不过等完事之后,给她说个门户相对的婆家,选个才貌相当的女婿。姑奶奶,你还要怎样?”褚娘子建议:“我却有个见识,想请老爷子和二叔到屋外讲一讲。”三人起身离座,在屋外耳语了一阵。回屋落座后,邓九公禁不住夸奖:“好哇!好哇!我怎么就没想到这里!老弟,不必犹豫,就是这样定了。从明日起,扫地出门,愚兄包办了!”安老爷向褚娘子道谢:“贤侄女,我的心事被你一口道着了。但是这桩事大不容易,还望九兄和贤侄女在明日切切不可提起;如提着一句,你我今日这片心思都会变成画饼。”

计议妥当,房屋收拾好准备迎接安太太一行人。邓家庄的人都把张金凤误以为是十三妹了。大家相见,互致问候,说了许多感谢话。安老爷把太太叫到一边低声说了一番话,安太太又惊又喜地回答:“这实在想不到,实在应该这样办。只是哪里补报得过人家来哟!我们得尽一番心,且尽一番心。”邓九公听了摸不着头脑,但是人家两口儿叙家常,怎好插嘴去问呢?

安老爷将安太太一行人留在庄上相候,等自己见过十三妹再叫人来送信,然后与邓九公和褚家夫妇,带着几个庄客,分了前后两程,到青云山去了。

第十七章　借雕弓灵前赚侠女

十三妹看见邓九公和褚一官都肩着绳杠，褚娘子还背着铺盖卷，提着个大包袱，有些惊讶。褚娘子声称明天来得人多，十三妹要在灵前还礼，分不开身，自己要提前帮着张罗，所以带了铺盖衣物来，打算今晚在此住下。邓九公和褚一官都摘了帽子，甩了外衣，盘上辫子，又在短衣上捻紧了腰，叫了几个庄客进来捆那绳杠。褚一官料理前头，邓九公照应后面。这时又有一个庄客进来，报告褚一官："少当家的，外头有人找你说话。"褚一官一手揪着把绳，一脚蹬着杠，抬头问："有人找我说话？你没看见我手里做着活吗？有什么话，你叫他进来说。"庄客回答："不是这村儿的人哪！"褚一官斥责："你瞧！这个死心眼儿的，咱们东西两庄的人，谁没到过这院子里来？"庄客摇头："也不是咱庄上的呀，是个远路来的。"褚一官问："远路来的，谁呀？"庄客回答："咋知道哇？我问他贵姓，他说你见了自然知道。他还提起咱老爷子呢！"褚一官歪着头，皱着眉："这是谁呢？怎么会找到这个地方来？你看是怎么个人呀？"庄客猜测着："我看多半是咱们同行，不然咋会背着个弹弓呢？"褚一官高声问邓九公："同行里有没有人使弹弓？"邓九公想了想："有哇！走西口外的马三爸。这时候忙都忙不过来，咋会有闲心问这话?”褚一官回答:“你老人家没听见说吗?”邓九公反问:“我只顾做活,没听见你们说的是什么?”邓九公接过话来又问庄客:“这个人有多大年纪?”庄客说:“看着有五十岁上下。”邓九公一口否定:“那就不对了,马三爸比我小一轮,属牛的,今年七十多了,别管他是谁,咱们干活!”

十三妹闲站着呆听,听到后来眼睛一转,动了心事,忍不住提醒邓九公:“师傅,是不是那个人带话来了?”邓九公仍在糊涂:“哪话呀?”十三妹笑问:“瞧瞧!你老人家这记性,我前日交砚台的时候,怎么说的?”邓九公先是一喜,后是一愁:“要是这桩事,就算来得巧极了。只是这块砚台,我前日又带回西庄上收起来了。人家老远的来换东西,咱们反倒一时拿不出手。”褚娘子插话出主意:“由一官出去见见那个人,叫他把弹弓留下,让他到咱们东庄住两天,等你老人家完了事,再同他到西庄取那块砚台,这不就结了?”褚一官便丢下绳索,忙着穿衣服,戴帽子。十三妹对褚一官:“一哥,你不用打扮了,你只管去见吧!你一见就认得,还是你们一个亲戚呢。”褚一官笑道:“我的亲戚?我从哪里来这么一门子亲戚?”不料褚一官出去后,说来的这个人根本不认识。十三妹一听竟不是华忠,便向邓九公说:“师傅,你老人家去见他。”邓九公慢腾腾地跨出门去。褚娘子对十三妹说:“咱们也去窗后瞧瞧到底是个什么人儿。”十三妹好动喜事,又关系着她自己一件心爱的兵器,在窗子上扎了两个小窟窿,往外看着。来人说自己姓尹名其明,与安学海安老爷是至交朋友,受安老爷之托来弓砚两清,还要当面向十三妹转话致谢。邓九公推说砚在西庄收着,要他先留下弓,回庄上等候两天。尹其明则坚持要面见十三妹,见不到十三妹先回去请示安老爷再说。这一下十三妹反倒急了,此番远行，单人独骑，轻身犯难，正等这张弓用“楚弓楚得”，哪有来而复去的道理？也来不及多想，高声隔窗叫道：“师傅，莫放尹先生走，我自己出来见他。”第一步就让这位假尹先生真安老爷料着了。邓九公说：“这下好了，人家本主儿出来了。”十三妹从后门跨了出去。邓九公向安老爷介绍：“这便是你先生一定要找的十三妹姑娘。”安老爷又故作惊喜：“原来这就是十三妹姑娘！我尹其明能见到巾帼豪杰，真是人生快事！只是怎么这样凑巧？”褚一官笑道：“怎么凑巧呢？这就是人家的家么！”安老爷又故作省悟：“原来这就是姑娘府上。我只听那放羊的孩子说什么石家石家，我只道是一个姓石的人家。既然见着姑娘，这就有了着落，不需忙着走了。”说罢，向十三妹执手鞠躬。十三妹把身子转开，也还了礼。安老爷接着说：“我东家托我见着姑娘，先替他多多拜上，想又是年轻闺秀，一定不肯受礼。但是府上有位老太太，嘱我务求一见，替他下个全礼。老太太一定在内堂，望姑娘叫人通报一声。”十三妹淡淡答道：“先生，你问家母么？不幸去世了。”

安老爷跌足叹息：“怎么老太太竟仙游了？咳！可惜我东家父子一片诚心。那请问老太太的道山在哪里？我要去坟前一拜，也不枉走这一趟。”邓九公连忙声明：“还没下葬呢！就在后堂停着！”安老爷也不接话，往里就走。十三妹上前拦住说：“先生素昧平生，寒门不敢当此大礼。”邓九公把胡子一拈，批评道：“姑娘，话可不是这么说。有钱难买灵前吊。尹先生受人重托，也得让他有个排场回去交代。”不容再分说，拿出长辈的架子，指派褚一官马上进去点香烛，叫十三妹进去候着还礼。

安老爷与邓九公随即进去，安老爷走到灵前，恭恭敬敬地拈了三撮香，取下弹弓，双手捧着，默默祷告了好一阵后，才把弹弓供在桌上，重新整肃衣冠，拜了又拜。十三妹还了礼，心想这人什么时候才有个完？安老爷背过身去，避而不受，也不答拜。十三妹叩头起来等着送客，褚一官这时用盘儿托着三碗茶进来说："尹先生，我们姑娘是孝家，不亲手递茶了。"邓九公邀尹先生喝起茶来。安老爷也不客气开口就问："绳杠都弄妥当了，看来老太太是早过终七了？"邓九公屈着指头计算："哪里会等什么终七！今儿是第五天，再停一夜，后天就入土了。"十三妹正要插断邓九公的唠叨，安老爷已开口发问："今日是第五天？既不是除服日期，又不至于做不成一件孝服，姑娘怎么不穿孝？"十三妹支吾道："此地风俗，向来如此。"安老爷动了气："岂有此理！虽然百里不同风，千里不同俗，冠婚丧祭各不一样，当儿女的为父母着孝，自天子以至庶民，则无贵贱之分，怎么会此地向来如此？"十三妹冷着脸回答："此地的规矩就是这样。我是随乡入俗。"安老爷讥笑道："这话更是岂有此理！姑娘如何英雄，如何知礼，更应该做榜样移风易俗。据我尹其明看来，姑娘也只不过是个寻常女子。"

十三妹一腔侠气雄心，如何肯认"寻常女子"这个名目？早已忍耐不住，不料邓九公又抢在前头发话："喂！尹先生，你这人好没趣呀！拿了一张弹弓，我说留下，你又不留；你说要走，你又不走，倒像谁要拐骗你一般！磨到人家本主儿出来了，你交了弹弓就完了事，又替你东家参什么灵！也怨我多了句嘴，让你进来。谢客，递茶，让坐，是孝家的礼数。你是懂礼的就应该避出去。不出去也罢了，人家穿不穿孝与你什么相干？用得着陈谷子烂芝麻地闹这些累赘呀！"安老爷问："我讲的是礼。礼设天下，大凡于礼不合，天下人都讲得。难道要我跟着你们不讲礼?”

邓九公索性站了起来叫嚷:“咄!姓尹的!你莫要撒野呀!你也不过一个坐着的奴才罢咧!莫要拿出你衙门里吹六房诈三班的款儿来!谨防吃我一顿拳头!”安老爷安坐不动,把脖颈一低,那模样分明是等着挨打。十三妹心想这人难缠,忙劝阻邓九公说不和他一般见识。邓九公叫屈:“姑娘,你不是叫我让他进来吗?他待在这里叫我受着窄呢!”满脸怒气,依旧坐下,用大袖子擦着额上汗珠,把那手眼身法步,做得一丝不漏。

十三妹从容请教为何说她是个寻常女子?安老爷回答英雄豪杰,本是忠孝节义。母死不知成服,怎敢言孝?这就叫做寻常女子。两人又争论了一番,最后安老爷步步紧逼问十三妹仇人的姓名。

十三妹不服气,于是讪笑道:“我的仇人与你何干?要你痛快?我说了又有何用?”安老爷摇头:“姑娘,你也莫过于小看了我,或者听了你那仇人姓名,反而会给你出一臂之力,展半筹之谋。”十三妹始终不说。安老爷最后说出那仇人正是现在经略七省挂九头铁狮子印的大将军纪献唐。十三妹闻听此言戟指怒喝指向安老爷。

第十八章　忆往事当面话恩仇

十三妹要把安老爷一刀两断。邓九公却两只胳膊迎面一横，出了个狠招："姑娘，你这一刀下去，就太便宜他了！让他说清楚再动手也不迟。"把十三妹推回原位，又叫褚一官张罗换茶。

十三妹叫安老爷快快从实招来，是不是纪献唐的同伙。安老爷却闭口无言，一副微笑。说："纪献唐是何等角色，杀你会用我这小角色吗？这些小机关，你尚且见不到，岂不可笑！"十三妹默想片刻，又追问你怎么知道他是我的仇家。安老爷回答如果是你仇家，我劝你趁早打消这个念头！十三妹又讪笑："你认为我怕他？动不得他？"安老爷回答："姑娘，你没有明白我这话，劝你不必吃这场辛苦，不是说怕你报不了这仇，是说这仇用不着你报了。那纪献唐多行不义，恶贯满盈，已为天所诛。"十三妹乍听此言，不敢相信，但是看见对方义正词严，清奇厚重，又不敢不信，怀着似信非信的心情，催促安老爷"接着把话说清楚"。安老爷请她"少安毋躁"，慢慢听个始末因由。

安老爷就把纪大将军的一切说了个大概。纪献唐经略七省的时节，正是十三妹的父亲做他的中军副将。他要给儿子娶十三妹续弦填房，而中军身为名臣之后，有见识、尚气节，并没有答应，说是“吾虎女岂配犬子？吾头可断，此话再也休提”。这话传到纪大将军耳朵里，令他恼羞成怒，借桩公事，参了这位爷一本，罪名是“刚愎任性，贻误军情”。中将军被革职拿问，陷在监牢，不上几日，一口暗气郁结而亡，还背上了说不出口的一段奇冤。邓九公偶然得些传言，更无从联想到纪献唐就是十三妹切齿痛恨的仇人。

十三妹看他说的有凭有据，不容不信。只是不曾听他说到纪家求婚结仇一节，又追问道：“话虽如此，只是你根据什么说纪献唐白练套头，就是替了我家报仇？”安老爷顿脚道：“姑娘，你怎么聪明一世，懵懂一时？你家这桩事，列在纪献唐大罪的九十二款之内。你若不信，我身边还带得有抄录的皇上圣谕。”十三妹从头至尾看了一遍，默然不语。

十三妹此时的心情低落到极点，无限伤心事堆上心来。邓九公等人很是担心准备着好好相劝。不料她闷坐良久，忽然起身浩叹：“原来如此！谢天谢地！那纪贼父子也有今日！”转而又向安老爷和邓九公道谢。谢过长辈，望空叫道：“现在大仇已报，父亲、母亲，待女儿赶来，与你们共享快乐逍遥！”躬身向后，想抄起那口倭刀往脖颈下一横。

第十九章　何玉凤改妆全孝道

十三妹听完，知道仇人已死，大事已了，想与泉下父母相聚，但被众人劝下了。十三妹被邓家父女推着劝着坐下发怔。

邓九公故意对安老爷说："尹先生，这都是你惹出来的!"安老爷反驳道："此话差矣，你作为姑娘的师傅，不但不劝告，反而让姑娘去，报仇之后，结果如何呢?"

十三妹听了这言辞，想道的确是，叶落归根，自己一身半影，四海无家。安老爷建议"母寿已终，尚待送回原籍双亲合葬"。十三妹不肯说出自己家业败落，无处安身的难处。安老爷表明东家父子会帮助。十三妹仍坚持原话："萍水相逢，举手之劳，不望回报。"安老爷批评她说了一些人生在世哪有不求人的话。让十三妹心动了，但又想日长路远，会有很多困难，转念到此，便问："安老爷会像你说的那样肝胆相照?"

安老爷抓住时机自报家门："姑娘，我便是安学海，借送这张弹弓，特来访你的下落。我还有话相告。"十三妹骤听此言，竟惊呆了，又问："见面后为什么会有这么多过场?"安老爷回答"这是万不得已，并非出于本心。"由邓家父女帮衬着，把昨天到此地后的曲曲折折说了个大概。而且把十三妹父亲和他的故交详说了一遍。

原来十三妹原名何玉凤，她听完起身向安老爷深深一拜，口中随即改了称呼："此次进京谨遵伯父教诲，侄女还有个分外之请，望伯父在挨近侄女父母坟茔处找座小庙，为双亲守灵。"安老爷灵前立誓，一诺无辞。何玉凤在母亲灵前，放声悲号，这场悲号是何玉凤父亲死后直到如今憋了多年的第一双热泪！

半个时辰后，悲号渐弱，安太太、安公子夫妇和张亲家老爷、张亲家太太等人都来了。然后安老爷安排一番，按计划进京。当晚众人闲聊中，戴勤提到曾梦到老爷的事情，而且全部灵验了。这也验证了后来十三妹的梦。

第二天丧事忙碌之后，安老爷等人正与邓九公计划进京的事情。还未计划完毕，忽然传来报告：海马周三来了。

第二十章　众豪杰叩灵青云峰

周三在山上听说了十三妹家有人去世，便想着来给老太太磕个头。邓九公走镖多年，明白“盗亦有道”，就把周三妥当安排和十三妹见了面，到灵前上了炷香。何玉凤又向送安公子到淮安的好汉道了谢。周三正要帮助下葬老太太，被何玉凤婉辞拒绝了。

不多几天，一切料理停当，就等搬灵上船。搬灵这天，邓家父女不忍与十三妹洒泪离别，便不话而别了。于是众人便起程了。一路闲话，不久到了德州地面。经过了孝子村，还听一妇女讲起了村名的来历。晚上众人休息时，何玉凤失眠了，刚合上眼，就听见随缘儿媳妇叫“老爷太太打发人请姑娘来了”。何玉凤便做了这个见到父亲的梦。梦中父亲向案上花瓶里拈出一枝金带围芍药、一枝黄凤仙、一枝白凤仙，结在一处。何玉凤拿在手里，问爹娘要这花儿何用？父亲却说那匹马便是你的来由，这三枝花就是你的去处。我有四句偈言吩咐：“天马行空，名花并蒂；来处同来，去处同去。”你切莫错了念头！我这里不可久留，去吧！梦中竟然还有安公子。我的花儿呢？随缘儿媳妇答应：“姑娘的花儿，我收在镜匣里了。”何玉凤这才晓得自己说的是梦话，突然记起奶公戴勤说过送灵到德州曾梦见老爷成神，今天又听过村妇讲此地城隍灵验。但是这梦却有些古怪。何玉凤一层层往里追究，心里省悟过来。安乐窝里面的话正合着个“安”字，安公子名安骥，表字千里，别号龙媒，都合着个“马”字。那枝黄凤仙花合着张金凤的名字，白凤仙花合着自己的名字，金带围芍药应着功名富贵的兆头，自然是指安公子。所谓“名花并蒂”，莫非还要撞出一段姻缘来，应验在自己身上？等到了京城，自己已托足空门，一无牵挂，万缘俱寂，向佛门蒲团了此余生，这姻缘从何说起？心里七上八下，辗转反侧，直到天亮。

第二十一章　返故乡婉转依慈母

船靠通州码头，就算到了京城大门。此时舅太太已在岸上迎接。舅太太见过安家媳妇和何玉凤甚是感伤，叹息道：自己没儿没女。何玉凤见舅太太也是个好心人，就认舅太太为干娘，舅太太甚是欢喜。

安老爷把何玉凤托付给舅太太之后，匀出精神料理手下的事，一切安排妥当准备安灵。起灵那天，何玉凤穿了孝服，行了告奠礼，和舅太太同车随灵到德胜关住下。接灵仪式后，按礼制要停放七天，才能入土为安。

两天后，安老爷把风水先生请来给何玉凤父母点穴。期间风水先生说今年不宜动土，只有明年十月最好，安葬吉期，到那时再定就是了。安老爷一听心中大喜，可以耗住玉凤等儿子娶她了。定了之后与先生又寒暄了几句，谢茶而去。

这番话，何玉凤在屋里听了个清楚，也不好多说什么，一切听从安老爷的安排。安老爷一直为何玉凤要找座小庙的事着急，末后才想了个两全的办法，与太太议妥，把紧靠安家太翁祠堂两旁的群房拆除，在原址盖两所小四合院：东首一所给何玉凤作家庙，算给姑娘暂时安了家；西首一所作为张老夫妻的住房，算他夫妻两个日后百年归居的乐土。

两所小院修盖完工，安老爷才过来向何玉凤道喜，她要的庙已经找妥了。何玉凤本不答应，但是在干娘和众人的劝说下，也就不再犹疑，同意了。当下说定后，安老爷、安太太着手在这边暗暗地排兵布阵，舅太太在那边密密地引线穿针。

安葬之时，邓九公父女和褚一官也如期赶来了。安放神位时，要两个牌位同时入龛，何玉凤一双手如何办得到？安老爷叫公子代劳。说来也奇怪，这时从门外吹进一阵风，神幔上挂着的流苏飘飘飞舞，供桌上的烛花双双爆响，烛焰升起足有五寸余长，炉里的香烟被风吹得往里一蹿，又向外一转，从何玉凤面前绕到身后，联合了安龙媒，绾住了张金凤，连成一个团圈儿。大家看了，无不纳罕。何玉凤也深感诧异。

礼毕，何玉凤为向安老爷答谢，便向安老爷夫妇一拜。安太太忙把何玉凤扶起。邓九公急于成全她的终身大事，更兼受了安家重托，于是指点着讲："姑娘，你这一拜，拜的真是千该万该！看今日这番光景，你还称什么伯父伯母，要改称父母才对。"邓九公着手促成这桩婚事。

何玉凤自从梦到父母后也觉得与安家有缘，但是又有难处。何玉凤说："这话先有五不可行。"邓九公惊问："是哪五不可行？"何玉凤说："第一，无父母之命不可行；第二，无媒妁之言不可行；三无庚帖，四无红定，更不可行；到了第五，我伶仃一身，寄人篱下，没有寸丝片纸的陪送，尤其不可行。"安老爷和邓九公相视一笑，起身离去。安太太向张金凤递了个眼色。张金凤走到何玉凤跟前，将心中反复思量过的话娓娓道来："姐姐这话怎么讲呢？说起无父母之命，要是我公婆在未立这座家庙前给姐姐提到亲事，那无怪姐姐作难。如今既有了这座家庙，那就算姐姐的家了。这座神龛，就算是叔父婶娘的住房了。我公婆亲自到姐姐家，在二位老人神位前求这门亲，怎么叫无父母之命？姐姐要二位老人家应了才算父母之命，心诚则灵，许我公婆诚求，就许二位老人家有个显应。公子和你奉主安位的时候，那阵风儿不是个显应吗？那香烛的一派喜气不又是个显应吗？”何玉凤摇头问：“你到底哪里来的这些没影儿的话？”张金凤辩驳道：“就算我这话没影儿，等我说句有影儿的姐姐听。我曾听见公婆说过，当年两家祖辈就许下诺言结成亲家。再说有无媒妁之言，我知道男方的媒人叫做媒，女方的媒人叫做妁。我公婆亲自到这座家庙来通告神明，就叫做媒，九公和褚姐姐专门前来，就叫做妁。怎么会说是无媒妁之言？”再讲这庚帖，姐姐讲究的自然就是男女两家的八字儿了。要讲公子的八字儿，就让公婆立刻请媒人送到姐姐跟前，请问交给谁？还是姐姐自己会算命啊，会合婚呢？讲到姐姐的八字儿，从姐姐出生那天起，我公公婆婆就知道，不用再向你家要庚帖去。姐姐要说不放心，此时必定要把八字儿合一合，实话告诉姐姐，我家合了不算外，连你家也早已合过了。”

何玉凤问：“你怎么清醒白醒说的都是些梦话？”张金凤针锋相对：“我一点儿也不是梦话。我听说，你家叔父婶娘在你小时候给你算命，就说你这八字儿四个辰字有讲究，要是配个属马的姑爷，合成天马云龙的格局，将来不但财源滚滚，你还要做一品夫人呢。这话姐姐要是不知道，尽管问你家戴嬷嬷。大约姐姐不用问，也不会不知道，更不用装糊涂。姐姐请想，你在悦来店遇着的是这个属马的，在能仁寺救了的也是这个属马的。你两个一朝南北分飞，到底同归故里。这里头是个什么道理呢？姐姐请讲给我听？”

张金凤说话的这段时间，何玉凤低首寻思，默默不语，口问心、心问口地盘算，要照张金凤这话听起来，再合上父母托的那个梦、算的那个命，莫非万事果然有个前定么？想到这里，不禁叹了口气。张金凤连珠炮似的往下讲："姐姐叹气也当不了说话，更不用胡思乱想四无红定。讲到这层，在姐姐想来，自然也该照着外省那法儿，说定了亲，婆婆家先送匹红绸子来挂着。及至我听婆婆说起，咱们旗人家不是那么办事，讲究一丝片纸，百年为定有用如意的，也有用个玉玩手串儿的，甚至随身带的一件活计都行。要论姐姐的定礼，不但比这些东西还贵重、还吉祥，并且两下里早放过定了。"

于是谈到了这弹弓和砚台。何玉凤脱口惊叹："这不是阴差阳错么？"张金凤笑着说："造化弄人就是这点巧妙！用不着开口，用不着动手，天生地设就做成了。"

张金凤不依不饶："姐姐讲第五没有妆奁陪送。内囊儿舅母都给张罗齐了，外妆公婆都结办妥了。而且公婆用的还是姐姐帮助的银子。姐姐只看婆婆从见到你的那天起，是怎样待你，比不比得上一位亲娘？姐姐不趁早一跤跌到她老人家怀里去，还等什么？"边说边拉着何玉凤往安太太那边一推。

何玉凤听后也心境明了，趁着这一推，就势扑到安太太身前，双手抱腰，一头撞在怀里，叫了声："我的亲娘啊！"

第二十二章　开菊宴苦口激新郎

转眼之间大仇已报，身命得安，姻缘成就。此时何玉凤的遭际真算得一个乐人，还不专在乎新婚燕尔，似水如鱼。现在就盼望公子早登仕路。

安公子现在是父母偏爱，又红鸾双照，这一下心是肥了，气是飞了，主意也渐渐多了，外务也渐渐来了。有时到了兴致淋漓的时节，就难免有些“小德出入”。

那时节正是十月上旬天气，北地菊花盛开。他便弄起了个赏菊小宴。本不同意，何玉凤见是个聚在一起谈话相劝的机会，于是向张金凤使了个眼色答应了。

何玉凤向张金凤讲了自己对安公子的担忧，眼前可愁的还不专在他喝酒上，就连处理好些事都心浮气躁，不能专心读书。表示了这层忧虑后，何玉凤又讲了准备在今天“借酒相劝”、巧妙针砭的打算。张金凤举手加额，连声赞成。

何玉凤、张金凤计议停妥，等丫鬟们张罗好，在拿酒掣子时，公子便卖弄了起来讲起了“滑稽”的来由。酒来了，张金凤捧壶，何玉凤把盏，满满地斟了一杯送过去。安公子也不推辞，接过来一饮而尽。又何玉凤见他一味饮酒，容易滥醉，提议改为行酒令。这话正撞在安公子心眼里，手里拿着一支筷子，敲打着桌子，口里学着戏上人物的道白：“凤兮，凤兮！可儿，可儿！实获我心，依卿所奏！”安公子酒入欢肠，巴不得要先行新令，不用人让，自己就喝了盅令酒，随口念道：

赏名花，稳系金铃护绛纱。酌旨酒，玉液金波香满口。对美人，雪样肌肤玉精神。

张金凤、何玉凤相视一笑，都说：“好！”各饮了一杯。然后何玉凤开口就说：“赏名花，名花可及那金花？酌旨酒，旨酒可是琼林？对美人，美人可得做夫人？”何玉凤便对此进行解释：“你起先说什么对着美人，赏此名花，若无旨酒，岂不辜负了良辰美景？自然也认为美人名花旨酒得来不易，良辰美景尤其难得。这话要不是你胸襟眼里有些真见解，绝对说不出来。可是换个角度替那美人名花旨酒设想，又谈何容易？做了个美人，开成朵名花，酿得杯旨酒，也要那对美人、赏名花、饮旨酒的消受得起，才算得上是美人名花旨酒的知音，那花酒美人也觉得增色。要不然，你只管去对她、赏她、饮她，你干你的，她干她的，那良辰美景也毫无乐趣，各不相干，还怎么说得上个风雅？何况这几样又并非是唾手可得的！幸而有杯旨酒，又愁没朵名花可赏；有朵名花，又愁短个美人相对；即使三者都有了，更难的是美景良辰一时间都合在一处。讲到当前，你生在这太平盛世，又正当有为之年，玉食锦衣，高堂大厦，我和妹妹两个虽不算美人，却也不是丑妇；就眼前这花儿酒儿，再逢着今日这美景良辰，真是一刻千金，你算所望皆全，无意不满了。可是也要明白天道忌全、人情忌满，美景不长、良辰难再；保不住杯中酒不空，又怎能座上客常满？你也应当及早想个法儿，把这几桩事安排得长远些，享用着安稳些才好。”

安公子是个悟性极高的人，已听出何玉凤的言外之意，仰起头来，哑然失笑："迂哉！迂哉！"认为一切对自己来说都很容易。

何玉凤进一步开导道："你把金马玉堂这番事业未免看得太容易！无论你有多大的学问，未必强似公公！你只看公公，便是个榜样。至于家计，安家土地如今剩的只怕还不及原来的十分之一，而且家中再添人，怎么会不顾虑呢?"

安公子正是这种迷途知返，一点就醒的人物。何玉凤这段交代，对他是个点拨。于是向何玉凤笑道："你这个令有道理，算我输了。该我喝一大杯。"然后说道："酒是喝干了，我安龙媒一定谨遵大教：明年秋榜，插了金花，还你个举人；后年春闱，赴琼林宴，还你个进士；待进了那座翰林院，大约不难书两副紫泥诰封，双手奉送。倘若有一样做不到，便拿这杯子做榜样!"抓起红玛瑙酒杯，往门外台阶使劲摔去，"当"的一声，摔得粉碎。

第二十三章　邓九公酒醉戏宵小

安公子本是个器宇不凡的佳子弟，听了何玉凤的规劝，心里深以为然，只因话挤话，一时面上转不开，才赌气摔杯为誓，从此立志用功。当天晚上何玉凤换了衣裳，也不用丫鬟仆妇陪伴，早早地就熄灯就寝。一觉好睡，直到三更醒来，听见院子里“吧喳”一声，像是谁在有意摔下来试探动静。她披衣下床，轻手轻脚地闪到屋门槅扇后听动静。只见靠东这扇窗户上有豆大的火花一晃，烧了个窟窿，插进枝香来，那香气钻鼻刺脑。何玉凤久走江湖，知道这是熏香，于是从匣中取出辟邪的龙石含在口里。

何玉凤含了那块龙石，听了听窗外没些声息，便轻轻地把那香头儿捻灭了。拿起梳妆台下的袖箭以作之需。此时，窗户上伸进一只手来，何玉凤将袖箭放在地上，轻步过去，三下五除二把这个毛贼捆了起来。毛贼不敢喊叫，但嘴里却吹了个呼哨。这个哨子，让何玉凤心生警惕，分明还有同伙。两个把风的贼听见哨子响，已哈着腰往这边来。何玉凤仅凭她一身功夫不多会就把几个毛贼收拾掉了。不过其中两个贼上了房，准备逃跑，下面灯亮儿一闪，有人喊道：“不好了！房上有贼！”这一嚷惊动了外边的人。两个贼眼见不是路，重新爬过房脊下了房，往游廊门外跑。这时二门外已是灯笼火把，拥进来一群人，手拿棍棒绳索，将两个贼迎面截住，按在地上捆了起来。

这一番吵嚷，把安老夫妻惊醒了。于是安老爷向何玉凤问了事情经过，还没说上几句，二门外传来一声大叫：“人在哪儿呢？让我摆布他几颗脑袋！”话音未落，邓九公怒气冲冲闯了进来。于是安老爷便劝了下来。经审问，这几个毛贼中竟然与霍士端有瓜葛，他曾在淮安河工上当幕僚，也给安老爷当过文案。最近打听到安老爷家办喜事，有位姓邓的山东老汉送礼的银两过于丰厚，所以便打此注意。安老爷还要往下再问，邓九公已把话插了过来，审问中竟然不知邓九公是何许人物。这倒是惹邓九爷生气了。要砸瞎他们一人一只眼睛。

安老爷把邓九公大动肝火的原因听清楚了，原来为着他们不认识邓九公。然后安老爷说了一些蓝靛染白布的话，邓九公眉飞色舞，气也消了大半。安老爷认为这班人也不过为饥寒二字才落得无耻，也是把他们放了，叫他们去改过自新。

邓九公觉得就这么放了太便宜他们，而且这中间有霍士端的关系。心想只要是个贼，上了道没个不想得手的，不得手不甘心；吃了亏没个不想报复的，不报复不甘心。就这样轻松放了，可得防着他们再来。安老爷听他最后几句话还多少有些道理，便问这事要怎样处理为好。于是邓九公讲起了安家传奇的少奶奶，也就是十三妹。讲完要毛贼们把地上的破烂瓦片一块块弄整还原！什么时候还原，什么时候走人。这下可是难煞了这几个盗贼。安老爷也知道邓九公在气头上，于是拉安老爷进屋吃点东西，同时示意华忠把盗贼放了

安老爷与邓九公坐下后，找些闲话来聊，然后说起了邓

九公昨天进城的见闻。说起宝珠洞不空和尚，与自己一拍即合，讲起了与他进城的经历。先去了叫青阳居的酒馆，吃了号称“京都第一”的乳猪。吃完饭，三人接连走了几家戏园子，看了场《施公案》。聊到此，又想起来外面的盗贼，最后在安老爷的劝说下，还是把他们放了。

第二十四章　安老爷庭训传衣钵

闹贼后，邓九公虽然天天有新花样邪恶玩，但还是倦游思归，要回山东去了。临行前安老爷已安置好路上用的东西，然后邓九公也向安老爷提出了两个请求，一是照顾好自己的徒儿也就是十三妹，另外一个便是请安老爷能够在邓九公百年之后能够撰写个自传刻在碑文上。安老爷欣然答应。邓九公听后向安老爷照杯告了个干，说道："老弟呀！我邓振彪这就足咧！"邓九公一家和安家一行人辞行，并相约等邓九公九十大寿的时候定去祝寿。

邓九公在安家做客时，住的是安公子书房。他走后，安公子让人把书房收拾出来，便从此埋头苦读了。安老爷想儿子现在正处在"有妻子则慕妻子"的时候，难保不为着"翠帷锦帐两佳人"，误了他"玉堂金马三学士"的前程。安老爷本想要教导公子一番，但听两个儿媳妇说公子早已整理好一切，已经为仕途奋发苦读了，安老爷听了也还算欣慰。但还是把公子叫来讲了一些看书的技巧和应试应该注意的事项。安公子也谨记父亲的教诲又用功去了。

安公子埋头用功，时间过得飞快，转眼间已是八月初旬，岁考也考过了，马步箭也看过了，场期将近。按照往常，安老爷给公子出了题目，又练习了一番。看儿子写诗文切题扣旨，立意高远，文笔华丽，心中暗喜，表面却不露声色。还是又细细地交代了儿子一些考前注意的细节和考试中生活上注意的问题。然后就吩咐夫人给儿子准备考场上用的物品了。比如书写的纸、墨、笔、砚、一日三餐的米、面、茶叶、饽饽、小菜，熬夜的蜡烛，救急的日常用药，起居的被盖，都要自己料理，一样都少不得。安公子听了许久的庭训，身心已困倦，见父亲已把话讲完，赶忙给父母请了安，回房休息。这以后就是慎起居，节饮食，望行云，听流水，静坐养气，专等进场取功名了。

在安公子静候场期这段时间里，各亲友又来送场。在考前关头，乌明阿已把主考和房官的名单差人送来。安老爷看了正副主考的姓名有些闷闷不乐，因为两位主考的文笔干枯艰涩，与安公子富丽华贵的文风相去甚远，所以不免有些担心。

第二十五章　科场异兆举业如梦

到了进场头天，安公子的名字列在头排末尾，第二天还得早些去点名。到了次日，一切都为公子张罗好，安公子也谨记庭训，循规蹈矩，来到内砖门头道搜检的所在。安公子进了那座内砖门，还未到贡院门前，那班提督衙门差役，对士子们进行了全身的搜查。安公子也不例外，全身也被翻了个遍。进了贡院门，对面就是领卷子的所在。领卷子的时候也乱到不行，其中一个八旗少爷要把他那本先给他找出来！都老爷看他不遵章法，难为他打算不给他卷子，在众人请求下才答应给他。安公子接过试卷，是“成字六号”。安公子走过无数的号舍，才看到一处门外的山墙上，用白石炭土写着“成字号”三个大字。

歇息片刻，安公子也把那号帷号帘钉起来，支起号板，将衣帽铺盖碗盏家具吃食柴炭大致摆了摆。有个老号军，为人和善，见安公子出手大方，又不会料理，便主动上来帮忙摆放，还送水沏茶。安公子叫老号军弄热了饭，就着熟菜吃了；然后靠了包袱待睡。一个多时辰后又醒过来，叫老号军熬了点粥充饥。两碗粥下肚，值号的官员已在高喊接题。

安公子从号军手上拿过题纸，看了题目，正合自己的笔路。按在家事先练习好的步骤，才到早饭时候，一文一诗已大功告成。余下的两文，到了日头偏西，又一并写好，还加意改抹了一遍。吃过晚饭，开始誊写。一笔小楷写得飞快，天将擦黑，抄录完毕。对此十分满意。出了场后让华忠把稿子给父亲送去。自己倒头就睡，准备进二三场。

安公子进过二场，到了三场，节届中秋，场规也就渐渐地松下来。这期间也发生了一些异事，有用裁纸刀割了手腕的，也有在卷面上画了颗人头，头下写着“中了，中了”。还有几个在试卷上自书夫妇丑事，或画妇人双足。这些卷子都张贴出去，自是违式犯贴了。八月十六，安公子交卷出场，也不去城里住宅，由华忠陪着，直接返回庄园。然后就在家挨日子等结果了，风雨催人，也就重阳节近了。

这次手握士子命运的三位主考，正是那方姓。大主考方老先生果然如安老爷预料的那样，训示属下朝廷正在整饬文风，自然要向清真雅正一路拔取真才。所以批阅到“成字六号”这本旗卷，三篇文章堂皇富丽，真个是“玉磬声声响，金铃个个圆”，尽管不合他的路数，看了也爱不释手，在卷子上随意点了几个蓝点，也丢在一边。他在阅卷似睡非睡间，睡梦中来了一位童颜鹤发老者，指定要这本成字六号。娄养正剪去灯花，继续伏案批阅，见桌上放着的试卷竟是已丢在一边的那本成字六号，不禁大吃一惊。这时又有一个武将来交代要指定这成字六号。思考今晚发生的事，便提笔在卷面上写了“备中”两个字。

这年出榜定在九月初十。预备齐集，点鼓升堂。主考上坐，各官三揖。参谒已毕，监临领着承值官吏，把取中的朱卷送到公案上，魁卷放在当中，第六名以下的中卷一束束挨次摆齐，备中的卷子另放一处。向例填榜是先从第六名填起，全榜填完了，然后倒填前五名。

大主考归坐后，把前五名魁卷挪了挪，伸手先把第六名拿起来，卷面上的名字叫马代功，却正是本场一位监临大人先前一个最得意的阔学生。监临见第一卷取中的是他，不禁乐得掀须大叫易之中了！等核对过卷子，才发现是誊录错了，为了不至于太尴尬，另一个主考从备卷中下手，对天暗卜一卷，补上了事。众考官齐说言之有理。仍由方大主考打开那一束备卷，卷面上写着“安骥”两个字。

至公堂上把安骥——安公子——取中了第六名举人，占了先声。宣名书吏双手高擎，站在中堂，高声朗诵：“第六名安骥，正黄旗汉军旗籍庠生。”唱了名，又从正主考座前起，一直绕到十八位房官座前转着，请大家过目，然后才交到监视填榜的官员手里，再由承值填榜的书吏用碗口来大的字照签誊写在榜上。

第二十六章　探花及第满路春风

安老爷一家在等待消息的时候，为了打发时间便和和尚下起棋来，安老爷本无心下棋，败在一个初通棋艺者手上。他漫步到书房坐下，提笔写了首打油诗：

平生事物总关情，
雅谢纷纷一局枰；
不是畏难甘袖手，
嫌它黑白太分明。

以他的才情学识和养气功夫，这叫做自我解嘲了。

安家一行人在焦急等待之时，见楼下戴勤气喘吁吁地跑着，四下找人，放声高喊："少爷中了！少爷中了！"庄门口的报子第一批还未来，第二批又赶了来，嚷成一片。安老爷开了赏钱，才肯离去。随缘儿赶去把安公子接了回来。全家上下凑在一起，欢喜不尽。

次日五鼓，安老爷打发公子进城，向房师致谢。安公子的房师娄养正，他仍然记挂着场中那夜似梦非梦的奇事，因此急于盼望这个第六名门生安骥来见。恰好安公子第一个到门拜见，他见安公子风华绝代，人如其文，动了好奇心，问安家和安公子本人最近积过什么阴德。安公子回答说门生在家闭户读书，禀遵庭训，不过守着几句"入孝出第"的常经，哪里有什么阴德？安公子此时如何想得到他这位房师在场里会见着他的岳祖岳父。

娄养正把在场里自阅卷到填榜，目击安公子那本卷子，怎样先弃后取的情形，从头至尾做了次复述。安公子见他身为房师，胸怀如此坦白，十分感动，恭恭敬敬地执礼回答说，即或是这样，究竟仗着老师的力荐成全，才得备中。娄房师听了这话，更是刮目相看，茶添二道，论起安公子的诗文，又细问了安老爷的官阶年纪，才起身送客。

安公子应酬完毕，回到庄园，将房师的话转告了父母与何、张两姊妹。何玉凤心有所感，此时想起父亲，未免一阵心酸，眼圈儿一红，在公婆跟前不好悲泣。安老爷泪流满面，擦着眼泪让公子谨记教诲从此更当勉图上进。然后又用经书上的至理名言，“积善之家，必有余庆；积不善之家，必有余殃”来加以说导。安公子也是悉心听取。

安公子的功名才走了一半路程，想到明年会试，只敢休息几日，又静下心来读书做文。在安老爷的指示下，安公子每月九课，六课文章，三课策论。策论是重点难点，要认真说出几句够分量的话。另外是练习写试卷，一撇一捺、横竖勾点都要讲究。

转眼之间，又跨年到了场期。安公子顺顺利利进场出场，高中在前十八名以内。朝考过关，又去殿试。殿试策论题问的是经学史学朝政捕政。这四个方面，都在安老爷的圈题范围。安公子的试卷写得来笔跃句舞，虎卧龙跳，被阅卷大臣优定为前十本。这时乌明阿已升了兵部尚书协办大学士兼内务府大臣，关心着安世兄的前途，向安老爷暗中透了喜信，只要在前十本，无论名列第几，点翰林是拿得稳了。

到了升殿的头一天，阅卷大臣就把前十本送上去了，恭候御笔钦定一甲的状元、榜眼、探花，二甲第一名的传胪，以至后六名的顺序。到将近晌午，才把宣旨的奏事黄门官员等来，宣读了状元、榜眼、探花和传胪的名字。一甲一名状元姓奚，江苏人，名叫奚振钟；一甲二名榜眼姓童，浙江人，名叫童海宴；一甲三名探花姓安，是正黄旗汉军旗籍，名叫安骥；二甲一名传胪姓马，名叫马行显。状元榜眼传胪的亲友个个欢喜，自不待言，对本科探花点了个旗人，却人人惊异，这实在要算本朝破天荒的第一人了！

皇上随手翻了翻送上来的十本殿试卷子，看到第三本，虽然写作俱佳，策文却靡丽而欠实义，字体姿媚而欠精神，料定不是个远大之器。及至看到第八名安骥，这本不但写得黑圆光润，而且策文的经学史学两条对得本本源源，朝政捕政两条对得切中利弊，龙颜大喜，从第八名提向前来定了第三名，把原定的第三名改作第八名。因此安公子占了个一甲三名的探花郎。安公子此时惊喜交集，恍惚如梦，由引见官员带路，与九名新贵一起来到乾清门排班。

然后听黄门官站在台阶上，说了声“引见”，十人鱼贯而入拜见皇上，安公子出殿后就差人先回庄园报告这天恩大喜。

安老爷到了引见这日，还是不放心，于是亲自上书架把《周易》、蓍草拿下来，在桌上布位，卜公子究竟名列第几。卜完是个“昼日三接”。这“昼日三接”，不消说是个承恩之意，难道会名列第三？哪有旗人会点探花之理？不是这解法。莫非改了三甲？又摇头，从没个前十名会改三甲的先例。但是天威难测，圣殿上什么事没发生过？一个半百老翁，被患得患失的念头折磨着，挨到午饭时分，粒米未进，直到准信传到，才把所谓“昼日三接”解开，忽然神来天外，喜上眉梢，连舅太太提议的“要游街夸官”，都一口应允。

但安老爷办事总是中规中矩，最后就照《会典》上记载的条款，不奢不俭地置办一副仪仗，公子骑马荣归。安公子应酬完遵照安老爷定的吉期，收拾回园叩见父母。他未回家之前，恩赏的旗匾银两已送至庄园。安老爷在庄园门外也都安排好了，到了荣归吉期，由亲家张老爷领着戴勤和随缘儿等家人，带了仪仗，远迎到离双凤村二十里外那座梓潼庙等候上安公子。前面是一对金锣，两对“赐进士出身”和“钦点探花及第”的朱红描金衔牌，一对清道旗，一对朱花旗，一对金瓜，一把重沿蓝伞。一路锣声开道，旗影摇风。安公子珠挂沉檀，头插两朵金花，身披十字彩红，骑一匹雕鞍白马，向双凤村缓缓而来。一路好是风光。

安公子马到庄门，下鞍进院，三跪九叩敬过天地，在家祠、佛堂与何公祠点了烛，焚了香，磕了头，回到上房拜见双亲。然后是向张亲家敬茶，繁琐了一摊子礼节，荣亲孝子才下去休息。

第二十七章　道情唱破人间世相

安公子刚开始任职翰林院编修，在父亲门生乌明阿帮助和自己的努力下，大考名列一等，即日连升五级，当上翰林院侍讲学士，不久任了国子监祭酒。之后还受了一榜新进士四拜，收了一个状元门生。

公事已毕，安公子起身回庄园。回忆起那段开菊宴的往事，如今幸而成名，上慰二老，虽然还未当上学政和科场考官，但是这座国子监衙门管着天下十七省龙蛇混杂的监生，又收了状元门生和一榜的新进士，占全了“君子三乐”。回家后要与何、张两姊妹开个玩笑，问她俩能否让自己吃杯酒，挂那“四乐堂”的匾？何曾想到刚回到家门姊妹两个一齐说：“奉求大笔，见赐‘四乐堂’三个大字。”安公子的心思，一进门就叫人家揭了。

安老爷见儿子侧名清华，置身通显，书香是接下去了，门庭是撑起来了；家中无可顾虑，而邓九公的九旬大庆将近，于是打算借此作个远游，访访一路的名胜。这一行就带了两色礼物，一色是邓九公要的寿酒，酒已经从运河水路运去了。另一色是我送他的寿文。越是安老爷卜个日期，带上华忠等家人和那头乌云盖雪的驴儿，逍遥自在地出了门。

路上经过涿州城，有名叫做“日边冲要无双地，天下烦难第一州”。听堂倌说这里有“希希罕儿”，说是一对大凤凰。想不到堂倌说的“希希罕儿”，正合了安老爷的意思，说一定要看看。最后“希希罕儿”竟然是一对孔雀！安老爷没看上凤凰，兴致索然，在院里又找不上个座位，信步进了南边那个帐子，看有个道士在说场。见安老爷进来坐下，他又把斗笠压了压，按住鼓板讲了开场白：

锦样年华水样过，轮蹄风雨暗消磨；仓皇一枕黄粱梦，都付人间春梦婆。——小子风尘奔走，不道姓名；只因做了半世懵懂痴人，醒来一场繁华大梦；思之无味，说也可怜，随口编了几句道情，无非唤醒痴聋，破除烦恼。这也叫做：“只得如此，无可奈何。”诸公聊当一笑。

他说完了这段开场白，又按着板眼拍鼓。安老爷本来对此没多大兴致，不料听他这四句开场诗竟不落故套，这段开场白也竟不俗，不由得又着了点儿文字魔，要留心听听他低下唱些什么。道士唱道：

鼓蓬蓬，第一声。莫争喧，仔细听：人生世上浑如梦，春花秋月消磨尽。苍狗白云变态中，游丝万丈飘无定。诌几句盲词瞎话，只当做暮鼓晨钟。

安老爷点点头，这一段是总起的引子。又听他往下唱道：

判官家，说帝王；征战惨，揖让忙。暴秦炎汉糊涂账，六朝金粉空尘迹，五代干戈小戏场，李唐赵宋风吹浪。有多少巍巍殿堂，都成了纸上文章！

最难逃，名利关；拥铜山，传铁券。丰碑早被钢刀砍，陵墓已由利箭穿，霸业破碎酒未冷，英雄梦醒泪难干。早知道三分鼎足，又何苦六出祁山！

道士按住鼓板，提高了一调，又唱道：“怎如他，耕织图！”安老爷赞叹“这一转转得太妙”！听他继续唱：

怎如他，耕织图；一张机，一把锄。男耕女织香三炷，春种秋收一岁除，儿童闹击迎年鼓，闲来无事酒半壶。一家人呵呵大笑，都说道“完了官租”！

尽逍遥，鱼水樵；靠青山，傍水坳。网来肥鱼擂姜煮，砍得青松带叶烧，手提肩挑长街卖，换回油盐把门敲。醉来时狂歌一曲，猛抬头月小天高。

牧童儿，自在身；走横桥，卧树阴。短蓑斜笠当披挂，桃源仙境任意行，世间最好骑牛稳，春雨笛声红杏林。日西落归家晚饭，倒头睡一觉天明。

正听着，华忠找了来。安老爷此时倒不肯走了。又听那道士敲了阵鼓板唱道：

羡高风，隐逸流；住深山，怕出头。闲招猿鹤成三友，坐拥诗书傲王侯，云多不碍梅花瘦，此中乐趣尽消愁。从不问眼前兴废，再休提战国春秋！

破愁城，酒一杯；觅当垆，寻文君。风流奇遇世间少，转眼荣枯又几回？还不如及早转舵，当酒徒醉上千场。不怕你天惊石破，怎当他酣睡如雷！

老头陀，好快哉！鬓如霜，貌似孩。菩提了悟原非树，明镜空悬哪是台？剃光头发心无碍，千古谜底何须解。俺只管破除烦恼，没来由见甚如来！

学神仙，作道家；踏芒鞋，走天涯。丹头不卖房中药，口中休谈顷刻花，葫芦一个肩头挂，随缘便是长生法。听说是行踪不定，却叫人何处寻他？

鼓儿敲，鼓声低；曲将终，鼓瑟希。《阳光三叠》伤心调，老杜《七哀》写怨诗，无边落叶西风起，云天万里何时归？收拾起浮生闲话，交还他鼓板新词！

安老爷一直听完，又听他唱那尾声：

这番闲话，诸君听着，不是饶舌。飞鸟各投林，残照吞明灭。俺要唱着这道情儿，归山去也！

唱完了，华忠从钱串上掳下十文，给主人买了个大脸面。

安老爷心想他这套道情不但声调词句不俗，这绝不是一个花嘴花脸的道士所能有的功夫。最后才知晓这个道士竟然和自己还有一段渊源。

第二十八章　御笔钦点华国文臣

安老爷听家人来报说有人相见，原来是位道士来访，道士一见到他便说道："水心先生，你还认识当年座上笙歌，今日沿街鼓板的淮安故人么?"

安老爷不胜诧异，仔细一看竟然是安老爷受过额外"照顾"的谈尔音。安老爷与谈尔音在涿州相逢，一个是门庭放光，一个是穷途潦倒，处境完全翻了个颠倒。自从那年获罪，一直过的不怎么样，粉墨装道士也是迫不得已。不过做梦也想不到能在此会遇见水心先生，慨然给了五两银子，所以特地到门叩谢。

两人聊天中便知晓，谈尔音对当年自己的做法表示愧疚。安老爷心地宽厚，觉得这人天良未尽。建议他还是早办一条归路，回到家乡，先图个骨肉团聚。或者圣恩高厚，将来机会到了，还有东山再起之日。而留在此地，终非长策。岁月苦短，人生几何？天长地久，不是个结局。谈尔音再次摇头摆手，告诉安老爷自己的贫困窘境。安老爷这才明白他是还短几两银子，又说不出口，不禁点头叹息，默然不语，请他吃茶。

安老爷为人善良，觉得当面给会让他颜面尽失。于是端起碗茶，一面陪着谈尔音，一面三回九转地盘算。等到对方都把茶碗放下了，安老爷还捧着茶碗，在那里发怔！谈尔音看那神情，料定没指望了，不好久坐，也就告辞。安老爷回来坐下又思索了半天，叫华忠把太太准备路上用的银子取个整封的给他。等家人知道这东西就是把老爷推下火坑的河台，都坚决反对。安老爷便对大家讲起了“以德报德”。说若不是因为那桩河工案，到淮安走一趟，又怎么会有缘分娶上两个好媳妇，立起一番事业？自己若不受挫辞官，哪能够分身出来专心教育公子，撑起这个门庭？大家想想，哪一桩不是谈大人的厚德？怎么还要去怨他？虽然这都是“天也，非人力所能为也”，他被上天提了一根线儿，照傀儡一般替安家出了许多苦力，但是也该记下他那点功劳，给他点银子，以德报德。

华忠被安老爷的话说得哑口无言，迟迟疑疑地拿出了一封三百两的银子。安老爷叫分出二百四十两包上。华忠忍不住问：“照老爷的好心，把三百两全给他不算多，怎么又要把整封的银子拆散，不零不落地给二百四十两？”安老爷的墨水又往上直冒，因为急于要去会谈尔音，没工夫多讲，只说这是个大道理。

安老爷叫华忠拿上名片，自己亲手捧着装了八折银子的拜匣，给谈尔音送了过去。谈尔音谢了又谢，还说“明日备办衣冠，上门回拜”。安老爷含含糊糊地应着，抽身疾走。惟恐第二天谈尔音衣冠楚楚地来致谢，弄得更不自然，主仆一行人还未天亮就起身上路，临走留下张辞行的名片，托店家转送谈大人。

有了这次经历，安老爷在路上的耽搁也就少了，所以比原计的时间多出半月，就到了邓家庄。安老爷在当天的宴席上，应邀把拟好的腹稿一挥而就。放下笔，捧着这篇寿世华章，把义士邓翁“不读书而能贤，不立言而足传”的生平事迹，之乎者也地高声朗诵给大家听。听几句，应一声，听完了，齐声叫好。邓九公喜得满脸放光，对安老爷说道：“老弟呀！还是那句话，我这条身子是父母给的，这个名是你留的。有了这件东西，要说到得了天塌地陷那天，也是瞎话，横竖咱们大清国万万年，我邓振彪也万万年了。”给安老爷斟上酒，他自己大杯相陪。安老爷此时是放胆文章拼命酒，文章当礼送了，喝酒才开头，也换了大杯，倾量喝了一台。邓九公的寿辰这天，张罗了这个，又应酬那个，很是忙碌。

邓九公的九旬大寿，共贺了三天。贺寿结束，邓九公领着安老爷去本庄结识了位玩家。据称是孔圣人的嫡派子孙，此后安老爷由邓九公和真假难辨的圣人子孙陪着，玩了个不亦乐乎，然后才收拾行装、带着家人，打道回京城。

安老爷一跨进双凤庄园，就听说公子加了个副都统衔，外放乌里雅苏台的参赞大臣，赏戴孔雀花翎。这个突如其来的消息，顿时把他的喜悦一扫而空，钻进书房坐下发愣。

安老爷的愁闷，在局外人眼里很难理解。安老爷天性重，人欲轻，想公子只需守着个清闲衙门，按部就班也会升到公卿，犯不着去血光刀枪之地名外图利，死里求生。所以此时见公子要珊瑚其顶、孔雀其翎、显耀非常的去干功名，他只觉得这段人欲抵不过他那片天性，早晚会既毁前程，又误自身。但事到临头，却忍不过暮年风雨。但他毕竟是一家之主，还得强打精神，安慰太太和两个媳妇，并且庭训公子，大丈夫建功立业，此其时也！

安老爷指挥全家上下，忙着做准备。忙乱了整整一月，行期已近在眼前。此时忽然从乌明阿这条渠道，传来安公子晋升内阁学士，兼礼部侍郎，改调山东学政，加右副都御史衔，作为观风整俗使的喜讯。

安公子是皇上破格钦点的探花，本想要叫他到边疆磨砺几年，阅历些困苦艰难，然后再加恩启用，好造就他成个人物。这正是代天宣化、因材而施的一番深意。话虽这样说，如果他从此去了乌里雅苏台，难免历经艰辛。好在命运给他安排了个乌明阿在那里，他想暗中出些力，把这桩事挽回。只是旨意已下，十分作难。不想正在这个关口上，恰好就穿插出朝廷设立观风整俗使的好机会。

大清康熙在位六十一年，国家承平日久，法令从宽，人心就未免有些静极思动。湖南、浙江先后发生企图颠覆朝廷的大案，甘肃有民变案，山东有抢粮案。朝廷也曾屡次差大臣去查办，怎奈“法无三日严，草是年年长”。皇上洞察到欲化风俗，须先正人心；欲正人心，要先端人望。从朝中真正有些经济学问的儒臣中，密简了几员，差往各省，责成整纲饬纪，易俗移风。因此特命了这官一个衔名，叫做观风整俗使。

本来这名额已定，就在乌明阿重新草拟上报名单时，这位大臣家中内乱竟成了移风易俗反面典型。于是皇上又一道旨意，把这阁学缺给了安骥，外放山东学政兼观风整俗使，钦加副都御史衔。

安老爷听到消息，喜极而泣，难以自禁。这喜讯也传到了山东茌平，邓九公打发褚一官带着自己原来的三个走镖徒弟前来报效。乌明阿建议此行去拜访两个幕友，最后安老爷又不忘嘱咐了一番。

到了长行这日，安公子拜别家祠，叩谢父母，带着邓家庄的四个壮士，按着驿站，由旱路先行赴任。过了两日，催齐了船，家眷起行。何玉凤由水路去山东护驾。张金凤暂留安家庄园侍奉公婆。安公子到了任所，倾力移风易俗。何玉凤与邓家庄四壮士，还协助他办了几件疑难大案。安学政因而政声载道，位极人臣，不能尽述。此后何、张两姊妹各生一子，至今书香不断。